Gudrun Lerchbaum • Lügenland

Gudrun Lerchbaum

LÜGEN LAND

Polit-Thriller

PENDRAGON

Gewidmet allen, die ihren Weg erst suchen müssen

Tag 1

Am Nachmittag vor der Hochzeit treffe ich Julia am Ufer des Kaiserwassers. Kati ist auch da. Wir trinken: auf mein altes Leben als Soldatin und auf den anstehenden Neustart. Der Bruch so drastisch wie jener vor fünf Jahren, auch dieser nur betäubt zu ertragen.

Auf abgewetzten Decken rekeln wir uns, blinzeln durch das Laubwerk in die tief stehende Sonne, der Himmel so blau wie seit Wochen nicht mehr. So blau, wie wir bald sein werden. Ich fische die Pillen aus der Hüfttasche, werfe eine ein und spüle sie mit Wodka hinunter. Julia zieht mit. Kati will keine, obwohl sie es am nötigsten hätte, endlich locker zu werden. Aber mein Vorrat ist begrenzt und ich dränge niemandem etwas auf, ihr schon gar nicht. Das grüne Licht der Topcam, die, an einem schmalen Stirnband befestigt, wie ein schillerndes drittes Auge auf ihrer Stirn sitzt, blinkt heute nicht, obwohl sie sonst jede Lebensäußerung auf *Mindmine* teilt. Doch beim Trinken in der Öffentlichkeit will die Frau Staatsdienerin nicht gesehen werden. Mangelnde Vorbildwirkung.

Ein Kleinkind taumelt mit ausgebreiteten Armen auf uns zu, stolpert über den Rand der Decke und fällt auf alle viere. Ich drehe mich zu ihm, den Kopf in die Hand gestützt.

»Na, du Süßer!« Ich schnalze mit der Zunge.

Lachend zeigt das Kind mir seine vier Zähne und krabbelt auf mich zu. Es sucht Halt an meinem Shirt und zieht sich hoch in einen breitbeinigen Stand. Ich streiche mit dem Zeigefinger über seine pralle Wange und lasse die Fingerkuppe in dem Grübchen auf seinem Doppelkinn verschwinden. Bald werde ich selbst Mutter sein, da kann ein wenig Übung nicht schaden. Mit seinen aufgeblasenen Händchen patscht der Zwerg auf die Waffe, die in meinem Hüftholster steckt. Ich öffne den Druckknopf, halte ihm die Glock entgegen. Glucksend greift er nach dem Lauf.

Ich muss lachen. »Ja, du weißt, worauf es ankommt!«

»Nimm ihm das Ding weg!«, kreischt Kati und dann ist auch schon die Mutter da. Ohne ein Wort packt sie das Kind mit beiden Händen um seine Mitte und stolpert rückwärts davon, die Augen panisch aufgerissen.

»Du schaust ja, als hättest du Angst, wir könnten dein Dickerchen auf den Grill legen!«, rufe ich ihr nach. »Wir haben doch nur gespielt.«

»Grillen wär aber auch fein«, sagt Julia und kratzt sich am Stumpf oberhalb der Prothese. Ohne aufzustehen, lässt sie einen flachen Stein über das Wasser hüpfen, der drei Enten aufscheucht. Flatternd steigen sie auf, formieren sich, ein Geschwader auf der Suche nach dem nächsten Ziel.

Ich kämpfe noch immer mit meinem Ärger über Katis Anwesenheit. Wie ein Terrier hängt sie an Julia, nicht loszuwerden. Ein Terrier, der sich in das fehlende Bein verbissen hat.

Julia nimmt einen tiefen Schluck. »Auf deinen großen Tag«, sagt sie und reicht mir die Wodkaflasche weiter. »Wenn sogar du einen findest, kann ich ja noch hoffen.«

»Sei doch still!« Ich reiße eine Handvoll Gras aus, werfe es in ihre Richtung. »Du hast Arbeit, einen richtigen Job. Ich werde nur heiraten. Haushalt, Kinder ... wenn ich könnte, würde ich mit dir tauschen!«

Das ist gelogen, denn immerhin habe ich noch beide Beine.

»Ist doch nicht wahr!«, sagt Kati auch prompt, die Stirn missbilligend gerunzelt. »Du hast doch schon immer vom Heiraten geträumt, damals in der Schule. Weiße Kutsche, Blütenmeer und alles. Ist doch das Beste, was dir passieren kann! Und jetzt tust du so ...«

Als ob sich nichts geändert hätte seit unserer Schulzeit. Noch immer weiß sie alles besser. Ich spiele mit der Waffe, lasse mich auf den Rücken fallen und visiere durch das Blattwerk den Hubschrauber an, der die Wagramer Straße entlangknattert.

»Ich tu nicht so. Zweifel ist die Voraussetzung für jeden Erkenntnisfortschritt.« Ich schwenke die Waffe in ihre Richtung. »Ich denke, also bin ich. Du denkst nicht, also bist du nicht. Klick!«

Kati wedelt mit den Händen herum. »Ich wäre dir wirklich sehr dankbar ... leg das Ding weg!«

»Hey Leute, Gewalt ist nur eine Lösung unter vielen.« Julia grinst. »Schluss mit Schuss! Du hast bloß kalte Füße, Mädel. Entspann dich.« Sie winkt mich näher, die Flasche in der Rechten. »Leg dich hin!« Mit der Linken hält sie mir die Nase zu, dass ich nach Luft schnappen muss, mit der Rechten gießt sie mir den Wodka in den Rachen. Ich versuche zu schlucken, dann den Kopf wegzudrehen, doch ich habe Angst, mir die Nase zu brechen, so gnadenlos hält Julia fest. Das Zeug rinnt mir über die Wangen und den Nacken hinunter. Ich spucke, huste.

Kati entwindet Julia die Flasche und trocknet sie mit einem Zipfel der Decke ab. »Und? Wie ist dein Kleid?«, fragt sie. Ihr Blick wird schmalzig. »Weißt du noch – meines? Ein Traum! Du warst so neidisch!«

Ich tupfe mir mit dem Ärmel das Gesicht trocken und wische die Finger an der Hose ab, bevor ich mein Fonband vom Handgelenk löse und das Display gerade biege. Ich wische mich durch die Bilder. »Da! Das Hochzeitskleid meiner Mutter. Mit extra Rüschen unten. War zu kurz.«

Kati nimmt mir das Band aus der Hand und runzelt die Stirn. »Hast du das schon gepostet?« Sie hält Julia das Bild unter die Nase.

Ich sehe ihnen an, was sie denken, erkenne mich ja selbst kaum wieder in der Prinzessin mit dem aufgesteckten Haarteil über Rüschenwolkenbergen. Unter halb gesenkten Lidern vermessen sie den Ist-Zustand, vergleichen ihn mit der Fremden auf dem Foto.

Ich versuche, ihre Blicke zu ignorieren und mit dem Untergrund zu verschmelzen. Mein Flecktarn, in der Stadt so sinnlos wie der Glaube an höhere Gerechtigkeit, ergibt auf der graugrünen Decke mit den durch das Blätterdach gefilterten Lichtflecken endlich Sinn. Schon morgen muss ich auf seinen Schutz verzichten und jeden Tag vor dem Kleiderschrank grübeln, was ich anziehen soll. Will. Den ganzen Tag selbst bestimmen, was zu tun ist.

»Wie ist er denn so?«, fragt Julia.

Der verschüttete Schnaps brennt noch in meinen Augen, lässt sie tränen. Ich setze mich in den Schneidersitz, nippe an der Flasche und reiche sie an Julia weiter.

»Ganz okay. Bis auf die feuchten Hände. Im Bett …«, ich schlucke, denke an das Getatsche und die viel zu nassen Küsse, »… na ja, das wird schon. Immerhin 78 Prozent Charakterübereinstimmung und sogar 86 Prozent genetische Kombatt… – Scheiße, verdammter Fusel – Kompa-ti-bi-li-tät, wollte ich sagen. Mehr als mit seiner Ersten jedenfalls.« Die Sonne sticht mir in die Augen und ich rutsche ein Stück weiter in den Schatten.

Kati wiegt den Kopf, spitzt die Lippen, tut wieder einmal auf süß. »78 und 86, nicht schlecht. Bei uns waren es 81 und 89, aber so viel besser ist das ja auch nicht.«

Julia boxt ihr auf den Oberarm. »Hat dein Mann sich auch schon nach einer Nachfolgerin umgeschaut? Vier Jahre verheiratet und noch immer nicht schwanger. Pass bloß auf!«

»Sie ist weg«, sage ich. Wenigstens heute soll es um mich gehen und nicht um Kati.

»Weg? Wer?«, fragt Julia.

»Na, seine erste Frau.«

»Wie, weg? Tot?«

»Keine Ahnung. Vielleicht bei der Miliz. Wo alle Minderleister aufschlagen. *Ob kunstverseucht, ob bipolar, ob süchtig oder unfruchtbar – die rechte Waffe in der Hand macht euch zum Teil der Heldenschar!*«, zitiere ich den Leitsatz der Kampagne, die mich vor fünf Jahren aus dem Atelier geholt hat. *»Marschgesang statt Ausdruckszwang.«*

»Kindersegen oder Minenlegen«, wispert Julia und reicht Kati anzüglich zwinkernd die Flasche. Den Spruch kenne ich nicht, den hat sie sich ausgedacht.

Katis Gesicht jetzt. Obwohl sie als Lehrerin sicher nicht bei der Miliz landen würde, ob sie nun Kinder bekommt oder nicht. *Auch Bildung ist Landesverteidigung. Nur, wer die Grenzen des Landes kennt, kann sie auch verteidigen* und all das Gewäsch. Ob sie auch an die Sprüche denkt? Jedenfalls kaut sie auf ihrer Unterlippe und würgt hinunter, was ihr auf der Zunge liegt. Noch immer kann Julia sich bei ihr alles erlauben. Einer der letzten Sonnenstrahlen streift ihr zartes Gesicht, lässt ihr mokkafarbenes Haar aufglänzen, bevor die Sonne hinter dem Kahlenberg versinkt. Mit dem Zeigefinger zeichne ich den Schwung der Locke, die sich über ihre Wange windet, auf mein Hosenbein. Hinter uns rafft die letzte Familie ihre Badesachen zusammen und macht sich auf den Heimweg.

»Irgendetwas fehlt«, sagt Julia, den Blick auf mein Fonband geheftet. »Kein Schleier, das wäre zu viel. Ein weißes Satinband vielleicht, locker eingeflochten.«

Auf allen vieren krieche ich zu ihr, weil der Boden unter mir buckelt und kippt. Go-Pill und Alkohol, dazu die Hitze. Den Kampf mit der Schwerkraft gewinne ich mit Mühe und richte mich auf, stütze mich auf Julias Schulter. Sie hat die Prothese abgenommen. Wie damals der abgetrennte Unterschenkel liegt sie in der Wiese, der türkisfarbene Leinenschuh am rechtwinklig abgespreizten Fuß ordentlich geschnürt, darüber die Rüschen eines weißen Söckchens, seit Jahren gleich. Nur die roten Spritzer fehlen. Und aus der fleischfarbenen Hülle ragen weder Knochensplitter noch blutiges Gewebe.

Es geschah, als die Leute begannen, ihre Gärten zu verminen, um sich und ihre Vorräte zu schützen. In den Unruhezeiten während des Zerfalls der Union war es auf einmal kein so großes Glück mehr, mit Kindern am Stadtrand zu wohnen. Modetechnisch hingegen war diese Zeit ein Gewinn, weil die Männer sich ihre Bärte abrasierten. Schließlich lief jeder Bärtige Gefahr, als Islamist zu gelten. Den Prügelpatrouillen der *Aufrechten*, die damals außer Rand und Band gerieten, wollte niemand einen Vorwand liefern. Wie Gewitterwolken hingen Misstrauen, Angst und die Erwartung einer Katastrophe, eines großen Krieges, über unserer Kindheit, ohne dass wir ihnen mehr Bedeutung zugemessen hätten, als der Gefahr eines kräftigen Regenschauers.

Es ist ja dann auch nicht zum ganz großen Desaster gekommen. Nicht zu dem jedenfalls, auf das alle gewartet hatten. Gerade noch rechtzeitig hatten die *Aufrechten* die Macht übernommen und das Land gereinigt, jeden Einzelnen in die Pflicht genommen, Grenzen gezogen, Zäune errichtet.

Wir spielten Basketball bei den Garagen, Julia, Kati und ich. Shirin war schon heimgegangen, ihre Eltern in dauernder Sorge um sie. Der Ball flog über einen Zaun. Orange leuchtend lag er auf dem Rasen, der Maschendraht brusthoch nur und niemand weit und breit zu sehen.

Kati hätte gehen müssen. Sie hatte viel zu scharf geworfen.

Danach fing ich an, den Barbiepuppen die Glieder auszureißen und sie neu zu kombinieren. Ein schwarzes Bein für die weiße Barbie, vier weiße Arme für den schwarzen Torso, dem ich daraufhin neue Kleider nähen musste. Damals gab es noch fremdethnische Barbies. Auch gehäkelt habe ich viel.

»Ein weißes Satinband?«, frage ich und starre auf das Brautkleid-Bild. »Ich weiß nicht. Vielleicht eher eine Dornenkrone. Rosenstiele zum Kranz gewunden, die Blütenblätter zu meinen Füßen verstreut.«

Der Schuss kracht neben uns in den Baum, lässt Rindenstücke spritzen und die Vögel im Umkreis auffliegen.

»Deckung!«, schreit Julia und sucht Schutz hinter dem Stamm.

Der Wächter steht keine zehn Meter entfernt am Zaun der Sportanlage, die Halbautomatische angelegt. Ein bärtiger Siebziger in der kornblumenblauen Uniform der Bürgerwehr. Ich taste nach meiner Waffe, Adrenalin auf Kampfpegel, Schweißausbruch, kein Schwindel mehr, kein Zittern. Ich nehme ihn ins Visier.

»Schert's euch weg, versoffenes Gesindel!«

Kati steht auf und geht langsam auf den Alten zu, die Arme wie lahme Flügel ausgestreckt, die Handflächen offen, klebrig lächelnd. »Entschuldigen Sie, wenn wir Sie gestört haben sollten. Ich unterrichte drüben am Gymnasium.« Sie deutet mit dem Zeigefinger vage über das Wasser. Als ob der Mann sich mit der Waffe in der Hand nach der besten Schule für seine Enkel erkundigt hätte. »Ich feiere mit meinen Freundinnen hier Junggesellenabschied, da muss es doch ein bisserl poltern.«

Selbst jetzt will sie politisch korrekt sein und vermeidet die weibliche Form, obwohl eindeutig kein Mann unter uns ist. Bloß kein linkes Gendersprech. Sie lacht affektiert, hebt die Arme und wirft den Kopf in den Nacken, als wolle sie dem Alten die Richtung zum siebten Himmel zeigen. Er behält die Waffe im Anschlag, doch seine Schultern entspannen sich.

»Ich verspreche Ihnen, wir bleiben nicht mehr lange. Schließlich will ich morgen bei der Hochzeit nicht völlig verkatert sein.«

Ich, ich, ich, ich. Alle Blicke wie immer auf sie gerichtet. Der Schuss zieht einen endgültigen Schlussstrich unter ihr Geplapper. Ich lasse meine Waffe sinken wie der Wächter die seine, sehe sie taumeln, beobachte ihren Fall. Nur der Wächter kann ihr in die Augen sehen. Sein Mund steht offen, der Kiefer wie ausgehängt. Er sieht Julia an, die hinter ihrem Baumstamm hervorlugt, schließlich mich. Er schwankt einige Schritte rückwärts und rennt dann geduckt im Zickzack davon wie ein Feldhase.

Julia kriecht hinter dem Baum hervor. Ihr Blick hetzt hin und her zwischen Kati und mir und der Stelle, wo der Mann gleich im Vereinsheim verschwinden wird. Sie robbt zu Kati, die reglos auf dem Bauch liegt, starrt auf das Loch, das unterhalb des linken Schulterblattes in der weißen Bluse prangt. Wie eine im Zeitraffer aufblühende Rose breitet sich das Blut auf dem Gewebe aus. Julia packt Kati an der Schulter, versucht, sie umzudrehen.

Eiswassergleich schwappt Nüchternheit durch meinen tauben Körper. »Lass, wir müssen weg, bevor die Miliz kommt!«

Ich schiebe die Glock in das Holster, greife nach der Beinprothese und werfe sie Julia zu. Die Flasche wische ich an der Decke ab, genetische Spuren, Fingerabdrücke, bevor ich sie in den Fluss schleudere. Keuchend halte ich inne. Wie schnell sich alles ändern kann. Der Schuss hat sich gelöst. Einfach so. Ich lege die Hand an die noch warme Pistole, will auch sie abwischen, der Flasche hinterherwerfen. Doch die eingravierte Dienstnummer führt direkt zu mir, auch ohne Fingerabdrücke, und morgen früh bei meinem Dienstaustritt muss ich sie abgeben.

Julia packt mich am Arm, reißt mich fort.

Tag 2

Ich trage ein schwarzes Band im Haar und gebe keine Antwort auf die Fragen. Gibt es nicht viele Gründe, am Hochzeitstag zu trauern? Soll jeder selbst seinen Reim darauf finden. Kotzerei kurz zuvor über einem Beet mit Sommerblumen, rot und weiß und violett. Mitleidige Blicke, verhaltenes Getuschel und das beliebte Ratespiel: schon schwanger oder nur Nervosität? Vom Poltern schwer verkatert?

Julias Augen, dunkle Knöpfe, verschlossen über dem wahren Grund der Übelkeit und dem des schwarzen Bandes. »Verraten werde ich dich wohl nicht«, hat sie gesagt, als wir uns am Vorabend trennten. *Wohl nicht.* Meine beste Freundin.

Wir stehen in der Kirche, vor mir der Altar.

»Da ist ein Mensch. Allein. Kein zweiter teilt mit ihm den Lebensweg. Für wen müht er sich ab?«, fragt der Priester schleppend. Der Gekreuzigte schaut ihm über die Schulter, sieht mich an, eher traurig als leidend. An körperlichen Schmerz muss er sich über die Jahrhunderte gewöhnt haben, doch die Vergeblichkeit seines Versuchs, die Menschheit von ihrer Schuld zu erlösen, wird ihn in alle Ewigkeit bekümmern. Wenn er mich jetzt wirklich sähe, dann wäre es das erste Mal, dass er mich wahrnimmt. Ich senke den Blick.

Jesus ist wohl der letzte Mann, der in diesem Land noch Vollbart trägt, verpönte Islamistentracht. *Wir laden unsere*

Gäste ein, beim Abtransport dabei zu sein. Wenn ich die Augen schließe, kann ich sie heute noch hören, wie sie vor dem Schultor ihre Parolen schrien, unsere *Aufrechten. Ob schwarz ob braun, dein Land ist fern. Bei uns sehen wir dich nicht mehr gern. Chris! Ten! Heit! Zum! Kampf! Be! Reit!*

Damals hatte Julia sich aufgeregt. Man dürfe Minderheiten nicht in die Ecke drängen. Dann war Shirin von einem Tag auf den anderen verschwunden, abgeschoben wie so viele andere, und auch Julia hatte den Protest aufgegeben. Julia. Die kein Wort mit mir gesprochen hat, heute, mir nicht die Ohrringe gegeben hat, die sie mir borgen wollte. *Etwas Altes, etwas Neues, was Geborgtes und was Blaues,* alter germanischer Brauch, heißt es, doch das reimt sich nicht einmal und meistens hört man die Worte noch immer auf Englisch. *Something old, something new, something borrowed, something blue.* Den Kampf um die ausschließliche Verwendung der deutschen Sprache hat inzwischen selbst der Kanzler aufgegeben. Auch die Engländer seien in ihrer Grundsubstanz Germanen, sagt er.

Neben mir steht der Mann, der von nun an die Freundinnen ersetzen muss und das auch will, sofern ich den Druck der schweißnassen Hand richtig deute. Hinter mir schluchzt es. Meine Augen sind trocken, der Blick gesenkt auf das weiße Rüschenmeer, dessen Saum bei der kleinsten Bewegung wie Gischt über den steinernen Boden tanzt. Ich möchte Blut sehen auf diesen weißen Wolken, rot wie das auf Katis Bluse, gestern erst, zum Sterben schön in seiner Endgültigkeit. Sterben, jetzt, das wäre Gottesbeweis und verdiente Strafe zugleich.

Ich schwanke, meine Brust so eng. Ich krieg das in den Griff, muss mich nur weiter von einem Gedanken zum nächsten hangeln, darf nicht denken, was war, nur was sein wird, sein könnte. Ich klammere mich an die Hand des Mannes, schwitzend jetzt wie er, hebe ich den Blick wieder zum Leidenden am Kreuz. Auch er ist schön. Sein letzter Atemhauch vom Künstler eingefangen.

Der Priester: »Wenn ein Einzelner im Bett liegt und friert, dann kann er so viele Decken nehmen, wie er will – fehlt ihm ein anderer Mensch, so wird ihm nicht warm werden. Doch zwei können sich gegenseitig wärmen.«

Noch wärmt er mich nicht, der Mann, weiß gar nicht, dass er soll, trotz der 78 Prozent Charakterübereinstimmung. Schüchtern ist er, hat mir noch nie tief in die Augen gesehen. Doch ich habe ihn nur als Retter auserkoren, nicht als Helden. Wie hätte ich wissen sollen, dass es heute für Rettung zu spät sein würde.

In der Miliz ist es eng, kein abweichendes Betragen gestattet. Das haben sie mir gleich am Anfang eingetrichtert, nachdem ich Graffiti auf dem Klo hinterlassen hatte. Nachschulung in der Arrestzelle zur besseren Fokussierung auf den Lebenszweck. Fünf Jahre lang habe ich gehofft, ich könnte ihn loswerden, den unwürdigen Ausdruckszwang. Eine unkontrollierbare Sucht sei es, sagt man, und lange hätte ich sie nicht mehr verbergen können. An der Seite des Mannes werde ich malen können, zeichnen, ohne andere zu belästigen, meine Pflichten überschaubar, den ganzen Tag allein, zumindest, bis die Kinder kommen. Wenn ich ihm welche schenken kann, dem Mann, dem Land, dem Kanzler, der uns schützt und leitet.

»... sind Sie hierhergekommen, um nach reiflicher Überlegung und aus freiem Entschluss mit Ihrem Bräutigam Johannes Martin Mittermüller den Bund der Ehe zu schließen, dann antworten Sie bitte mit: Ja!«

Ich schnappe nach Luft. Der Name, den der Priester nennt, erscheint mir fremd. Ich wende den Kopf, sehe den Mann an, der lächelt, keine Verwechslung, und ich sage ja, bevor ich anderes denken kann. Er steckt den Ring an meinen Finger, dann dasselbe umgekehrt. Der schönste Tag in meinem Leben.

In der Sonne auf dem Kirchplatz, der nach dem letzten Regenschauer dampft, werden wir mit Reis beworfen. Mama bringt mir ein Glas Sekt und weint und als sie mich umarmt, möchte ich mich an sie lehnen, möchte mit ihr um mich weinen, doch dafür ist jetzt keine Zeit. Einer nach dem anderen drückt mich an sich, wünscht mir Glück. Ein neues Leben fängt heute an, mit neuen Verwandten, die mich küssen und in die Wange zwicken, so blass sei ich, es wird doch nicht schon etwas unterwegs sein?

»Nein«, sage ich. »Ich glaube nicht. Ich hab nur schlecht geschlafen.« Die Aufregung, natürlich.

Julia kommt und küsst mich nicht und schenkt mir eine Rose und dann, anstatt etwas zu sagen, reißt sie alle Blütenblätter aus und wirft sie auf den Boden.

»Der fehlt nicht nur das halbe Bein, der haben sie das Hirn auch weggeschossen«, schimpft einer hinter mir.

Ich schließe die Hand um den Stängel und lächle. Dornen bohren sich in mein Fleisch, es ist ein guter Schmerz. Die Gäste freuen sich über den Skandal. Sie tuscheln. Der Mann, mein Mann, legt einen Arm um mich, während Mama Julia fortzieht und leise auf sie einspricht. Jemand greift nach dem Stängel, doch ich halte ihn fest. Ich will ein bisschen bluten, das habe ich mir verdient.

Heiser stimmt Oma ein kroatisches Hochzeitslied an und nach der ersten Zeile singt auch die Tante mit. Die Gäste schauen betreten zu Boden, weil Sprachen völkischer Minderheiten zwar nicht verboten, doch unerwünscht sind. In der Mitte der zweiten Strophe klatscht Mama und andere fallen ein und die Stimmen brechen unter dem Applaus und die Oma tupft sich mit der Blusenmanschette die Tränen aus den Augenwinkeln.

Über den kahlen Kopf des neuen Onkels hinweg bemerke ich zwei Männer am Rand des Platzes, die uns nicht aus den Augen lassen. Sie tragen graue Anzüge, keine Miliz, vielleicht Zivilbeamte. Ob Julia mich doch verraten hat? Flucht ist im Hochzeitskleid undenkbar. Ich brauche einen Plan.

Man schiebt mich hierhin und dorthin, lobt mein Kleid, meine Frisur und zahllose Fotos werden geschossen. Dann folgt der Aufbruch zum Hochzeitsmahl, beim Italiener gegenüber. Dass die Italiener bleiben durften, wird von manchen kritisiert. Schließlich ist Italien kein Nachbarland mehr. Der Kanzler begründet es damit, dass die Abspaltung Padaniens erst Jahre nach dem Rückführungsgesetz erfolgte. Und damit, dass er Pizza liebt. Ich mag sie nicht, deshalb gibt es heute Nudeln und Fleisch und danach Tiramisu. Das passt zum siebten Himmel, in den ich schweben soll, sagt Mama.

Mir ist schlecht vor Hunger. Seit gestern Mittag habe ich nichts gegessen.

Als wir die grauen Männer passieren, senke ich den Kopf. *Die Ehre gebietet, sich verdienter Strafe zu stellen.* Ich halte inne und als nichts geschieht, sehe ich die Fremden auffordernd an. Sie nicken mir zu.

»Wer ist das?«, flüstere ich.

»Sie haben uns vorhin gratuliert«, sagt der Mann in mein Ohr. »Erinnerst du dich nicht? Mein Chef und ein Kollege.«

Ein Stein fällt mir vom Herzen, doch schwer ist es noch immer. Ich habe Kati erschossen, doch ich weiß nicht mehr, warum. Es war alles wie immer.

Einzeln fallen pralle Tropfen, drohen mit Wolkenbruch, sprengen die Versammlung. Alles hastet auf das Restaurant zu.

Im Lokal verschwinde ich aufs Klo, werfe meine vorletzte Pille ein. Wölfisch lächelt der Kanzler mir von der Mediawand zu, als ich den Gastraum wieder betrete. Seine Worte sind nicht zu verstehen unter dem aufgekratzten Festtagsgeschnatter. Was hätte er an meiner Stelle getan? *Ausmerzen, was uns behindert,* sagt er. Was täte er jetzt? *Niemals zweifeln! Was getan ist, musste getan werden.*

Gegrilltes Gemüse mit Rosmarinbrot und dann ein Spiel, ein Spiel. Ein Spiel! Meinen Fuß soll ich auf einen Sessel stellen und der Mann fingert unter meinem Rock, zieht mir das Strumpfband bis zum Knöchel und legt das

Messer, das darin steckte, verlegen auf den Tisch. Lautes Johlen der Milizkameraden, als sie es erkennen, das Ding aus meinem alten Leben. Sie bieten jetzt Geld und für jeden Schein rutscht das blaue Strumpfband ein Stück weiter hinauf. Die Frauen sollten gegenhalten, doch zu wenige steigern mit. Das Band rutscht immer höher, der Rock mit ihm und ich wackle mit den Hüften, damit sie kriegen, was sie wollen: Strumpfband am Anschlag, darüber Haut und Spitzenhöschen. Zuversicht prickelt noch zögernd, doch ich spüre, wie sie meine Adern flutet. Die Pille tut ihre Arbeit. Ich raffe das Geld zusammen, stopfe es in mein perlenbesticktes Täschchen und zwänge auch das Messer hinein.

Kati hätte mitgesteigert. Zu spät, sie zu vermissen.

Linguini in Kapern-Zitronensoße, dann Saltimbocca mit Bratkartoffeln. Die Pille wirkt und auch der Wein macht mir das Atmen leichter, die Hand des Mannes auf meinem Knie, ein Glas noch und ich lache laut und suche Julia mit den Blicken.

Sie starrt mich an. Sie lacht nicht mit, springt auf und hinkt aus dem Lokal. Ich muss ihr nach. Mein Kleid, die ungewohnten Stöckelschuhe behindern mich beim Gehen. Als ich die Tür aufstoße, sehe ich sie in der Sonne stehen, das Handgelenk am Mund. Ich stakse auf sie zu. Sie spricht die Adresse ins blinkende Band, sagt »Schnell!« und blickt dann auf.

»Mit wem hast du geredet?«

Sie hebt die Schultern. »Kati war meine beste Freundin.«

»Sie?«

»Ja, sie! Ich hab mein Bein verloren und sie hat sich das nie verziehen. Sie hat die Last mit mir geteilt und jetzt … du tust, als wäre nichts geschehen. Mach dich bereit, sie kommen gleich.«

Der Magen ein Stein und alle Geräusche auf Anschlag gedreht. Autoreifen schmatzen über nasses Kopfsteinpflaster, letzte Tropfen platschen von Gesimsen, Kinderwagenräder quietschen, dazwischen das Rauschen der Stadt und ein Vogel und dann ein fernes Martinshorn.

Tüll raschelt, als ich zurück in den Lärm der Feier stürze, Hilfe suche, wo keine zu erwarten ist. Ein dummer Instinkt, Schutz in geschlossenen Räumen zu suchen. Begleitet von Gelächter, Rufen und besorgten Fragen tripple ich auf die Tür zu den Nebenräumen zu. Damen, Herren, Personal und ein Hintereingang in die Küche. Noch eine Tür ohne Schild, doch die ist verschlossen. In die Küche also. Am Herd ein kahler Mann, der meine Größe hat, und ein junges Mädchen, kleiner.

»Ihr müsst mir helfen, bitte! Es …«, ich suche nach einem Zauberwort, dem niemand widerstehen kann, »es geht um eine Menge Geld und ich teile auch mit euch. Ein verrücktes Hochzeitsspiel. 10 000 Schilling, wenn ich es schaffe, innerhalb von zehn Minuten mit einem Mann mein Kleid zu tauschen. Von den Gästen drinnen hilft mir niemand, ihr seid meine letzte Chance!«

Ich ziehe schon am Schürzenband des Kochs. Das Mädchen lacht. Sie hilft mir aus dem Kleid. Der Koch ziert sich erst noch.

»4 000 für mich und 1 000 für die Kleine?«

»Teilt eure Hälfte, wie ihr wollt, und jetzt die Hose, schnell! Die Zeit läuft ab.«

Er streift sich die Leinenschuhe von den Füßen und lässt die Hose fallen. Ich stehe schon in Unterwäsche da.

»Dein Hemd!«

»Das ist verschwitzt, ich hab noch eines in der Garderobe.«

»Keine Zeit, gib her!«

Das dunkelgrüne Poloshirt ist feucht und riecht nach Männerschweiß. Kichernd hilft das Mädchen dem Mann ins Hochzeitskleid, das hinten offen bleiben muss. Der Gürtel hält die Hose auf meinen Hüften fest. Die Schuhe sind zu groß. Ich zeige auf die Sandalen des Mädchens und sie schlüpft heraus.

»Dann will ich aber mehr!«

Der Koch zuckt mit den Schultern. Durch die Schwingtür, die zur Bar führt, dringt noch unverändert Lärm. Ich stopfe meine Perlentasche unter dem Hemd in den Hosenbund.

Das Mädchen kichert wieder, zeigt auf meinen Kopf und sagt zum Koch: »Die Locken würden dir gut stehen.«

Ich zerre das Haarteil aus meinem Schopf, dass die Klammern fliegen, und werfe es auf die Arbeitsplatte.

»Gibt es einen Hinterausgang? Ich komme lieber von draußen rein, dann ist die Überraschung größer.«

Auf der Straße hält ein Wagen, Silhouette hinter Milchglas. Eins, zwei, drei, vier, sechs Personen steigen aus, hasten davon. Das Mädchen greift nach dem Schlüsselbund, der neben der Tür am Haken hängt, winkt mir, ihr zu folgen, hinaus zu den Toiletten. Im Flur ein Kamerad, doch er erkennt mich nicht. Als er die Tür zum Gastraum aufstößt, höre ich eine strenge Stimme, die andere zum Schweigen bringt. Das Mädchen dreht den Schlüssel im Schloss der Hintertür, die aufschwingt, mich ins Treppenhaus entlässt. Links, hinter einer Glastür, der von Mauern umschlossene Hof, rechts das Haustor. Das Mädchen schließt die Tür. Ich haste zum Tor, zwänge mich durch einen Spalt hinaus und spähe verstohlen ums Eck.

Zwei Mannschaftswagen stehen auf der Straße, blockieren den Verkehr. Wachen flankieren den Eingang zum Restaurant, die Sturmgewehre in Bereitschaft. Ich atme tief ein, straffe die Schultern und schlendere, als hätte ich keine Eile, schräg zwischen wartenden Fahrzeugen über die Straße, meinen Rücken den Wächtern zugewandt, breitbeinig wie ein Soldat nach seinem fünften Bier. Mein Fon schrillt und ich schalte es aus. Noch drei Schritte bis zur nächsten Ecke. Jetzt bin ich aus ihrem Blickfeld.

Ich renne los, weiß nicht wohin. Immer dicht an den Häuserfassaden entlang hetze ich durch Nebenstraßen, bis ich außer Atem bin, stolpere über Putzroboter, lande unversehens am Gürtel. Acht Fahrspuren trennen mich vom Westbahnhof.

Viele Menschen, das ist gut, dort kann ich mich verbergen. Ich bremse meine Schritte, nur nicht auffallen, kämpfe gegen den Drang zu rennen, während ich Fahrbahn, Grünstreifen und wieder Fahrbahn quere und dabei versuche, die Kameras, die hier jeden Winkel erfassen, einerseits nicht zu beachten und ihnen andererseits nie das

Gesicht zuzuwenden. Eindeutige Personenkennung erfordert Frontalaufnahmen.

Endlich im Gebäude. Geschützt durch das Gewirr der Reisenden und Konsumenten, der Jugendlichen, die mit Kaffeebechern in der Hand an Auslagen vorbeischlendern, der Randexistenzen, die sich die halb leer weggeworfenen Becher aus dem Müll angeln, atme ich auf.

Das Wichtigste zuerst: neue Kleidung. In der Umkleidekabine eines Modediscounters ziehe ich mein Perlentäschchen aus dem Hosenbund. Geldscheine glattstreichen, zählen, was ich brauche, um zu bezahlen, was ich zusammengerafft habe: Sneakers, Hose und eine dünne Sommerjacke mit großen Taschen, alles reduziert, hellblau, die Farbe dieses Sommers, dazu ein lila Shirt. Den Rest des Geldes stecke ich in die Hosentasche, das Messer in den Bund.

Ich streiche über die aufgestickten Perlen meines Hochzeitsbeutels, in dem nun nichts mehr steckt als meine Identitätskarte, die Milizplakette, ein Lippenstift, Taschentücher, Mundspray und die letzte Go-Pill. Nur diese eine. Ich stecke sie in die Jackentasche.

Gern trenne ich mich nicht von meinem Täschchen, das für alles steht, was heute neu hätte anfangen sollen. Es scheint an meiner Hand zu kleben, als ich es zwischen den Kleidungsstücken des Kochs verberge. An der Kasse packe ich die alten Sachen in einen Papierbeutel und drücke ihn draußen einem der Wertlosen in die Hand, die in den Abfallbehältern wühlen. Mit einem großen Milchkaffee setze ich mich auf eine Bank, direkt unter eine Kamera, die mich so nicht erfassen kann, und versuche nachzudenken. Eine Milizstreife passiert mich, ein Stück weiter steht die nächste, jagt Minderexistenzen aus der Einkaufszone auf die Straße.

Ich muss die Stadt verlassen. Doch nirgends sonst kenne ich mich aus. Ich marschiere auf den Fahrscheinautomaten zu, gebe mich entschlossen, studiere die Ziele, als mich die Erkenntnis schockt, dass ich ohne Ausweis nirgends hinkann. Man denkt nie darüber nach, solange alles funktioniert, doch alles hängt am Band: bargeldlose Zahlung, Ausweis, Tickets, Kommunikation. Wenn ich es jetzt verwende, weiß man, wo ich bin, wo ich hinwill ebenso.

»Brauchen Sie noch lange?«, fragt eine Frau im Alter meiner Mutter.

»Das Scheißding ist kaputt!« Ich halte ihr das schwarze Band an meinem Handgelenk unter die Nase. »Wie soll ich jetzt …?«

Sie schüttelt genervt den Kopf. »Nicht aufgeladen, nehme ich an. Mein Sohn vergisst das auch immer.«

Ich weiß nicht, was ich sagen soll.

»Haben Sie Bargeld?«

Ich nicke.

»Gehn ’S zum Schalter.«

»Ohne Ausweis?«

»Haben Sie denn keine Karte?«

»Nicht mit.«

»Herrgott, wo wolln ’S denn hin?«

Ich sage »Melk«, der erste Ort, der mir auf dem Bildschirm auffällt, ein Fehler, viel zu nah.

»Wie viel Geld haben 'S denn mit?«

Ihr lauernder Blick lässt mir keine Wahl. Wenn ich jetzt nicht großzügig bin, alarmiert sie die Streife, die fünf Meter weiter einem ungepflegten Mann den Arm auf den Rücken dreht. Ich senke die Hand in die Hosentasche, ziehe einige Scheine heraus.

»Das ist alles, was ich habe.«

Die Frau drückt Knöpfe und hält ihr Band vor den Scanner, bis es summt.

»Wie viel?«

Die Frau lächelt schmal. Mit einer Hand steckt sie mir die Quittung in die Jackentasche, mit der anderen reißt sie mir alle Scheine aus der Hand und wendet sich ab, um ihr eigenes Ziel einzugeben.

Gegen die Fahrtrichtung sitze ich im muffigen Waggon des Regionalzugs, mir gegenüber zwei andere Reisende, mit denen ich jeden Blickkontakt vermeide. Schon bei der nächsten Station steigt die Dunkelhaarige mit der unreinen Haut wieder aus. Vor dem Fenster sprengt die Landschaft die Häuser auseinander. Wald und leere Felder, Straßen, unbelebte Dörfer, hier und da ein Traktor oder eine Frau mit Hund. In jedem Dorf die Bürgerwehr, dazu oft auch Miliz, jeder Fremde wird beäugt. Die Anonymität der Stadt und der Schutz, den sie gewährt – dass ich daran nicht gedacht habe. Doch gegen diesen Fluchtinstinkt ist mit Verstand kaum anzukommen. Nun muss ich wohl nach Linz, mich ab Melk auf dem Klo verstecken.

Schlafend sitzt mir gegenüber ein mittelalter Mann mit

schmalem Schnauzbart und fleischig feuchten Lippen. Er trägt einen teuren Anzug. Bei jedem zweiten Atemzug dringt ein Pfeifen aus einem seiner Nasenlöcher.

Der Zug schleicht fast im Schritttempo. Gleisarbeiten, heißt es, Schienenbruch droht. Überall im Land fehlen Geld und Arbeitskraft, alles geht irgendwann kaputt.

Ich drehe meinen neuen Ring – Weißgold, ohne Stein und Muster – und wünsche mich weit weg, ans Meer im Norden irgendwo. Sand und schaumgekröntes, graues Wasser und ein unentwegtes Rauschen, das an- und wieder abschwillt und alles andere auslöscht. Stattdessen mache ich einen Zeitsprung. Vierundzwanzig Stunden rückwärts lande ich am Kaiserwasser und werde Kati gleich erschießen. Will es nicht tun, diesmal nicht tun, sehe meine Hand sich heben, spüre den Druck am Zeigefinger, schließe meine Augen. Höre nicht den Knall, nur den Aufschlag der Kugel, die das Fleisch durchschlägt. Es gibt keine zweite Chance. Wenn schon zurück, dann müsste ich noch viel weiter gehen. Basketball vor den Garagen, nur diesmal fange ich diesen Ball, egal, wie scharf Kati ihn wirft.

Eferding, jetzt fällt es mir ein, liegt gleich hinter Linz und ist zwar keine große Stadt, doch dort wohnt die andere Oma, Vaters Mutter, seit vielen Jahren nicht gesehen, zuletzt kurz nach Julias Verstümmelung. Erleichtert schließe ich die Augen, stelle mir vor, wie sie sich freut und der Druck in meiner Brust lässt ein wenig nach. Die Oma wusste immer alles. Vielleicht fällt ihr ein, wie ich zu retten bin. Und niemand wird mich dort vermuten. Der Kontakt ist abgebrochen, nachdem Papa uns verlassen hatte.

Automatisch tippe ich auf mein Band, um die Karte aufzurufen, und es leuchtet auf. Alarmierende Symbolkaskaden rollen über das Display und ich schnappe nach Luft. Jeder, den ich kenne, will mich offenbar erreichen. Panisch reiße ich das Band vom Handgelenk und knicke es, bis es bricht. Ob dieser kurze Netzkontakt ausgereicht hat, um mich aufzuspüren?

Jetzt ist es kaputt. Auch andere leben ohne. Die Wertlosen, die sich keines leisten können oder nicht geortet werden wollen. Wenn ich mich nur früher dafür interessiert hätte, wie und wo sie überleben.

Personalausweis, Führerschein, Bankverbindung, Internet und Fon sind jetzt für mich Vergangenheit. Nach einem Blick auf den Mann gegenüber, der immer noch schläft, stehe ich auf, öffne das Fenster, ein paar Zentimeter nur, um ihn nicht aufzuwecken, werfe das schimmernde Band durch den Spalt und kauere mich wieder in mein Eck.

Die Stirn an die Scheibe gelehnt sehe ich hinaus. Ein Hof auf einem sanften Hügel verschwimmt hinter meinem Tränenschleier, schillert in der Sommerabendsonne, ein Bild aus einem Märchenbuch. Dort hätte ich gerne mein Zuhause, inmitten fetter Felder, ein Bauernschicksal ohne Hast, kein Kampf und keine Flucht und frische Kätzchen jedes Jahr. Dort wäre das alles nie geschehen. Hühner, Kühe, Feldarbeit und eine Schar barfüßiger Kinder. Ich trüge ein geblümtes Kleid. Mein Mann, ein roher, breitgebauter Kerl, reißt es mir vom Leib und stößt mich grob ins Heu. Danach trinkt er sich besinnungslos und ich leiste ihm Gesellschaft. Ich dürfte ihn nicht töten.

»Kann ich Ihnen helfen?«

Der Mann von gegenüber ist erwacht und gibt sich hilfsbereit. Er kramt in seiner Aktentasche und fördert ein Päckchen Papiertaschentücher zutage. Ich reibe mir die Augen, schniefe und schüttle den Kopf. Ich könnte versuchen, sein Vertrauen zu gewinnen. Vielleicht hat er selbst Kinder in meinem Alter und Mitleid und hilft mir, weiterzukommen. Andernfalls könnte ich versuchen, sein Band zu stehlen, um mir damit die Weiterfahrt zu kaufen.

»Es ist nur«, schniefe ich, improvisiere, »meine«, jetzt bloß nicht Oma sagen und Eferding, »meine Tante lebt in Melk. Ich wollte sie besuchen, aber jetzt liegt sie im Krankenhaus, ein Herzinfarkt, und ich weiß nicht, wo ich hinsoll. Meine Fahrkarte geht nur bis dort und mein Band ist kaputt.« Ich schaue so jämmerlich drein wie ich kann, viel Übung habe ich darin nicht.

Misstrauisch mustert der Bärtige mich. »Und das haben Sie erst nach der Abreise erfahren? Ich habe Sie nicht telefonieren gehört.«

Sein Blick streift mein Handgelenk, das unter dem langen Jackenärmel verborgen ist. Darauf muss ich in Zukunft achten. Hätte ich das kaputte Band behalten, dann könnte ich es ihm zeigen.

»Sie haben geschlafen.«

»Vielleicht können Sie im Krankenhaus den Schlüssel zur Wohnung Ihrer Tante holen. Sie ist sicher froh, wenn in ihrer Abwesenheit jemand ein Auge darauf hat.«

Was soll ich sagen? Mein Rettungsboot leckt.

»Oder suchen Sie nur eine Ausrede, um die Nacht mit

mir zu verbringen? Das ist schon in Ordnung. Sie wären nicht die Erste, der ich geholfen hätte.«

Er zwinkert mir zu und befeuchtet sich die Lippen mit der Zungenspitze. Ich spüre die Hitze in meinen Wangen und senke den Blick. So schnell geht das, so leicht. Es gibt ihn also tatsächlich, den stillen Brauch, sich im Zug wie auch im Restaurant eines Möbelhauses auf die Suche nach Sexualpartnern zu machen. Gehört habe ich davon. Setze sich eine allein reisende Frau zu einem ebensolchen Mann, dann sei das ein Angebot, sagten die Kameraden, und eine gute Gelegenheit, weil man da alles haben könne. Die elektronisch arrangierten Ehen funktionierten schließlich nicht immer, meinten die einen, da sei viel Potenzial für Unzufriedenheit und daraus folgende Abenteuerlust. Die anderen sagten, dass vor allem glücklich verheiratete, noch kinderlose Frauen während ihrer fruchtbaren Tage nach Bespringern suchen würden. Ein pragmatischer Versuch, die Gefahr eines Austausches nach vier Jahren zu bannen, ohne den eigenen Mann mit dem Vorwurf der Unfruchtbarkeit zu brüskieren. Ich muss froh sein, dass sich die Gerüchte bestätigen.

»Es ist nur«, sage ich und bringe es nicht fertig, ihn dabei anzusehen, »ich habe das noch nie gemacht.«

»Natürlich nicht, Mädchen, es ist *immer* das erste Mal.«

Beschämt senke ich den Kopf unter seinen herablassenden Worten, zwinge mich, die Fäuste nicht zu ballen. Ja, es ist wahr, fast jede Frau treibt heute Handel mit ihrem Körper. Doch dass die Nutznießer uns dafür verachten, das würde der Kanzler nicht wollen.

»Ich wohne nur ein paar Kilometer von Melk entfernt. Mein Auto steht am Bahnhof«, sagt der Mann, der bald auf mir liegen wird im Austausch für meine sichere Weiterreise. In meiner Hochzeitsnacht. Er lächelt, ich kann nur sagen: verschlagen. Als hätte er meine Gedanken gehört, sagt er: »Wenn Sie mir nur bitte Ihren Ausweis zeigen. Man weiß ja nie, was für Gesindel ... Sie könnten zu der flüchtigen Zeckenbrut gehören.«

Mein Herz pocht im Hals und ich winke ab. »Sicher nicht, außerdem kenne ich Sie ja ebenso wenig. Sie könnten mich erpressen wollen. Mein Mann darf nichts davon erfahren.« Ich zeige auf meinen Ring, stolz auf meine Geistesgegenwart, und räuspere das Herz hinunter, zurück an seinen Platz. »Vielleicht sollte ich Sie nach *Ihrem* Ausweis fragen. Ein Mann, der fremde Frauen einlädt, bei ihm zu übernachten ... man weiß schließlich nie ... Sie könnten ein Frauenmörder sein.« Ich ringe mir einen koketten Wimpernschlag ab.

Er zieht die Oberlippe schief hinauf, den Mundwinkel abwärts, ein Lächeln möglicherweise. »Schiele mein Name, Hofrat Doktor Paul Christian Schiele.« Er wirft sich in die Brust. »Sektionschef im Medienministerium. Und Ihr Name?«

Ich sauge scharf die Luft ein und er freut sich über die Reaktion, nickt bestätigend. Ja, so beeindruckend bist du, eitles Arschloch. Ein Regierungsbeamter. Meinen Namen jetzt, doch lieber nicht den echten. Wenn ich nun Julia Mayer sagte, so gewöhnlich wie nur möglich? Als Kind wollte ich Samira heißen, doch das klingt heute nicht mehr gut. Ich zögere schon zu lange. »Katharina. Katharina Mittermüller.«

Zu spät fällt mir ein, dass ich seit heute Morgen wirklich Mittermüller heiße. Doch Katharina bin ich nicht. Die ist tot.

Wir geben uns die Hand. Er bietet mir einen Keks aus einer roten Packung an. Und wieder dieses Viertellächeln.

»Nichts für ungut«, sagt er. »Es nimmt überhand, Sie wissen. Man kann nicht vorsichtig genug sein.«

»Was nimmt überhand?« Ich greife nach einem Keks, nur höflichkeitshalber, denn gegessen habe ich reichlich.

»Die Aufrührer, Staatsverräter, Zwietrachtsäer, Verbündete des Kalifats. Der Kanzler sorgt sich zunehmend. Haben Sie seine Ansprache am Mittag nicht gehört?«

Der Leitwolf vor der Nationalflagge auf dem Monitor beim Italiener. »Nein, leider, ich war bei einem Hochzeitsmahl, sehr laut, der Ton nicht zu verstehen.«

»Man hat gestern ein Nest ausgehoben, mitten in Wien. Leider ist einigen von der Brut die Flucht gelungen, darunter auch zwei Frauen. Eine Schande, dass die, anstatt für ihr Land zu kämpfen oder zu gebären … Es schmerzt mich immer ganz besonders, wenn Frauen, deren Natur doch die Hingabe ist …«

Ich blende sein Geschwafel aus und nicke ab und zu. Doch warum erzählt er mir von diesen Frauen, mit so bedeutungsschwangerer Miene? Hat er mich in Verdacht?

»Sie werden doch nicht glauben, dass ich … Ich war Soldatin!«

»Und halten Ihren Treueschwur bis in den Tod, so wie

versprochen?« Er blinzelt spöttisch. Wie er zu diesem Misstrauen kommt?

»Der Kanzler hat unser Land gerettet«, sage ich und meine Stimme zittert. »Wenn er nicht die Unruhen beendet, die Grenzen gesichert und die Religionsfremden ausgewiesen hätte, dann müsste ich jetzt ein Kopftuch tragen.« Als gäbe es nichts Schlimmeres. Mein Hirn ist leer, mir fällt nichts ein. »Kein Geld für unsere eigenen Leute, stattdessen Muezzingeschrei«, stottere ich. »Wenn er nicht gewesen wäre, dann wären die Gärten noch heute vermint. In der schlimmen Zeit hat eine Tretmine meiner besten Freundin das Bein zerfetzt. Dass Sie mich für eine von denen halten ...!«

Wahre Worte, die in meinen Ohren unerklärlich nach Lüge klingen. Warum nur? Der Führung und meinem Land gegenüber war ich immer loyal. Und das mit dem Mord und Julias Bein geht Schiele überhaupt nichts an.

Er nickt, scheinbar zufrieden, kramt in der Tasche und fördert eine Dose Wein zutage. Der Verschluss knackt.

»Ein Schluck auf den Kanzler und die Zerschlagung der staatsfeindlichen Brut!«

Er trinkt und setzt die Dose ab. Ein Speichelfaden zieht sich vom Dosenrand zur Unterlippe. Er bietet mir den Wein an, zerreißt dadurch den Speichelfaden. Ablehnen kann ich bei dem Trinkspruch nicht.

»Auf die Heimatliebe!«

Der Wein schmeckt nicht schlecht.

Schieles Auto riecht nach Hund. Wir rollen aus der Stadt hinaus und plaudern angeregt. Das heißt: Er spricht, ich stimme zu. Er ist einer von den Wölfen, ein *Aufrechter* mit ganzer Seele. Muss er wohl sein, denn seine Arbeit erfordert höchste Loyalität.

»Der Überwachung und Lenkung der Kommunikation in den elektronischen Medien gilt natürlich unser Hauptaugenmerk. Einerseits hat der Kanzler selbst von der ersten Stunde an auf das Netz gesetzt, um die Anständigen zu mobilisieren, andererseits war es unerlässlich im Sinne des Volkswohls, hier Auswüchse früherer Zeiten gnadenlos auszumerzen. Sie können sich das nicht vorstellen, aber es gab eine Zeit«, angewidert schüttelt er den Kopf, »da war buchstäblich alles im Netz zu finden, von Verunglimpfungen bis zu Schlächtereien an Frauen und Kindern ...«

Ich unterdrücke ein Gähnen und würde nun gerne selbst auf *Mindmine* teilen, wie sehr mich sein Vortrag langweilt, Kontrolle hin oder her.

»... Hort frivoler Zersetzung aller Ordnungsprinzipien, ein kannibalischer Netzmob, der unter dem Deckmantel der Anonymität ...«

Bei einem geschwätzigen Wichtigtuer bin ich gelandet, der hätte Lehrer werden sollen. Tut, als wäre ich ein Kind, dem man die Welt erklären muss.

»... eine Zeit war das – der Kanzler kaum an der Macht und sofort packt er zu. Schädlinge aufspüren, hieß es damals, sie ergreifen, Arbeit Tag und Nacht. Ein Ringen mit volksfremden und antidemokratischen Kräften, die alles daran setzten, den in freier Wahl bekundeten Volkswillen zu unterlaufen und das Land in den Abgrund zu reißen. Nicht alles Verbrecher, keine Frage, auch fehlgeleitete

Gutmenschen darunter, die jeden umarmen müssen, und schlägt er sie auch noch so oft ins Gesicht. Unter höchstem Zeitdruck ...«

Wir fahren durch einen Wald, Bäume im Scheinwerferlicht beidseits der Straße, eine ganze Weile schon.

»Haben Sie nicht gesagt, Herr Doktor Schiele, dass Sie gleich außerhalb von Melk wohnen? Wie lange fahren wir denn noch?«

Lippe hoch, Mundwinkel runter. »Habe ich das nicht erwähnt? Ich wohne im Dunkelsteinerwald, ein Jagdhaus eigentlich. Seit meiner dritten Scheidung, als ich die Wohnung in Wien Frau und Kindern überlassen habe. Die kleine Dienstwohnung in der Stadt nutze ich nur gelegentlich. Auch in persönlichen Angelegenheiten stelle ich das Wohl der Allgemeinheit jederzeit über meine Befindlichkeiten, ohne ...«

Ein Haus im dunklen Wald, das klingt nach einem Märchen, nach dem Moment, an dem ich als Kind Hänsel und Gretel zurufen wollte: Stopp, nicht weiter in diese Richtung! »Ein Hexenhäuschen also«, sage ich und lache, doch der Ton ist falsch.

Schiele geht vom Gas und bremst.

»Haben Sie Bedenken?«, fragt er. »Ich könnte das verstehen. Wenn Sie möchten, drehe ich um, fahre Sie zurück nach Melk. Vielleicht zum Landesklinikum, dort liegt doch Ihre Tante? Oder gleich zum Milizposten?«

Humor hat er also. *Angst ist nur Aufruf zur Konzentration*, haben sie uns eingetrichtert, *wertlos ist, wer sich ihr beugt*. Unzuverlässig ist sie auf jeden Fall. Als Julia damals über den Zaun gestiegen ist, hatte ich kein mulmiges Gefühl und dennoch …

Mein Messer steckt hinten im Hosenbund. Nur jetzt nicht dorthin fassen.

»Nehmen Sie mich morgen früh wieder mit?«

»Morgen ist Sonntag, da muss ich nicht raus. Ich hatte gehofft, Sie leisten mir bis Montag Gesellschaft und wir fahren gemeinsam zurück nach Wien.« Er zwinkert. »Sie werden sich doch etwas zurechtgelegt haben für Ihre Lieben daheim? Aber selbstverständlich bringe ich Sie auch morgen im Lauf des Tages wieder zum Bahnhof, falls Sie das wünschen.«

Harmlos, nur auf Sex aus, natürlich. Ich atme tief durch und schenke Schiele ein Lächeln. »Schauen wir mal.« Mein Herz klopft weiter viel zu schnell. Um mein Misstrauen zu bekämpfen, schnattere ich drauflos, behaupte, dass ich seit zwei Jahren verheiratet sei und mich auf Kinder freue, und dass mein Mann im Innenministerium arbeite.

Schiele nickt zufrieden. »Ein *Aufrechter.*«

»Logisch.«

»Wie heißt er?«

Schon wieder ein Fallstrick. Hab ich ihm meinen Namen nicht vorhin genannt? Außerdem habe ich in unserem Szenario jeden Grund, meine Identität und die meines Mannes zu verschweigen.

»Er heißt wie ich.«

Zum meinem Glück lässt Schiele das durchgehen, weil wir in diesem Moment in einen Forstweg einbiegen und er aussteigen muss, um eine Schranke zu öffnen. Wir holpern über Wurzelrippen und halten Minuten darauf vor einem Gittertor. Ein Blockhaus auf einer Lichtung, das Holz dunkel vom Alter im Scheinwerferlicht, und rundherum ein mannshoher Drahtzaun mit einer Krone aus Stacheldraht. Ein großer, sandfarbener Hund kommt bellend angerannt. So einen habe ich mir als Kind gewünscht. Sascha wollte ich ihn nennen.

»Wie heißt er?«, frage ich.

Ohne zu antworten greift Schiele in sein Türfach, fördert ein schwarzes Plastikding zutage und drückt auf einen Knopf. Das zweiflügelige Tor öffnet sich. Flutlicht flammt auf, taucht das Areal in Exerzierhofstimmung, während Schiele den Wagen hineinfährt und das Tor sich automatisch schließt. Er steigt aus, tätschelt den Hund, der winselnd an ihm hochspringt. Schiele umrundet das Auto und öffnet die Tür auf meiner Seite.

»Da wären wir.« Er reicht mir die Rechte, die kühl ist und doch reichlich feucht. Mir fällt der Mann ein, mein Mann, heute Morgen in der Kirche. Seine Hand war warm und feucht.

Der Hund beschnüffelt mich, ich streichle seinen Kopf. Er schnappt nach meiner Hand.

»Er kann Fremde nicht leiden«, sagt Schiele.

Vor der Eingangstür auf der kleinen Veranda steht ein Napf. Der Hund darf nicht ins Haus. Im Windfang ziehen wir die Schuhe aus. Das Wohnzimmer ist freundlich eingerichtet, helles Holz und Beige und Blau, zumeist mit Karomuster, und auf den Fensterbrettern Blumen, vermutlich Orchideen.

»Wie schön«, sage ich, berühre eine.

»Hände weg!«, bellt Schiele. »Die sind empfindlich«, etwas leiser.

Ich folge ihm in die Küche, die aufgeräumt und sauber ist wie alles hier. In einer Schale liegen Kirschen, prall und beinahe schwarz. Mir läuft das Wasser im Mund zusammen. Schiele öffnet eine Dose Hundefutter und geht hinaus, um den Napf zu füllen. Ich stecke mir schnell zwei Kirschen in den Mund, lasse ihre Haut unter meinen Zähnen platzen. Die Fruchtsüße belebt mich wie eine Go-Infusion. Schiele kommt zurück und ich schlucke die Kerne. Er zeigt mir das Bad, gibt mir Bade- und Handtuch, akkurat gefaltet. »Machen Sie sich erst mal frisch!«

Befehle, die mir nicht missfallen, führe ich ohne nachzudenken aus. Immerhin verschafft mir dieser Auftrag einen Aufschub vor dem Unvermeidlichen.

Kein Schlüssel in der Tür. Er kann mich jederzeit überraschen. Doch nichts hilft nach einem miesen Tag so gut wie heißes Wasser. Ich angle mir das Messer, das unter meiner Kleidung auf der Waschmaschine liegt, steige in die Wanne und deponiere es hinter dem Vorhang, blank auf dem Badewannenrand. *Wachsamkeit ist Bürgerpflicht.* Dann prasseln die Tropfen mit einem Wasserdruck wie aus dem Kärcher, schwemmen jeden Gedanken davon.

Rein bin ich, doch unschuldig nicht, das fällt mir gleich wieder ein, als ich aus der Wanne steige. Nachlässig trockne ich mich ab, fast zu erschöpft dafür. Die Müdigkeit schlägt durch, die letzte, fast durchwachte Nacht. Schlafen will ich und alles für ein paar Stunden vergessen. Hoffentlich hat Schiele kein großes Programm mehr, will nicht vorher noch plaudern.

Die Tür schlägt auf. Schiele tritt ein. Ich raffe das Handtuch, schlinge es um mich. Er freut sich mit seinem schiefen Grinsen und einem Leuchten in den Augen, schließt die Tür. Breitbeinig lehnt er sich dagegen, kreuzt die Hände vor dem Schritt und ich bereue meine Dummheit. Lässig hält er in der Rechten eine Waffe, eine Glock wie meine, die seit heute Morgen wieder in der Waffenkammer der Miliz liegt.

»Entschuldigen Sie die Vorsichtsmaßnahme«, sagt er, immer noch höflich, was mich überrascht. »Ich musste warten, bis Sie wehrlos sind, nur für den Fall … *Wachsamkeit ist Bürgerpflicht,* Sie wissen ja. Sofern Sie sind, wer Sie zu sein vorgeben, haben Sie nichts zu befürchten. Weisen Sie sich jetzt aus.«

Er die Schlange, ich das Kaninchen, starren wir uns an. Selbst das Messer in der Hand würde mir jetzt nichts nützen. Seine Mundwinkel weisen diesmal beide abwärts. Einhändig wühlt er in meinen Sachen, sucht das Fonband. Die Waffe in der anderen Hand deutet auf mich.

»Ich höre!«

»Mein Band ist mir gestohlen worden. Am Bahnhof. Zusammen mit meiner Tasche.«

»Erst angeblich kaputt, jetzt plötzlich gestohlen. Lächerlich! Irgendwas anderes? Milizplakette, Bankkarte?«

»Alles weg.«

»Geh zurück, bis du an die Wanne stößt! Keine falsche Bewegung, sonst schieße ich dich nieder und muss nicht einmal lange putzen.«

Wer überlegt sich so etwas? Doch er hat recht, ich fiele in die Wanne.

»Für wie blöd hältst du mich?«, fragt er. »Lässt dich bestehlen und gabelst dann seelenruhig Männer im Zug auf? Eine dämlichere Ausrede habe ich selten gehört. Raus mit der Sprache: Wer bist du?«

»Ich …« Hätte ich doch nur nicht so viel geschwiegen, stattdessen lügen geübt. Ich senke den Kopf, flüstere: »Ich bin eine Wertlose und wollte nur einen Platz zum Schlafen. Gegen entsprechende Gegenleistung.«

»Und woher hast du das?« Er schwenkt das Geldbündel, das er aus meiner Hose gezogen hat. »Einem anderen arglosen Wohltäter gestohlen?«

Ich rühre mich nicht, warte auf einen Schlag, einen Befehl. Er wird nicht eine Wehrlose in seinem Bad erschießen. Der Dreck, die Scherereien. Wenn er mich töten will, wird er mich nach draußen bringen, wo er mich gleich verscharren kann. *Die Hoffnung stirbt zuletzt.* Er tritt einen Schritt näher, die Pistole auf meinen Bauch gerichtet.

»Ich lasse mich doch von dir nicht verarschen. Eine fadenscheinige Geschichte nach der anderen. Von der ersten Sekunde an hatte ich dich im Verdacht und dann sehe ich, wie du dein Band zerstörst und aus dem Fenster wirfst.« Er hebt mein Kinn mit dem Lauf der Waffe an. »Ja, da staunst du, dummes Ding. Als wäre ich Sektionschef geworden, wenn ich so einfältig wäre, im Zug zu schlafen, bei all dem Gesindel, das unterwegs ist. Das Ohr am Mund des Volkes, so sind wir groß geworden.«

Das Gequatsche lässt mich hoffen, dass er sich sicher

genug fühlt, mich nicht zu ermorden. Nichts sagen jetzt, nur zuhören, unterwürfig tun.

»Ich habe ein bisschen recherchiert, während du unter der Dusche warst. Stell dir vor, was für ein Zufall: Eine der beiden Aufrührerinnen, die gestern entkommen sind, ist blond, mittelgroß und Ende zwanzig, blaue Augen.« Schlangenblick in mein Gesicht. »Gut, in dem Licht sind sie grau, aber es besteht kein Zweifel: Dein Name ist Ina Matusek!«

Erschrocken schüttle ich den Kopf. »Nein, den Namen habe ich noch nie gehört, ich schwöre, die bin ich nicht … eine Verwechslung. Ich würde nie mein Vaterland verraten.«

Auch er schüttelt jetzt den Kopf, als sei er enttäuscht. »Kein Wunder, dass euch nichts gelingt, wenn ihr nicht zu euren Überzeugungen steht. Der Kanzler wird sich freuen über diesen Fang.«

Er hebt die Linke mit dem Fonband, ohne mich aus den Augen zu lassen und zielt mit dem rechten Zeigefinger am Abzug vorbei ungelenk auf sein Display. Etwas muss ich tun, bevor er die Miliz ruft. Ich öffne die Finger. Das Badetuch gleitet zu Boden. Schiele hält inne. Seine Oberlippe wölbt sich auf. Das Freizeichen ertönt.

»Bitte«, hauche ich. »Bitte nicht! Ich tu auch alles, was Sie wollen.«

Ich sehe es in ihm arbeiten und kann mir vorstellen, was er denkt. Warum auf diesen Spaß verzichten? Er könnte mich hier festhalten, solange es ihm gefällt und mich nebenbei erziehen. Er ist der Typ, der das genießt. Eine Stimme aus dem Fon. Schiele hebt es an den Mund.

»Sektionschef Schiele am Apparat. Ein Zwischenfall. Ich melde mich in Kürze wieder. Aus.«

Das Display erlischt und Schiele öffnet seine Hose.

»Na schön, ich gebe dir eine Chance, eine kleine, klitzekleine Chance.« Er klingt wie besoffen. »Was glaubst du, was wir uns jetzt wünschen?« Er melkt seinen gekrümmten Schwanz.

Ich glaube, ich soll ihm einen blasen, doch das bringt mich nicht weiter. Ich würde kotzen, er würde schießen. Ich drehe mich langsam um, spreize die Beine, beuge mich vor, die Hände auf den Wannenrand gestützt und beiße die Zähne zusammen. Ich spüre ihn näher kommen. Sein Becken prallt gegen meinen Hintern, doch er kommt nicht rein. Ich habe das Gefühl, er bohrt mir ein Loch und versuche, mich zu entspannen. Er röchelt und dann ist er drin und rammelt wild drauflos, die Hände an meinen Hüften, die Waffe an mein Fleisch gepresst, sein Bauch klatscht auf meinen Rücken.

»Strafstoß«, brüllt er. »Strafstoß, du Miststück!«

Ich muss mich beeilen, er ist sicher gleich fertig. Ich taste hinter dem Duschvorhang nach dem Messer, bekomme es zu fassen. »Strafstoß«, schreit er wieder – und ich ramme mit aller Kraft die Klinge in seinen Unterarm. Die Pistole fällt zu Boden. Noch einmal ausholen und die Klinge versenken in das zappelnde Fleisch hinter mir, einmal, zweimal. Sein Schrei bricht japsend ab und ich stoße mein Becken zurück, presse ihn raus. Er fällt, ich fahre herum, das Messer auf Bauchhöhe schwingend, doch er liegt schon am Boden, die eine Hand schlaff, und hält sich mit der anderen die Seite. Niere oder Leber, was immer das ist, es blutet.

»Strafstoß«, sage ich, meine Stimme zittert. *»Wachsamkeit ist Bürgerpflicht.«*

Ich gehe in die Hocke und fische mit der Linken nach der Pistole, ohne ihn aus den Augen zu lassen. Er wimmert.

»Sie mussten ja unbedingt ein Held sein, Aufrührer fangen. Falsche Entscheidung. Hätten Sie mich nicht einfach ficken und für eine Nacht hier schlafen lassen können? Oder, besser noch: mich gar nicht erst mitnehmen?«

Ich wische mir mit dem Handrücken die Tränen von den Wangen. Er krümmt sich und keucht.

»Mach jetzt nichts Dummes, ruf die Rettung!« Seine Stimme rasselt atemlos. »Es war Notwehr, ich nehme die Schuld auf mich, besser noch: ein Unfall! Ich kann viel für dich tun.«

Ich lache auf. »Wer hält hier wen für blöd?«

Er lässt seine Seite los, plagt sich ab, mit der verletzten Hand das Display zu bedienen, doch sie gehorcht ihm nicht. »Nimm mein Auto!«, greint er. »Lass mich einfach liegen. Da ...« Er deutet mit der blutigen Hand auf die Hose, die sich um seine Knöchel gewickelt hat. »Der Schlüssel, in der linken Hosentasche.«

»Arschloch.« Das würde ihm so passen, dass ich ihm so nahe komme. Ich kann ihn nicht am Leben lassen, das weiß er so gut wie ich.

Er robbt in Richtung Tür, reckt sich nach der Klinke. Viel zu gut kann ich mir vorstellen, wie er sich jetzt fühlt. Die Aussichtslosigkeit. Mit einem Schritt bin ich bei ihm, greife nach seinem Bein und ziehe ihn zurück. Doch es war ein Fehler, dass ich nicht gleich geschossen habe. Schiele tritt mir gegen das Schienbein, bringt mich fast zu Fall, ich taumle gegen die Waschmaschine, er umklammert mein Bein und ich drücke mit links ab, treffe seine Schulter. Er lässt los, sinkt zurück, jault wie sein eigener Hund.

Ich will das Flehen in seinen Augen nicht sehen und werfe das Badetuch über sein Gesicht. Selbst wenn er Mitleid verdient hätte, bin ich nicht in der Position, es ihm zu schenken. Ich schieße dorthin, wo ich weiß, dass sein Kopf liegt, dann übergebe ich mich in die Badewanne.

Keuchend sitze ich auf dem Wannenrand und versuche nachzudenken. Blut färbt das blaue Handtuch lila, breitet sich zäh, aber stetig auf den beigen Fliesen aus.

Nichts zurücklassen, denke ich, alle Spuren entfernen. In Krisen kühlen Kopf bewahren.

Ich spüle das Erbrochene in den Abfluss und steige wieder in die Wanne. Mit viel Seife wasche ich meinen Schritt, die blutbeschmierten Beine, danach das Messer und dann die Armaturen, die ganze Badewanne. Das kleine Handtuch liegt noch gefaltet da. Ich trockne mich damit ab, ziehe mich an und öffne die Klappe der Waschmaschine, werfe das Handtuch hinein. Jetzt das Badetuch. Ich präge mir die Ausdehnung der roten Lache ein, wende den Blick ab und greife nach dem Leichentuch, das auch meine DNS bewahrt, lasse es in die Trommel fallen. Obwohl die Lüftung einiges abzieht, ist der Geruch nach Blut und Ausscheidungen inzwischen unerträglich. Waschpulver auf einem weißen Rollregal, zwei Messbecher voll auf die Wäsche und dann das Kochprogramm. Den Blick auf den Ausgang gerichtet steige ich über den Toten, wische die Klinke mit meinem T-Shirt blank, öffne die Tür einen Spalt und bin draußen.

Den Rücken an die Wand gelehnt, die Hände auf die Knie gestützt, versuche ich, mich durch tiefe Atemzüge vom Würgen abzuhalten. Mein Atem flattert und ich fühle mich wie aus einem Albtraum hochgeschreckt, der sich nach dem Erwachen als Realität erweist. Es ist nicht dasselbe, nüchtern zu töten, schon gar nicht leichter beim zweiten Mal. Ich forme mit den Händen eine Schale und halte sie mir vor den Mund. Es hilft. Langsam wird der Atem ruhiger.

Der Schlüssel, ich habe den Schlüssel vergessen. Tränen, schon wieder, so geht das nicht. Enthalten Tränen DNS?

Ich gehe zum Hauseingang, finde an der Garderobe einen Seidenschal und Lederhandschuhe. Ich binde mir den Schal um Mund und Nase. Er riecht nach Schiele, doch er saugt meine Tränen auf. Noch einmal tief Luft holen, dann stoße ich die Tür zum Bad wieder auf, bis sie von Schieles Körper blockiert wird. Ich zwänge mich durch den Spalt. Trotz des Schals ist der Geruch betäubend. Wenn der Körper nur nicht auf dem Schlüssel liegt. Jetzt muss ich hinsehen. Keine Schönheit hier, nur stinkende Verwüstung. Ich beuge mich über blutbesudelte Schenkel, zerre an der Hose, die verdreht um seine haarigen Waden gewickelt ist, greife in die Tasche. Nichts. Links, hat er gesagt, links. Ein Ruck am Hosenbund, sein Knie stellt sich auf, streift meine Hand, totes Fleisch, ich zucke zurück, doch da ist sie, die linke Tasche, der Schlüsselbund hängt halb heraus. Ich hake meinen behandschuhten Zeigefinger in den Ring und weil ich schon beim Stehlen bin, nehme ich auch die Geldbörse an mich, die bei all dem Gezerre aus der Gesäßtasche gefallen ist. Mit Mühe kämpfe ich den Brechreiz nieder, bevor ich das Band von seinem Handgelenk löse. Ich stürze aus dem Bad, knalle die Tür zu und reiße mir den Schal vom Gesicht. Luft holen.

Tränenblind taumle ich in die Küche, drehe den Wasserhahn auf, spüle Schlüssel und Band und auch das Portemonnaie ab, obwohl auf ihm kein Blut zu sehen ist. Ich schrubbe meine Hände mit der Küchenbürste und trinke aus der Leitung, um den zu Geschmack gewordenen Geruch aus den Schleimhäuten zu spülen.

Ich sinke auf das Sofa, erschöpft. Unendlich müde bin ich und muss doch weg, sofort. Den Sonntag über kann ich vielleicht noch fahren. Gut möglich, dass man ihn erst vermisst, wenn er am Montag nicht zur Arbeit erscheint. Ich kann mir nicht vorstellen, dass er viele Freunde hat.

Ich denke an die letzte Go-Pill in meiner Jackentasche und beschließe dann doch, sie erst später zu nehmen, wenn es gar nicht mehr anders geht. *Disziplin ist die Mutter des Sieges. Die Herrschaft über den Augenblick ist die Herrschaft über das Leben.*

Ich untersuche Schieles Geldtasche. Scheine, Karten, Rechnungen. Einer von denen, die auf Sicherheit stehen, nicht komplett dem Band vertrauen. Was ich nicht brauche, werfe ich auf die Küchenplatte, nur das Geld lasse ich drin, etwas über zehntausend, und stecke mein eigenes dazu.

Als ich Schal und Handschuhe wieder zur Garderobe tragen will, genetische Spuren schon egal, fällt mir der Rucksack auf, der dort hängt. Schwarze Markenware, wasserdicht, darin eine beschichtete Picknickdecke, sonst nichts. Ich lege die Handschuhe, mit denen ich ihn berührt habe, zurück in die Schublade und fädle den Schal dann doch lieber durch meine Gürtelschlaufen, knote ihn fest, stecke mein Messer und seine Pistole hinein.

Im Kühlschrank finde ich Schokolade, Käse, Würste, zwei Dosen Red Bull und eine Wasserflasche, daneben einen halben Brotlaib. Ich trinke eine der Dosen auf ex und packe alles andere in den Rucksack.

Die Küchenuhr zeigt zehn Minuten nach Mitternacht an. Mir ist, als begänne die Droge zu wirken, die ich nicht genommen habe. Jacke, Schuhe, Rucksack an, dann trete ich aus dem Haus und schließe hinter mir die Tür.

Die Scheinwerfer flammen auf. Der Hund stürmt heran, bleibt einige Meter entfernt abrupt stehen. Den habe ich vergessen. Er knurrt, obwohl er müde wirkt. Doch Wachsamkeit ist Hundepflicht. Ich gehe in die Hocke, strecke die Hand aus, kann jedoch die Ruhe, die ich vermitteln will, nicht ausstrahlen.

»Sascha. Ist ja gut, ganz ruhig«, flüstere ich.

Er zieht die Lefzen weiter zurück und reckt den Kopf nach vorn. Die Pistole in der Hand gehe ich auf das Auto zu, lasse ihn nicht aus den Augen und spreche leise vor mich hin, probiere Hundenamen aus, auf die er nicht hört. Er weicht zurück, ohne den Abstand zu verringern. Nächtliche Mücken oder kleine Fliegen schwirren um mich herum, formieren sich zu einem Schwarm. Ich schlage nach ihnen, sie ziehen sich zurück, hängen in der Luft, als warteten sie auf einen günstigen Moment, erneut über mich herzufallen.

Zwischen mir und dem Auto steht der Hund, die Beine in den Boden gestemmt, die Zähne entblößt, und knurrt, als hinge sein Leben davon ab, mich vom Auto fernzuhalten. Dabei ist es umgekehrt. Er will nicht kämpfen, sage ich mir, doch er muss, weil er spürt, dass etwas nicht in Ordnung ist. Kann es sein, dass er trotz der sorgfältigen Wäsche Blut riecht an mir, das Blut seines Herrn? Doch würde er dann zögern?

Ich lege die Glock an. »Hau ab!«

Er rührt sich nicht, will unbedingt sein Leben geben im Dienste seines Herrn. Wenn ich bloß solche Freunde hätte …

Ich beiße die Zähne zusammen, es muss sein, und drücke ab. Die Kugel schlägt einen halben Meter neben ihm in die Wiese ein, Erde spritzt auf. Er strauchelt, winselt und hält den Posten. Ich bin sicher, er weiß in diesem Moment, dass sein Herr tot ist und wenn er weinen könnte … Stattdessen verschleiern die Tränen meine Sicht und ich lasse die Waffe sinken, wische mir über die Augen.

»Bitte«, sage ich. »Ich brauche das Auto! Rosko? Benny? Prinz?«

Der Hund schaut zum Haus. Ich will ihn umrunden, die Fahrertür wartet zwei Meter entfernt. Er baut sich vor mir auf, so nah, dass ich seinen Atem rieche und seinen Speichel tropfen sehe, der im Licht der Scheinwerfer glitzert. Er bellt. Er setzt zum Sprung an, zögert. Wieder hebe ich die Waffe, richte sie auf seinen Kopf.

Der Moment fällt mir ein, als Schiele sich in den Wagen setzte. Ein Druck auf einen Knopf am Rückspiegel, ein leises Zoomgeräusch. Ein Iris- oder Gesichtsscan, der die Wegfahrsperre entriegelt. Das Auto ist wertlos für mich.

Ich weiche zurück, Schritt um Schritt. Der Hund folgt mir, fühlt, dass er gewonnen hat, treibt mich auf das Tor zu und bellt und bellt und jetzt bin ich es, die strauchelt. Ich rapple mich auf, drücke die Taste neben dem Tor und es schwingt auf, der Schlüssel überflüssig. Ich werfe ihn in den Wald und laufe, nur weg von hier, endlich weg, den Weg entlang, den wir gekommen sind.

Mit einem Mal hört das Gebell auf und ich sehe mich um. Hinter einer Wegbiegung liegt das Haus jetzt außer Sicht, nur das Licht dringt noch bis zu mir, gefiltert durch die Bäume. Dann hebt ein Jaulen an, kaum zu ertragen, und ich stelle mir vor, wie der Hund an der Tür kratzt, wie er um das Haus läuft auf der Suche nach Einlass.

Schlagartig wird es finster. Der Hund läuft also nicht, sonst würde der Bewegungsmelder anspringen. Oder ist der auf Menschengröße eingestellt? Ich sehe nichts mehr, nicht den Weg, nicht die Hand, die ich mir nun wirklich ganz dicht vor Augen halte. Weg von dem Gejaule will ich.

Beide Arme ausgestreckt tappe ich vorwärts, von Baum zu Baum, immer am linken Rand des Weges entlang, rechts auf Armeslänge keine Stämme. So kann ich nicht abkommen vom Weg. Schritt um Schritt lege ich zwischen mich und den Hund und den Toten. Rund um mich raschelt es und knackt, doch das sind kleine Tiere, kein Grund zur Angst, sicher nur kleine Tiere. Obwohl es hier auch Wölfe geben muss. Wölfe, Dachse, Wildschweine, keine Bären, wir sind nur im Voralpenland. Ich lege kurz die Hand an die Waffe. Mir kann nichts geschehen, abgesehen von ein paar Kratzern. Scheiße, Drecksast, blöder.

Eine Taschenlampe hätte ich suchen sollen, Schiele hatte sicher eine. Mondlicht würde auch schon helfen oder ein paar Sterne, doch kein Schimmer dringt durch die Baumkronen. Vielmehr fängt es an zu regnen. Ich höre die Tropfen auf dem Blätterdach, lange bevor mich der erste trifft und der Geruch nach feuchtem Holz und Erde dringt von allen Seiten auf mich ein. Zum Glück ist es warm. Mehr als Schatten kann ich noch immer nicht sehen. Der Regen nimmt zu und sein Prasseln schluckt alle anderen Geräusche. Ich senke den Kopf, stolpere blind über Wurzeln. Das Laub hört auf zu rascheln, wird glitschig, bringt mich zu Fall.

Das alles passiert mir nicht wirklich, es ist nur ein Traum, seit gestern ist alles nur ein böser Traum. Gleich werde ich endgültig erwachen, vor mir ein letzter öder Arbeitstag und abends mit Julia an die Alte Donau. Kati wird auch da sein und ich werde mich nicht über sie ärgern. Wir werden ein bisschen trinken und früh ins Bett gehen, damit wir an meinem Hochzeitstag alle ausgeschlafen sind.

Ein Ast schlägt mir gegen die Stirn und ich schreie auf. Meine Verwünschungen klingen falsch, verboten, wie Flüche in der Kirche, eine Ordnungswidrigkeit.

Mir ist, als tappe ich seit Stunden durch die feuchte

Finsternis. Meine Schritte werden kürzer, schwerer. Längst müsste ich bei der Straße sein, flott marschieren auf Asphalt statt der Stolperei. Fünf Minuten mit dem Auto, länger war es sicher nicht.

Mein Herzschlag trommelt jetzt dicht wie der Regen. Ich schwanke, verliere einen Moment lang völlig die Orientierung. Oben, unten, links und rechts alles gleich, alles schwarz und nass. Beide Hände seitwärts ausgestreckt ertaste ich raue Stämme. Ich gehe im Kreis um den Baum zur Linken. Meine Finger streifen Laub und Rinde, an keiner Stelle passt ein Auto hindurch. Wie lang habe ich den Weg schon verlassen?

Ich umarme einen Baum, lege die Wange an die Rinde und glaube, die Säfte fließen zu hören, ein gleichförmiges Rauschen, nicht rhythmisch wie mein Herzschlag. *Angst ist nur Aufruf* – wozu weiß ich nicht mehr, *wertlos ist …* Ich brauche Licht, sofort. Ich krame im Rucksack nach Schieles Band, scheiß auf die Ortung, und drücke die Taste.

Es werde Licht! Und es ward. Und Gott sah, dass das Licht gut war und in diesem Moment weiß ich, wie er sich gefühlt hat. Ich lache unter Tränen, weil ich endlich sehe, wo ich bin. Auch, wenn ich dort nicht sein will. Alles ordnet sich.

Nicht zu meinen Gunsten, leider. Ein Weg ist da, doch nicht der, den ich gehen wollte. Ein Trampelpfad, keine Straße, und er steigt deutlich an. Ich sehe auf die Uhr des Fons. Seit über eineinhalb Stunden gehe ich. Wie lang schon in die falsche Richtung? Ich stecke das Band in die Jackentasche und trinke einen Schluck aus der Flasche, nicht aus Durst, nur zur Beruhigung. Vielleicht ist es gut so. Wenn man mich sucht, dann doch auf der Straße. Hier kann mich niemand finden, nicht einmal der Hund, wie auch immer er heißt. Der Regen hat sicher alle Spuren verwaschen. Ich werde einfach weitergehen, zur Not auch, bis es hell wird. Zehn Schritte und dann wieder leuchten, damit ich nicht den Weg verliere.

Zwölf Minuten später sehe ich durch die Bäume Wolken, eine Lichtung und an deren Rand vielleicht … ich muss näher … ja, ein Hochsitz. Ist das Glück? Schon am Fuß der Leiter packt mich die Erleichterung, die sich anfühlt wie Erschöpfung. Meine Knie geben nach. Sprosse um Sprosse ziehe ich mich das glitschige Holz hinauf, denke erst auf halber Höhe an das Unbehagen, das mich normalerweise vom Klettern abhält. Hier gibt es keine bessere Wahl. Oben sinke ich auf die Bretter. Meine Augen fallen zu.

Ich schrecke hoch. Was, wenn mich am Morgen jemand überrascht? Ein Jäger? Dann soll es halt so sein. Dann gebe ich alles zu und lande im Gefängnis oder lasse mich erschießen, am besten gleich an Ort und Stelle, bloß keinen Schritt mehr gehen.

Doch *die Herrschaft über den Augenblick ist die Herrschaft über das Leben.* Ich rapple mich auf, klettere die Leiter wieder hinunter. Noch immer regnet es. Im Schein des Bandes suche ich ein paar morsche Äste, reiße einen Schössling aus der Erde, klettere wieder hinauf und verkeile alles unter mir zwischen den Sprossen. Wenn jemand sich daran zu schaffen macht, dann kriege ich das mit, auch im tiefsten Schlaf.

Ich breite die Picknickdecke auf dem Boden aus, entkleide mich bis auf die Unterwäsche und lege die Sachen zum Trocknen auf die schmale Sitzbank. Schieles Glock neben meinen Kopf wickle ich mich in die Decke und schließe die Augen. Morgen in einer anderen Welt erwachen, egal in welcher, mir ist alles recht.

Das ist meine Hochzeitsnacht.

Tag 3

Es riecht nach feuchtem Laub. Tautropfen prickeln auf meinem Kinn und der Nase, nässen die Wimpern. Vögel zwitschern. Ich öffne die Augen nicht, will auf den Weckruf warten. Milizübung im Gelände, da zählt jeder stille Moment.

Ich habe geträumt, ich hätte meine Dienstwaffe abgegeben, am Morgen vor meiner Hochzeit, die gestern … Zäh sickern die Ereignisse des letzten Tages in mein System, zäh wie das Blut auf den beigen Fliesen, das inzwischen längst geronnen sein muss, herzkirschenschwarz. Atemlos fahre ich auf, öffne die Augen, schnappe nach Luft. Kein Traum oder einer, aus dem ich nicht erwachen darf.

Durch den Einstieg des Hochsitzes fällt mein Blick auf bewaldete Hügel. Ich befreie mich aus der Decke. Die Sonne steht noch hinter den Bäumen und ich fröstle im kühlen Luftzug, der von der feuchten Erde aufsteigt. Unter mir liegt eine sanft abfallende Wiese. Zwei Rehe heben witternd die Köpfe, als ich mich strecke. Ihre Körper ragen nur knapp aus dem hohen Gras.

Meine Kleidung ist noch feucht. Ich schüttle sie aus und ziehe mich an. Im Rucksack finde ich Brot, Wurst und Käse, dazu Red Bull, ein richtiges Frühstück. Ich erinnere mich nicht, das alles eingepackt zu haben. Immer noch gleicht der Vortag in meiner Erinnerung einer Schlacht, einem Gewirr lebensbedrohlicher Zwänge, die keinen Handlungsspielraum lassen, alles Reaktion, Reflex, Instinkt.

Die ersten Sonnenstrahlen dringen durch die Wipfel, lassen Lichtflecken über den rohen Bretterboden tanzen. Es riecht so sauber, so gegenwärtig und unbeschwert, ein Duft, den ich mit geschlossenen Augen einsaugen will wie den eines neugeborenen Kindes. Mir scheint auch, als hätte ich noch nie ein Essen so genossen. Das erste Brot, der erste Käse in einer frisch gewaschenen Welt, die verrottete von gestern untergegangen – Gott kann das – und durch eine neue ersetzt, in der alles sich immer zum Guten wendet.

Und ich am Leben bin.

Hier werde ich mich niederlassen, allein im Wald. Einsiedler gab es immer. Weise, Hexen, Fakire, zu denen die Filmteams pilgern, um ihnen das Rezept für ein glückliches Leben abzujagen, das dann zwischen Schminktipps und den neuesten Entwicklungen der Heimatverteidigung im Vorabendprogramm verkündet wird.

Aber Zynismus passt schlecht in die neue Welt, also wird es wohl nichts mit dem Leben im Wald. Noch nicht, nicht hier. Mir ist plötzlich, als stünde ich an der Spitze eines abmarschbereiten Bataillons, in meinem Rücken drängend die Kameraden. Nur sind es an ihrer Stelle wohl die Toten, die mich antreiben, genauer: die von mir Getöteten, die mir keine Ruhe gönnen. Kati. Schiele. Ich sehe mich nach ihnen um, ein kindischer Impuls. Selbst wenn es rachsüchtige Geister gäbe, dann sollten sie mich besser in Sicherheit wiegen, mich festhalten, bis die Verfolger kommen.

Geister oder nicht, ich muss hier weg, muss mich versorgen, das Wasser reicht nur einen Tag. Ich packe zusammen. Drei unbeantwortete Anrufe verzeichnet Schieles Fon schon jetzt, um neun Uhr elf. Ich hole aus, um es in den Wald zu werfen und lasse den Arm wieder sinken. Ohne Band falle ich auf. Ich entferne den Akku, schleudere ihn zwischen die Bäume. Das Band ist ein breites Männermodell, lässt sich aber gerade noch so stark biegen, dass es an meinem Handgelenk hält.

Orientierung. Die Morgensonne steht im Osten, dort, wo auch der Weg im Wald verschwindet, den ich gestern gekommen bin. Auf unserer Autofahrt haben wir die Donau nicht gequert. Sie schlängelt sich von West nach Ost durch das Land und Melk liegt am südlichen Ufer. Irgendwo hinter den Hügeln im Norden, vielleicht auch Westen, liegt demzufolge der Fluss. Dort will ich hin, muss nur die Sonne im Rücken behalten.

Es kostet mich einige Verrenkungen, das sperrige Astwerk zu entfernen, das ich nachts in der Leiter verkeilt habe. Ich streife durch die feuchte Wiese. Während die Sonne die Schatten verkürzt und meinen Hinterkopf wärmt, laufe ich den Abhang hinab, anstatt zu marschieren, springe über Baumstümpfe, pflüge durch hüfthohe Halme, nicht nur getrieben von dem, was hinter mir liegt, auch gezogen von dem, was noch kommt.

Die Sonne steht noch längst nicht im Zenit, als ich unter mir die Donau sehe und ihrem Ufer nach Süden folge. In Gruppen und Paaren kommen mir Radler entgegen, manche grüßen sogar, nehmen mich auf in die Gemeinschaft der Urlaubenden. Die Tage könnte ich also so verbringen, von einem Ort zum nächsten wandernd, bis in den Herbst hinein. Länger will ich gar nicht denken. Nur wohin in der Nacht?

Die Daumen in die Gurte des Rucksacks gehakt gehe ich an einem Nebenarm des Flusses auf das Stift zu, das über der Stadt thront. Eben läuten die Mittagsglocken. Ihr Klang hallt in meinem Brustkorb wider, eine Mahnung von einem, der alles sieht, der, wann immer es ihm gefällt, mein Herz zum Stillstand bringen kann. Vielleicht hört es jetzt gleich mit den Glocken zu schlagen auf. Er will, dass ich den Kopf senke und kusche. Doch es hat sich ausgekuscht.

Gerade ist niemand in Sicht. Ich steuere eine Bank am Ufer an und wünsche mir Papier und Stift. Im Kopf skizziere ich Kloster und Stadt, meine Hand bewegt sich kaum. Die letzten Jahre habe ich so überlebt, so viele Bilder im Kopf, dass ich ebenso viele Jahre malen und ein Atelier nie verlassen müsste. Ich denke mir eine Faust, die auf das Bauwerk niederfährt und male in Gedanken, was danach übrigbleibt. Splitter, Trümmer, außen gelb und weiß und innen blutig schwarz vor einem glatten, blauen Himmel.

Wenig später sitze ich unter einem roten Sonnenschirm vor einem Wirtshaus auf dem Rathausplatz und bestelle Frittatensuppe und Marillenknödel, dazu ein großes Bier. Wozu soll ich sparen, wenn es jede Sekunde vorbei sein kann?

Neben mir plätschert ein Brunnen, das Straßenpflaster wirkt frisch gekehrt und alle paar Meter stehen weiß gestrichene Bänke, dazwischen fröhlich flatternde Landesflaggen. An einem sonnigen Sommersonntag in der Wachau sieht man viele glückliche Menschen. Ich hatte vergessen, dass es die gibt. Keiner hier scheint an Kriegsgefahr oder Brennstoffknappheit zu denken, der Winter ist weit und keine Mediawand in meinem Blickfeld. Erst als ich das Klo aufsuchen will, sehe ich eine drinnen im Gastraum. Ein junges Mädchen steht davor, poliert Gläser und starrt gebannt auf den aufgeregten Sprecher. Es ist der Neue mit den Plüschtieraugen und den breiten Schultern, dem auch ich jede Meldung gern von den Lippen pflücke.

»Was gibt es Neues?«, frage ich. »Haben sie die Verräter erwischt?«

Die Kleine schüttelt den Kopf. »Wenn's doch so wär! Ich trau mich schon nicht mehr vor die Tür. Jetzt haben die auf der Flucht einen umgebracht, so richtig abgeschlachtet, ganz hier in der Nähe. Und ich kenn den!«

Meine Kopfhaut zieht sich zusammen. »Wirklich? Ja, wer denn … und warum?«

»Er war öfter hier essen, der Direktor Schiele. Ein hohes Tier soll er gewesen sein, in Wien, im Ministerium. Immer sehr anspruchsvoll und kaum ein Trinkgeld. Aber das hat er jetzt nicht verdient. Pscht!«

Auf dem Bildschirm erscheint das unscharfe Foto einer jungen Frau mit herzförmigem Gesicht, dunkelblonden glatten Haaren und weit auseinanderstehenden Augen. Recht hübsch, aber schüchtern und verschlossen. Der Sprecher: »Die Ermittlungen konzentrieren sich auf die flüchtige Terroristin Ina Matusek.«

Was, die? Der soll ich ähnlich sehen?

»Der für seine Wachsamkeit bekannte Ermordete hatte

offenbar kurz vor der Tat noch eine elektronische Anfrage nach Bildmaterial und Personendaten an die Behörde gerichtet, mit der Begründung«, die Stimme des Sprechers überschlägt sich, »er glaube, die Staatsverräterin erkannt und in eine Falle gelockt zu haben. Die Gesuchte gilt als unberechenbar und ist schwer bewaffnet. Die Tatsache, dass die Terroristin für ihre Flucht nicht das Auto des Ermordeten genutzt hat, lässt den Schluss zu, dass sie sich noch im Umkreis des Tatortes aufhalten könnte, so der Leiter der mit den Ermittlungen beauftragten Sonderkommission. Für Hinweise, die zur Ergreifung der Täterin beitragen, ist eine Belohnung von insgesamt zwei Millionen Schilling ausgesetzt.«

So viel bin ich denen wert. Obwohl – eigentlich bin es ja nicht ich, die sie suchen, sondern diese Ina Matusek, deren Name in fetten, roten Buchstaben am unteren Rand des Fotos steht. Die Personenbeschreibung neben dem Bild könnte tatsächlich auch mir gelten. Wenn sie dieser Matusek nun noch Katis Tod anhängen würden, könnte ich einfach heimgehen, als wäre nichts geschehen. Doch das würde Julia zu verhindern wissen.

»Gibt aber viele, die so ähnlich ausschauen«, sagt die Kellnerin und wirft mir einen Seitenblick zu. »Sie zum Beispiel.«

»Sehr lustig! Immerhin habe ich Locken und nicht so ein Stroh auf dem Kopf.«

Das Mädchen grinst. Auf dem kantigen Gesicht des Ansagers breitet sich ein verklärtes Lächeln aus. Mir gilt es nicht.

»Eine schmackhafte Belohnung erhält auch der treue Retriever des Ermordeten.«

Mein Magen krampft beim Anblick des semmelblonden Hundes, Nicht-Sascha, doch sein wirklicher Name wird auch jetzt nicht genannt. Lustlos beschnüffelt er einige Brocken Rindfleisch.

»Nur seinem beherzten Handeln ist es zu verdanken, dass der hingeschlachtete Beamte so frühzeitig entdeckt wurde und unsere Sicherheitskräfte der unmenschlichen Attentäterin bereits dicht auf den Fersen sind. Nach kilometerlangem Lauf gelang es dem treuen Tier in den frühen Morgenstunden, eine Bekannte seines Herrn zu alarmieren, die …«

»He, wie lang polierst du jetzt schon das eine Glas?« Das Mädchen neben mir fährt zusammen, verzieht sich und der Wirt wendet sich an mich. »Kann ich etwas tun für Sie?«

»Danke, nein, ich bin hängen geblieben auf dem Weg«, ich deute in Richtung WC. »Ein Mord ganz in der Nähe, da macht man sich schon Gedanken.«

»Die ist inzwischen sicher Hunderte Kilometer weit weg. Wär ja blöd, da in der Gegend zu bleiben. Machen Sie sich keine Sorgen.«

Er greift nach der Fernbedienung, sein Finger schwebt über der Lautstärketaste, als der Sprecher überleitet: »In seiner Mittagsansprache bat der Kanzler die Bevölkerung um Mithilfe.«

Der kahle Kopf mit dem scharfgeschnittenen Gesicht und den unwirklich blauen Augen erscheint, die sorgenvoll in Falten gelegte Stirn leicht gesenkt wie zum Angriff. Leiser stellen kann der Wirt jetzt nicht, wenn er vermeiden will, unpatriotischer Gesinnung verdächtigt zu werden.

»Liebe Mitbürger, wieder einmal wird unsere Volksgemeinschaft herausgefordert. Ungeziefer, das wissen wir alle, ist trotz aller Bemühungen niemals vollständig auszurotten. In irgendwelchen finsteren Ritzen hält sich immer die eine oder andere Made versteckt und wächst im Verborgenen heran. Lassen wir nicht zu, dass Termiten unser sorgsam in Ordnung gehaltenes Haus zersetzen! Behalten wir unsere Nachbarn, unsere Freunde liebevoll im Auge, begegnen wir Fremden mit der gebotenen Wachsamkeit, merzen wir das Geschmeiß, das unser Land in den Abgrund zu reißen trachtet, mit aller Härte aus!« Seine Augen werden schmal und er lächelt sein wölfisches Lächeln. »Mit dem Kärcher in jede Fuge!«, ruft er. »*Wachsamkeit ist Bürgerpflicht,* meine lieben Freunde, in dieser Stunde ganz besonders.«

»Immer dasselbe«, murmelt der Wirt und ich drehe mich überrascht um. Er mustert mich mit gerunzelter Stirn.

»Kann ich gleich bei Ihnen zahlen?«, frage ich. »Der Tisch neben dem Brunnen, Suppe, Marillenknödel, Bier.«

»Sie sind allein unterwegs?«

»Um Himmels willen, nein, mein Mann liegt in der Pension, hat gestern zu viel vom Riesling erwischt und ich muss jetzt dringend zurück zu ihm. Hochzeitsreise!« Das Lügen fällt mir schon leichter. Ich zücke Schieles Geldbörse.

Kurz darauf stehe ich draußen in der Sonne auf dem kleinen Platz. Ein überlebensgroßes Hologramm des Kanzlers grüßt mit erhobener Hand. Ich schlendere die Reihe der Fahrradständer entlang. Eine kunststoffummantelte Kette fixiert nur die Sattelstütze eines Damenrades am hüfthohen Ständer. Geradezu eine Aufforderung an Gelegenheitsdiebe.

Mein Herz schlägt mir fast die Kehle ein und ich balle die Fäuste, sehe mich nach dem Hologramm um, das mich natürlich nicht beachtet. Noch nie in meinem Leben habe ich gestohlen. Bis gestern. Bis heute nicht von einem Lebenden. Doch tiefer sinken kann ich nicht, nichts zu verlieren als das bisschen Freiheit und ein Leben ohne Zukunft. Ich öffne den Schnellspanner, ziehe die Sattelstütze aus dem Rohr, ohne mich umzusehen, die Kette hängt jetzt lose, ich montiere den Sattel wieder, schiebe das Rad auf die Straße und steige auf. Noch ein Blick zurück. Der halb transparent schimmernde Kanzler schwenkt die pfannengroße Hand, sonst beachtet mich niemand.

Auf dem Lenker ist mit Klettverschlüssen ein Werkzeugtäschchen befestigt, auf dessen Oberseite eine Karte des Donauradweges in einer Plastikhülle steckt. Ich rolle die Fußgängerzone hinab zum Ufer. Die Mehrheit der Radfahrer strebt stromabwärts auf Wien zu. Ich muss in die andere Richtung und hänge mich an zwei Männer auf Rennrädern, kann ihr Tempo jedoch nicht lange halten. Auf der Krone einer Staumauer überquere ich den Fluss, während sie schon auf das jenseitige Ufer einbiegen.

Ina Matusek. Der Name rollt durch meinen Kopf, während ich in die Pedale trete, stößt neue Gedanken an, räumt andere aus dem Weg. Er scheint mir vertraut. Sie ist in meinem Alter. Vielleicht kenne ich sie aus der Schule, dem Kindergarten, von der Miliz. Eine von denen, die immer am Rand der Wahrnehmung lauern, ohne meinen Weg je richtig zu kreuzen. Oder die Vertrautheit rührt daher, dass wir dieselben Initialen teilen, nur verdreht. Sie teilten, bis zu meiner Hochzeit, die mir jetzt vorkommt, als hätte ich nur von ihr gelesen, sie niemals selbst erlebt. Mein Mädchenname fängt mit dem gleichen Buchstaben an wie ihr Vorname und umgekehrt. Vielleicht sind wir auch wirklich eins, zwei Seiten einer Person, Jekyll und Hyde, sie die Böse, ich die Gute. Oder umgekehrt. Ich war es, nicht sie, die Schiele getötet hat. Und nicht nur ihn. Doch Kati zählt offenbar nicht, kein Wort von ihr. Die Nachricht von ihrem Tod habe ich versäumt, falls sie es überhaupt in die Medien geschafft hat.

Inmitten einer großen Gruppe halte ich vor einem Supermarkt in Marbach. Der Ort liegt am Fuß eines Hügels, auf dem schon wieder eine imposante Kirche oder ein Kloster thront. *Abendland in Christenhand*, das war immer so und lässt sich hier nicht leugnen. Ich stelle mein Rad zwischen vielen anderen ab.

»Das ist aber leichtsinnig, junge Frau«, mahnt ein ergrauter Mann. Seine Frau nickt beifällig. »Wollen Sie denn nicht abschließen?«

»Würde ich gerne, aber man hat mir das Schloss geklaut.«

Sie schütteln die Köpfe synchron. »Sollen wir hier so lange für Sie aufpassen?«

Wachhunde überall. Diese sind alt und faltig, nicht optimiert, normalerweise ein sicheres Zeichen dafür, dass es sich um Wertlose oder Minderleister handelt, denen man lieber nichts anvertrauen sollte. Doch sie tragen teure Funktionskleidung und auch ihre Räder stinken nach Geld. Ich zucke also mit den Schultern und lächle lieb, bevor ich im Geschäft verschwinde.

Schokoriegel, Orangensaft, Wasser, Milchkaffee in der Dose und Bananen lade ich in den Einkaufskorb, dazu eine Zahnbürste, Zahnpasta, Seife und ein T-Shirt mit dem Dorfwappen, das einen Turm über zinnenbewehrter Mauer und blauen Wellen zeigt. An der Kasse greife ich noch zu der Zeitung, wegen der ich eigentlich gekommen bin. Seit Jahren habe ich keine mehr in den Fingern gehabt, obwohl sie in letzter Zeit wieder in Mode kommen. Die Kassenaufsicht wirft mir einen misstrauischen Blick zu, als ich die Scheine in den Zahlschlitz stecke, anstatt mein Band über den Scanner zu ziehen.

Mein Rad ist noch da, treu bewacht von dem grauhaarigen Paar. In der Stadt sieht man solche Leute selten. Wenigstens das Gesicht lässt sich doch jeder in Ordnung bringen, der es sich nur irgendwie leisten kann. Ich bedanke mich, ohne auf ihre Frage nach meinem Ziel einzugehen, fahre ein Stück und setze mich auf eine sonnige Bank. Am Kaffee nippend drücke ich den Knopf, die Mediafolie entrollt sich und ich wische mich durch die Meldungen.

Kein Wort über Kati, auch nicht im Archivteil. Wenn sie nun gar nicht tot wäre? Vielleicht war der Schuss ja doch nicht tödlich und Kati liegt in einem blütenweißen Krankenhausbett, Julia auf einem unbequemen Stuhl an ihrer Seite, hält ihre Hand.

Ich schließe die Augen. Kati fällt, ein Loch in Herzhöhe im Rücken ihrer weißen Bluse. Ein Fehlschuss ist aus dieser Entfernung unmöglich, selbst besoffen und unter Drogen. Bei einem zerfetzten Herzen kann auch die moderne Medizin nichts mehr ausrichten.

Ich schaue auf den Strom, der weder blau ist noch erkennbar strömt, und esse einen Schokoriegel.

Dass der afrikanische Staat Somalia nach dem endgültigen Sieg chinesischer Truppen über den islamistischen Terror im Land in Betracht zieht, sich China anzuschließen, fesselt mich kurz. Eine Volksabstimmung soll es angeblich geben, doch die Ursprungsbevölkerung muss inzwischen nahezu vollständig geflohen sein. Wird sie zurückkehren angesichts der Schiffsladungen von Chinesen, die in den letzten Tagen ins Land geschafft und eilig eingebürgert wurden? Es hagelt Protestnoten aus aller Welt, die Nato droht einzugreifen, da China seine sogenannte *Friedensmission* auf weitere ostafrikanische Länder ausdehnt. Doch warum auch nicht, da die amerikanischen Konzerne sich Westafrika unter den Nagel reißen. Der Kanzler sendet Glückwünsche. Er wird wissen, was er tut. So wie damals, als sein Bündnis mit dem russischen Autokraten uns den Nachschub an fossilen Brennstoffen gesichert hat. Der nun doch ins Stocken geraten ist, da sich die russische Föderation in Chaos aufzulösen scheint.

Heroischer Sieg im Fußball gegen Deutschland, Abtreibungsverbot für genetisch gesunde Kinder, Sensationserfolg des Musicals über das Leben von Andreas Hofer.

Der Großteil der Zeitung aber ist Ina Matuseks unaufhaltsamem Abstieg gewidmet. Eine hübsche Frau, die sich dem Bösen verschreibt, das zieht. Ihre erbliche Vorbelastung durch den sozialistischen Vater wird ebenso ausgewalzt wie ihr von Kindheit an rebellisches Wesen, bezeugt von einer ehemaligen Lehrerin. Weltfremde Arbeiten über Völkerverständigung und Gleichwertigkeit aller Religionen während des Studiums der Geschichte, die schließlich zu ihrer Exmatrikulation aufgrund mangelnder akademischer Eignung führten. Falsche Freunde. Schließlich ihre Weigerung, der Miliz beizutreten und ihr Abtauchen in den Untergrund vor zwei Jahren. Für zahllose Anschläge auf staatliche Einrichtungen macht man sie verantwortlich. Sie gilt als einer der Köpfe der aufständischen Lügenpropaganda. Und nun noch Mord. Eine Beteiligung an weiteren Kapitalverbrechen wird im Licht der aktuellen Ereignisse überprüft. Die Kinderbilder, Schnappschüsse aus der Studienzeit und das Foto von vorhin aus den Nachrichten beginnen auf der billigen Mediafolie im Sonnenlicht bereits zu verblassen und der Kontrast der Schrift lässt ebenfalls nach. Ich balle die Zeitung zu einem Knäuel und werfe sie in hohem Bogen in den Fluss.

Untergrund, wo der wohl ist? Es klingt, als wäre dort Platz für solche wie mich, die mit den *Anständigen* und *Aufrechten* nicht mithalten können. Logisch betrachtet müsste man von allein dort landen, sofern der Abstieg nur tief genug hinabführt. Was den angeht, kann ich es mit Ina Matusek aufnehmen. Ich stelle mir zwei Rutschen vor, aus feuerrotem Plastik, an deren Ende eine tiefe Grube wartet, in der ich kurz nach Ina lande. In der wohl schon anderer Abschaum gärt.

Im Vorbeifahren pflücke ich einen Helm, den jemand am Lenker seines abgestellten Rades aufgehängt hat. Sorglosigkeit angesichts mangelnder Perspektiven. »Scheiß drauf«, schreie ich in den Fahrtwind und lächle einer Milizstreife zu, die mir auf grauen E-Bikes entgegenkommt. Einer der Soldaten zwinkert im Vorbeifahren. Da sie Ina suchen und nicht mich, bin ich anscheinend unverwundbar, eine ausgelöschte Existenz, aufgesaugt von einer Fremden.

Fast vier Uhr. Die Sonne steht inzwischen tief, blendet mich, sobald ich den Kopf hebe und brennt auf den schwarzen Helm, dass mir das Hirn verkocht. Außerdem bin ich nass geschwitzt und mein Gesäß fühlt sich an wie durch den Fleischwolf gedreht. Bis nach Eferding zur Oma werde ich es heute nicht mehr schaffen.

Eine knappe Stunde halte ich noch durch, dann rolle ich erschöpft durch die Straßen eines größeren Ortes und frage nach der Touristeninformation, finde sie am beschaulichen Hauptplatz.

Drinnen ist es kühl und ein Anflug von Chlor und Zitrone hängt in der Luft. Ich bin der einzige Gast. Auf der erhöhten Theke liegen, sorgsam ausgerichtet, unzählige Prospekte neben einem Glas mit gelben und orangen Zuckerln. Ich wickle eines aus, stecke es mir in den Mund, versuche meine Ungeduld nicht zu zeigen. Immerhin hat so mein vor Überhitzung angeschwollenes Gesicht Gelegenheit, langsam wieder seine normale Form anzunehmen.

Die Frau hinter dem Pult blickt noch immer nicht auf. Ihr steifgesprayter, blonder Haarhelm zittert leicht. Ich vermute, dass sie schreibt.

»Ich suche ein günstiges Zimmer.«

»Ihren Ausweis bitte!«, fordert sie und schiebt mir den Scanner entgegen, noch immer ohne aufzusehen.

»Mein Band ist kaputt.« Ich drücke an meinem Handgelenk herum in der Hoffnung, dass sie meine Bemühungen wahrnimmt. »Geht es nicht ohne? Ich bin seit heute früh unterwegs und wirklich völlig fertig. Ich brauche dringend eine Dusche. Ich habe Bargeld.«

Langsam hebt sich der Haarhelm, macht einem schlecht optimierten Gesicht Platz, das unter einem Panzer von Make-up sein Alter nicht verraten will. Normalerweise würde ich jetzt fragen, ob sie die Maske nicht abnehmen will. Stattdessen setze ich einen unterwürfigen Blick auf. Eine Übung, die mir selten genug gelingt.

»Bedauerlicherweise reicht das nicht, Kindchen.« Über den Rand ihrer rahmenlosen Lesebrille hinweg mustert sie mich mit einem Mal aufmerksam. »Kennen wir uns? Sie kommen mir bekannt vor.«

»Nicht, dass ich wüsste.« Ich sollte gehen, doch die Unbekümmertheit der vergangenen Stunden schlägt mein Unbehagen. »Bitte, seien Sie nicht so streng! Ich kann keinen Meter mehr gehen oder fahren.«

»Die Ausweispflicht gilt für jeden Bürger, jederzeit, das wissen Sie so gut wie ich. Sie sind verpflichtet, bei Reisen zusätzlich zu den elektronischen Ausweisen eine Identitätskarte mitzuführen«, leiert sie herunter.

»Aber es ist mein erster Urlaub seit Jahren, ich habe nicht daran gedacht.«

»Streng genommen müsste ich Sie jetzt schon melden. Tun Sie uns beiden also einen Gefallen und verschwinden Sie, bevor ich die Miliz verständige.« Ihr Ton ist neutral, gelangweilt beinahe, als hätte sie andauernd mit mangelhaft organisierten Subjekten wie mir zu tun.

»Aber es muss doch eine Lösung geben. Was mache ich denn jetzt?« »Ein Stück die Straße hinunter ist eine Elektrohandlung, vielleicht kann man Ihr Band dort reparieren.« Sie deutet vage nach links. »So, und jetzt ...« Sie verzieht säuerlich das Gesicht und wedelt in der Luft herum, als wolle sie mich verscheuchen wie eine Fliege.

Ich möchte sie packen und ihr den Helm vom Kopf und die Maske vom Gesicht reißen. Sie starrt mich ungerührt an und greift zum Hörer. Ich starre zurück, Tränen der Hilflosigkeit in den Augen, fummle am Reißverschluss des Rucksacks, der vor mir auf der Ablage steht. Wenn ich jetzt die Pistole ziehe, dann muss ich sie erschießen, was mir nur weitere Scherereien einbringen wird. Aber wenn sie es doch verdient.

Eine Tür in ihrem Rücken öffnet sich und ein Mann sieht durch den Spalt. »Gibt's Probleme?«

»Nein, nein«, ich zwinge ein Lächeln auf meine Lippen. »Entschuldigung.«

Ich schultere den Rucksack, drehe mich um, will nur noch hinaus, meine Tränen für mich behalten, und pralle gegen weiche Bäuche, ein gepflegtes Paar mittleren Alters, das eben durch die Tür tritt. Ich wische mir mit dem Unterarm über die Augen, murmle eine weitere Entschuldigung und will mich vorbeischieben, doch die Frau blockiert den Ausgang und mustert mich mit runden Augen.

»Ist das nicht die …?«, flüstert sie ihrem Mann zu, als könnte ich sie nicht hören. »Du weißt schon, die aus den Nachrichten.« Sie krampft beide Hände um seinen Arm.

Ich remple sie zur Seite und höre sie noch kreischen: »Schnell, rufen Sie die Miliz! Das ist doch die Mörderin!«, bevor die Tür hinter mir zuschlägt.

Nun kann ich doch wieder gehen, laufen sogar, bis zu meinem Rad, an der Hausmauer abgestellt. Ich schwinge mich darauf, lasse den Helm am Lenker baumeln, radle los. Hinunter zur Donau darf ich jetzt nicht, dort bin ich zu leicht aufzuspüren. Ich fahre über den Platz und nehme eine Straße in Richtung Norden, trete wie aufgezogen, als wäre die Miliz mir schon auf den Fersen, sehe immer wieder über die Schulter. Noch folgt mir niemand, doch ein Alarm ertönt.

»Hopp, hopp«, ruft ein alter Mann am Straßenrand und grinst. »Das wird knapp!«

Was er meint, verstehe ich Sekunden später, als ich die Gleise vor mir sehe, den Bahnhof rechts von mir, ein Zug hält an. Mit einem wilden Schlenker erwische ich die Abzweigung gerade noch, links ein paar Bäume, dann ein Parkplatz. In voller Fahrt schwinge ich mich vom Rad, lasse es einfach weiterrollen und stürze auf den Bahnsteig. Ich höre noch, wie das Rad hinter mir gegen das Bahnhofsgebäude prallt und scheppernd umfällt, während ich mich im letzten Moment in den Zug werfe und die Schiebetüren sich schmatzend schließen.

Schwer atmend falle ich gegen die Wand neben der Toilette, beuge mich vor, die Hände auf die Knie gestützt, um wieder zu Atem zu kommen. Mir ist schlecht.

Der Schaffner kommt. »Den Fahrschein bitte!«

Japsend hebe ich den Kopf, versuche mich aufzurichten und gleichzeitig den Brechreiz niederzukämpfen.

»Schon gut, ich komme am Rückweg wieder vorbei.«

Er verschwindet im nächsten Abteil und ich im Klo. Würgend hänge ich über der Schüssel, speie halb verdaute Schokolade, Marillenstücke und gelbgrüne Galle in das von Kalk und Harnstein verkrustete Loch. Und mit dem Mageninhalt kommt auch der Rest. Die Zuversicht der letzten Stunden gurgelt in den Abfluss, macht Platz für Angst und Anspannung, Erniedrigung und Todespanik und Reue, Reue, noch mehr Reue. Kalter Schweiß von meiner Stirn rinnt mir in die Augen und Tränen tropfen heraus und jedes Mal, wenn ich denke: jetzt bin ich leer, dann würgt es mich wieder und ein neuer Schwall schaumigen Schleims ergießt sich. Endlich stütze ich mich schwer auf das Waschbecken. Drücke den Spülknopf. Ein Wirbel reißt alles, was in mir war, fort. Sonnenstich, denke ich, Hitzschlag, irgend so was.

Die Tür klappt im Rhythmus der Fahrt auf und zu. Ich habe sie nicht geschlossen, verriegele sie jetzt. Nach Atem ringend mustere ich das Gesicht, das mich aus dem matten Rechteck des Spiegels betrachtet, hohlwangig, mit rotgeränderten Augen und sonnenverbrannter Nase. Gleich wird mein Kopf explodieren. Ich trinke die Wasserflasche leer, bis auf einen kleinen Rest.

Der Zug hält, fährt wieder los, alle paar Minuten.

Ich stehe vor dem Spiegel und sehe den Tränen zu. Dann spüle ich meinen Mund aus und putze die Zähne. Ich ziehe mein T-Shirt aus, wasche mich, halte Gesicht und Haare unter den dürftigen Wasserstrahl, streife das neue Shirt mit dem Stadtwappen über und fahre mit nassen Fingern ordnend durch mein Haar. Die roten Flecken auf Wangen und Nase wirken mitleiderregend in Kombination mit dem grünlichen Ton rings um den Mund.

Wieder verlangsamt sich die Fahrt. Als der Zug zum Stillstand kommt, öffne ich die Klotür und stolpere auf weichen Beinen weiter, hinaus auf den Bahnsteig.

Knapp über dem Horizont brennt die Sonne noch immer wütend vom wolkenlosen Himmel, kämpft gegen ihren Untergang. Ich weiß, wie das ist.

Direkt vor mir stehen zwei Metallpfosten, zwischen denen sich ein blaues Schild spannt. *Mauthausen* steht darauf. Ich bleibe davor stehen. Gedanken tropfen zäh wie sonnenweicher Teer. Mit der Schule war ich hier, Besichtigung der Gedenkstätte im ehemaligen Konzentrationslager. Heute hört man nichts mehr davon. In einer der Baracken könnte ich vielleicht unterkriechen. Dort haben schon viele geschlafen, die elender dran waren. Doch wer weiß, ob sie noch stehen.

Ich betrete das Bahnhofsgebäude, fülle auf der Toilette meine Wasserflasche auf und verlasse es auf der anderen Seite. Eine Straße, die gegenüberliegende Seite von einigen

Häusern gesäumt, dahinter Wald. Dort werde ich einen Platz zum Schlafen finden. Dass mir das Schicksal einen Bahnhof am Ortsrand zugeteilt hat, ist wohl ein Zeichen, dass für heute keine weiteren Prüfungen geplant sind. Das nächste Level erreicht. Das würde ich jetzt auf *Mindmine* posten und dann ein bisschen *Drohnenland* spielen zur Entspannung oder eine Partie *Rattenfieber*, vielleicht auch nur Musik hören. Das Band fehlt mir.

Schon zu lange stehe ich vor dem Bahnhof. Ich haste über die Straße, suche automatisch den Himmel nach Drohnen ab, kann keine entdecken und wende mich nach rechts.

Schon nach wenigen Schritten tut sich zwischen zwei Häusern ein Durchschlupf auf, durch den ich in die dämmrige Kühle und den Schutz der Bäume eintauchen kann. Sofort ist mir leichter. Ich setze mich auf einen Baumstumpf und knabbere an einem Stück Brot, um meinen Magen zu beruhigen.

Am liebsten würde ich mich einfach hier zwischen die Bäume legen. Doch es wird erst in ein, zwei Stunden dunkel, man könnte mich entdecken. Landstreicherei führt ins Gefängnis. Also aufstehen, Lage checken.

Groß ist er nicht, der Wald. Schon bald stoße ich auf eine unregelmäßig geformte Lichtung, in deren Mitte ein niedriger Schuppen steht, daneben ein Kleinbus ohne Räder. Die Wiese ist gemäht. Es duftet nach warmem Heu. Millionen geflügelter Insekten schwirren durch die Luft. Ich halte mich im Schatten der Bäume und beobachte das Gebäude, sehe einer getigerten Katze bei der Mäusejagd zu. Hoch über mir erjagen die Schwalben ihr Abendbrot, wendig wie Kampfflieger. Alle jagen, alle töten.

Nichts rührt sich auf der Lichtung.

Ich schlendere über die Wiese, ständig darauf gefasst, einem Bauern oder Spaziergänger, womöglich mit Hund, zu begegnen. Der Schuppen ist verschlossen. Durch ein von Spinnweben und verkrustetem Staub fast blindes Fenster erspähe ich einen kleinen Traktor und diverse Geräte. Quer vor der Bude steht eine alte Badewanne, gefüllt mit brackigem Wasser und toten Insekten, einige Meter entfernt der ehemals weiße Kleinbus. Der Lack ist matt und an manchen Stellen rostzerfressen, an anderen mit Rostschutzfarbe beschmiert. Durch die verspiegelten Scheiben ist nichts zu erkennen. Ohne Hoffnung zerre ich am Hebel der Schiebetür. Sie öffnet sich. Im Laderaum liegen Puppen, Plastikbagger, Kinderbücher auf einer mit gelb und rot gestreiftem Stoff bezogenen Matratze.

Ich schließe die Augen, öffne sie wieder. Alles noch da. Glück. Heute wird kein Kind mehr hierherkommen. Ich räume die Spielsachen auf die Seite und sinke auf die Matratze, esse, trinke, beobachte mein Umfeld, bis die Nacht anbricht. Auf dem Rücken liegend wische ich mit einem Puppenkleid das Heckfenster und schaue in den Himmel, an dem Stern um Stern aufblitzt. Jeder von ihnen könnte längst erloschen sein.

Tag 4

Kurz nach Sonnenaufgang wache ich auf, marschiere durch den morgenkühlen Wald zurück zum Bahnhof. An einem Automaten, der sich noch mit Bargeld füttern lässt, löse ich eine Fahrkarte und steige inmitten verschlafener Pendler in den Zug. Gegen halb acht komme ich am Linzer Hauptbahnhof an. In einem überfüllten Café bestelle ich Speck mit Spiegeleiern und einen großen Milchkaffee.

»Sie könnten sich die Haare färben«, sagt die rundliche Kellnerin, als sie mein Frühstück serviert.

»Warum sollte ich?« Verwirrt sehe ich sie an.

»Ich mein ja nur. Sind Sie noch nicht verwechselt worden? Mit dieser Terroristin? Die haben heute ein neues Bild gezeigt, das schaut Ihnen dermaßen ähnlich …«

Ich denke an die blasse Blonde auf dem Bild von gestern und runzle die Stirn. »Echt?« Dann erst packt mich der Schrecken.

Die Kellnerin deutet zur Mediawand. »Schauen 'S selber! Kommt sicher bald.« Sie wendet sich dem nächsten Tisch zu.

Während ich esse, lasse ich den Bildschirm nicht aus den Augen. Der Text des Berichts über das Erstarken der Wolfspopulation in den Grenzgebieten ist kaum zu verstehen, doch die anschließende Titelmelodie der Auslandsnachrichten erhebt sich deutlich über das Stimmengewirr.

Der Kanzler zu Besuch beim Präsidenten der verbündeten Republik Padanien, Vertiefung der Kooperation im

Dreieck Mailand, Wien, Budapest. Nach der Russischen Föderation und dem Iran hat nun auch Österreich den Kurdenstaat anerkannt und damit seine Rolle bei der Vertreibung radikalislamischer Kräfte aus den Territorien Syriens und der Türkei gewürdigt. Die Resttürkei protestiert und ruft die USA weiterhin vergeblich zur Hilfe bei der Rückeroberung der annektierten Gebiete auf. Dann wieder Somalia und Nato-Schiffe im Indischen Ozean.

Endlich die Inlandsberichte. Einer der vor zwei Tagen geflüchteten Aufrührer wurde gefasst. Hände und Füße mit Schellen an einen Pfahl gefesselt wird er auf dem Ballhausplatz zur Schau gestellt, bewacht von Milizionären mit Maschinenpistolen. Sie schreiten nicht ein, als Vorübergehende den Gefangenen bespucken und verhöhnen. Eine Frau schüttet ihm Kaffee aus einem Pappbecher über die Brust. Zoom auf seinen gesenkten Kopf, das von Tränen und blutigem Rotz verklebte, einseitig geschwollene Gesicht, das blaue Auge.

Ich bin froh, dass der Kommentar nur teilweise zu verstehen ist. Das Recht des Volkes auf Vergeltung gegenüber dem Geschmeiß, das die Gesellschaft zu zerstören trachtet und so weiter. Froh auch im Nachhinein, dass ich nie Dienst am Pranger hatte. Es ist schwer zu beurteilen, ab wann man einschreiten muss. *Das Volk hat ein Recht, seine Feinde zu kennen,* sagt der Kanzler.

Ina Matusek jetzt. Der leicht verschwommene Schnappschuss von gestern ist heute scharf und nach Angaben von Augenzeugen korrigiert, heißt es. Meine Haare, meine Augen, mein Mund, selbst die Nase ist größer als gestern.

Ich schlucke und stütze das Gesicht in die Fäuste, beobachte aus den Augenwinkeln die Umsitzenden, während an der Mediawand der Kanzler einem glatzköpfigen Mädchen in einem Krankenhausbett über die Wange streicht. Jeder hier scheint auf sich selbst konzentriert, wenn überhaupt schon wach. Noch schützt mich die Hektik des beginnenden Arbeitstages und die Tatsache, dass die Dauerberieselung von den allgegenwärtigen Bildschirmen nie viele Blicke auf sich zieht.

»Na, was hab ich gesagt?«, trällert die freundliche Kellnerin und greift nach meinem leeren Teller.

»Unglaublich!«, kann ich nur antworten und »Zahlen, bitte!«

»Sie sind ja ganz blass! So schlimm ist es auch wieder nicht. Sie können sich doch ausweisen, falls man Sie verwechselt. Außerdem haben Sie nicht diesen verschlagenen Ausdruck von der, und Ihre Augen stehen auch nicht so weit auseinander.«

Ich runde den Rechnungsbetrag großzügig auf und verabschiede mich. Wenn ich doch nur mein Band und die Ausweise nicht weggeworfen hätte. Man wird mir nicht glauben, wenn man mich fasst. Nicht glauben wollen, weil Terroristinnen mehr wert sind als Mörderinnen. Ich werde die Geprügelte am Ballhausplatz sein und mich öffentlich von Fremden misshandeln lassen müssen. Meine Mutter wird mich in den Nachrichten sehen und nicht wagen, für mich einzustehen. Wie ein Tier im Käfig werde ich vor Gericht erscheinen, vom ganzen Land verabscheut, und nichts zu meiner Verteidigung vorbringen können, weil ich nicht einmal weiß, wofür ich angeblich gekämpft haben soll und wer ich eigentlich bin.

Dann schon lieber gewöhnliche Mörderin. Die Todesstrafe droht so oder so, aber wenigstens nicht öffentlich. Und vielleicht könnte ich die Drogen ins Feld führen zu meiner Verteidigung. Drogen allerdings, die ich nur als Soldatin zur Optimierung meiner Kampfkraft hätte nehmen dürfen.

Mit gesenktem Kopf schleiche ich an den Geschäften im Bahnhof vorbei, würde mich aus Angst vor Entdeckung am liebsten verkriechen. Die Milizstreifen scheinen heute überall zu sein. Ausgeschlossen, mit dem Zug weiterzufahren, die Schaffner sind sicher alarmiert.

Ich hefte mich an die Fersen eines Mannes im Anzug, der mein Vater sein könnte, und betrete mit ihm eine Filiale einer Optikerkette, bleibe immer einen Schritt hinter ihm. Während er Platz nimmt zur Sehschärfenmessung, bleibe ich vor dem Ständer mit den Sonnenbrillen stehen und probiere verschiedene Modelle an. Schweren Herzens entscheide ich mich gegen das dunkelrote, das mir am besten steht, greife stattdessen zu einer unscheinbaren Pilotenbrille, die meine Augen verbirgt, ohne den Blick auf mein Gesicht zu lenken.

Zwei Läden weiter finde ich eine blaue Mütze aus dünnem Baumwollstrick, die meine Haare vollständig bedeckt. So schaut mich niemand ein zweites Mal an.

In einer Buchhandlung kaufe ich eine altmodische Wanderkarte aus Papier. Ich muss mich auf Nebenstraßen bewegen, auf denen weniger Drohnen und Streifen unterwegs sind als auf den Hauptverkehrsrouten. Die Oma in Eferding zu erreichen ist jetzt wichtiger als zuvor, auch weil ich dringend jemanden brauche, der weiß, wer ich bin, bevor ich für alle mit Ina Matusek verschmelze.

Vor dem Bahnhof suche ich vergeblich die Fahrradständer ab, alles vernünftig gesichert. Ich setze mich auf eine Bank und falte die Karte auseinander, drehe sie, bis die Richtung auf meinen Standort abgestimmt ist. Viel länger als fünf Stunden sollte ich auch zu Fuß nicht nach Eferding brauchen.

Ein Schatten streift mich, kommt quer über meinen Beinen zum Stillstand. Mein Herzschlag stolpert und beschleunigt sich. Uniformhosen, Stiefel. Eine Streife. Langsam hebe ich den Blick. Kaum eineinhalb Meter entfernt stehen zwei Mittvierziger in Milizmontur. Der eine raucht, der andere trommelt nervös auf die vor dem beachtlichen Bauch hängende Waffe. Sie beachten mich nicht. Jetzt nicht bewegen, mich einfach im Hintergrund auflösen. Die letzte Pille in der Hosentasche. Falls ich rennen muss, könnte sie helfen. Verstohlen taste ich danach, drücke sie aus dem Blister.

»Eine Schande!«, höre ich eine tiefe Stimme sagen. »Das ganze Land in Angst und Sie stehen hier und rauchen, anstatt das Volk zu schützen. Rauchen in Uniform ist ohne Ausnahme untersagt.«

Der Milizionär wirft den Zigarettenstummel auf den Boden und folgt mit zwei schnellen Schritten dem Mann, der ihn im Vorbeigehen gerügt hat.

»Ausweis!« schreit er und packt den Mann am Arm.

»Lassen Sie mich los!« Der Mann deutet auf eine Plakette an seinem Revers. »Ich bin stellvertretender Leiter des Amtes für Stadtgestaltung und optischen Heimatschutz. Rufen Sie Ihren Vorgesetzten an, ich werde ihn auf der Stelle über Ihr asoziales Verhalten unterrichten.«

Passanten eilen im Bogen vorbei oder wechseln die Richtung. Ich werfe die Pille ein, spüle sie mit einem Schluck aus der Wasserflasche hinunter und stehe auf. Unauffällig versuche ich, im Gehen die Karte zu falten – wie lange habe ich schon nichts mehr gefaltet? – und schlendere davon, überquere eine Straße, spaziere durch einen Park, warte, bis die Wirkung der Pille einsetzt. Die Vögel zwitschern lauter, ein Eichhörnchen raschelt durch die Zweige über mir, klettert dann den Stamm hinab. Die Spitzen seiner Fellhaare zittern im Takt meines sich beschleunigenden Pulses, während es neben mir über die Wiese hüpft und auch mein Schritt leichter wird, schneller. Eine Freude, an einem solchen Sommertag zu marschieren. Ich sehe mich schon der Oma um den Hals fallen und wähle ohne Zögern den richtigen Weg, kreuz und quer durch das Straßengewirr, die Karte wie eine transparente Folie vor Augen.

Als ich einen Supermarkt passiere, beschnüffelt mich schwanzwedelnd ein weißer Hund mit braunen Flecken und Schlappohren, der im Eingangsbereich angeleint ist. Ich beuge mich hinunter, erzähle ihm leise von meinen Plänen und er lässt sich bereitwillig streicheln.

»Sascha?«, frage ich und er sieht mich an, die Ohren erhoben, als wollte er sagen: »Ja, bitte, was willst du?«

Ich krame in meinem Rucksack nach Essbarem, halte

Sascha ein Stück Brot unter die Schnauze, das er bereitwillig annimmt. Der ist ja lieb. Eine schwangere Frau in verblichenem Sommerkleid verlässt das Geschäft, geht über die Straße. Ich löse die Leine und setze meinen Weg fort, biege um die nächste Ecke, an meiner Seite Sascha, der aufmerksam mit den Ohren spielt, auf meine Worte lauscht, mit denen ich ihm unser gemeinsames Abenteuer ausmale. Menschen mit Hunden misstraut man nicht.

Erst am frühen Abend erreichen wir Eferding. Meine Haare unter der Mütze sind schweißnass, die Kopfhaut juckt und der Schub der Droge verebbt. Sascha ist lange Märsche offenbar nicht gewohnt. Anfangs habe ich sie immer wieder getragen, kilometerweit, schon, um ihre verwirrten Richtungsänderungen zwischen den Feldern und Wiesen zu verhindern. Jedem fremden Geruch wollte sie folgen. Trotz zweier ausgedehnter Pausen hinkt sie inzwischen. Ihren Schlafpausen verdanke ich auch die Erkenntnis, dass sie ein Weibchen ist. An diese Möglichkeit hatte ich nicht gedacht. Der Hund, heißt es schließlich. Aber so, wie sie sich hinlegt, könnte man denken, sie warte darauf, im Schlaf besprungen zu werden. Stellungstechnisch allerdings eher unhündisch und jedenfalls ein klares Anzeichen dafür, dass sie nie bei der Miliz war. Doch Sascha ist auch als Mädchenname brauchbar. Dass es von Alexander oder Alexandra kommt, hab ich ihr erklärt, doch mitten in der Geschichte über Alexander den Großen ist mir die Lust zu erzählen dann ausgegangen, Laber-Flash finito, und inzwischen sind meine Füße noch schwerer als die Zunge.

Die Straße sieht anders aus als in meiner Erinnerung, heruntergekommen, manche Häuser verlassen, nichts erscheint mir bekannt. Ich schreite eine Seite bis zum Ende entlang, ohne das richtige Haus zu finden. Auch die Nummer ist mir entfallen und auf welcher Seite die Oma wohnt. So nah am Ziel und womöglich der ganze Weg vergeblich. Sascha setzt sich. Ich ziehe sie ein Stück auf dem Hintern über den Gehsteig. Sie jault und lässt die Ohren hängen, schaut mich an, als läge es in meiner Macht, jedes Elend zu beenden. Vielleicht setze ich mich einfach neben sie an den Straßenrand, teile meine letzten Vorräte mit ihr und warte darauf, dass einer der Anrainer die Miliz verständigt. Oder ich klingle einen heraus, dränge ihn ins Haus, schieße ihn und alle anderen nieder und wir legen uns in sein Bett. Besser noch: Ich erschieße erst Sascha, dann mich auf offener Straße und rette damit Ina Matusek. Doch weshalb sollte ich das tun? Ich dreh schon durch.

Ich nehme Sascha auf den Arm, schleppe mich auf die andere Straßenseite und gehe zurück in die Richtung, aus der ich gekommen bin, wie zuvor im Vorbeigehen die Namensschilder an den Briefkästen inspizierend. Plötzlich entdecke ich das richtige Haus, das zweite nach der nächsten Querstraße, schmutzig weiß mit Satteldach und breiter Gaube. Aus dieser Perspektive scheint es vertraut.

Kein Grund zum Weinen eigentlich und doch fließen die Scheißtränen. Seit drei Tagen bin ich unterwegs. Tage, die mir wie Monate erscheinen. Ich möchte loslaufen, ein müdes Pferd, der Stall ganz nah, doch ich muss mich vergewissern, dass das Haus nicht überwacht wird.

Die Oma. Nicht einmal eine von der Gemeinde zur Verfügung gestellte Überwachungskamera wollte sie haben, damals, und so viel ich sehen kann, ist noch immer keine da. Ich scanne den Himmel nach Drohnen und die Straße nach verborgenen Beobachtern ab. Doch alles scheint wie ausgestorben. Sterben. Wenn nun auch die Oma tot ist?

Als ich die Gartenpforte öffne, ist mir kalt vor Erschöpfung, einer so allumfassenden Erschöpfung, dass ich kaum noch einen Fuß vor den anderen setzen kann. Mein Magen krampft. Ich ziehe mich am Geländer die vier Stufen bis zum Eingang hinauf und setze Sascha ab. Sie versteckt sich hinter mir. Zwei Blumentöpfe links und rechts der Tür und die geschnitzte Tafel, die mir als Kind so gut gefiel: *Sorgen klopfen an die Tür, aber sie verschwinden wieder, wenn sie von drinnen Lachen hören.*

Ich klopfe nicht, ich klingle und ich höre auch kein Lachen. Nach dem zweiten Klingeln öffnet sich die Tür, doch nur so weit die Kette es erlaubt. Im Schatten drinnen ein runzliges Gesicht.

»Ja bitte?«

Ich reiße mir Brille und Mütze vom Kopf. »Ich bin es. Erkennst du mich?«

Sascha hechelt leise.

Mit offenem Mund sieht Oma mich an, ein Flackern in den Augen. Die Tür schließt sich wieder, die Kette fällt. Omas Haare, ehemals rot, sind weiß und recht schütter geworden. Sie trägt Jeans und darüber ein kariertes Baumwollhemd, an das ich mich zu erinnern meine.

»Ina«, flüstert sie. »Ina Matusek. Komm rein, Kind, schnell!«

Sie packt mich am Ärmel, zieht mich ins Haus und Sascha folgt. In mir Kälte, die alles betäubt. Irre ich mich und weiß selbst nicht, wer ich bin, oder irrt sie?

»Wie kommst du bloß auf mich?«, fragt Oma. »Seit Lukas tot ist, stehe ich doch auf keiner Liste mehr.« Sie schüttelt den Kopf. »Was hast du nur angestellt, Mädel? So ein Aufruhr deinetwegen, dein Gesicht in allen Medien.«

Das Bild, mein Bild, das mit dem der Matusek verschwimmt. Ich suche nach Worten, um das zu erklären. Von welcher Liste spricht sie? Lukas, das war mein Vater und er ist tot, das stimmt, gestorben im Gefängnis. Mehr hat man mir nicht erzählt. Ungefähr vor vier Jahren war das. Doch dass die Oma mich nicht erkennt … Man hat sie offensichtlich nicht von meiner Tat, von meiner Flucht verständigt, sonst dächte sie an mich.

Wie früher duftet das Haus nach Lavendel, der die Motten fernhalten soll. Die Oma winkt mir, ihr zu folgen und geht voraus in die Küche, steif, als bereite ihr jeder Schritt Schmerzen. Sie füllt Wasser in den Kocher und in eine Schüssel, die sie vor Sascha abstellt. Beim Bücken beugt sie kaum die Knie und ächzt.

»Hast du wirklich den Schiele erledigt? Allein dafür könnte ich dich küssen!«

Ich verstehe nichts mehr. »Ja. Na ja, ich musste, aber …«

Sie zieht mit beiden Händen meinen Kopf zu sich herab und küsst mich auf die Stirn. »Dieses Schwein hat so viele von uns … doch was erzähl ich dir. Du musst erschöpft sein, Kind, setz dich!« Sie drückt mich auf die Küchenbank.

»Oma ...«

»Also wirklich!« Säuerlich sieht sie mich an, schüttelt den Kopf. »Sei so nett, nenn mich Brigitte!«

Ich schlage mit der flachen Hand auf den Tisch, sehe sie erschrecken. »Verdammt, Oma, schau mich endlich richtig an! Ich bin's, Mattea, dein Enkelkind, nicht die Scheißverräterin!«

Sie tut wie befohlen, schaut mich an, gründlich und besorgt, als suche sie nach Zeichen einer bösartigen Krankheit. Ihre Daumen reiben über die geschlossenen Fäuste, mit den Zähnen schabt sie im Wechsel über Ober- und Unterlippe. Der Wasserkocher schaltet sich ab. Was denkt sie? Ich sehe es in ihren Augen: Dass sie sich bloßgestellt hat durch ihr freudiges Willkommen für eine, die ich Verräterin nenne. Dass ihre eigene Enkelin, falls sie mich endlich als solche erkennt, den Strick für ihren Galgen in der Hand hält. Dass ich ein Spitzel sein könnte.

»Bitte, Oma, ich brauche deine Hilfe. Ich bin auf der Flucht wie sie, wie diese Matusek. Und ich war es, die den Schiele erschossen hat.«

Sie holt tief Luft. »Erschossen also.« Ihre Stimme bebt.

Sie ist mir peinlich, ihre Angst, die mir bei der Miliz so oft begegnet ist, dass ich sie sehen, riechen und schmecken kann. Doch meine Oma hält sich gut, bricht nicht zusammen, entschuldigt sich nicht für den Irrtum und ihre Hände zittern kaum, als sie nun die Tassen aus dem Schrank holt und Tee aus Gartenkräutern aufgießt.

»Das haben sie nie erwähnt, dass er erschossen wurde. Hingeschlachtet, hieß es, exekutiert. Zucker?«

»Bitte.«

Sie stellt die Tassen ab und setzt sich mir gegenüber hin. An ihrer Schläfe und an ihrem Hals pocht heftig eine Ader, doch ihr Gesicht ist unbewegt. Ich bin stolz auf sie.

»Ich bin so froh, dass ich es bis zu dir geschafft habe, Oma. Du hast keine Ahnung, wie knapp ich immer wieder davongekommen bin.«

»Und du bist wirklich nicht Ina Matusek?«

Das gibt es ja nicht, dass sie mir noch immer nicht glaubt. Ich will sie schütteln und anschreien, mich zugleich weinend an ihren Hals hängen. »Du hast mir als Kind Märchen und den Räuber Hotzenplotz und die Unendliche Geschichte vorgelesen.«

Sie sieht mich wieder prüfend an und nickt nach einer Weile. »Schon gut. Du ziehst noch immer die Stirn so kraus, ein regelrechtes Quadrat faltest du über deinen Brauen, wenn du dich ärgerst.«

Sie senkt den Kopf, rührt in ihrer Tasse, ohne zuvor Zucker hineingetan zu haben und starrt in den entstehenden Wirbel. Mahlstrom, so heißen diese Wirbel, wenn sie im Meer entstehen. Sie reißen selbst große Schiffe in die Tiefe. Auch davon hat sie mir vorgelesen.

»Aber Mattea«, sagt sie kopfschüttelnd, »und Matusek. Das klingt so ähnlich. Das kann doch kein Zufall sein. Und die verdrehten Initialen. Mattea Inninger und Ina Matusek. Das kannst du mir doch nicht erzählen.« Sie nickt, als wäre mit einem Mal alles klar und lässt die angespannten Schultern sinken. »Ein Tarnname, und gar kein schlechter. Mir musst du nichts vormachen, mein Kind. Dein Vater war im Untergrund und auch ich habe getan, was ich konnte.« Sie fasst meine Hand, die auf dem Tisch liegt. »Er wäre stolz auf dich!«

Wut gibt mir neue Energie, bringt mich in Fahrt wie eine Pille. Als ob mir am Stolz eines Aufrührers läge. Oder an dem eines Vaters, den ich seit – wie lange? – dreizehn, vierzehn Jahren nicht gesehen habe. Der nicht für mich da war, als ich nach Julias Unfall monatelang Angst hatte, auch nur das Haus zu verlassen. Da hätte er doch da sein müssen, politische Unruhen hin oder her. Und dann auf der Uni der Spott der Kollegen, das Misstrauen vieler Professoren. Tochter eines inhaftierten Aufrührers, eines geständigen Grünsozialisten zu sein. Und wenig später die Einberufung. Nein, stolz auf mich sein zu dürfen, das hat er nicht verdient.

»Es ist wirklich ein Zufall«, bemühe ich mich um Beherrschung. »Ich habe nichts zu tun mit der Matusek.«

Auch nicht mit anderen Verrätern, will ich sagen. Aber in Anbetracht der Sympathie, die Oma den Aufrührern entgegenbringt, scheint es kontraproduktiv, wie gewohnt meine Regimetreue zu beschwören. Der ganze ideologische Kram ist mir sowieso scheißegal. Ich will bloß in Ruhe mein Leben leben.

Ich beuge mich hinunter, um Sascha zu streicheln, die auf meinem linken Fuß liegend leise schnarcht.

»Warum tauchst du dann hier auf, stinkend und verdreckt, und bittest um Hilfe? Hilfe wobei? Und wovor bist du auf der Flucht?«

Meine Augen brennen und der Magen knurrt. »Ich erzähle dir alles, aber hättest du vielleicht vorher etwas zu essen für mich? Ganz egal, was. Wir sind zu Fuß aus Linz gekommen und ich hab seit dem Frühstück nur zwei Müsliriegel gegessen.«

Sie legt beide Hände auf den Tisch, stemmt sich hoch und verharrt kurz, als wolle sie noch etwas erwidern. Ich betrachte ihre Finger, die knotig sind, die Haut dünn und altersfleckig, die Nägel splittrig. Mit diesen Händen hat sie mir über den Kopf gestreichelt, früher, doch jetzt mag keine Nähe aufkommen.

»Ein Erdäpfelgulasch kann ich dir machen. Mit Debreziner. Das hast du früher gern gegessen.«

Tag 5

Gewitterwolken und ein bedrohlich metallisches Licht. Allein stehe ich inmitten des Schulhofs, keiner will mit mir spielen. Ich sehe mich nach Shirin um, kann sie nirgends entdecken. Julia und Kati untergehakt ein Stück weiter. Sie beobachten mich. Sie tuscheln und kichern und Julia zeigt mit dem Finger in meine Richtung. Kati wendet mir ihr Gesicht zu. Sie hat ein faustgroßes Loch in der Brust. Durch das Loch kann ich die gelbe Außenmauer der Schule sehen. Julia bückt sich, reißt sich den Unterschenkel ab und wirft ihn nach mir. In Zeitlupe wirbelt er, sich drehend, durch die Luft und ich kann nicht ausweichen, meine Füße wie festgeklebt auf dem Asphalt. Der blutige Stumpf in Augenhöhe nur wenige Zentimeter entfernt …

Es ist nicht wirklich, nur ein Traum. Ein Traum über die Erinnerung an ein Gefühl. Ich liege in einem Bett. Die Augen noch geschlossen verfolge ich meinen rasenden Herzschlag, versuche, ihn durch ruhige Atmung unter Kontrolle zu bringen. Ein Scharren, ganz nah, lässt mich hochfahren.

Im ersten Dämmerlicht sehe ich Oma breitbeinig auf einem Stuhl sitzen, in der Hand auf ihrem Schoß eine Waffe. Nicht auf mich angelegt, doch die Mündung zeigt in meine Richtung. Mein Herz explodiert. Hat sie geschossen? Ich sehe an mir hinab, kein Loch in meiner Brust. Und doch hat mein Herzschlag angehalten, stolpert jetzt weiter, rast, setzt wieder aus. Ich höre ein Japsen, von mir oder vom Hund, meine Kopfhaut wird eng, alles taub, kein Blut mehr im Hirn und die Augen so trocken, dass die Lider wie Sandpapier darüber reiben.

Dann ist Sascha da, leckt meine Hand, gibt fiepende Geräusche von sich, die mich innerlich zum Lächeln bringen. Lächeln vertreibt Panik, immer. Es geht wieder, es wird wieder gehen, ich werde nicht sterben, noch nicht. Vorsichtig setze ich mich auf.

»Warum?«

»Warum? Du bist gefährlich. Und du hast mich angelogen. Notwehr hast du gesagt und nachher von einem Loch im Rücken gesprochen. Warst wohl zu müde zum Lügen. Du hast doch gelogen?« Sie rührt mit dem Lauf der altmodischen Pistole die Luft um.

»Oma …«

»Nix Oma, es hat sich ausgeomat. Ich habe deine Mutter angerufen. Die Tochter meines Sohnes – eine Mörderin. Eine, die Freundinnen in den Rücken schießt.« Sie zischt, als wolle sie spucken.

»Du hast Mama angerufen? Scheiße! Die hören sie doch sicher ab. Hast du ihr gesagt, dass ich hier bin?«

»Das ist jetzt nicht deine größte Sorge.« Sie beugt sich vor, legt auf mich an. »Los, raus damit, warum hast du sie erschossen? War sie eine von uns?«

»Eine von … Eine Aufrührerin, meinst du? Um Himmels willen, nein!« Ich lache kurz auf, so grotesk ist die Vorstellung. »Ich war besoffen und auf Drogen, meine bevorstehende Hochzeit, der letzte Tag bei der Miliz … Alte

Sachen, schlimme Sachen sind wieder hochgekommen. Es war praktisch ein Unfall.«

»Du bist ein Sozialschädling, wenn es je einen gegeben hat, auch wenn ich es hasse, die Lieblingsbegriffe der *Aufrechten* zu verwenden. Jetzt werde ich mich um dein Karma kümmern und dafür sorgen, dass du der Gesellschaft einen Dienst erweist, ob du willst oder nicht. Ab jetzt bist du Ina Matusek. Du wirst für sie ins Gefängnis gehen und ihr damit die ungestörte Flucht ermöglichen.«

Ich höre das leise Klicken der Sicherung. Die Wut überfällt mich hinterrücks, lässt alles vor meinen Augen verschwimmen. Verdammte Selbstgerechtigkeit. Immer bilden sich alle ein, nur sie hätten die Wahrheit gepachtet und damit das Recht zu urteilen, zu verdammen, zu strafen.

»Dann erschieß doch deine eigene Enkelin, die Tochter deines geliebten Sohnes, du verkommene Mumie, wenn du mir nicht glaubst! Schieß mich nieder! Weil recht haben, recht behalten ist natürlich tausendmal wichtiger als die Familie oder als das Leben oder alles andere außer deinem Ego! Nur für *die Sache* lohnt es sich immer zu sterben, die Sache des Volkes, die Sache des Widerstandes, scheißegal, Hauptsache, die einen haben recht und alle anderen sind Arschlöcher. Wenn es sich dafür nicht lohnt zu töten! Tot bin ich denen nämlich genauso viel wert und kann nicht mehr widersprechen, nicht mehr sagen, dass ich deine Enkelin bin und keine Verräterin. Dass *du* die Verräterin bist, die an den Galgen gehört, eine heuchlerische Hetzerin, noch vor ein paar Stunden voller Begeisterung darüber, dass ich einen erschossen habe, der dir nicht in den Kram gepasst hat, dein Feind war, und jetzt voller Empörung darüber, dass ich dasselbe für mich getan habe. Wer von uns muss sich schämen, wer?«, schreie ich schon stehend und gehe auf sie zu, will sie einfach niederwalzen, soll sie doch schießen. Ich entreiße ihr die Waffe, die sie gesenkt hatte, die schlaff auf ihrem Schoß lag, kaum noch gehalten, längst aufgegeben.

Die Pistole am Lauf gepackt renne ich eine Runde durch das Zimmer, Sascha bellend an meiner Seite, renne hin und her, schlage mit dem Pistolengriff gegen die Wand. Weil ich sonst sie schlagen müsste, ihn ihr über den Schädel ziehen, ihr die Brille im Gesicht mit der flachen Hand zerdrücken. Die Brille, die immer weiter in Richtung Nasenspitze rutscht, wie damals, wenn sie sich über die Bücher gebeugt hat beim Vorlesen.

Schwer atmend lasse ich mich auf das Bett fallen, bringe es nicht fertig, ihr in die Augen zu sehen. Muss ohnehin weg, dringend weg. Sie werden bald kommen. Nur eins will ich noch wissen.

»Was hat sie gesagt, meine Mama? Wie geht es ihr?« Ich streife die Oma mit einem Blick und wundere mich darüber, dass ich sie nicht hassen kann. Grau, abgespannt und entkräftet sieht sie aus, doch in ihrem Gesicht schrecken mich die Falten nicht wie bei anderen Nicht-Optimierten, erinnern mich nur daran, dass sie bald sterben wird, so oder so. »Hast du ihr gesagt, dass ich hier bin?«

Sie schüttelt den gesenkten Kopf, schiebt die Brille mit dem Zeigefinger zurück zur Nasenwurzel. »Ich habe sie gebeten, für mich Blumen zum Grab deines Vaters zu bringen. Das wollte ich sowieso tun. Weil ich nicht reisen kann in diesem Jahr. Die Gelenke«, sagt sie. Hinter ihrer ausdruckslosen Stimme schwingt ein Zittern, gerade noch wahrnehmbar. »In zwei Wochen ist sein fünfter Todestag.« Sie blickt auf. Ihr Kiefer zittert. »Nach dir hab ich mich nur wie nebenbei erkundigt. Sie hat gleich angefangen zu weinen, war ja immer schon nah am Wasser gebaut, deine Mutter. Über die Schande hat sie gejammert. Und dass du anscheinend nach deinem Vater kommst. Aber ich glaube, das war nur für heimliche Zuhörer bestimmt. Denn das mit den Blumen will sie machen. Und sie kann immer noch nicht glauben, sagt sie, dass du das wirklich getan hast. Ohne Grund. Das mit Kati. Obwohl es ja eine Zeugin gibt, von der sie wiederum nicht glauben mag, dass sie lügt.«

Ich heule schon wieder. Was das betrifft, komme ich anscheinend nach der Mama. Oder es kommt daher, dass ich in den Jahren bei der Miliz Millionen von Tränen unterdrückt habe und die irgendwann rausmüssen. Ich wische mir mit dem Unterarm über das Gesicht, ohne die Pistole loszulassen. Wenn ich Mama doch sagen könnte, dass es mir gut geht. Doch das wäre gelogen, und dass ich am Leben bin, kann sie sich denken, solange sie keine Todesnachricht erhält.

Schluss jetzt mit der Heulerei, befehle ich mir und gehorche. Inzwischen ist es draußen hell. Noch immer habe ich nichts als die Unterhose an, das merke ich erst jetzt. Oma muss auf meinen Sachen sitzen, die ich auf dem Sessel abgelegt habe. Das sagt schon einiges über den Zustand der Welt. Früher hätte sie meine Kleidung auf die Seite gelegt, anstatt sich einfach draufzusetzen.

»Steh auf, ich will mich anziehen.«

»Deine Sachen sind noch nass.«

»Aber ich hab dir nur die aus dem Rucksack zum Waschen gegeben!«

»Das war doch alles komplett verdreckt. Du bist gleich nach dem Duschen ins Bett gefallen, da hab ich sie mir geholt.«

»Soll ich jetzt so herumlaufen, oder wie?« Ich springe auf. »Und überhaupt! Du wolltest mich der Miliz in Unterhosen ausliefern? Wie mies ist das denn? Was glaubst du, was die dann als Erstes mit mir machen?«

Sie reibt sich mit den Händen über das Gesicht, verschiebt die schlaffe Haut in alle Richtungen, dass es aussieht, als ziehe sie sich eine Maske vom Kopf.

»Darüber habe ich nicht nachgedacht«, sagt sie. »Schmutzwäsche nehmen und waschen, das mache ich ganz automatisch. Erst danach habe ich deine Mutter angerufen und dann die ganze Nacht gegrübelt, was das Richtige wäre. Mich erst im Morgengrauen entschieden. Anscheinend falsch.«

Sie seufzt. Ich seufze. Was soll man sonst tun?

»Ich gebe dir erst mal ein paar alte Sachen von mir. Deine sind garantiert noch vor Mittag trocken, wenn ich sie draußen in die Sonne hänge.«

»Und du rufst nicht die Miliz?«

Sie massiert ihre knotigen Fingergelenke, eines nach dem anderen, zählt, ob alle noch da sind oder was weiß ich, endlos lang, hat mich und meine Frage anscheinend vergessen. Senilität würde einiges erklären.

»Oma?«

»Hm?« Sie blickt auf. »Ach so, nein, natürlich nicht. Ich weiß nicht mehr, was richtig ist, kann mich nicht mehr auf mein Urteil verlassen, wie es scheint.« Tränen, jetzt in ihren Augen. Womöglich habe ich die Heulerei doch nicht von meiner Mutter. »Die Sache? Der Mensch? Ein Leben in Ruhe? Vielleicht bin ich zu alt und mein Gewissen ist nicht mehr so zuverlässig, wie es einmal war.«

»Gewissen ist ein Wort für Feige.«

»Ach, bleib mir doch mit deinen *aufrechten* Sprüchen vom Leib!«

Sie steht auf, geht zur Tür und ich folge ihr sicherheitshalber in ihr Schlafzimmer. Die Pistole, die ich ihr abgenommen habe, lasse ich auf dem Bett liegen. So viel Vertrauen bringe ich gerade noch auf. Ein bisschen in sie und ein bisschen in mich. Denn wenn ich mit einer alten Frau nicht mehr ohne Waffe fertigwerde, dann kann ich gleich an die Tür des nächsten Milizpostens klopfen.

Oma steigt auf einen Hocker und wühlt in den obersten Fächern ihres Kleiderschranks, zieht zwei Paar verblichene Jeans heraus und wirft sie mir zu, hauteng geschnitten die eine, die andere weiter, mit taillenhohem Bund. Nicht gerade, was ich mir aussuchen würde. Beide Hosen riechen intensiv nach Lavendel und irgendeinem Suppenkraut. Die engere geht gar nicht, wie eine Wursthaut klebt sie an meinen Beinen. Die andere passt halbwegs, ist nur etwas zu kurz und durch den Schnitt fühle ich mich gleich dreißig

Jahre älter. »Die ist wie für dich gemacht«, behauptet Oma. »Ein Oberteil kannst du dir selbst heraussuchen. Nimm, was du willst.«

Ich greife nach einem Karohemd, knote es auf der Hüfte, kremple die Ärmel hinauf und dann auch noch die Hosenbeine, da ich sie schon nicht verlängern kann, ziehe die Hose im Schritt nach unten und drehe mich vor dem Wandspiegel. Oma tritt von hinten an mich heran, packt die Hose an den Gürtelschlaufen und ruckt nach oben. Als sie meinen Blick bemerkt, lässt sie los.

»Entschuldige. Wohin willst du von hier aus gehen?«

Die Frage rempelt mich vom Pfad modischer Eitelkeiten in das Dornengestrüpp meiner wahren Probleme. Der Spiegel zeigt, wie ich die Schultern hängen lasse und die Mundwinkel nach unten ziehe. Ich bemühe mich um Haltung, doch das ist schwer, wenn man in fremder, schlecht sitzender Kleidung steckt.

Meine Kehle wird eng, ich räuspere mich. »Weiter als bis zu dir ...« Ich versuche die Tränen zu schlucken, die meine Worte wegschwemmen wollen, schäme mich für meine Weichlichkeit wie für meine mangelnde Voraussicht und kann nur noch flüstern. »Weiter habe ich nicht gedacht.«

Im Spiegel schaut Oma nun zum ersten Mal aus, als hätte sie Mitleid. Sie tritt neben mich, einen halben Kopf kleiner, und legt mir eine Hand auf die Schulter.

»Lass uns frühstücken.«

Beim Mittagessen, das um Punkt eins auf dem Tisch steht, bin ich immer noch da. Es gibt Backerbsensuppe, dann

Letschoreis, frisch gekochtes Essen mit Paprika und Tomaten, die Oma selbst im Garten gepflückt hat. Der echte Geschmack mildert sogar meine Trauer um Sascha. Eine Quelle der Gefahr sei sie, obwohl sie nicht bellt, hat Oma gemeint, weil sie es doch im nächsten Moment tun könne und wie solle sie einen nicht registrierten Hund den Nachbarn erklären. Dazu das Futterproblem. Also hat sie ihr eine letzte Mahlzeit bereitet, aus Reis und aufgetauter Hühnerleber, und sie dann fortgebracht. Zum Bahnhof, sagt sie. Sie in den Zug nach Linz gesetzt. Trotz der Kameras dort. Denn das sei das Gute an der allgegenwärtigen Beobachtung, sagt sie, dass die Daten niemals ausgewertet werden können. Und auf alte Frauen mit Hunden habe noch zu keiner Zeit jemand geachtet.

Zwischen den Zinken der Gabel fange ich die letzten Reiskörner ein.

»Bei der Miliz habe ich mich immer gefragt, was genau das ist, die Heimat, von der sie reden, die uns das Herz wärmt und so weiter. Erst jetzt komme ich drauf, dass es dabei vielleicht gar nicht um die Grenzen geht, die wir verteidigen. Darüber habe ich mich auf den Wachen nämlich immer gewundert, weil es auf der anderen Seite jeder Grenze ganz genauso ausschaut wie bei uns. Heimat ist, wenn jemand, den du lange kennst, dir etwas kocht und mit dir isst.«

Oma seufzt. »Und du bist wirklich nicht Ina Matusek?«

Ich verdrehe die Augen.

»Vielleicht«, fährt Oma mit vollem Mund fort, »gibt es die Matusek in Wirklichkeit gar nicht. Du hast ja vorhin in den Nachrichten gehört, wo sie angeblich überall gesehen worden ist. Linz, Bregenz, Feldkirchen, Bruck. Wie ein Phantom. Sie haben sie sich ausgedacht, als misstrauensbildende Maßnahme, und hängen ihr jetzt alles an, was passiert. Unmöglich ist das nicht.«

Unmöglich nicht. *Auch Lügen darf man nützen, das allgemeine Wohl zu schützen.* Ist das ein echter Leitsatz oder habe ich mir den eben ausgedacht, infiziert vom *aufrechten* Geist?

»Aber der Schiele«, erwidere ich, »war doch ein hohes Tier und hätte sicher Bescheid gewusst. Warum hätte er mich mit Ina Matusek verwechseln sollen, wenn die gar nicht existiert?«

Oma wiegt den Kopf. »Auch wieder wahr. Kaffee?«

Ich nicke. »Warum verabscheust du den Kanzler und die *Aufrechten* eigentlich so? Wegen Papa? Und warum hat er sie bekämpft? Sie haben uns doch gerettet.«

»Wovor?«

Will sie mich verarschen oder ist sie wirklich dement? Vielleicht hat sie nur gelegentliche helle Momente.

»Na, vor dem Chaos nach dem Zerfall der Union? Vor der Immigrantenflut, die uns fast aus dem eigenen Land vertrieben hätte und der Unterwanderung des Volkskörpers durch islamistische Agenten des Kalifats? Kriegst du gar nichts mit, Oma? Kannst du dich nicht mehr erinnern an die wildwuchernden Bürgerwehren, die verminten Gärten? Hast du dich nicht selbst aufgeregt über die schwächliche Regierung voller Verräter? Der Kanzler sagt, sie hätten mit den Außenfeinden paktiert, hätten eine Einigung gesucht mit dem Kalifat und früher oder später wäre der Islam zur Staatsreligion erhoben worden, bei all den Islamisten, die sich schon hier angesiedelt hatten, Kopftücher und Bärte überall. Es kann doch nicht sein, dass du dich daran nicht mehr erinnerst!«

»Mein liebes Kind, du kommst dir so gescheit vor, dabei betest du kritiklos den Propagandamist nach, den sie uns über den Schädel kippen.« Scheppernd stellt sie die Tasse vor mir ab, dass der Kaffee in den Unterteller schwappt. »Als ob Europa zerfallen wäre, wenn die *Aufrechten* und das rechte Pack in den anderen Ländern nicht genau dafür gesorgt hätten. Die Angst vor den bösen Nachbarn größer als die Solidarität, ganz genau wie bei den Arschlöchern, die ihre Gärten in Minenfelder und die Wohnungen in Waffenlager verwandelt haben.«

»Als Nächstes wirst du mir wohl erklären, dass die *Aufrechten* auch das Kalifat selbst gegründet haben«, merke ich spöttisch an. Ich trinke einen Schluck. Wenigstens von Kaffee hat sie Ahnung.

»Es gibt nicht wenige unter uns, die denken, dass es ihnen zumindest ganz recht gekommen ist. Ein gemeinsamer Feind hilft, das Volk unter Kontrolle zu halten.« Sie schaut mich an, schüttelt verbittert den Kopf. »Du glaubst mir kein Wort, stimmt's? Ein gemeinsames Europa hätte dem Kalifat jedenfalls weit besser die Stirn geboten als der zerstrittene Haufen nationalistischer Populisten. Aber wozu erzähle ich das einer braven Milizionärin?«

Brave Milizionärin. Ich senke den Kopf, versuche meine Wut über die Worte wegzuatmen, vergeblich, balle die

Fäuste, springe auf, schlage auf den Tisch, stoße an die Tasse, fege sie mit einem Schlag hinunter, dass der Kaffee durch die ganze Küche spritzt.

»Da hast du deine brave Milizionärin! Glaubst du, ich bin freiwillig zur Miliz gegangen? Ganz zufällig zwei Jahre nach Vaters Verurteilung?« Mein Tritt lässt die Tasse gegen den Tischfuß krachen und endlich zerspringen. »Ich musste Wiedergutmachung leisten. Einen Volksfeind als Vater, einen Terroristen, das musste ich ausgleichen, dem Land zurückgeben, was er … Das hat man gefordert, immer wieder, und ich habe es letztendlich eingesehen, weil jeder seinen Beitrag leisten muss. Statt mit meiner Kunst musste ich von einem Tag auf den anderen wie eine Ameise leben, alles gemeinsam tun, nie allein sein, alles dumpf und öd und dauernd unter Drogen …« Wie ein Baby schluchze ich auf. »Ich hab den Preis gezahlt für euren Widerstand, hab Multikulti-Nester ausgehoben und das Geschmeiß gehetzt und an den Grenzen Wache geschoben, obwohl mir der ganze Politdreck am Arsch vorbeigeht. Aber man gewöhnt sich daran, gewöhnt sich an alles, vegetiert so dahin, vergisst das Denken …«

Ich weiß nicht mehr weiter. Noch ein Tritt gegen die Scherben, dann lasse ich mich auf meinen Stuhl fallen, das Gesicht in den Händen, und röhre wie ein Kleinkind, scheißegal, wer mich hört oder ob sie mich holen kommen, tot will ich sein, weil es keinen Ausweg gibt, weil ich nicht entscheiden müssen will, was richtig ist und was falsch, weil mein Kopf platzt und ich am liebsten alles um mich herum in die Luft jagen will.

Irgendwann steht Oma neben mir, drückt meinen Kopf an ihren weichen Bauch. Meine Tränen versickern in ihrem roten Baumwollkittel. Sie streicht mir übers Haar und den Rücken und gibt beruhigende Zischlaute von sich, mit Flüchen durchsetzt.

»Früher oder später ruiniert sie jeden, diese Drecksdiktatur«, sagt sie und es klingt so befriedigt, dass sich etwas in mir wehrt und ich widersprechen will. Es heißt Demokratur und nicht Diktatur, will ich sagen, und sie hat uns den Arsch gerettet, knapp vor dem Untergang des Abendlandes. Doch Omas Zuwendung in diesem Moment ist so kostbar, so lang ersehnt, dass ich ihren Verlust nicht riskieren kann.

Auch nachdem mein Schluchzen verebbt und der Atem wieder ruhiger geworden ist, lehne ich noch in ihren Armen, ein Rauschen in den Ohren und das Ticken der Küchenuhr.

Die Klingel lässt uns beide zusammenfahren. Oma richtet sich kerzengerade auf, ich wische mir die Augen. Ein kräftiges Klopfen folgt, dann wieder Klingeln.

»Rasch«, flüstert Oma, »versteck dich in der Speis!«

Sie fährt sich durch das sorgsam frisierte Haar, bis es ausschaut, als hätte sie einen Stromschlag bekommen, knöpft sich die obersten Hemdknöpfe auf und falsch wieder zu, fährt mit dem Finger in den Topf und schmiert sich Tomatensoße um den Mund und aufs Hemd, alles innerhalb einer halben Minute. Ich schau ihr mit offenem Mund zu, verstehe nicht.

»Worauf wartest du?«, zischt sie, packt einen der Teller, die im Spülbecken stehen, samt Besteck, drückt ihn mir in die Hand, öffnet die Tür zur Speisekammer und schiebt mich hinein, schließt die Tür.

Eingeklemmt stehe ich zwischen Tiefkühltruhe, Staubsauger und Regal. Auf Augenhöhe eine Batterie Einmachgläser mit Marillenmarmelade und Zwetschgenkompott.

Oma muss sich gründlich Gedanken gemacht haben, was im Fall unangemeldeten Besuchs zu tun ist, hat womöglich vor dem Spiegel ausprobiert, wie in kürzester Zeit ein möglichst desolater Eindruck zu erzielen ist. Oma und Aufrührerin, das sind Begriffe, die ebenso wenig zusammenpassen wollen wie das geduldige Vorlesen von Kinderbüchern und der durchtriebene Auftritt eben.

Vielleicht eher übertrieben als durchtrieben. Was wird schon sein? Eine Nachbarin, die zum Tratschen kommt. Ob sie immer allen die verdrehte Alte vorspielt? Ziemlich aufwendig wäre das. Und gefährlich. Schließlich ist sie im richtigen Alter für assistierten Gnadentod.

Ich schiebe leere Plastikgefäße auf Hüfthöhe zur Seite und stelle meinen Teller auf das Regalbrett, wünsche mir, ich hätte meinen Kaffee. Aus dem Vorzimmer höre ich gedämpft die Stimme von Oma und die eines Mannes. Verstehen kann ich noch nichts, doch sie nähern sich.

»Ich sag Ihnen doch, Herr Wachtmeister, mein Sohn war zum Essen da.« Die Oma klingt anders, weinerlich.

»Nicht Wachtmeister, Leutnant, das hab ich Ihnen doch schon vorhin gesagt.«

Eine tiefe Stimme. Ich stelle mir einen schweren Mann vor, mit Bauch und dicken Lippen, muss an Schiele denken. Wenn ich doch meine Waffe bei mir hätte.

»Der Nachbar hat eine Frau schreien hören. Ihre Enkelin wird vermisst und Ihr Sohn ist tot, Frau Inninger. War es also vielleicht doch Ihre Enkelin, die Mattea?«

Gänsehaut jetzt, mein Herz rast und ich schlage beide Hände vor den Mund, atme so flach wie möglich.

»Tot soll er sein, mein Luki?«, kreischt die Oma. »Aber er ist doch gerade erst aus dem Haus.«

»Ich glaube, Sie bringen da etwas durcheinander, Frau Inninger. Ihr Sohn ist schon vor ...«

Ein Klirren. Er muss mit dem Fuß an die Scherben der Tasse gestoßen sein. Ich schließe die Augen und bete.

»Sehen 'S«, schreit die Oma. »Das ist der Beweis! Dem Lukas seine Tasse!«

»Und warum liegt die zerbrochen am Boden? Hat er sie vielleicht runtergestoßen, weil er sich schnell hat verstecken müssen, Ihr Sohn?«

Rasche Schritte, Quietschen, dann Vogelgezwitscher. Er muss die Tür zum Garten aufgestoßen haben. Ich höre die Oma »Scheiße, Scheiße, Scheiße« murmeln. Ob sie auch an meine Wäsche denkt, die draußen im Sommerwind flattert?

Schließlich wieder die Stimme des Leutnants. »Da ist niemand.«

»Wer soll da sein? Das ist mein Garten.« Omas Stimme zittert.

»Haben Sie die Tasse vielleicht selber fallen lassen?«

»Ich weiß es nimma«, greint sie.

»Wo ist denn der Teller von Ihrem Sohn? Ich sehe da nur einen.«

»Weiß ich auch nicht«, bockig jetzt.

»Ich schau mich jetzt einmal um bei Ihnen, wenn's recht ist.«

»Aber gern, Herr Wachtmeister.«

Ist sie wahnsinnig? Mein Rucksack oben, das zerwühlte Bett.

»Aber zuerst trinken 'S einen Kaffee mit mir. Der ist noch heiß. Ich hol die Kekse aus der Speis. Hoppla, das reimt sich ja«, trällert sie, jetzt ganz nah. »Und, Herr Wachtmeister, wenn Sie schon da sind, können Sie mir bitte die Glühbirnen, aber nein, das heißt ja Leuchtmittel jetzt, bei der Wohnzimmerlampe und oben im Bad über dem Spiegel auswechseln? Ich komm da so schwer hin, meine Gelenke. Ich hab's mit den Knien.«

»Hören Sie, ich bin doch kein Handwerker, ich bin Milizleutnant und ich suche Ihre Enkelin Mattea, die sich auf der Flucht vor dem Gesetz befindet. Höchste Dringlichkeit! Wenn ich keine vernünftige Auskunft von Ihnen kriege, dann haben wir diesen Sonderermittler aus Wien am Hals und der ist ein ultrascharfer, den habe ich noch von seinem letzten Besuch g'fressen.«

Stille. Seufzen.

»Das ist eine ernste Sache, Frau Inninger, also konzentrieren Sie sich jetzt einmal.«

»Jawohl, Herr Wachtmeister, ich konzertiere.«

Muss sie derart übertreiben, die blöde alte Schachtel? Spielt auf dement, damit sie ihr nichts anhaben können, wenn sie mich bei ihr finden.

»Die Mattea. Ich glaube, die war vor Kurzem da.«

»Na also!«

»In den Schulferien. Vom kleinen Drachen Milumar hab ich ihr vorgelesen, der mit seinem Freund, dem Eisbären … Ja, und das Häkeln hab ich ihr beigebracht. Sie ist so ein herziges Mäderl.« Selig, fast zu Tränen gerührt, bricht ihre Stimme.

Kurze Pause, dann: »War die Fürsorge schon bei Ihnen?«

»Die Fürsorge? Ich kann mich nicht erinnern.«

»Mir scheint, es ist höchste Zeit, dass sich jemand um Sie kümmert, Frau Inninger. Die helfen Ihnen dann auch mit den Lampen. Ich schick Ihnen jemand.«

Er entfernt sich. Hat sie es wirklich geschafft?

»Aber Ihr Kaffee, Herr Wachtmeister.«

»Leutnant!« Die Haustür schlägt zu.

»Da gratulier ich recht herzlich zur Beförderung«, hör ich die Oma noch und bin froh, dass der Milizionär das wohl nicht mehr hören kann. Sie reißt die Tür auf.

»Hast du gehört? Jetzt hetzt der mir die Fürsorge auf den Hals und ich muss mir wieder die Vorteile des Euthanasieprogramms erläutern lassen. Die tauchen sowieso jedes Jahr auf, wenn man einmal über siebzig ist. Wenn ich nicht zwei Tage die Woche arbeiten würde … Bald kommt es noch so weit, dass sie einen gegen den eigenen Willen abtransportieren, damit man dem Staat nicht länger auf der Tasche liegt.« Sie schaut mich giftig an, hebt die Hände und gestikuliert, als wollte sie ein Orchester dirigieren. »Und das alles, weil es nicht genug Arbeitskräfte und Wertschöpfung gibt, weil die Ausländer ja unbedingt alle wegmussten und unsere Leute keine Kinder kriegen. Als hätte man sich nach einem Leben voller Arbeit nicht ein paar Jahre Ruhe verdient.« Sie seufzt auf und lässt die Hände sinken. »Aber! Zwei Gebrechen hab ich noch frei.«

Deshalb geht sie also nicht zum Arzt mit ihren schmerzenden Knien. Sie nimmt den Teller vom Regal, spült ihn ab und stellt ihn in den Kasten.

»Echt, so schlimm ist das? Ich dachte, sie kommen nur zu Alten, die mangelnden Lebenswillen erkennen lassen. Trotzdem episch, wie du den verarscht hast! Hast du das geprobt oder …«

»Pscht, wir müssen uns beeilen. Aus dem Haus kannst du jetzt nicht, das werden sie beobachten.« Sie schiebt mich aus der Küche.

»Und wohin soll ich?«

»Hinauf.«

Im Schlafzimmer öffnet sie eine Tür des Einbauschranks, schiebt Kleider auf die Seite und beugt sich steifbeinig hinein.

»Du glaubst doch nicht, dass ich mich im Kasten verstecke. Da schaut doch jeder als Erstes nach.«

»Nicht drinnen, sondern dahinter.« Sie fummelt an der hölzernen Rückwand herum. »Mist, das klemmt. Ich hab das mit deinem Großvater gebaut. Damals in den Unruhezeiten. Besser ein gutes Versteck als ein verminter Garten.«

Die Rückwand bewegt sich knirschend seitwärts, dahinter ein Hohlraum, in den von der anderen Seite trübes Licht auf staubige Spinnweben fällt. Oma macht eine auffordernde Geste.

»Da ist alles voller Spinnen, lass mich zuerst den Staubsauger holen.«

»Später. Benimm dich nicht wie eine Siebenjährige, los!«

Sie stößt mich grob in den Rücken und ich krieche in das Loch, lande auf weichem Grund. Staub wirbelt auf, dringt mir in Augen und Nase. Ich niese, drei Mal, vier Mal, fünf Mal, wische mir den Rotz an der Hose ab. Der Boden ist vollständig von einer Matratze bedeckt. Durch eine getönte Glasscheibe sehe ich ins Bad.

»Und wie lange soll ich da bleiben? Lass mich wenigstens noch aufs Klo vorher.«

»Gleich. Versuch jetzt, die Wand zu schließen.«

Ich zerre an der Kante der Holzplatte und sie ruckelt in ihre Ausgangsposition zurück.

Ich hocke im Verlies. Die Bodenfläche beträgt vielleicht achtzig auf zweihundert Zentimeter. Beklemmung erfasst mich, lässt meine Brust eng werden. Ich konzentriere mich auf den Ausblick, auch wenn er nur das Bad zeigt, weiße Fliesen, nicht wenige von ihnen gesprungen, die Glaswand vor der Dusche und ein Fenster mit Chiffongardine. Klassische Omaästhetik. Unter dem Spiegel vor mir der Waschtisch. Im Notfall, versuche ich mich zu beruhigen, könnte ich sowohl die Sperrholzplatte als auch den Spiegel zerschlagen, auch wenn man hier kaum ausholen kann. Ich brauche meine Glock. Schieles Glock, eigentlich.

Die Rückwand des Schranks öffnet sich wieder und ich klettere aus dem Verschlag.

»Du musst nicht die ganze Zeit hierbleiben, nur in der Nacht. Ansonsten kannst du dich nebenan aufhalten, im

Kinderzimmer. Wir lassen hier den Zugang offen und sobald jemand an der Haustür ist …«

»Anne-Frank-mäßig.«

»Ach, liest man das noch? Die Regierung hat doch postuliert, dass die Vergangenheitsbewältigung endgültig abgeschlossen ist.« Sie verzieht spöttisch den Mund, legt den Kopf schief. Ich sehe die junge Frau unter der Faltenmaske, kokett und kämpferisch.

»Wir haben es in der Schule gelesen. Das war in der Zeit der Machtergreifung. Da war ich genauso alt wie Anne Frank.«

»Und willst du das? Dich hier verstecken, bis … Ich kann mir nicht vorstellen, dass du das aushältst.«

»Irgendwann wird man mich vergessen haben.« Erst in diesem Moment fällt mir auf: Der Milizionär hat nach mir gesucht, nicht nach Ina Matusek. Es gibt mich also noch.

»Aber das kann Monate dauern und dann existierst du nicht mehr für die Welt, hast keinen Platz in der Gesellschaft, findest keine Arbeit, nichts. Es ist nicht mehr wie früher, wo Illegale oft mitten in der Gesellschaft leben konnten und man sogar froh war, sie als billige Arbeitskräfte ausbeuten zu können. Die neuen Gesetze …«

Von wegen neue Gesetze. Die sind inzwischen auch schon wieder an die zehn Jahre alt. Tatsache ist: Sie will mich nicht hierhaben und in Anbetracht des Milizbesuchs ist das sogar verständlich. Mit der Zeit würde meine Anwesenheit auffallen, schon wegen des erhöhten Bedarfs an Lebensmitteln.

»Was dann? Ins Ausland?«

Oma setzt sich aufs Bett, die Beine ausgestreckt, massiert sich die Knie und faltet anschließend die Hände im Schoß. »Wie stellst du dir das vor? Die Personenerfassung funktioniert in den Nachbarländern ähnlich wie bei uns. Und es ist nicht mehr so leicht, sich über die Grenze abzusetzen, seit das Land von Zäunen umgeben ist. Tja. Früher, da war das alles einfacher. Wenn ich an die Union denke, offene Grenzen und alles ... Aber ich rede schon wie ein altes Weib.«

Ich lache, weil, wenn Oma kein altes Weib ist, wer dann? Sie runzelt ärgerlich die Stirn. Als sie schließlich ebenfalls lächelt, sieht es aus, als täte es ihr weh. Ziellos wandert ihr Blick durch das Zimmer, sucht anscheinend jeden Winkel nach einem Ausweg für mich ab, und bleibt schließlich am Fenster hängen. Die Aussicht zeigt Einfamilienhaus an Einfamilienhaus, dahinter irgendwo Landschaft. Keine Ahnung, was sie dort sieht, ihre Augen glasig verträumt, aber ich will dort nicht hinausmüssen.

»Ich will einfach meine Ruhe haben«, jammere ich, »irgendwo in Frieden leben.«

Oma taucht aus ihrem Traumland auf und ihr Blick wird hart.

»Frieden und Freiheit wollen erkämpft werden. Du hast bisher nur nicht gewusst, welches die richtige Seite ist. Das Faschistenpack ...«

»Jetzt hör doch mal auf mit deinen Faschisten! Die gibt es seit vielen Jahren nicht mehr. Du redest von den patriotischen Kräften, als wären sie prinzipiell im Unrecht.«

»Wenn ich das schon höre, patriotische Kräfte! Noch schlimmer: Natpats, wie ihr Jungen sagt. Hört sich an wie ein Nuss-Schoko-Riegel. Was ist mit den matriotischen Kräften? Diese kritiklose Anerkennung des Patriarchats, für dessen Überwindung Generationen von Frauen …«

»Oma, bitte, lass uns jetzt nicht über Soziologiegeschichte und solches Zeugs streiten. Was ist mit Deutschland? Die Grenze kann nicht weiter als einen Tagesmarsch entfernt sein und vielleicht könntest du mich ein Stück mit dem Auto bringen.«

»Soziologiegeschichte«, wiederholt sie, reibt sich die Augenwinkel mit Daumen und Zeigefinger, streicht über die Nase abwärts und umfasst mit der Hand Mund und Kinn. Sie sieht aus dem Fenster. Ihre Augen glänzen.

»Oma?«

Sie klatscht sich auf die Schenkel, stößt seufzend die Luft aus. »Ja, Deutschland. Das kann immerhin noch als demokratisch gelten«, sagt sie. »Jedenfalls, wenn man den gehässigen Bemerkungen unserer Regierung glauben darf. Vor allem der aus Syrien stammende Innenminister macht unserem Kanzler ja große Freude.« Ihr Kichern klingt gackernd, ungeübt. »Dort hättest du vielleicht eine Chance als politischer Flüchtling. Wenn du es über die Grenze schaffst. Aber du …«, sie schüttelt den Kopf, lächelt jetzt freudlos mit herabgezogenen Mundwinkeln, »bist kein politischer Flüchtling. Du bist eine gesuchte Mörderin. Und als solche wird dich kein anständiges Land haben wollen. Es sei denn als Kämpferin, dann ist die Moral nicht so wichtig. Da kannst du dir jetzt praktisch aussuchen, ob du dich den Kampfhähnen in Tschechien oder dem Kalifat oder unserem Widerstand anschließen willst.«

Ich will sie unterbrechen, weil sie offenbar vorhin nicht mitgekriegt hat, dass ich nicht kämpfen will, doch sie hebt die Hand, kaum dass ich den Mund geöffnet habe.

»Ja, ja, ich weiß, unser Widerstand, alles Volksfeinde, Nationalverräter, nichts für dich. Warum dann nicht gleich das Kalifat? Was machen die denn anderes, als eine faschistische Herrschaft konsequent auf die Spitze zu treiben? Inzwischen sollen die konvertierten Islamisten aus Europa sogar weitgehend das Sagen haben in Nordafrika, eine Bande von Psychopathen, frustrierten Sozialversagern und Gewaltverbrechern.«

»Und da meinst du, wäre ich gut aufgehoben?«, presse ich zwischen zusammengebissenen Zähnen hervor und balle die Fäuste. Weil ich ihr schon wieder die Selbstgerechtigkeit aus den faltigen Zügen wringen möchte. Eine verbitterte Alte ist sie, klebt senil oder nur grenzenlos verbohrt an ihren überholten Wertvorstellungen, mit denen man sich in unserer Welt gleich am Pranger anstellen kann. Und dass sie mir nicht zuhören will, macht mich rasend. Ich hasse das Bild, das sie von mir hat, das sich in den trüben Augen unter den schlaffen Lidern spiegelt. Das kleine Mädchen möchte ich dort sehen, das auf ihren Schoß gekuschelt nicht erwarten kann, die nächste Seite des Bilderbuchs umzublättern. Ich will keine Mörderin mehr sein.

»Ich gebe mich als Ina Matusek aus.«

»Nein, das tust du nicht!«, sagt Oma scharf. Sie wippt vor und zurück und wieder vor, nutzt die Federwirkung der Matratze, um aufzustehen, ohne die Knie zu belasten. »Damit versaust du ihr ihre einzige Chance. Und wer weiß, vielleicht hat sie es schon über die Grenze geschafft? Dann stehst du als Betrügerin da.«

»Schaut aus, als könnte ich mir gleich die Kugel geben.«

»Oder du gehst über die Berge und dann weiter nach Italien.«

»Was soll dort sein?«

Sie geht zum Fenster, schaut hinaus, zuckt zusammen, knurrt Unverständliches, reißt den Flügel auf und lehnt sich weit hinaus. »He, Walter, hast du mir den Wachtmeister auf den Hals gehetzt?«

Ich höre eine dünne Stimme antworten, ohne zu verstehen, was sie sagt.

»Einen Dreck hast du!«, schreit Oma hinüber. »Selbstgespräche hab ich geführt. Was bleibt mir auch anderes übrig, hab ja niemanden mehr. Und rundherum nur Idioten!« Sie schließt das Fenster und dreht sich um. »Wo waren wir?«

»In Italien.«

»Ja, das war Unsinn. Es gab dort exilierte Zecken, früher, bei denen die Verfolgten Schutz suchen konnten. Lukas war auch zeitweise dort. Aber das wird sich geändert haben. Mir ist kurzfristig entfallen, dass Padanien jetzt ein eigener Staat ist.«

»Zecken?«

»So haben wir uns genannt. Da wir für die *Aufrechten* Ungeziefer sind, betrachten wir das als Ehrentitel. Jedenfalls war es so. Denn, wie gesagt, es ist Jahre her, dass ich Kontakt hatte.«

»Und wie ist Papa nach Italien gekommen?«

»Über die grüne Grenze, die Berge. Es gab Schlepper

und gewisse Routen. Von zweien weiß ich: In Kärnten vom Lesachtal aus und in Tirol über Vent. Aber es gab sicher noch mehr. Irgendwo in den Bergen konnte man sie treffen, die Kameraden, die weitergeholfen haben. Damals, als dein Vater noch gelebt hat.«

»Und die hausen dort im Wald, oder wie?«

Oma zieht die Schultern hoch. »Viele vom Widerstand sind in die Berge gegangen, haben dort ihre Nester, leben in Hütten, als Senner vielleicht, jedenfalls eher abgeschieden. Wo soll man sich sonst verstecken, als in den Bergen oder in den Städten? Es gab Kontaktleute in den Dörfern unten.«

Davon habe ich bei der Miliz nie gehört. Vermutlich sind diese Zeckennester längst vernichtet, wenn es sie wirklich gegeben hat.

»Warum bist du so still?«, fragt Oma, tiefe Furchen eingegraben zwischen den gesenkten Brauen. »Worüber denkst du nach?«

»Nichts weiter.« Immer noch ist sie misstrauisch. Ich bemühe mich um einen neutralen Gesichtsausdruck.

Bin ich es der Volksgemeinschaft schuldig, Informationen über Schlepper und Zecken und was nicht noch alles weiterzugeben? Oder gehöre ich der Gemeinschaft längst nicht mehr an, bin selbst Teil des Untergrunds, unfreiwillig ausgeschieden durch schädlingshaftes Verhalten, unaufhaltsam abgerutscht und nun auf immer in der Grube gefangen? Vielleicht kann ich, bei entsprechend geschicktem Vorgehen, zurückfinden, die Rutsche hinauflaufen, wie ich es als Kind am Spielplatz getan habe.

Ein vernichtender Schlag gegen die Aufrührer dank meines Einsatzes, meiner freiwilligen Spitzeltätigkeit, für die ich der Volksgemeinschaft in einem Akt heroischer Selbstaufopferung den Rücken kehre. Stoff für eine Heldengeschichte. Auch Kati natürlich nur eine weitere Zecke, eine, die mir auf die Schliche gekommen ist und deshalb ausgeschaltet werden musste. Ich könnte mein Leben zurückgewinnen, ein angesehenes Leben sogar, inmitten der Gesellschaft, als Heldin des Vaterlandes im besten Fall. Vorträge in Schulen halten. Zuerst allerdings müsste ich so ein Zeckenversteck ausfindig machen. Ein diffuser Hinweis würde mir nichts einbringen.

Ich spüre, wie sich das Lächeln auf meinem Gesicht ausbreitet, versuche es zu kontrollieren. Oma steht jetzt vor mir, hält die Arme über der Brust verschränkt und fixiert mich angespannt. Ich lächle sie an.

Ich könnte Mama wiedersehen, denke ich, die doch sicher stolz auf mich wäre. Zurück zu meinem Mann. Von dem ich schon nach drei Tagen nicht mehr weiß, wie er aussieht. Vielleicht doch kein Grund zu lächeln.

»Ich hoffe, dass es kein Fehler war, dir davon zu erzählen«, sagt Oma.

»Natürlich nicht, keine Sorge. Ich würde dich nie verraten.« Ein Versprechen, das ich halten werde. Immerhin hat sie mich vor dem Milizleutnant versteckt. Alles Weitere kann ich mir auf dem Weg überlegen.

»Was willst du jetzt also machen? Wo zieht es dich hin?« Sie sieht mich skeptisch an.

»Keine Ahnung. Zu den Zecken am ehesten. Mir fällt

keine bessere Lösung ein. Zeigst du mir auf der Karte, wo ich diese Nester finde? Oder wenigstens eines davon?«

Sie schüttelt den Kopf. »Mehr weiß ich nicht.«

Sie lügt. Meine Kehle wird eng. Die Nähe, kurz aufgeblüht durch die Komplizenschaft gegen den äußeren Feind, den Milizermittler, ist dahin.

»Gibt es ein Erkennungszeichen, einen Gruß, irgendwas, woran man sie erkennt?«, frage ich.

Oma schmunzelt und schüttelt den Kopf. »Du glaubst, das ist ein Spiel, ja? Cowboy und Indianer. Du wirst sie finden, wenn du nach ihnen Ausschau hältst, oder sie finden dich, was mir wahrscheinlicher vorkommt, da alle Welt nach Ina Matusek sucht.« Sie massiert ihre Fingerknöchel, reibt die Hände. »Machen wir es so«, sagt sie, sichtlich erleichtert, mich bald los zu sein. »Morgen ist einer meiner Arbeitstage. Ich bin Kassenaufsicht im Einkaufszentrum in Wels. Du versteckst dich im Kofferraum und ich lasse dich auf dem Weg in den Feldern hinaus, wo sicher keine Kameras sind. Weiter kann ich dich nicht bringen. Wegen der Ortung. Jede Fahrt wird aufgezeichnet. Du gehst einfach in Richtung Süden. Die Berge kannst du kaum verfehlen.« Sie lächelt schief.

Aus dem Nest gestoßen. Ich nicke trotzdem.

Sie packt mich am Handgelenk. Ihre altersfleckigen Finger brennen heiß auf meiner Haut.

»Finde einen Weg, für den du dich nicht schämen musst, Mattea.«

Tag 6

Ich fahre dann doch mit bis Wels. Vor dem Einkaufszentrum steige ich gemeinsam mit Oma aus dem Wagen. Eine Angestellte ist gerade damit beschäftigt, Körbe mit Sonderangeboten vor dem Eingang aufzustellen. Bunte Kinderbälle, Sandspielzeug. Die Luft ist noch kühl. Ich strecke mich. Obwohl Oma mich zwischen den ersten Feldern nach Eferding aus dem Kofferraum gelassen hat, bin ich steif und verspannt.

Groß verabschieden ist nicht, wegen der Kameras, die hier auf dem Parkplatz überall hängen, und so gehen wir nur ein paar Meter gemeinsam, sie drückt kurz verstohlen meine Hand, ohne mich anzusehen und dann folge ich der Straße, während sie im Supermarkt verschwindet.

Obwohl ich nicht schnell gehe, kämpfe ich mit Atemnot. Ich hole tief Luft, doch sie kommt nicht dort an, wo sie hinsoll. Jeder Schritt kostet Überwindung, als kämpfte ich gegen ein Gummiband. Wenn ich nun krank wäre, Asthma vielleicht, dann könnte ich nicht weiter. Dann müsste ich umkehren, sie bitten, mich wieder mitzunehmen, wenigstens so lange, bis ich gesund bin. Ich würde in der Kammer hinter dem Schrank schlafen, man gewöhnt sich an alles, sicher auch an Gefangenschaft, sofern die Wärter wohlgesonnen sind.

Anbieten hätte sie es mir doch wenigstens können. Ich hätte sowieso abgelehnt, aber anbieten … Den Sohn vergöttern wie den Heiland persönlich, aber seine verfolgte

Tochter beinhart auf die Straße jagen. Als stünde weiß Gott was auf dem Spiel. Wo die Euthanasie-Berater ihr ohnehin schon bald die Tür einrennen werden.

Alles nur wegen Kati. Schiele tot, gut, Kati tot, schlecht. Als sei sie keine Stütze der *Aufrechten* gewesen. Wie sonst hätte sie an eine Stelle als Lehrerin kommen sollen? Und natürlich hat auch sie ihre Schüler und deren Eltern ausspioniert.

Wenn ich sie nur deshalb erschossen hätte. Aber nein, ich habe sie aus Eifersucht umgebracht, niederer Beweggrund, Schiele dann aus Selbstschutz, weil er meine Flucht beendet hätte. Heldenpunkte: null. Mit Politik hat das alles einen Dreck zu tun. Also hat Oma recht und ich bin Abschaum und wer will solchen schon im Haus haben.

Der Hass, erst auf Oma, dann auf mich selbst, hat mich angetrieben. Längst habe ich die Bahngleise überquert. Hätte ich nicht schon vorher links abbiegen sollen? Die Karte will ich jetzt nicht aus der Tasche holen. Immer zu wissen, wo man ist, wer man ist und wofür man ist, oder zumindest so zu tun als ob, das ist das Geheimnis. Und dagegen, dass ich nichts von alledem weiß, hilft die Karte auch nicht.

Schließlich biege ich beim nächsten Kreisverkehr ab, steige bald darauf in einen Bus, der in den Süden der Stadt fährt, setze mich breitbeinig in eine mittlere Reihe und schaue, wie alle anderen Leute, an allen anderen Leuten vorbei.

Es ist nicht das letzte Mal an diesem Tag, dass ich einen Umweg gehe. Der Plan war, mich am Sonnenstand zu orientieren, schließlich muss ich nach Süden, mich zwischen Totem Gebirge und Kalkalpen durchschlängeln, weil über die Berge kein leichter Weg führt. Kärnten ist mein Ziel, die Grenze. Das Lesachtal hat Oma erwähnt, bevor das Misstrauen sie gepackt hat. Doch im Laufe des Tages ist die Sonne immer seltener zu sehen, verschwindet hinter dicken Wolken, die sich immer höher und dunkler türmen – warum viel Weiß Grau ergibt, ist mir unbegreiflich.

Am frühen Nachmittag sehe ich es vor mir über den Bergen blitzen, einundzwanzig, zweiundzwanzig, dreiundzwanzig, vierundzwanzig, fünfundzwanzig, sechsundzwanzig, Donner. Ungefähr zwei Kilometer ist das Gewitter also entfernt. Ringsherum Felder, kein Unterschlupf in Sicht. Ich streiche die geplante Pause, falle in Laufschritt, haste an einem kleinen Ort vorbei, passiere einen Friedhof, dann wieder Felder. Kein Mensch zu sehen. Mir ist, als klebten Elektroden an meinen Schläfen, pressten Strom durch mein Hirn.

Zwei Äcker weiter frisst eine Mähmaschine sich inmitten einer Staubwolke die vorletzte Reihe Weizen entlang. Die Getriebenheit eint den unsichtbaren Lenker und mich. Ich möchte zu ihm laufen, ihn um Obdach bitten. Doch für derlei Solidarität ist die Gemeinsamkeit vermutlich zu klein. Andererseits ist ein Unwetter ein Grund, den jeder versteht und dazu unpolitisch.

Zu lange überlegt, die monströse Maschine hat gewendet, entfernt sich Getreide spuckend.

Einzelne fette Tropfen fallen, zerplatzen auf der aufgeheizten Straße, versprechen einen Wolkenbruch. Es riecht nach feuchtem Staub und Pollen. Ich renne in den stärker werdenden Regen hinein, hin zu den zuckenden Blitzen, dem stechend scharfen Ozongeruch entgegen. Dort, am Fuß des Berges, beginnt der Wald. Ich bin der höchste Punkt im Radius von hundert Metern. Blitzschlag wäre ein gutes Ende, einmal noch richtig auflodern, dann anonymer Todesfall, rätselhaft, romantisch. Doch ich mag nicht sterben. Ich tauche in den Schutz der Bäume ein.

Noch ist der Boden trocken, das spüre ich mehr, als dass ich es sehe, weil es ziemlich finster ist. Über mir prasselt das Wasser auf Blätter und Nadeln. Wenn ich doch ein Zelt hätte. Heftige Böen beugen jetzt die Wipfel, lassen Äste krachend aneinanderschlagen, Blätter und Zweige niederregnen. Die Vögel sind verstummt. Ich stolpere über Unterholz und Laub bergauf, rutschend jetzt, weil nun doch immer mehr Tropfen den Boden erreichen. Eine Jagdhütte wünsche ich mir, in die ich schon irgendwie hineinkäme, oder wieder einen Hochstand, mindestens aber endlich einen Weg, weil ich mir sonst noch die Knochen breche, überall Löcher und glitschige Wurzeln. Von hier käme ich verletzt nicht weg und selbst wenn mich jemand fände, wehrlos …

Immer schlüpfriger wird der Grund und vom Schirm meiner Kappe – ein Geschenk von Omas Bank – fängt es zu tropfen an. Die Blätter der Bäume füllen sich, so kommt es mir vor, wie Schüsseln zunächst mit Regen, um dann gemeinsam überzulaufen und das Wasser schwallweise über mich zu ergießen. Ein lautes Knacken, dann stürzt raschelnd ein Ast in die Tiefe, ganz nah, bleibt kurz hängen und kracht rechts von mir auf den Boden. Von Ästen wurden schon viele erschlagen.

Vor mir eine Futterkrippe, darin etwas Heu, darüber ein spitzer Brettergiebel. Ich nehme den Rucksack ab, werfe ihn hinein und klettere ihm nach.

Die Arme um die Knie geschlungen lausche ich auf meinen ruhiger werdenden Atem, wundere mich, dass das möglich ist bei all dem Lärm rundum. Die Krippe, so plötzlich im richtigen Moment aufgetaucht, scheint mir wie eine Zuflucht aus einem Märchen, magisch. Ich ziehe mich aus, hänge die nassen Sachen über die Querstreben unter dem Dach und wickle mich in meine Picknickdecke. Der Trog ist genauso lang wie ich. Ich strecke mich aus, den Rucksack unter dem Kopf und schaue hinaus in den Regen. Nur selten verirrt sich ein Tropfen durch den Spalt zwischen Krippe und Dach zu mir.

Was für ein Glück ich habe, seit ich unterwegs bin. *Wenn du glaubst, es geht nicht mehr, kommt von irgendwo ein Lichtlein her.* Mama hat das in mein Poesiealbum geschrieben und rundherum Glanzbilder von Rosen und Schafen geklebt. Jetzt kommt es mir vor, als wäre das ein Zauberspruch, als wache sie über mich aus der Ferne. Oder es ist Gott selbst, der mir Hilfe schickt. Die Krippe. Eindeutiger könnte ein Zeichen kaum sein. Großzügig von ihm, da ich ihn doch nach der Sache mit Julias Bein abgeschrieben, ja verflucht und schließlich sogar seinen Sohn samt Kreuz von seinem Platz über der Küchenbank gerissen habe. Vielleicht also eher der Teufel, der sich einen Scherz mit Gott erlaubt und dafür in Kauf nimmt, mir zu helfen. *Der Geist, der stets das Böse will und stets das Gute schafft,* so ähnlich ging das. Ich nehme, was ich kriegen kann.

Tag 7

Am Vortag scheinbar unsichtbar, falle ich heute auf. Von der aufgehenden Sonne geblendet trete ich zwischen den Bäumen hervor auf eine Wiese, als, auf ein harsches Kommando hin, ein Hund auf mich zu rennt, dessen Bellen sich vor Eifer überschlägt. Mit den Hunden habe ich es in letzter Zeit. Dieser ist kaum zu sehen im hohen Gras, nur sein Kopf und die schlackernden Ohren schauen bei jedem Sprung heraus. Ich bleibe stehen, sehe links vor mir am Rand der Wiese einen Mann in Hut und Lodenanzug an das geschulterte Gewehr greifen. Gut, dass er mich nicht im Wald erwischt hat. Klar, dass ich verdächtig wirke, eine Fremde, kurz nach Tagesanbruch unterwegs. Ich winke, grüße freundlich. Der Hund springt japsend an mir hoch und schnappt nach meinen Händen. Ich hebe sie auf Schulterhöhe.

»Schau ich aus wie ein Reh?«, rufe ich dem Jäger zu, aber der steht nur da, den Kopf schiefgelegt, und verfolgt mit den Blicken meinen Weg durch die regennasse Wiese, die Flinte in Bereitschaft. Ich stelle mir vor, was ich täte, steckte die Glock nicht im Rucksack, sondern im Halfter wie früher. Viel Zeit zum Zielen hätte ich nicht, er würde mich wohl zuerst erwischen. Alles gut also, wie es ist. Bis auf den Hund, der immer noch kläffend an meiner Hose zerrt und zwischen meinen Beinen tollt, dass ich bei jedem Schritt zu stolpern drohe. Dieses Pflichtbewusstsein, dieser Übereifer, nur um seinem Herrn zu gefallen, der ihn schlägt oder füttert, ganz wie es ihm passt. Der ideale Bürger.

Erst als ich den Weg erreiche, der sich zwischen zwei Gehöften spannt, ruft der Mann das Vieh zurück. Eigentlich wollte ich nur über den Pfad auf die nächste Wiese laufen, doch das wage ich jetzt nicht mehr, folge ihm lieber, um mich erst außer Sichtweite wieder in den Wald zu schlagen, und lande bald erneut auf einer schmalen Straße. Dann alle paar Minuten ein Hof und bei jedem steht irgendwer draußen, lässt die Arbeit liegen und starrt mir entgegen. Eine Frau im roten Kittel, den Besen in der Hand. Zwei Buben, die eine Katze jagen, bis sie mich sehen und mit halb offenen Mündern am Wegesrand gefrieren. Eine Bäuerin erstarrt beim Hühnerfüttern, ein massiger Mann bleibt stehen, die Hand auf dem Kotflügel seines Traktors, als müsste er sich der Unterstützung des Gefährts für den Notfall versichern. Sie alle, so kommt es mir vor, verfolgen mich mit ihren Blicken, als wäre ich eine Läuferin auf den letzten Metern des jährlichen Volksheldenlaufs. Nur der Applaus fehlt.

Das Lächeln und Grüßen gebe ich bald auf, fixiere nur noch den Weg. Ich rede mir ein, dass keine Gefahr droht, solange ich den Leuten nicht zu nahe komme. Ich sehe mir selbst nicht ähnlich mit Schirmkappe, kurzärmeliger Karobluse und den aufgekrempelten Omajeans, die sogar meinen Gang verändern. Das muss mit der hohen Taille zusammenhängen, die Lässigkeit verhindert. Vielleicht weicht aber auch nur langsam das Militärische von mir. Falls doch einer der Gaffer Zweifel hegen sollte, weisen mich Omas Wanderschuhe und der Rucksack eindeutig aus. Noch ist Urlaubszeit. *Bergluft statt Raumduft – so hält sich unser Volk gesund.*

Wiesen und Felder dampfen in der Sonne, die kein Kind jetzt lächelnd malen würde. Gestern vom Regen scheinbar gelöscht, zeigt sie heute grimmig ihre Macht. Jeder soll merken, dass sie, wenn es ihr gefällt, alles niederbrennen kann.

Die Kleidung klebt mir am Körper, feucht von innen und außen. Wegen eventueller Überwachungskameras will ich nicht auf der Hauptstraße durch das Tal und mäandere von Hof zu Hof, lande immer wieder in Sackgassen und stapfe durch die Felder weiter. Mit der Hitze schwellen auch die Gerüche an. In einer Wolke aus Schweinemist, Kräuterduft und zum Erbrechen süßen Fallobstschwaden erreiche ich, von Wespen umschwirrt, endlich den Rand eines größeren Ortes. Kirchdorf a.d. Krems, wie das blaue Schild verkündet.

Gefreite a.D. betritt Kirchdorf a.d. und sitzt wenig später im Schatten eines verblichen gelben Sonnenschirms auf einem dreieckigen Platz. Vor mir steht ein Becher Milchkaffee und der beste Schinken-Käse-Toast meines Lebens. Kauend beobachte ich eine Taube mit verstümmelter Kralle, die am Rand eines kleinen Brunnens entlanghumpelt, bis sie von zwei Artgenossen vertrieben wird.

Die Mediawand auf dem öffentlichen Gebäude, das den Platz auf einer Seite begrenzt, scheint kaputt zu sein und auch der Monitor im Lokal ist schwarz. Schade, ich hätte gern gewusst, was es Neues gibt von mir. Immerhin grüßt inmitten des Brunnens das unvermeidliche Hologramm des Kanzlers, wandelt auf dem Wasser wie …

»Die Wand wird erst abends aktiviert«, sagt der Kellner, der unvermutet neben mir steht und anscheinend meine

Blicke bemerkt hat. »Wir haben es hier gern ruhig. Kann ich«, er hält inne, sieht mich bedeutungsvoll an, »kann ich dir eine Zeitung bringen? Willst du vielleicht dein ...«, er zögert erneut, »... Horoskop lesen? Welches Sternzeichen bist du?«

Eine selten dämliche Anmache, aber irgendwie muss man ja anfangen.

»Widder«, antworte ich. »Ich gebe einen Dreck auf Horoskope, also bemüh dich nicht.«

Er grinst. Bis auf ein paar Aknenarben auf den Wangen sieht er wirklich gut aus. Er ist ungefähr in meinem Alter, hat schwarzes Haar und braune Plüschtieraugen wie mein liebster TV-Moderator, dazu einen markanten Kiefer und dunklen Teint. Vermutlich ein Abkömmling fremdvölkischer Parasiten aus einer Zeit, in der die noch Zuwanderer hießen.

»Dann vielleicht noch einen davon?« Er deutet auf meinen leeren Becher.

Ich nicke. »Wer hat den Toast gemacht? Der schmeckt epochal.«

»Alles von mir persönlich handgeschnitzt«, sagt er fast schon zärtlich. »Echter Käse von der Alm und Beinschinken vom Weideschwein, frisch geschnittenes Weißbrot, extra entrindet.« Er hebt die Augenbrauen und schenkt mir einen schmachtenden Blick, als hätte er mir mit dem Entrinden des Brotes ein ganz besonderes Kompliment gemacht. »Dann alles zusammen in geschlagenem Ei gewendet und in der Pfanne gebraten. Mein Vater hat es immer so gemacht.«

Hat gemacht? Ob er tot ist? Mir ist nicht nach toten Vätern und ich wende mich ab. Er geht zurück ins Lokal. Dabei würde ich über andere Dinge gern mit ihm plaudern.

Eine Gruppe spärlich bekleideter Jugendlicher zieht vorbei, Badetaschen und Handtücher über die Schultern gehängt. Zwei Mädchen balancieren eine silberne Luftmatratze auf den Köpfen. So eine hatte ich auch als Kind. Und einen blauen Orca. Jetzt einfach aufstehen und ihnen folgen, im kühlen Wasser den Straßenstaub aus den Poren spülen und planschen inmitten kreischender Kinder.

Der Kellner stellt den zweiten Kaffee vor mir ab.

»Hier gibt es ein Schwimmbad?«, frage ich ihn.

Er nickt. »Das Parkbad. Sogar eine lange Rutsche haben wir.«

Ich muss lächeln, weil er so stolz ist auf sein Provinzbad, doch er missversteht das und seine Augen leuchten auf.

»Ob man sich dort einen Badeanzug leihen kann?«, frage ich in möglichst neutralem Tonfall. Nicht mit ihm zu flirten fällt mir gerade schwer.

Er wiegt den Kopf, verzieht zweifelnd den Mund, sieht dabei zum Anbeißen aus und legt die Hand an die Lehne des Sessels neben meinem. »Darf ich?«

Ich nicke sparsam. Er setzt sich. Sein Knie berührt fast mein Bein. Er zwinkert nervös.

»Du bist auf der Durchreise?«

Ich nicke.

»Allein?«

»Und wenn?«

»Ich könnte mit dir gehen. Ins Schwimmbad. Für zwei

Stunden oder so. Und dir einen Badeanzug von meiner Schwester borgen.«

Ich hebe die Brauen, lasse den Blick über die Tische schweifen.

»Das hier kann meine Mutter übernehmen. Ist ja nichts los. Aber wenn du nicht magst ...« Der Satz klingt in Gemurmel aus, er stützt eine Hand am Tisch ab, spannt die Oberschenkel an, gleich steht er auf.

»Warte!« Die Aussicht auf Abkühlung und zielloses Freizeitvergnügen ist unwiderstehlich und mein Herz plötzlich leicht, als hätte ich nie den Tod gesehen, fast so lebendig wie unter Drogen. Liegewiesen, kühles Wasser und neben mir ein Mann, der noch besser riecht als sein Kaffee. Ich beuge mich vor. »Ich würde gern ...«

Seine Augen leuchten auf. »Bin gleich wieder da.« Er verschwindet im Café, schaut noch einmal durch die Tür, ruft »Tom heiße ich übrigens« und geht, bevor ich meinen Namen sagen kann.

Was soll schon passieren? Ich werde nicht erwartet, nirgends, und er weiß nicht, wer ich bin. Der Plan, in den Bergen Nester der Aufständischen aufzuspüren, um mein altes Leben zurückzugewinnen, kann warten, bis ich mich wieder nach diesem alten Leben sehne. In diesem Moment jedenfalls scheint es reizlos, verglichen mit einem Nachmittag im Schwimmbad an der Seite meines exotischen Kellners. Farbloser noch als der grünlich transparente Holo-Kanzler, der eben von einer Taube durchflogen wird.

Mein zweiter Kaffee ist noch nicht leer, als Tom zurückkommt, eine Sporttasche über die Schulter gehängt. Breite Schultern mit muskulösen Armen. Ich lächle, so richtig.

»Sonja«, sage ich. Der Name passt heute zu mir.

Seite an Seite spazieren wir durch den Ort, schweigend, als wüssten wir alles Wesentliche voneinander. Unglaublich wohltuend angesichts all des Misstrauens, der inquisitorischen Fragen, denen ich bisher ausgesetzt war. Gelegentlich berühren sich im Gehen unsere Arme. Für den Bruchteil einer Sekunde reibt Haut an Haut, verhaken sich feine Härchen und lösen sich wieder voneinander. Ich will, dass er mich an sich zieht, leidenschaftlich küsst und ins nächste Gebüsch drängt und schäme mich kurz dafür, weil mir einfällt, dass ich verheiratet bin. Hätte mein Mann mich nur eine Sekunde lang so heißgemacht, dann wäre ich vor der Hochzeit glücklich gewesen. Dann hätte ich Kati nicht erschossen. Alles wäre anders. Schmetterlingseffekt.

Tom legt mir die Hand in den Rücken. Meine Knie werden weich. Ich würde mich nicht wehren, denke ich so laut ich kann, damit er weiß, woran er ist. Doch links und rechts blockieren uns eingezäunte Gärten und seine Hand dirigiert mich nur um die nächste Straßenecke.

Ich sehe den Eingang zum Bad. Beim Kartenkauf fängt mich der Geruch nach Sommerferien ein: Chlor und nasse Badekleidung, schmelzendes Eis und verschüttetes Bier. Tom reicht mir einen geblümten Bikini. Ich rümpfe die Nase, er hebt die Schultern und deutet auf die Kabinen. Noch immer kein Wort seit unserem Aufbruch. Es ist ein Spiel, auf dessen Regeln wir uns wortlos geeinigt haben.

Der Bikini ist knapp und ich bin nicht rasiert. Es dauert

eine Weile, bis ich mich am Waschbecken eingeseift und mir mit dem Messer die Haare von Scham und Achseln gekratzt habe. Dass es ohne Schnitte abgeht, ein paar kleine Abschürfungen nur, ist ein Wunder, ein weiteres Zeichen dafür, dass dies ein Glückstag ist.

Die Wiese ist gesprenkelt mit Decken und Handtüchern, darauf Mütter mit Kleinkindern und ferienfaule Schüler in Gruppen, alle mit sich selbst beschäftigt. Ich sehe Tom am Schattenrand eines Baumes auf einer Militärdecke sitzen und mein Herz schlägt einen Salto. Als ich näher komme, steht er auf, kommt mir entgegen und nimmt meine Hand, führt mich zum Wasser.

Stufe um Stufe gehen wir hinein. Die prickelnde Frische treibt Gänsehaut meine Beine hinauf. Ich höre mich seufzen und werfe mich vorwärts ins Nass, schwimme ein paar schnelle Züge unter Wasser, um die Kälte zu besiegen, streife mir auftauchend die Haare aus dem Gesicht. Tom fängt mich ein, sein Arm um meine Taille. Wir balgen wie Kinder, spritzend, uns gegenseitig untertauchend, tarnen unsere Berührungen mit Grobheit, bis er mir zärtlich in den Nacken beißt und ich mich seinen Arme überlasse, schaudernd den Weg seiner Lippen verfolge, die meinen Hals aufwärts wandern. Endlich küsst er mich.

Ich höre die Sirene, doch was sie bedeutet, fällt mir nicht sofort ein oder scheint uns beiden nicht wichtig genug, bis uns eine Frau anstößt, uns anschreit, ein Kind auf dem Arm und Panik in den Augen. Die meisten Badegäste sind schon aus dem Wasser, laufen über die Wiese, sammeln ihr Zeug ein oder rennen zum Ausgang. Am Beckenrand steht der Bademeister, reißt an der Schnur einer altmodischen Glocke, deren Bimmeln das Sirenengeheul ergänzt, und rudert wild mit dem freien Arm.

»Raus aus dem Wasser!«, schreit er. »Sofort heraus und in den Kindergarten, dort ist der nächste Schutzraum!«

Schutzraum. So viel Aufhebens wegen eines stinknormalen Drohnenalarms. Ich muss lachen. Tom schaut besorgt und pflügt auf den Beckenrand neben der Rutsche zu. Der Bademeister lässt das Glockenseil fahren und rennt zum Ausgang.

Bevor er aus dem Wasser steigt, dreht Tom sich noch einmal um, winkt mich zu sich. Ich deute auf die Brücke, die den Auslauf der Rutsche überspannt. Darunter wird uns keine Drohne entdecken und wir wären endlich allein. Ich spüre schon fast sein hartes Ding in mir und meine Hand wandert von selbst in meinen Schritt. Er legt den Kopf schief und zögert, nur einen Augenblick. Dann stützt er die Handflächen am Beckenrand ab und stemmt sich hinauf.

»Komm schon!«, ruft er. »Es geht um unser Leben!«

Eben deshalb, denke ich und suche den Himmel ab, schwarze Punkte in nördlicher Richtung. In drei Schwimmzügen bin ich unter der Brücke, hoffe, dass er mir doch noch folgt, mich wie vorhin von hinten umfängt. Eine Nummer im Wasser unter Todesgefahr, lebendiger geht es doch nicht.

Er hätte nicht sprechen sollen, der Zauber instinktiven Einklangs ist dadurch zerstört. Ich sehe mich um. Er ist weg.

Auch sonst ist niemand mehr zu sehen. Über dem an- und abschwellenden Sirenenton glaube ich bereits das Surren der Drohnen zu hören, obwohl das praktisch unmöglich ist. Ich sehe sie über dem Ortszentrum einfliegen, insektenhaft scharfe Wendungen und plötzliche Höhenänderungen vollführen, die den Abschuss verhindern sollen. Das sind keine Späher, das sind Kampfdrohnen, Waffenträger, die gefürchteten Hornissen, optimiert für den Einsatz im Gebirge. Sie stehen auf der Wunschliste jedes Kommandanten, deutsche Wertarbeit, in die ganze Welt verkauft.

Mit einem Mal ist mir klar, woher die Panik der Leute rührt. Wir sind in der Mitte des Landes. Wie konnten Kampfdrohnen unbehelligt bis hierher kommen? Wo bleibt die angeblich unfehlbare Abwehr? Und wer greift hier an? Die russische Föderation kann es nicht sein, die Tage der Expansion sind vorbei, die neuen Machthaber üben sich im Händeschütteln auf allen Kanälen, in allen Ländern. Das Kalifat? Selbst wenn Bosnien seine bisher inoffizielle Unterstützung ausgeweitet haben sollte, hätten die Drohnen mehrere Grenzen passieren müssen. Wie soll das gehen? Bleibt nur eine Möglichkeit: Es müssen die Aufständischen sein, Omas geliebte Zecken, die irgendwie an unser Gerät gelangt sind und uns jetzt aus den Bergen attackieren.

Eine Bombe fällt, dann noch eine. Ich verfolge ihren Flug, dann höre ich die Detonationen, mitten im Ort. Ich schließe die Augen, fühle, wie die Druckwelle das Wasser erzittern lässt. Jedes Haar an meinem Körper stellt sich auf.

Ein paar hundert Meter weiter fliegt vielleicht der Plastiksessel, auf dem ich vor dem Café gesessen habe, durch die Luft und durchschlägt ein Fenster, landet auf einem Kinderbett. Menschen werden wohl nicht zu Schaden kommen, weil sich alle außer mir in Kellern und Bunkern verkrochen haben. Hier zwischen den Bergen im Bauch des Landes, wo selten bis nie die Sirenen heulen, herrscht noch Disziplin.

Zwei Mal schwenken die Drohnen spitzwinkelig ab, fliegen nun direkt auf das Bad zu. Als hätten sie es auf mich abgesehen. Ein geiler Navigator auf der Suche nach nacktem Fleisch oder, wie ich, von Kindheitserinnerungen umgetrieben.

Ich kauere mich unter der Brücke im flachen Wasser zusammen und fröstle trotz der Mittagshitze. Die Hornissen scheinen jetzt über mir innezuhalten, als nähmen sie meine Witterung auf. Alles steht still, ein Effekt meiner Angst, zu oft erlebt bei der Miliz. Mein Herz schlägt gegen die Kehle, alle Sinne auf Anschlag gedreht, eingeschlossen in einen Körper, dessen einzige Option es ist, sich totzustellen. Gäbe es ein direktes Gegenüber, einen lebendigen Gegner, dann könnte ich die Angststarre aufbrechen, könnte kämpfen.

Mit einem Mal läuft alles weiter, die Drohnen außer Sicht, weitergeflogen in südlicher Richtung. Dann verebbt auch das Geheul der Sirenen, zieht mit den Hornissen über das Land, eilt ihnen voraus, so ist zu hoffen.

Ich harre unter der Brücke aus. Die Stille könnte trügerisch sein. Erst als ich die Vögel wieder singen hören kann, stoße ich mich ab und gleite mitten in das Becken, drehe mich auf den Rücken und lasse mich treiben, den Blick auf die faserigen Wolkenschleier gerichtet. Eiskristallwolken, darüber nichts.

Nichts. Es gibt nichts, was zählt, außer dem Moment, nicht die Angst und auch kein anderes Gefühl. Wenn Tom jetzt zurückkommt, werde ich ihn ignorieren.

Ein tiefes Dröhnen nähert sich, lässt die Luft pulsieren. Hubschrauber, jetzt endlich unsere Hubschrauber. Drei, vier, fünf fette Brummer ziehen von Norden her über das Tal, das bedrohliche Wummern tröstlich in diesem Moment, Muttervögel, die ihre flugunfähige Brut vor Räubern zu beschützen trachten. Mit einiger Verspätung. Weitere Detonationen aus südlicher Richtung, dann Schüsse. Gott und der Miliz sei Dank. Wenn wir nicht einmal mehr das Herz unseres Landes verteidigen könnten. Gegen wen auch immer …

Das möchte ich jetzt wissen. Wer hat uns angegriffen?

Ich verlasse das Becken. Meine Haut ist aufgeweicht und wirkt madenbleich in der Sonne. Zwischen verstreuten Handtüchern, Decken und verlassenen Schwimmtieren gehe ich zu unserem Liegeplatz, der jetzt in der prallen Sonne liegt. Zwei Badetücher warten noch gefaltet inmitten der Decke, eines gelb, das andere türkis. Welches wohl für mich gedacht war? Ich streife den nassen Bikini vom Leib, trockne mich ab und drehe mich in der Sonne, um mich aufzuwärmen.

Vielleicht sollte ich in den Ort gehen, nachsehen, wie es Tom geht und ob viel zu Bruch gegangen ist. Aufräumen helfen. So eingeführt würde mich vermutlich niemand mehr nach meinem Ausweis fragen und ich könnte für eine Weile in Kirchdorf unterkommen.

Aus der Cafeteria am Rand des Geländes dringt leise eine aufgeregte Stimme. Zu sehen ist niemand. Dennoch will ich nicht länger nackt herumstehen. Ich ziehe mich an, meine eigenen Sachen, nicht die von Oma, und folge den Lauten.

Der Pavillon ist leer, doch die Mediawand hinter der Theke verbreitet ihre Botschaft ohne Rücksicht auf die Menge der Zuschauer. Wackelige Bilder schwarzgelber Drohnen zeigt sie, offenbar mit einem Fonband gefilmt, dann eine Explosion, Schreie, splitternde Fensterscheiben. Perspektivenwechsel. Aus der Luft folgt eine Kamera zwei majestätisch durch ein Tal pflügenden Hubschraubern, untermalt von ohrenbetäubenden Propellergeräuschen. Ist das hier? Minuten nach dem Angriff bereits ein Bericht – Gratulation an die Redaktion.

Ich nehme mir einen Almdudler aus dem Kühlschrank und eine Käsesemmel aus der Vitrine und setze mich an die Bar. Noch immer Aufnahmen von Hubschraubern, nur die Landschaft anders als zuvor. Der Ton wird ausgeblendet, das Bild in den Hintergrund geschoben und eine sehnige Blondine fixiert angriffslustig die Kameralinse, beide Fäuste vor sich auf den Tisch gelegt. Ich würde sie für eine sadistische Unteroffizierin oder Gefängniswärterin halten, wenn ich nicht wüsste, dass es unsere Innenministerin ist. Die Reaktionsgeschwindigkeit von Politik und Medien im Vergleich mit derjenigen der Flugabwehr verblüfft mich einigermaßen. Ein Schwenk nach links und der grauhaarige

Nachrichtensprecher, der normalerweise für die Abendnachrichten zuständig ist, rückt mit ins Bild.

»Frau Minister, zwei zentrale Regionen unseres Landes sind in der letzten Stunde Opfer bewaffneter Drohnenangriffe geworden, die nicht nur erhebliche Verwüstungen, sondern auch eine zutiefst verunsicherte Bevölkerung hinterlassen haben. Können Sie den besorgten Bürgern erklären, wie der Feind ungehindert das Herz unseres Landes angreifen konnte und mit wem wir es zu tun haben?«

Für eine Frage an ein Regierungsmitglied ist der Ton des Moderators ungewöhnlich scharf. Für den Bruchteil einer Sekunde zieht die Ministerin die Oberlippe hinauf und entblößt die Zähne. Gleich wird sie knurren, denke ich, doch da hat sie ihre Beherrschung schon wiedergewonnen. Nur ihr gehässiger Blick legt nahe, dass sich der Nachrichtenmensch nun keine Respektlosigkeit mehr erlauben sollte. Sie schiebt ihren Unterkiefer einmal vor und zurück, bevor sie zwischen zusammengebissenen Zähnen die Antwort hervorpresst.

»Zunächst einmal kann von einer Verwüstung des Landes überhaupt keine Rede sein. Es handelt sich um lokal begrenzte Angriffe, die zwar erheblichen Sachschaden angerichtet, jedoch nach unseren derzeitigen Erkenntnissen keine Opfer in der Bevölkerung gefordert haben. Dank dafür gebührt unseren hocheffizienten Zivilschutzmaßnahmen und natürlich der Luftabwehr, die in kürzester Zeit die Aggressoren in ihre Schranken gewiesen und terminiert …«

»Wer sind denn nun aber diese Aggressoren, mit wem haben wir es zu tun?«

»Zur Stunde sehen wir die einzige Erklärung für diesen beispiellosen terroristischen Akt darin, dass die Aufrührer in ihrem verzweifelten Kampf, der endgültigen Vernichtung zu entgehen, ein Bündnis mit unseren äußeren Feinden eingegangen sind, deren Waffen auf uns noch unbekannten Wegen ins Land geschleust und gegen ihre eigenen Landsleute eingesetzt haben. Eine Niederträchtigkeit, die ihnen nicht helfen, sondern im Gegenteil nur den Schulterschluss der anständigen Bürger mit unserer heroischen Miliz verstärken wird.«

»Die Waffen ins Land zu schmuggeln erscheint ein äußerst umständliches Vorgehen, zumal die Drohnen mit dem einprägsamen Namen *Hornisse* auch für Österreich im Einsatz sind. Können Sie ausschließen, dass das Kriegswerkzeug innerhalb des Landes von den Rebellen entwendet wurde oder es innerhalb der Miliz gar Sympathisanten …«

»Vollkommen ausgeschlossen! Der Patriotismus unserer Truppen ist über jeden Zweifel erhaben. Sie sind der Stolz unseres Landes und unterstehen der lückenlosen Kontrolle der Regierung. Es hat keinerlei Unregelmäßigkeiten gegeben und glauben Sie mir, dass ein Diebstahl von sechs Kampfdrohnen nicht unbemerkt geblieben wäre. Ich verwahre mich im Namen der tapferen Männer und Frauen, die unser Land unter Einsatz ihres Lebens schützen, auf das Schärfste gegen Ihre vaterlandszersetzenden Verdächtigungen!«

Der Moderator, blass um Nase und Mund, setzt zu einer ausführlichen Entschuldigungserklärung an. Ich rutsche vom Barhocker und hole mir ein Eis aus der Tiefkühltruhe.

Das Loblied auf die Truppen wird von Regierungsvertretern immer gern gesungen und ich merke erst jetzt, wie gut es getan hat, als es auch noch mir galt. Allerdings deckt dieses Lob auch einiges zu, ein Raumduft gegen üble Gerüche. Diese Drohnensache stinkt, obwohl ich nicht recht festmachen kann, was mich zu dem Schluss bringt. Die ungewöhnliche Respektlosigkeit des Nachrichtenmannes deutet darauf hin, dass es nicht nur mir so geht.

Ich knabbere ein Loch in die Schokoglasur, sauge an dem cremigen Vanilleeis und konzentriere mich wieder auf den Bildschirm.

»Ich will Ihnen immerhin zugestehen, dass das treue Volk ein Recht auf Aufklärung dieser schockierenden Angriffe hat«, würgt die Ministerin hervor und ich verschlucke mich an einem Stück Schokoglasur.

»Beweis der Schlagkraft unserer … unmittelbar einschreitenden Hubschraubern pulverisiert … Beweissicherung und restlose Aufklärung« höre ich zwischen meinen Hustenanfällen, bis der Schokosplitter endlich aus meiner Luftröhre schießt.

»Geschieht dir recht. *Unrecht Gut gedeiht nicht*«, sagt eine tiefe Stimme knapp neben meinem Ohr und eine wurstfingerige Pranke legt sich auf meine Schulter. »Ich sehe hier nirgends Geld liegen für das Eis und die Limo. Du?«

Ich versenke eine Hand in meinem Rucksack, umschließe den Griff der Glock und drehe vorsichtig den Kopf, bereit, dem Typen zunächst meinen Ellbogen ins Gesicht zu rammen, während ich immer noch huste. Ein dicker Mann im weißen Arbeitskittel. Gefährlich wirkt er nicht.

Ich huste noch einmal, räuspere die letzten Schokoreste aus meiner Kehle, sehe ihm in die Augen und lecke über das freigelegte Vanilleeis, das bereits zu tropfen anfängt.

»Ich wollte alles zusammen zahlen, ist doch klar. Einen Kaffee krieg ich noch!«

Er schaut mich ungläubig an. Ich lasse die Pistole los und zücke Schieles Geldbörse.

»Bitte!«, nuschle ich, den Mund voller Eiscreme.

Er schüttelt sich kurz, geht hinter die Theke und macht sich am Kaffeeautomaten zu schaffen.

»Wer bist du überhaupt? Ich hab dich noch nie hier gesehen. Kannst du dich ausweisen?«

»Gleich. Ich will nur noch das Interview fertig hören. Ist doch unglaublich, die ganze Geschichte, nicht?«

»Die Volksschule in der Parkstraße haben sie erwischt, die Dreckschweine. Zum Glück sind Ferien.«

»... nach der Festnahme der gesuchten Mörderin und Landesverräterin Ina Matusek Drohungen erhalten«, faucht die Ministerin hinter ihm und ich blende das Lamento des Wirtes aus. Hat sie Festnahme gesagt?

»Offenbar ist es das Ziel der Rebellen, ihre Rädelsführerin freizupressen. Was jenseits des Denkbaren liegt. Der Kanzler lässt sich nicht erpressen! Die Patrioten stehen geschlossen gegen die terroristischen Elemente, die nun nicht einmal mehr davor zurückschrecken, ihre Familien und Freunde zu töten. Ich werde persönlich dafür sorgen, dass die Matusek nicht nur für ihre eigenen Verbrechen, sondern auch für die schändlichen Attentate ihrer Kumpane zur Verantwortung gezogen wird!«

»Ina Matusek verhaftet«, höre ich mich flüstern.

»Vielen Dank, Frau Innenminister, dass Sie inmitten dieser Turbulenzen die Zeit gefunden haben, den beunruhigten Bürgern Rede und Antwort zu stehen.«

»Verehrte Mitbürger!« Die Ministerin blickt jetzt wieder direkt in die Kamera und erinnert mich an einen Raubvogel, bereit, jederzeit auf das flüchtende Wild niederzustoßen. Ein beruhigendes Bild. »Zögern Sie nicht, den Behörden jedweden Verdacht zu melden, mag es sich auch um Nachbarn, Freunde oder Familienmitglieder handeln. Besser gegen zehn Unschuldige ermitteln, als dass ein Verräter seiner Strafe entgeht. Seien Sie versichert, dass unsere Behörden über geeignete Instrumente verfügen, um die Spreu vom Weizen zu trennen. Nur ein nahtloser Schulterschluss der Gerechten kann den Umtrieben der terroristischen Brut ein für alle Mal den verdienten Garaus machen. Lassen Sie nicht zu, dass Ihr Haus, die Schule oder der Kindergarten Ihres Kindes die nächsten Ziele werden.«

Das ist gar nicht gut. Die Faust an die Lippen gedrückt schabe ich mit den Zähnen über den Zeigefinger, bis es wehtut. Dieser Aufruf schürt das Misstrauen. Als wäre es nicht bisher schon schwer genug gewesen, mich durchzuschlagen. Eigentlich hätte ich damit gerechnet, dass es leichter für mich würde, wenn sie die Matusek erwischen.

Ohne mir einen Blick zu gönnen, stellt der Wirt den Kaffee vor mir ab, den ich gar nicht mehr will, weil ich so schon nervös genug bin. Ich lasse Zucker aus dem Streuer hineinrieseln und rühre, anstatt mit dem Löffel, mit dem abgelutschten Eisstiel um, den ich noch immer in der Rechten halte. Die Sache betrifft mich. Und es wird nicht besser.

»Wie berichtet, wurde die Mörderin und Terroristin Ina Matusek gestern gegen Mittag nach einem Hinweis aus der Bevölkerung zusammen mit einigen Komplizen in Tirol festgenommen. Sie wird derzeit in Innsbruck verhört und soll morgen im Lauf des Tages nach Wien überstellt werden.«

Die Frau in der Filmsequenz, die jetzt eingeblendet wird, hat wenig Ähnlichkeit mit der Ina Matusek, deren Steckbrief in den letzten Tagen gezeigt worden ist. Kaum verwunderlich, wenn man bedenkt, dass ich die Frau auf dem Steckbrief bin. Die andere zum ersten Mal lebendig vor mir zu sehen, verwirrt mich. Ich habe mich an mein Bild von ihr gewöhnt, ja begonnen, sie als unbeugsame Schwester zu sehen, wie verschieden unsere Absichten auch sein mögen. Und nun steht sie so jämmerlich vor mir, erniedrigt, ihrer Würde beraubt. Flankiert von zwei Milizionären, von denen einer ihren Kopf mit der Hand in den Haaren grob in die Kamera hält, blickt sie unter halb geschlossenen Lidern zu Boden. Ihr strähniges Haar ist kastanienbraun, nicht blond, offenbar zur besseren Tarnung auf der Flucht gefärbt. Dunkle Augenringe und eine aufgeplatzte Oberlippe deuten auf ein unsanftes nächtliches Verhör hin, unter ihrer Nase klebt verkrustetes Blut.

»Das soll Ina Matusek sein? Die schaut mir ja kein bisschen ähnlich!«

Warum ich das laut sagen musste, wüsste ich selbst gern. Der Wirt wirft mir einen misstrauischen Blick zu, sieht mich wohl zum ersten Mal richtig von vorne an. Erst verengen sich seine Augen, dann werden sie rund und er taumelt einen Schritt zurück, stützt die Hände hinter sich auf der Arbeitsfläche ab. Ich grinse und hebe eine Augenbraue, hoffe, dass es so verwegen aussieht, wie ich mir Ina Matusek wünsche. Den letzten Schluck Kaffee hinunterkippend greife ich in den Rucksack. Der Wirt erstarrt vollends. Lässig lege ich erst die Glock und dann das Portemonnaie auf die Bar.

»Ich werde dann mal weiterziehen. Was bin ich schuldig?«

Er wedelt mit der Hand durch die Luft. »Geht aufs Haus.«

Ich lege einen Schein auf die Theke, warte das Wechselgeld nicht ab. Was für eine blöde Aktion. Den Plan, im Ort Unterschlupf zu finden, kann ich jetzt vergessen.

Während ich auf den Ausgang zusprinte, kehren gerade die ersten jugendlichen Besucher zurück. Hat sich in Toms Begleitung niemand groß um mich gekümmert, bemerken sie mich jetzt, tuscheln aufgeregt. Als wären die paar unbedachten Worte im Café ein Zauberspruch gewesen, der meine mühsam erkämpfte Unauffälligkeit aufhebt und mich für alle wieder sichtbar macht. Oder es liegt daran, dass ich wieder meine eigene Kleidung trage, Omas Zeug im Rucksack, mich darin ganz anders bewege, sicherer. Auch die Kappe habe ich nicht aufgesetzt, meine Tarnkappe. War ja niemand da vorhin, vor dem ich mich hätte verbergen müssen.

Dass Ina Matusek in Wahrheit jetzt braunes Haar hat, ist

den Leuten sicher noch nicht ins Bewusstsein gedrungen. Die Bilder der letzten Woche, die nur ich nicht den ganzen Tag allerorts gesehen habe, sitzen noch fest in den Köpfen.

Nicht zurück in den Ort also, auch nicht auf direktem Weg nach Süden, sondern in den Wald, der zum Glück nur ein paar Querstraßen weiter beginnt. Im Wald habe ich immer Schutz gefunden in den letzten Tagen. Ich renne eine Weile in Richtung Osten den Hang hinauf, nur weg, dann wende ich mich wieder nach Süden. Die Karte brauche ich nicht. Ich finde meinen Weg oder er findet mich, ein Gefühl, als folge ich einem Faden. Nicht dem der Ariadne allerdings, denn die weiß zu jeder Zeit, wohin sie will. Vielleicht ist Gottes Gnadenmaschine angesprungen und er weist mir den Weg zur Vergebung. Dann hätte ich etwas richtig gemacht, das ihn wieder für meine Seele hoffen lässt. Keine Ahnung, wie ich darauf komme.

Satt und erfrischt komme ich gut voran, erreiche nach einer Weile eine Burg, bei der sich weite Aussicht über das Tal und einen Ort bietet, der nicht mehr Kirchdorf sein kann. Bergab, vorbei an einem verlassenen Gehöft und über einen Bach, dann quer durch den Wald wieder bergan. Am späten Nachmittag beginne ich mit der Suche nach einem Schlafplatz und breche schließlich in eine Jagdhütte ein. Es ist Donnerstag. Wenn sie heute nicht bewohnt ist, wird vor morgen Mittag niemand kommen.

Ob jetzt Jagdsaison ist, das wüsste ich gerne.

Tag 8

Eingeklemmt zwischen zwei Milizionären sitze ich auf der Rückbank eines Geländewagens, der in halsbrecherischem Tempo den Forstweg hinunterbrettert. Obwohl meine Hände mit einem Kabelbinder hinter dem Rücken gefesselt sind, haben sich die beiden Soldaten bei mir eingehängt, als geleiteten sie mich auf einen Ball. Als ich vor Schmerz aufstöhne, weil sie an beiden Seiten an mir zerren, dass die Fessel mir in die Handgelenke schneidet, freuen sie sich. Ich stöhne also nicht mehr, denke daran, dass dieser Schmerz nichts ist gegen das, was noch kommen wird und dass ich auch das ertragen werde. Lächelnd. Denn ich werde die bessere Ina Matusek sein. Unbeugsam, wie sie hätte sein sollen.

Was ich ihr voraushabe: Ich weiß, wie Soldaten funktionieren, die guten wie die miesen. Ich bin eine von ihnen, noch immer, eine Krankheit, die ich vielleicht nie mehr loswerde. Als hätte die Nähe der Uniformen einen Schalter umgelegt, der mich hart und kalt macht und die Unsicherheit der letzten Tage vertreibt, die mich verletzlich gemacht hat. Hat die Oma wohl doch recht gehabt.

Hans und Marvin, so heißen die kleinen Sadisten. Wie der draufgängerische Fahrer gehören sie zu einer Einheit, die die Berge nach den Rebellen durchkämmt, die für den gestrigen Drohnenangriff verantwortlich gemacht werden. Als sie mich im Morgengrauen in der aufgebrochenen Jagdhütte entdeckten, konnten sie ihr Glück kaum fassen.

Eine Einbrecherin ohne Ausweis und mit kaputtem Fonband, bewaffnet und der bis vorgestern gesuchten Mörderin ähnlicher als diese selbst. Aufregung pur. Sie ist es, sie kann es nicht sein, sie ist es, sie kann es nicht sein. Bis ich ihnen vorgeschlagen habe, das doch an einem Gänseblümchen abzuzählen. Einen Kolbenschlag ins Zwerchfell habe ich mir dafür eingefangen, bin zu Boden gegangen, doch das war es mir wert.

Dass ich für eine Aufrührerin gehalten werde, ist in dieser Situation logisch, obwohl ich es hartnäckig bestreite, mich als naturverbundene Urlauberin ausgebe, die ihren Ausweis im Wald verloren hat. Natürlich brauche ich eine Waffe, wenn ich als Frau allein unterwegs bin, schon weil ich auf Zecken stoßen könnte.

Die minimale Möglichkeit, dass ich die Wahrheit sagen könnte, hat den jungen Zugführer so weit verunsichert, dass er nicht wagt, mich an Ort und Stelle zu foltern, um den Aufenthaltsort meiner mutmaßlichen Komplizen zu erfahren. Das wird der Kommandant im Stützpunkt in Kirchdorf nachholen lassen. Ausgerechnet Kirchdorf. Dort hat sich mein Auftritt im Schwimmbad vermutlich schon herumgesprochen.

Längst sind wir vom Forstweg auf eine asphaltierte Straße abgebogen und im Tal angelangt. Ein Bauerndorf, dann eine lange Gerade.

Marvin reißt an meinem rechten Arm und dreht sich zu mir, grinsend. Dann greift er mir an die Brust, drückt und zwickt. »Ziemlich mickrige Titten. Fühl mal, Hans.«

Hans fühlt. Ich zwinge mich, die Beine nicht zusammenzupressen, weil die zwei das erst recht als Aufforderung betrachten würden. Meine Erfahrung hat mich gelehrt, dass schlaffe Gleichgültigkeit in so einem Fall weit weniger anturnt als Gegenwehr. Diesbezüglich habe ich bei der Miliz rasche Lernfortschritte gemacht. Nicht, dass alle Soldaten Arschlöcher wären, aber Macht über andere zu haben bringt in vielen Menschen die miesen Seiten zum Erblühen. *Glücklich ist, wer vergisst, was nicht mehr zu ändern ist.*

»Mickrige Titten, die euch gigantischen Ärger einbringen werden«, sage ich so ruhig wie möglich und beschließe, den beiden die Glock in den Arsch zu schieben und abzudrücken, sollte ich je Gelegenheit dazu haben. Vorerst aber bemühe ich mich um schnöselige Nasaltöne, als ich fortfahre: »Ich bin die Nichte von Hofrat Burger, einem engen Freund des Kanzlers.«

Hans lässt los.

»Du lügst doch«, erkennt Marvin und fummelt halbherzig weiter.

»Wie du meinst, Mäuseschwänzchen. Das wird jedenfalls das letzte Mal sein, dass du überhaupt einen Busen anfasst, also besser klein als gar nicht, meinst du nicht?« Ich zwinge mich zu einem süßlichen Lächeln und schau ihm direkt in die dumpfen Augen.

»Lasst gut sein da hinten«, mischt sich der Fahrer ein.

Marvin zieht seine Finger zurück. »Aufgeschoben ist nicht aufgehoben. Schließlich kann ich dich immer noch heute Nacht in deiner Zelle besuchen. Und vielleicht bring ich ein paar Kameraden mit.«

»Die wirst du auch brauchen«, sage ich freundlich.

Schon Minuten, nachdem wir die Bundesstraße erreicht haben, sind wir am Ziel. Stunden habe ich gestern für denselben Weg gebraucht.

Als sie mich ins Büro des Postenkommandanten führen, beben Hans und Marvin geradezu vor Stolz und Vorfreude. In ihrem Eifer erinnern sie mich an den Hund des Jägers, der mich beim Überqueren der Wiese – Wann war das? Gestern? – verbellt hat. Sie stoßen mich durch die von zwei Wachen flankierte Tür und salutieren, wobei Marvin mit seiner Linken eisern meinen Nacken umklammert. Ich beiße die Zähne zusammen und wehre mich nicht, widerstehe sogar dem Drang, die Schultern hinaufzuziehen. Nur über die Anspannung meiner Nackenmuskulatur und die Gänsehaut, die meinen Rücken überzieht, habe ich keine Kontrolle.

»Herr Hauptmann, schauen Sie, was wir im Wald gefunden haben!«, platzt Hans heraus.

»Wie bitte?«

»Gefreiter Pichler und Korporal Metz melden Aufgriff eines aufständischen Subjekts unter verdächtigen Umständen«, bellt Marvin brav.

Der Hauptmann ist um die vierzig, hat einen runden Kopf mit zurückweichendem Haaransatz und weiche Gesichtszüge. Scheinbar ein gemütlicher Typ, doch die sind oft die Schlimmsten, wenn man ihre Ruhe stört. Auf dem Schreibtisch steht eine gigantische Tasse, halb voll mit Milchkaffee, und ein angeschnittener Marmorgugelhupf.

Marvin rekapituliert die Details meiner Ergreifung, während der Hauptmann mich unter gesenkten Brauen mustert und die Lippen spitzt. Schließlich steht er seufzend auf, umrundet den Schreibtisch und lehnt sich dagegen, die Arme über dem Bauch verschränkt. Zwei Hemdknöpfe drohen unter dem Druck des Fleisches abzureißen und sein Gürtel weist mehrere Kerben früherer Schnallenpositionen auf.

»Name?«, fragt er seufzend, als wolle er die Antwort gar nicht hören.

»Mattea«, antworte ich, »Inninger.«

Er hebt die Augenbrauen, senkt das Kinn.

»Verzeihung«, sage ich, »nicht Inninger, Mittermüller ist korrekt. Ich bin frisch verheiratet, da ist mir das noch nicht so in Fleisch und Blut ...«

Hans versetzt mir einen Schlag gegen den Hinterkopf. Er arbeitet an seinem Ruf. Im Gesicht des Hauptmanns zuckt es.

»Ich führe die Befragung, Gefreiter. Worum handelt es sich bei dem Gepäckstück in Ihrer Hand?« Er deutet auf meinen Rucksack.

»Der gehört der Zecke. Sie hat ...«

Der Hauptmann bewegt den rechten Zeigefinger einige Millimeter nach unten. »Abstellen.«

Hans lässt mich los und lehnt meinen Rucksack seitlich gegen den Schreibtisch.

»Schön. Sie können abtreten. Schauen Sie, dass Sie zurück zu Ihrer Einheit kommen.«

»Aber, Herr Hauptmann ...«, sagt Marvin.

»Abtreten!«

Die Soldaten verlassen den Raum und schließen die

Tür hinter sich. Der Hauptmann nimmt sich Zeit, mustert mich von oben bis unten, fixiert mein Gesicht, spitzt die Lippen, entspannt sie, spitzt sie wieder, minutenlang, wie mir scheint. Ich stehe unbeweglich, den Blick auf sein Kinn gerichtet.

»Bliem!«, brüllt er ansatzlos, dass es mir fast das Trommelfell zerreißt. Die Tür öffnet sich und eine der Wachen, ein milchhäutiger Rekrut, salutiert. »Bringen Sie der Gefangenen einen Stuhl und nehmen Sie ihr die Fessel ab. Die Dame blutet und tropft mir den Boden voll. Aber vorher schicken Sie noch zwei Wachen hinaus, die sich draußen neben das Fenster stellen. Und bringen Sie einen Kaffee für unseren Gast.« Er wendet sich an mich. »Milch, Zucker?«

Ich nicke und versuche, gegen die Angst anzuatmen. Dame hat er mich genannt, Gast. Wer so freundlich tut, ist vermutlich ein Sadist.

Als der Kabelbinder zerschnitten wird, lässt der Schmerz für einen Moment nach, um dann in rasendes Pochen überzugehen. Ich schließe die Augen, umfasse mit tauben Händen abwechselnd meine Handgelenke, massiere vorsichtig die tiefe Kerbe, die sich in mein Fleisch gegraben hat, streiche über die aufgeplatzte Haut, als wäre es möglich, den Schmerz zurückzudrängen. Tatsächlich lässt er ein wenig nach. Ein Stuhl wird gegen meine Kniekehlen geschoben und die Wache drückt mir eine Tasse in die Hand, die so heiß ist, dass ich sie auf meinem Schoß abstellen muss. Eine Welle der Dankbarkeit flutet meinen Körper, treibt mir Tränen in die Augen.

Guter Trick, doch so leicht kriegt ihr mich nicht. Ich

nehme einen großen Schluck, verbrühe mir den Gaumen. Aus ist es mit der Rührung und die Tränen haben einen anderen Grund.

»Darf ich Ihnen ein Stück Gugelhupf anbieten, Frau Matusek?«

»Nein, danke«, sage ich, obwohl mir der Mund wässrig wird. Und beiße mir auf die Zunge. Schon wieder ein Trick und diesmal bin ich reingefallen.

»Schön, dann sind wir uns also jetzt einig, was Ihren Namen angeht. In einer Kleinstadt wie dieser, das können Sie sich sicher denken, spricht sich alles recht schnell herum. Sie waren gestern zum Zeitpunkt des Drohnenangriffs im Parkbad und haben kurz darauf im sogenannten Strandcafé ein paar Kleinigkeiten konsumiert und sich prächtig mit dem Wirt unterhalten, ist das richtig?« Er sieht an mir vorbei auf die Wand neben der Tür, setzt sich wieder an seinen Schreibtisch

»Njaaa.« Ich ziehe das Wort in die Länge, unsicher, worauf er hinauswill.

»Sie haben darauf bestanden, Ihre Zeche zu bezahlen, obwohl er darauf verzichten wollte?«

»Weil er Angst gehabt hat. Ich bin doch keine Straßenräuberin.«

»Was sind Sie dann, Frau Matusek? Was und wer?« Er schaut leidend aus, sein Blick flackert zwischen mir und der Wand hin und her. Mit drei Bissen verschwindet ein Stück Kuchen in seinem Mund. »Drehen Sie sich doch einmal um«, fordert er mich auf und greift nach einer Fernbedienung.

Eine weibliche Nachrichtenstimme ertönt. Ich drehe meinen Oberkörper und sehe Ina Matusek, die echte, vermutlich die echte, auf einem Bildschirm, der bisher nicht in meinem Blickfeld war. Sie hat sich nicht erholt seit gestern, ganz im Gegenteil. Ihr Gesicht ist geschwollen. Breitbeinig, als schmerze jeder Schritt, schleppt sie sich zwischen zwei Wachen über eine Straße. Kurz bevor sie das Gebäude der Sicherheitswache erreicht, zoomt die Kamera auf ihr Gesicht. In ihrem starren Blick zeichnen sich Verlorenheit und absolutes Unverständnis ab.

Ich rücke meinen Stuhl zurecht und setze die Tasse an die Lippen, um meine Betroffenheit zu verbergen, höre noch einmal das Märchen von der Ergreifung der gefürchteten Terroristin und den in ihrem Namen verübten Bombenangriffen. Wenn die eine Terroristin ist, dann bin ich Sozialarbeiterin.

Wirre Gedanken stolpern mir durch den Kopf. Was, wenn Ina Matusek kein Mensch, sondern ein Konzept ist? Ein Code der Regierung, in dem alle missliebigen Personen weiblichen Geschlechts zusammengefasst sind. Nicht nur Aufrührerinnen, auch flüchtige Verbrecherinnen, Ausreißerinnen, Frauen, die, aus welchem Grund auch immer, untertauchen mussten oder wollten. Von Zeit zu Zeit gibt man einen neuen Namen aus, um die Wachsamkeit der Bevölkerung zu erhöhen, das Misstrauen zu schüren. Dann fängt man irgendwen wegen irgendwas und bürdet der Person so viele Verbrechen wie möglich und damit den Hass der anständigen Bürger auf. Die unausweichliche Hinrichtung trägt dann dem Volkszorn Rechnung und stellt die

Autorität der Regierung und die Notwendigkeit all ihrer Maßnahmen außer Zweifel. Wer wüsste davon, wenn es so wäre? Wie viele Mitwisser verträgt ein Lügenkonstrukt?

Ich bin schon völlig paranoid. So raffiniert sind sie nicht. Andererseits – wenn ich es mir ausdenken kann, so ganz ohne Drogen …

Der Ton verstummt, der Hauptmann räuspert sich, ich wende mich ihm wieder zu.

»Wissen Sie, was mich bekümmert?«, fragt er leise. »Es sind die Lügen.«

Ich denke einen Moment nach, um sicherzugehen. »Ich habe Sie nicht belogen.«

»Wenn Sie es nicht waren …« Er schnaubt, schürzt die Lippen und senkt die Brauen. Entschieden packt er das Messer, das auf dem Kuchenteller liegt und betrachtet die lange, spitze Klinge, konzentriert, als hätte er eine wichtige Entscheidung zu treffen: ritzen, schneiden, hacken. Der Raum gerät ins Schwanken.

Der Hauptmann schneidet zwei Kuchenstücke ab und reicht mir eines davon auf einer weißen Papierserviette. »Los, nehmen Sie schon, leisten Sie mir Gesellschaft. Sie wollen mich jetzt nicht verärgern, glauben Sie mir.« Er schmunzelt säuerlich. Liest in meinem Gesicht. »Wir sprechen nicht von Folter, so weit würde ich nicht gehen. Aber ich könnte mir vorstellen, dass es recht schmerzhaft wäre, wenn ich Ihnen jetzt die Fessel wieder anlegen ließe.« In gespielter Drolligkeit zieht er die Nase kraus. »Dann doch wohl lieber ein Stück Kuchen, nicht? Und dann überlegen wir gemeinsam, wie wir aus dieser Situation das Beste machen.«

Ich bin also nicht die Einzige, der das ganze Szenario sauer aufstößt, denke ich, während ich den Kuchen in kleinen Bissen und ohne jede Dankbarkeit genieße. Aber welche Optionen gibt es für mich? Nur Gefängnis und Tod. Wozu noch viel grübeln?

»Was wir uns fragen müssen«, sagt der Hauptmann, »was über allem anderen steht, ist: Was will die Regierung? Was will der Kanzler?«

Er reicht mir ein weiteres Kuchenstück, kaum dass ich den letzten Bissen geschluckt habe.

»Nun, was meinen Sie? Will der Kanzler, dass ich ihm, so kurz nach diesem großartigen, öffentlich propagierten Fahndungserfolg, eine zweite Matusek präsentiere? Eine womöglich bessere Matusek. Eine, die, anders als *die echte Matusek*«, er akzentuiert die Wörter mit in die Luft gezeichneten Anführungszeichen, »wirkliche Ähnlichkeit mit den Fahndungsbildern aufweist. Wird der Kanzler sich freuen, wenn ich ihm diese neue Matusek bringe?«

Auf diese Frage scheint er tatsächlich eine Antwort zu erwarten. Gespannt sieht er mich an, während er in ein weiteres Stück Marmorkuchen beißt.

Ich presse einen Luftstrom durch die fast geschlossenen Lippen, versprühe trotzdem Kuchenbrösel. »'Tschuldigung.« Ich wische mir über den Mund, trinke einen Schluck von dem inzwischen lauwarmen Kaffee, um Zeit zu gewinnen. Denn für mich ist eine andere Frage weit wichtiger als die von ihm gestellte: Was will der Hauptmann hören? Jedenfalls muss ich seine Bedenken verstärken. Vielleicht behält er mich dann eine Weile hier, liefert mich nicht gleich aus.

»Der Kanzler wird sich nicht freuen«, antworte ich.

Der Hauptmann nickt. »Ganz recht, er wird sich nicht freuen.«

»Ich habe übrigens nichts mit den Drohnenangriffen zu tun«, setze ich hinzu. »Das schwöre ich. Ich würde niemals ...«

Er hebt die Hand und ich schweige.

»*Niemals* scheint mir den Beginn einer Lüge zu markieren und, wie Sie bereits wissen ...« Er malt mit der Rechten einige Kreise in die Luft und deutet dann mit dem Zeigefinger auf mich.

»... bekümmert es Sie, Lügen hören zu müssen?«

Er nickt. »Ganz genau! Es bekümmert mich. Und Ihre unwahrscheinliche Verwicklung in die Luftangriffe ist nicht geeignet, meinen Kummer zu lindern, da sie wiederum Lügen von einer Seite zu offenbaren scheint, von der sie mich noch mehr schmerzen. Ich sage *unwahrscheinliche Beteiligung*, weil es äußerst leichtsinnig von Ihnen gewesen wäre, sich selbst am Ort der Attacke aufzuhalten und damit einer unnötigen Gefahr auszusetzen. Unwahrscheinlich, andererseits nicht unmöglich, dass Sie daran ein perverses Vergnügen gefunden hätten.« Er lehnt sich zurück, streicht sich über den Bauch, schiebt den Kuchenteller in meine Richtung. Etwa ein Fünftel ist noch übrig. »Los, essen Sie den Rest, ich kann das süße Zeug nicht mehr sehen.«

»Mir wäre ein Wurstbrot auch lieber.«

»Aber ...« Wieder deutet er mit dem Zeigefinger auf mich.

»Aber ich will Sie nicht verärgern und bedanke mich

deshalb für das großzügige Angebot.« Ich greife nach dem Kuchen.

Er schüttelt bedauernd den Kopf, macht ein schmatzendes Geräusch. »So eine intelligente junge Frau. Wirklich ein Jammer. Aus Ihnen hätte etwas werden können.«

Er kratzt sich. Erst am Hinterkopf, dann an den Eiern und ich mache mich darauf gefasst, dass sich das Spiel jetzt von der Kuchenmast auf eine noch körperlichere Ebene verlagert.

»Aber möglicherweise ...«, er beugt den Oberkörper wieder vor, stützt die Ellbogen auf den Tisch, legt das Kinn auf die verschränkten Finger und fixiert mich, »... möglicherweise denken Sie ja, es wäre schon etwas aus Ihnen geworden. Eine gewisse Wirksamkeit, einen gewissen Einfluss kann man Ihnen nicht absprechen.« Er spitzt die Lippen. »Was mache ich nur mit Ihnen?«

Auffordernd hebt er die Brauen und ich antworte gehorsam. »Einerseits möchte ich das auch gerne wissen, andererseits ...«

»... befürchten Sie, dass sich die Situation zu Ihrem Nachteil entwickeln könnte und möchten deshalb noch eine Weile in trauter Konversation verharren.« Er strahlt mich an. »Ich kann es Ihnen nicht verdenken. Auch mir hat selten eine Befragung so viel Vergnügen bereitet.«

Ich nicke huldvoll, während ich mir den letzten Bissen in den Mund stopfe und mit kaltem Milchkaffee hinunterspüle.

»Welche Optionen haben wir also?« Wieder der Zeigefinger.

Kaum wahrscheinlich, dass ich diesen Mann auf üble Gedanken bringen kann, die ihm noch nicht selbst gekommen sind. Ich stelle die leere Tasse auf seinem Schreibtisch ab.

»Im Prinzip könnten Sie mich entweder töten oder ausliefern oder freilassen.«

»Wiederum völlig richtig! Hundert Punkte für die Kandidatin. Für manche der von Ihnen so knapp skizzierten Möglichkeiten böten sich sogar unterschiedliche Inszenierungen an. Exekutieren beispielsweise oder bei einem Fluchtversuch erschießen. Aus dem Arrest entkommen lassen oder behaupten, Sie hätten sich ausweisen und Ihre Unschuld glaubhaft machen können. Und so weiter und so weiter. Und mir fällt sogar noch eine Lösung ein, eine typisch österreichische. Jetzt habe ich die Qual der Wahl.«

»Soll ich sie für Sie treffen?«

»Nicht nötig. Ich bin mir meiner Verantwortung bewusst.«

Wieder lehnt er sich zurück, behaglich scheinbar, doch ohne mich aus den Augen zu lassen. Vermutlich wägt er, wie ich, die Möglichkeiten gegeneinander ab. Dass er so offen mit mir spricht, wird wohl bedeuten, dass er meinen Tod längst beschlossen hat. Oder dass er nicht damit rechnet, man könnte mir glauben. Oder …

Er kippt erneut nach vorn. Jede Spur von Freundlichkeit ist aus seinem Gesicht verschwunden. »Ich fasse zusammen. Punkt eins: Der Kanzler darf nicht verärgert werden. Punkt zwei: Sie haben *wahrscheinlich* mit den Drohnenattacken nichts zu tun. Von mir zu entscheidende Fragen:

Sind Sie Ina Matusek oder sind Sie es besser nicht? Will ich durch Ihren Tod in gleich welcher Inszenierung die Aufmerksamkeit *aller* Seiten auf mich und meinen Heimatort lenken? Eine Aufmerksamkeit, in deren Genuss wir dank des gestrigen Ungemachs bereits in überreichlichem Maß gelangt sind. Und nicht zuletzt: Will ich Sie zur Feindin haben?« Er lächelt schmal. »Denn ich nehme an, dass Sie und Ihre Freunde mir eine Auslieferung«, er zögert kurz, »wohl nachtragen würden.« Er seufzt, verzieht gequält das Gesicht. »Wir haben es gerne ruhig hier in Kirchdorf.«

Komisch, genau dasselbe hat Tom gesagt, gestern. Ich erwidere das Lächeln, fühle mich angesichts der Befürchtungen des Hauptmanns gefährlich wie ein Raubtier.

Ein Raubtier hinter Gittern, muss ich mich ermahnen, die er verschlossen hält. Freude über seine Anerkennung ist keineswegs angebracht. Noch weniger der Wunsch, ihn stolz auf mich zu machen, der kurz in mir hochwallt. Von wegen Vaterfigur. Er könnte mich auf der Stelle ficken und mir danach ins Gesicht schießen und wäre alle Sorgen los.

»Bliem!«, brüllt der Hauptmann ebenso laut und ansatzlos wie beim ersten Mal.

Stumm salutierend tritt der Gerufene ein und auf einen Wink des Hauptmanns hin an dessen Seite. Mit gesenktem Kopf empfängt er geflüsterte Instruktionen, geht ins Vorzimmer, spricht leise mit dem anderen Wachmann, kommt wieder zurück und nimmt neben mir Aufstellung.

Der Hauptmann kramt in einer Schublade, zieht eine Kamera heraus und visiert mich an. »Bitte lächeln!«

Ich gehorche automatisch und es blitzt.

»Eskortieren Sie die Dame in eines unserer gemütlichen Einzelzimmer«, sagt der Hauptmann an Bliem gewandt und schaut dann mir überraschend freundlich in die Augen. »Es war mir ein Vergnügen.« Er greift nach einem Aktenstapel. »Standardbehandlung und keine Herrenbesuche«, fügt er hinzu, ohne noch einmal von den Unterlagen aufzublicken.

Verblüfft vom plötzlichen Ende der Audienz trotte ich einige Meter hinter dem Soldaten her. Dann setzt der Fluchtimpuls ein, wird von Schritt zu Schritt drängender, fast unmöglich zu unterdrücken. Zumal es unerklärlicherweise scheint, als wären wir allein im Gebäude, kein Mensch zu sehen. Vielleicht doch nicht so unerklärlich. Bliem umklammert den Griff seiner Waffe. Seine kurzen Nackenhaare sind aufgestellt, seine Schritte steif vor Anspannung.

Auf der Flucht erschossen. Das könnte dir so passen.

»Wie heißt er eigentlich, euer Hauptmann?«, frage ich betont fröhlich, um den Jungen nicht noch mehr zu alarmieren.

Er zuckt trotzdem zusammen. »Redl«, flüstert er fast.

Ich möchte ihn beruhigen, ihm sagen, dass er nichts von mir zu befürchten hat, weil ich das Spiel durchschaue. Eine Umkehrung der Rollen, Mitleid mit dem Kerkermeister, was das jetzt wieder soll. Aber ich kann nicht anders, muss an meine erste Zeit bei der Truppe denken und wie verloren ich mich gefühlt habe. Wenn man mich damals mit einer mordlustigen Terroristin alleine gelassen hätte, hätte ich sie auch aus lauter Angst erschossen.

Unschlüssig bleibt der Kleine am Kopf einer Treppe stehen.

»Soll ich vorgehen?«, frage ich.

Er nickt und tritt zur Seite. Absurd, aber jetzt, da er in meinem Rücken geht, fühle ich mich sicherer, weil eine Panikreaktion seinerseits weniger wahrscheinlich ist.

Wir betreten einen Raum, möbliert mit Tisch, Schrank und Regal, in dem neben einigen Ordnern auch Bücher stehen. Hinter dem Tisch sitzt, die Stuhllehne an die Wand gekippt, die Füße auf der Platte, ein älterer Mann, vertieft in das Buch auf seinem Schoß. Ein Vizeleutnant, der es sich vor der Pensionierung hier gemütlich machen darf.

»Moment«, sagt er nach kurzem Kontrollblick, »ich lese nur noch den Absatz fertig.«

Einen Augenblick später markiert er die zuletzt gelesene Seite mit einem Eselsohr, klappt das Buch zu und stellt gemächlich die Füße auf den Boden. Auffordernd sieht er meinen Begleiter an, der, heiser vor Aufregung, die Anweisungen des Hauptmanns wiederholt. Der Alte greift hinter sich in den Schrank, drückt mir Handtuch, Leintuch, eine Rolle Klopapier und eine Flasche Wasser in die Hand und deutet auf eine der drei angelehnten Stahltüren an der Längswand des Raumes. Viel Betrieb herrscht hier nicht.

»Hopp, hopp, in den Stall!«

Gehorsam trotte ich zu meiner Zelle. Wie ein Vieh, das sich völlig in die Aussichtslosigkeit seiner Situation ergeben hat und auf einen unwahrscheinlichen Gnadenerweis seiner Schlächter hofft. Das ist doch Irrsinn! Kuchenverklebte Synapsen finden Kontakt, der interne Alarm kreischt los, lässt mich auf der Schwelle stehen bleiben. Zu spät. Bliem versetzt mir einen Stoß, schlägt die Tür zu und sie verriegelt automatisch.

Ich atme schwer. Zwei Meter breit und etwa dreieinhalb Meter lang ist die Zelle und so niedrig, dass ich mit ausgestreckten Fingern die unverputzte Betondecke berühren kann. Durch einen Schacht an der Schmalseite des Raums dringt trübes Tageslicht. Unter dem vergitterten Fenster steht ein Stuhl. Ich rüttle an den Eisenstäben, doch sie sind tadellos eingemauert.

Waschbecken und brillenloses Klo, beides aus rostfreiem Stahl, reihen sich an das Fußende des schmalen Betts. Ich hänge das Handtuch über den Stuhl, breite das Leintuch über Matratze und Kissen, ziehe meine Schuhe aus und lege mich hin. Es quietscht, doch ich habe größere Probleme.

Ich hätte den Fluchtversuch wagen sollen. Was, wenn der Hauptmann mich hier verrotten lässt? Diese Möglichkeit ist mir vorhin nicht in den Sinn gekommen, doch sie hat einiges für sich. Matusek oder nicht Matusek – bewaffnet und ohne Papiere in einem aufgebrochenen Haus ertappt, stehe ich eindeutig auf der falschen Seite. Da kann Arrest kein Fehler sein. Das hat er also gemeint mit der typisch österreichischen Lösung. Er wird sich Zeit lassen mit seiner Entscheidung, der Hauptmann Redl, wird in aller Ruhe überlegen, wie er mich gewinnbringend einsetzen kann, während ich in diesem Sarg von einem Raum den Verstand verliere.

Vor Scham wird mir heiß. Einlullen lassen habe ich mich, mit Kuchen, Kaffee und Komplimenten. Wie er das trotz meines Misstrauens geschafft hat, ist mir rätselhaft. Ich sehe ihn vor mir: Zufrieden lehnt er sich zurück, schmunzelt über meine Naivität. Wäre ich ihn doch angesprungen, hätte ihm den klebrigen Kuchen auf der scheinheiligen Visage zerquetscht. Gegen meinen Willen beneide ich ihn. Wie leicht das Leben sein muss, wenn man so geschickt manipulieren kann.

Atemnot. Ich springe auf, renne zur Tür, schlage mit der Faust dagegen. Von der Tür zum Fenster und wieder zurück, immer vier Schritte in jede Richtung und mit jedem Meter, den ich zurücklege, fällt mir das Atmen schwerer. Schon scheint mir, als spürte ich Tonnen von Erde über mir lasten – ein Grab, eine beschissene Gruft ist das hier. Ich trete gegen den metallenen Stuhl, der gegen die Wand fliegt und auf der Seite liegen bleibt. Dann ist das Bett dran, ich rüttle und trete, doch es ist am Boden angeschraubt und ich kann nichts tun, als die Matratze herunterzureißen und auf den Boden zu schleudern, gänzlich unbefriedigend, weil weich und lautlos. Alles um mich herum scheint mit einem Mal ebenso weich und unscharf dazu. Ich stütze die Hand an der Wand ab.

Ein Knistern ertönt, dessen Quelle ich zunächst in meinem Kopf vermute, bis ich den Lautsprecher in der Leiste über der Tür entdecke, daneben eine Kamera. Ich schließe die Augen, balle die Fäuste.

»Ich hab was gegen hysterische Weiber«, sagt die Stimme des alten Soldaten und er lacht, als wäre das ein ausgezeichneter Witz. Das Lachen endet in einem Quietschen. »Ich hab was gegen euch, das hilft.«

»Schon gut«, presse ich hervor, »ich hab mich schon beruhigt.«

»Stell dich unters Fenster und rühr dich nicht, bis ich es dir sage.«

Ich gehorche. Das Knistern hört auf. Ich bleibe stehen, weil ich die Strafe fürchte. *Angst ist nur Aufruf zur Konzentration, wertlos ist, wer sich ihr beugt.* Und noch ein Spruch fällt mir ein, der nicht vom Kanzler stammt, sondern aus dem Lateinunterricht, damals. *Angst ist eine Folge der Hoffnung.* Worauf darf ich noch hoffen?

Die Angst bleibt.

Die Tür öffnet sich. Der Alte tritt ein, gefolgt von zwei kräftigen Gefreiten. Meine Knie drohen nachzugeben. Ich beiße die Zähne zusammen, sehe den dreien entgegen, denke an Ina Matusek, lächle.

»Heb den auf und setz dich!«, sagt der Vizeleutnant und deutet auf den Stuhl.

Sie werden mir wehtun. Hundert Varianten effektiver Schmerzerzeugung schießen mir in einer Sekunde durch den Kopf. Immerhin ziehen sie mich nicht aus. Noch nicht. Mit silbernem Gewebeband fixieren die beiden Helfer meine Arme an den Streben der Rückenlehne und die Unterschenkel an den Stuhlbeinen. Ich wehre mich nicht, bin wie gelähmt.

»Musik wirkt Wunder bei nervösen Menschen«, sagt der Alte und stülpt mir einen dick gepolsterten Kopfhörer über die Ohren. Sein Mund bewegt sich, doch ich verstehe nicht mehr, was er sagt. Er grinst. Dann zieht er mir einen schwarzen Sack über den Kopf.

Der Geruch von fremdem Speichel und Angstschweiß nimmt mir den Atem. Dazu die Finsternis unter dem dicht gewebten Stoff, der nicht mehr als die leise Ahnung einer helleren Welt passieren lässt, nicht einmal schemenhaft zu erkennen, was draußen vor sich geht.

Und absolute Stille. Nein. Pochen, brausen, pulsieren. In mir oder von außen? Ich fühle Feuchtigkeit im Schritt, doch es sind nur ein paar Tropfen Angst. Den Gefallen tu ich euch nicht, denke ich, und konzentriere mich auf die Kontrolle meiner Schließmuskeln. Eine konkrete Aufgabe. Hilft. Gut, dass die Sauerstoffzufuhr im Sack so eingeschränkt ist, so kann ich nicht hyperventilieren.

Hörst du das, Ina Matusek, ich kann noch scherzen. Oma hat doch recht gehabt, ich bin eine Kämpferin.

Vergeblich versuche ich, die Schwärze vor meinen Augen zu durchdringen. Zuerst ist es nur sehr laut. Fast unerträglich laut. Blasinstrumente spielen durcheinander, keine Melodie, sondern einzelne Töne und kurze Folgen, die sich zu bekriegen scheinen in ihrem Bemühen, nur ja nicht zu harmonieren. Je länger es andauert, desto mehr windet sich nicht nur mein Hirn, nein, jede Zelle vor Anstrengung, eine Ordnung im Missklang zu erkennen, eine zu schaffen, sollte das nicht möglich sein. Nichts anderes zählt mehr, nichts kann gedacht werden, nichts außer der Notwendigkeit, im Klang Orientierung zu finden. Eine Orientierung, die mir durch den undurchdringlichen Stoff visuell versagt wird und deshalb umso unentbehrlicher ist. Und endlich scheint sich tatsächlich eine Melodie zu formen, nicht schön, nicht harmonisch, doch eine minimale Regelhaftigkeit, die den

Lärm etwas weniger schmerzhaft macht. Der Paukenschlag fährt in den Ansatz meines Triumphes, lässt alle Muskeln gleichzeitig kontrahieren und wirft mich samt Stuhl gegen die Wand. Ich kann mich nicht schreien hören, kann nur fühlen, wie der grobe Stoff beim Einatmen nach dem Schrei in meinen weit geöffneten Mund dringt. Die Blasinstrumente setzen wieder ein und jetzt kommt zur Qual der Kakophonie die Angst vor dem nächsten Paukenschlag. Der kommt. Immer wieder. In unregelmäßigen Abständen. Bringt meine Schädelknochen zum Vibrieren. Lässt mein Hirn zerplatzen. In kleine blutige Fetzen, die im Luftzug der Hörner und Posaunen hin und hergerissen werden. Nie wieder an ihren Platz zurückkehren. Kein Halt. Die Gedanken versagen. Jede Ordnung. Versagt. Übertönt vom Lärm. Der alles löscht. Mich löscht. Hirn verflüssigt. Willenlos.

Und dann. Eine Kante. Presst sich in etwas, das zu mir gehört. Meinen Finger. Und da sind noch mehr Finger. Gekrampft um scharfkantiges Metall. Den unteren Rand der Sitzfläche. Auf der ich sitze. Gefesselt. Ich. Zähne spüre ich jetzt auch, fest zusammengebissen, verkrampfte Kiefermuskeln. Tränen, Rotz, von der Haube über meinem Kopf nicht völlig aufgenommen. Daran sauge ich mich fest. Lecke den Rotz von der Oberlippe. Schmecke mich. Reibe mit den Fingern über die Kante.

Dass kein Lärm mehr aus den Kopfhörern hämmert, merke ich nicht sofort. Weil mein Hirn ergänzt, was zum Teil meiner Welt geworden ist. Das Dröhnen. Der schmerzende Schall.

Sie reißen mir den Sack vom Kopf. Der Vizeleutnant bewegt den Mund, doch ich höre nichts, lese von seinen Lippen. Sagt er *Musiktherapie*? Sie reißen mir die Klebebänder von Armen und Beinen und es tut ohne das dazugehörige Geräusch lange nicht so weh. Ich lächle. Mein linkes Bein ist eingeschlafen und das rechte Lid zuckt. Ich freue mich, dass ich das bemerken kann.

»Die ist hinüber«, sehe ich den einen Soldaten über dem allumfassenden Dröhnen improvisieren. Sein Zeigefinger tanzt durch die Luft, zeichnet Kreise neben seiner Schläfe.

Ich stampfe mit dem Fuß auf, das Gefühl kehrt zögernd zurück, überall. Es geht mir gut. Ich nicke lächelnd. So geht das, Ina Matusek.

Wenn sie mir Handschuhe angezogen hätten …

»So ist es besser, Mädel, schön friedlich bleiben«, schreit mir der Alte leise ins Ohr. »Und wenn du noch einmal die Zelle demolierst, gibt es Fernsehverbot.« Er lacht und es endet wieder in einem Quietschen, obwohl es nicht aus dem Lautsprecher kommt.

Ich sehe mich um, aber einen Monitor gibt es hier nicht.

»Fernsehverbot oder Hausarrest«, meldet er sich wieder.

Wegen meiner Schwerhörigkeit dauert es einige Sekunden, bis ich den Sinn der dumpfen Laute verstehe. Ein Witz, diesmal sicher, und ich muss wirklich grinsen, schüttle den Kopf und es knirscht in meinem Nacken und ich muss immer weiter lächeln.

»Ich sag dir was, mein Kind: Wenn du dich benimmst, dann gibt's nachher Pizza.«

»Und zum Nachtisch Schokopudding«, murmle ich, so leise ich kann, doch der Alte legt den Finger an die Lippen.

»Eher nicht. Aber vielleicht willst du was zu lesen haben?«

»Ja, bitte!«, sage ich, ohne mich zu hören.

Die drei verlassen die Zelle. Ich gehe auf und ab. Dem Gefühl in meinen Beinen zufolge muss die Folter Stunden gedauert haben. Alles weg. Man hört auf zu existieren, wenn man die eigenen Gedanken nicht mehr hören kann.

Jedes Mal, wenn ich das Bett passiere, schnippe ich mit dem Fingernagel gegen das metallene Gestell und lausche. Als ich es endlich hören kann, richte ich die Matratze und lege mich darauf. Ich studiere die glatte, hellgraue Decke, deren einzige Unregelmäßigkeit die rauen Grate sind, wo einst die Stöße der Schalungstafeln waren. Raue Grate. Graue Decke. Eine Spinne baut ihr Netz.

Irgendwann öffnet sich eine Klappe in der Tür und ein Tablett wird hindurchgeschoben, darauf eine halbe Pizza und ein abgegriffenes Buch. Salami, Peperoni und der Graf von Monte Christo.

Tag 9

Ein Pochen, ein knisterndes Klopfen von irgendwoher, dann fühle ich einen Luftzug. Anscheinend bin ich doch noch eingenickt. Und nun wieder wach. Die Ventilation wird angesprungen sein. Ärgerlich, dass mir schon im ersten Moment nach dem Aufwachen klar ist, wo ich bin. Als gehörte ich hierher.

Bedrückt wickle ich mich enger in die kratzige Decke, will die Augen nicht öffnen, die elende Zelle nicht sehen. Doch jetzt muss ich pinkeln.

»Sssst«, dringt es aus dem Lautsprecher, dann wieder das unangenehme Klopfen. Jemand schlägt mit der Hand auf das Mikrofon, reibt darüber. Schritte, die ich nicht hören können sollte, entfernen sich und es wird still. Der Luftzug kommt aus der Richtung der Zellentür.

Ich öffne die Augen. Im dürftigen Licht der Notbeleuchtung sehe ich die Tür halb offen stehen. Das kann nur ein Traum sein. Ich schließe die Augen, reibe über die Lider, öffne sie wieder und setze mich auf. Die Tür steht immer noch offen.

Ein Stromausfall, der den Schließmechanismus außer Gefecht gesetzt hat? Die Notbeleuchtung funktioniert vermutlich batteriebetrieben. Doch ein Gefängnis, in dem sich bei Stromausfall die Türen öffnen – mein schlaftrunkenes Hirn funktioniert noch nicht.

Ein Trick, natürlich! Das könnte denen so passen, dass ich dem Fluchtimpuls nachgebe, im Halbschlaf hinausrenne und da stehen sie und – Schuss. Beim Fluchtversuch getötet.

Doch genau dazu treibt es mich, obwohl mein Magen vor Unbehagen krampft und die Kehle eng wird. Ich lausche, höre nichts. Auf Socken schleiche ich zur Tür, linse hinaus, ohne die Zelle zu verlassen. Der Raum ist leer, keine Wache hinter dem Tisch und auch hier brennt nur das Notlicht. Durch die ebenfalls offene Tür auf der anderen Seite sehe in den Gang, durch den ich gestern gekommen bin.

Tief Luft holen, jetzt nur keine Panikreaktion.

Vielleicht will der Hauptmann mich doch loswerden, bevor es Scherereien gibt mit der zweiten Ina Matusek, denke ich, während ich mich wieder auf das Bett setze und mit zitternden Händen meine Schuhe schnüre. Doch das geht wohl in Richtung Wunschtraum. Ich denke an die Musikfolter und schaudere. Es lohnt sich, ein Risiko einzugehen, um nicht gelangweilten Soldaten als Spielzeug dienen zu müssen. Vielleicht ist ja Freund Marvin mit seinen Kameraden schon unterwegs, um das Versprechen aus dem Auto einzulösen. Standardbehandlung hat der Hauptmann angeordnet. Doch wenn er darunter Folter versteht, dann bedeutet »kein Herrenbesuch« vielleicht auch das Gegenteil.

Gleichgültig, was mir draußen blüht, Harndrang wird dabei nur stören. Ich ziehe die Hose runter, hocke mich über die Kloschüssel und plätschere hinein, bis nichts mehr kommt, freue mich an der Vorstellung, wie sie dreinschauen werden, wenn sie das später auf dem Überwachungsfilm sehen. Nur deshalb wasche ich mir noch betont sorgfältig die Hände, trockne sie ab, hänge das Handtuch über das Fußteil des Bettgestells und schlendere zur Tür.

Jetzt. Ich renne durch den Raum, geduckt unter ratternden Salven, die nicht kommen, wünschte, ich hätte eine Waffe. Durch den finsteren Flur haste ich auf den schwachen Lichtschein zu, der die Treppe hinabfällt, springe hinauf, halte inne. Noch immer kein Mensch. Ein verschlafener Provinzposten, schon möglich, dass da nachts nicht einmal die Arrestzellen bewacht werden. Doch wer hat mich geweckt?

Links liegt der Gang, durch den ich am Vortag hinter dem ängstlichen Soldaten hergetrottet bin, in ebenso undurchdringlichem Dunkel wie der rechte. Vor mir nur ein kurzer Flur, an dessen Ende eine Glastür wartet, schimmernd im grünlichen Licht der Notausgangsleuchte. Ein rennender Mensch ist darauf abgebildet. Fliehen durch die Fluchttür also, was ganz dem Humor des Hauptmanns entspricht. Eine Inszenierung, so viel ist klar. Ein raffinierter Schachzug, dem ich mich nun nur noch durch eine Rückkehr in die Zelle entziehen kann. Wenn nicht die Angreifer schon im Schatten warten, links und rechts in den dunklen Gängen. Vorwärts also, scheiß auf Taktik.

Mein Herz schlägt im Kampfmodus, pumpt kaltes Blut durch die Adern. Wenn die Tür verschlossen ist, dann sitze ich in der Falle, werde kaum einfach umdrehen und zurück in die Zelle wandern dürfen. Doch ich habe keine Wahl mehr. So sehr es mich wurmt, dass man mit mir spielt – was auf mich wartet, ist längst festgelegt. Freiheit oder Tod.

Noch einmal hole ich tief Luft, dann stürme ich auf die Tür los, werfe mich gegen den Panikbalken, der klappernd zurückfedert, und stolpere hinaus in die Nachtluft. Renne weiter, die Augen halb geschlossen in Erwartung aufflammender Scheinwerfer, tauche mit einem Sprung in das Buschwerk ein, das sich am Fuß der Mauer ausdehnt. Die ich noch überwinden muss. Glatt, übermannshoch und von Natodraht gekrönt. Meine Hände wandern über den Putz, suchen nach Unebenheiten und ausgebrochenen Stellen. Wenn ich nicht so eine Niete wäre im Klettern. Vielleicht gibt es einen anderen Weg. Noch immer keine Schüsse, keine Verfolger zu hören. Ich blicke zurück in den Hof. Kein Licht außer dem grünen Schimmer, der durch die Glastür fällt. Und dem fast vollen Mond, den Sternen. Ich bin am Leben, bin nicht im Kugelhagel gestorben. Doch die Anspannung lässt nicht nach, jeder Nerv unter Strom.

Mein Herz springt mir an die Kehle und ich werfe mich zu Boden. »Hey, ssst«, hat jemand in meiner Nähe gezischt. Jetzt knackt es in den Büschen.

Dicht an der Mauer taste ich auf allen vieren nach einer Waffe, einem Stein, einem Stock, einem Draht zum Würgen. Mein hämmernder Herzschlag macht mich fast taub.

»Keine Angst, ich bin's«, flüstert es laut.

Ich ist jeder, will ich sagen, als meine Hand auf einen scharfkantigen Brocken trifft, Putz vermutlich, der bröckelt leicht, doch es muss reichen. Ich richte mich auf den Knien auf.

»Hey, lass das liegen, ich will dir doch helfen, Sonja, Ina oder wie immer du heißt. Herrgott!«

Eine Faust packt aus dem Nichts mein Handgelenk und dreht mir den Arm auf den Rücken, verbiegt meine Hand, bis der Brocken, meine Waffe, fällt. Ein Körper wirft sich auf mich, drückt mich bäuchlings zu Boden, die Hand rechtwinklig verdreht, das Gesicht in die Erde gepresst. Panik. Der Schwere auf mir presst mir die Luft aus der Lunge, Erde im Mund. Ich winde mich vergeblich, kann endlich den Kopf drehen, ausspucken, etwas Atem holen. Dann rieche ich ihn, durch die Erde, die in meine Nasenlöcher gedrungen ist.

»Tom?«

»Wer sonst?«

»Was machst du hier?«

Er geht in die Hocke, doch mein Handgelenk hält er weiter umschlossen. »Hast du keine größeren Sorgen? Soll ich wieder gehen? Los, wir müssen weg, bevor die Wache kommt. Erklärungen später.«

Ich nicke.

»Unten bleiben«, befiehlt er und zieht mich hinter sich her. Der Wanderrucksack scheint ihn kaum zu behindern. Gebückt zwängen wir uns an der Mauer entlang durch das Gestrüpp, eine rechtwinklige Wendung, ein Baum im Mondschatten der Kaserne.

»Hinauf!«, flüstert Tom und faltet die Hände zur Räuberleiter.

Ich steige hinein, eine Hand an seiner Schulter, die andere an der schartigen Borke, ziehe ich mich aufwärts, bis ich einen kräftigen Ast zu fassen kriege und stemme mich hinauf, klettere weiter, bis ich auf Höhe der Mauerkrone bin. Tom springt, erwischt den Ast und folgt mir so geschickt, als sei er das Leben in Bäumen gewöhnt. Er deutet aufwärts. Ein Ast ragt ein Stück über die Mauer in vier, fünf Metern Höhe.

»Du hangelst dich da entlang und springst. Unten ist Wiese. Roll dich ab. Über der Mauer musst du die Füße anziehen, Stacheldraht.«

Ich presse die Lippen zusammen, schlucke den Protest, der mir schon bei der Miliz nicht geholfen hat. Sag einmal »Höhenangst« oder »schwache Fußgelenke« und du stehst zur Abhärtung eine halbe Stunde mit nackten Füßen im Eiswasser und wehe, du musst pinkeln. Dann lieber springen und nachher ins Lazarett. Oder in diesem Fall wahrscheinlicher: ein Gnadenschuss.

Ich steige also weiter, greife nach dem Ast und umklammere ihn von beiden Seiten, meine Hände zu klein, um sicheren Halt zu finden. Ich weiß, dass es geht, es geht immer, wenn es muss. Schnell umgreifen, Druck auf die Fingerspitzen, ansaugen sollen sie sich. Schon über der Mauer, noch ein kurzes Stück ... Die Schlaufe meines linken Schnürsenkels verfängt sich im Draht. Die Muskeln glühen in meinen Armen, während ich versuche, ihn freizubekommen, nur kein fester Ruck, der die Widerhaken tiefer hineintreibt.

Tom flucht leise. »Zieh ihn aus!«

Doch wie soll das gehen? Einen knöchelhoch geschnürten Wanderschuh streift man nicht einfach mit dem anderen Fuß ab, schon gar nicht mit angezogenen Beinen. Die jetzt zu krampfen beginnen. Ohne Hoffnung trete ich wild gegen die linke Ferse und mit einem Mal löst sich nicht der Schuh, sondern die Drahtschlinge aus ihrer Verankerung. Der plötzlich fehlende Widerstand lässt meine Beine über die Mauer schwingen. Ich lasse den Ast los und falle, die Drahtschlaufe mit mir reißend, bis einer der messerscharfen Metallzacken, gottlob, das Schuhband durchtrennt.

Blind falle ich in die Finsternis, so sehr darauf konzentriert, nicht zu schreien, dass ich ganz automatisch auf den Fußballen lande, tief in den Knien einfedere und abrolle, als wäre mir das immer schon gelungen, der verstauchte Knöchel bei der letzten Übung im Nachhinein doch nicht umsonst. Sensationell. Mit einem breiten Grinsen stehe ich auf und recke Tom die Faust entgegen. Er steht oben auf der Mauer, an der Stelle, wo ich die Drahtschlingen weggerissen habe, nimmt den Rucksack ab, wirft ihn hinab. Dann springt er so lässig, als hätte er einen Nebenjob als Zirkusartist, rollt sich ab und streift schon im Aufstehen wieder den Rucksack über.

Er klatscht mich ab, alles ein Spiel. »Alle Achtung! Ich hatte meine Zweifel, ob du das schaffst, aber der Onkel war so sicher ...« Dass er lacht, sehe ich, weil seine Zähne im Mondlicht leuchten.

»Was für ein Onkel?«

»Später. Wir müssen einen sicheren Ort erreichen, bevor jemand Alarm schlägt.« Er greift rückwärts in die Seitentasche des Rucksacks und reicht mir eine Flasche und einen Energieriegel. »Damit du nicht zusammenbrichst.«

Noch während ich die Flasche an die Lippen setze –

das Getränk schmeckt mineralisch und viel zu süß – marschiert er los, nur im Laufschritt einzuholen. Als ich aufgeschlossen habe, beschleunigt er weiter. Wir laufen über die Wiese, an einer Baumgruppe vorbei, rennen durch Mais, folgen dem Schwung eines Feldweges bis zu der Stelle, wo die Autobahn sich in der Unterflurtrasse verkriecht. Scheinwerferlicht eines näher kommenden Autos taucht uns in gleißendes Licht und noch ehe ich den Reflex kontrollieren kann, habe ich mich zu Boden geworfen.

»Die haben nicht uns gemeint«, sagt Tom, »doch es werden andere kommen.«

Am Ackerrain entlang geht es weiter, einseitig geschützt von Bäumen, dann wieder querfeldein, ein Dorf zur Linken, wir folgen dem Waldrand bergauf. Ich falle zurück.

Obwohl man den Sonnenaufgang hinter den Bergen noch nicht sehen kann, scheint mir, als verblassten die Sterne. Atemlos stolpernd versuche ich Schritt zu halten, während wir über weitere Felder hetzen, auf einen Wald mit gezacktem Rand zu, der sich scheinbar endlos bergan zieht. Hinter mir höre ich einen Hofhahn krähen. Mit jedem Schritt mischt sich über uns mehr Blau in die Schwärze, während Sterne und Mond weiter an Leuchtkraft verlieren.

Am Waldrand bleibe ich japsend stehen, stütze die Hände auf den Knien ab, versuche zu Atem zu kommen. Schätzungsweise seit einer Viertelstunde sind wir unterwegs und schon mache ich schlapp. Dabei sollte das Adrenalin stärker sein als der Schlafmangel und die Nachwirkungen der *Musiktherapie*. Tom ruft meinen Namen, einen meiner

Namen. Ich nehme mich zusammen, verdränge die Erinnerung an die Folter, während er wieder zwischen den Bäumen auftaucht.

»Wir müssen weiter.« Auch er atmet schwer.

Jetzt eine Pille! Ich taste nach dem Kraftriegel, den ich vorhin in der Gesäßtasche habe verschwinden lassen, und reiße die Verpackung auf.

»Wenn sie uns auf die Spur kommen sollten«, stoße ich kauend hervor, »dann trennen wir uns. Keiner hat etwas davon, wenn sie uns beide erwischen.«

Er antwortet nicht. Will Held sein, vermutlich, und hat nach der heutigen Nacht jedes Recht darauf. Mein rasender Puls verebbt, der Atem kehrt zurück und ich richte mich auf. Wie einen Verfolger fühle ich den Sonnenaufgang im Rücken und wende mich ihm zu. Zwischen den schwarzen Baumwipfeln, die die Kuppen auf der anderen Seite des Tals säumen, ergießt sich Türkis in das Schwarzblau des Himmels.

»Hey!« Eine Hand auf meiner Schulter. »Nicht die richtige Zeit für Romantik.« Seine Stimme klingt sanfter als die Worte.

Glut erfasst drüben einen Bergsattel, lässt ihn aufleuchten, wie mit einer goldenen Litze verziert, eine Naht zwischen Himmel und finsterer Erde. Schaudernd möchte ich mich fast auf die Knie werfen vor dem Gott, der da wirkt – oder nur vor der absichtslos kalten Schönheit der Natur. Stattdessen greife ich nach der Hand auf meiner Schulter. Tom tritt näher, umschlingt mich mit dem anderen Arm und ich lehne mich an ihn.

»Komm weiter«, sagt er. »Lohnt es sich, dafür zu sterben?«

»Vielleicht nur dafür«, sage ich, doch in Wahrheit spüre ich gerade stärker als je zuvor, dass ich nicht sterben will, für nichts auf der Welt.

Von da an geht es in zum Glück gedrosseltem Tempo über Stunden steil bergauf und bergab durch den Wald. Oft nutzen wir Forststraßen, Wanderwege oder Holzschläge, um schneller vorwärtszukommen. Falls es ein Vorwärts gibt. Denn längst ist mir zwischen all den Bergrücken und Tälern jedes Gefühl für eine Richtung abhandengekommen. Überdies hat sich, unterstützt durch meine Müdigkeit, der von der Miliz gewohnte Marschmodus eingestellt, mechanische Bewegung, die nicht nach Ziel und Absicht fragt. Ich folge Tom, so schnell ich kann, was bedeutet, dass er immer wieder auf mich warten muss.

Wir sprechen nicht, und erst nach einer kurzen Pause mit Speck- und Käsebroten beginne ich wieder zu denken. Will ich die Antworten auf all die Fragen, die in meinem Kopf tanzen, überhaupt wissen? So sehr ich es als Soldatin oft gehasst habe, so erholsam empfinde ich es jetzt, die Entscheidungen für eine Weile jemand anderem zu überlassen.

Doch der Gedanke nach dem Ziel frisst sich mit jedem Schritt tiefer in meinen Gleichmut, während ich mich unter der sengenden Sonne einen Holzschlag hinaufquäle, die Kleidung nass geschwitzt. Mein Körpergeruch sticht mir in die Nase und keine Kleidung da zum Wechseln. Der Verlust meines Rucksacks macht mich so hilflos, dass ich mit dem Gedanken spiele, Tom den seinen abzunehmen. Doch dazu müsste ich ihn niederschlagen oder im Schlaf bestehlen. Nichts, was man einem Helfer antut und nichts, was ein Held mit sich machen ließe.

Tom wartet oben, im spärlichen Schatten einer Kiefer, und hantiert mit Kompass und Karte.

»Warum schaust du nicht einfach am Navi nach?«

Er tippt auf das Band an seinem Handgelenk. »Was denkst du? Ist aus. Man hat mich gestern mit dir gesehen. Zu riskant.«

»Wohin gehen wir?«

Dabei weiß ich nicht einmal, wo wir sind. Die Sonne steht im Zenit und wir auf einem karstigen Sattel zwischen zwei Bergkuppen. Ich beschirme meine Augen mit der Hand, halte Ausschau nach einem möglichen Ziel. Ich war noch nicht oft in den Bergen und es überrascht mich, so viele von ihnen nebeneinander zu finden. Zu allen Seiten erstrecken sich scheinbar menschenleere, meist bewaldete Kuppen und vor uns, nicht mehr allzu fern, ein gewaltiges Felsmassiv, grau und schartig. Eine Wolke scheint an einem der zackigen Gipfel festzuhängen, ausgefranst vom Wind, der Stück um Stück von ihr abreißt und verweht.

Dorthin deutet Tom, ohne von der Karte aufzublicken.

»Ich bin nicht gut im Klettern«, sage ich.

»Wird vorerst nicht nötig sein. Wir müssen nicht in den Fels.«

Ich schlucke meinen Ärger über den ausbleibenden Widerspruch – schließlich hat er selbst mich auf einen Baum und über eine Mauer klettern sehen. Mir ist danach, ihn zu schütteln, um endlich eine stichhaltige Antwort auf meine Frage zu erhalten. »Und was ist dort?«, fragte ich stattdessen.

»Ein Nest.«

»Ein Nest?«

Er nickt, weiter konzentriert auf die Wanderkarte.

»Zecken?«, frage ich zögernd.

Er wirft mir einen schiefen Blick zu. »Was sonst?«

Trotz der Hitze läuft mir Gänsehaut vom Nacken aus den Rücken hinab. Es gibt sie also wirklich. Und Tom gehört zu ihnen. So tief sitzt der jahrelang eingetrichterte Abscheu vor Volksfeinden, dass ich einen Schritt zurücktrete.

»Sie werden ganz aus dem Häuschen sein, dich zu sehen«, sagt er.

»Warum?«

Wieder schaut er mich an, als wäre ich schwer von Begriff. »Na, nach den Meldungen über deine Verhaftung?« Er mustert mich schweigend, lässt die Karte sinken. »Aber vielleicht weißt du gar nichts davon? Warst schließlich auf der Flucht. Sie haben eine verhaftet, die sie für dich ausgeben. Die sich inzwischen vermutlich selbst für Ina Matusek hält. Völlig durch den Wind, das Mädel. Ich möcht' nicht wissen, was die mit ihr angestellt haben. Seit zwei Tagen haben die Dreckschweine sie in der Mangel.«

Ich weiß nicht, was ich sagen soll. Wäre ich Ina, dann müsste ich entsetzt sein, dass eine andere in meinem Namen leidet. Aber es ist ja die richtige Ina, die leidet und das völlig zurecht, nach allem, was ich bisher dachte, während ich an ihrer Stelle ebenfalls verhaftet und wieder befreit wurde und das nicht zugeben kann.

»Ich glaub, mein Schädel platzt.«

»Du bist ganz blass. Tut mir leid, war wohl zu viel Information. Muss schlimm für dich sein, zu wissen, dass eine Unschuldige …«

»Geht schon.« Ich hole tief Luft.

»Du kannst ja nichts dafür.«

Ich bin zu müde, um darüber nachzudenken, ob das stimmt. »Wie lange brauchen wir noch?«

Ich schäle das trocknende Hemd von meiner klebrigen Haut, damit Luft darunterkommt.

»Bis morgen. Hier ist ein guter Platz für eine Pause. Wir sind weit genug entfernt von allen Wegen und Hütten. Unwahrscheinlich, dass uns hier jemand aufspürt. Allerdings ist es noch ein ganzes Stück bis ins Tal und dort müssen wir hin. Wir werden also vor Sonnenuntergang wieder aufbrechen.« Er zeichnet mit dem Finger eine Schlangenlinie in die Luft. »Das Nest liegt auf der anderen Seite des Tals knapp unter dem Felsstock.«

Erfolglos bemühe ich mich, etwas zu erkennen in der Richtung, in die sein Zeigefinger sticht. Ist wohl auch besser, wenn das Nest nicht schon aus der Ferne auszumachen ist.

»Sobald es dunkel ist, gehen wir über den Forstweg ins Tal.«

Jetzt also Pause. Mit einem Mal kann ich mich kaum noch auf den Beinen halten. Im Schatten zweier Kiefern lasse ich mich auf den Boden fallen, der mit einer Schicht aus Moos und Nadeln bedeckt ist, während Tom im Rucksack kramt. Für einen Moment die Augen schließen. Lichtreflexe tanzen über meine Lider.

Als ich die Augen wieder öffne, liege ich zusammengerollt auf der Seite, neben mir Tom auf einem ausgebreiteten Schlafsack, den Kopf auf den angewinkelten Arm gestützt. Er sieht mich an. Ich drehe mich auf den Rücken, blinzle in den Himmel. Die Sonne steht nur mehr auf halber Höhe.

»Hab ich geschlafen?«

Er nickt. Ich weiche dem Blick seiner braunen Augen aus, strecke mich, um den Kloß im Hals loszuwerden, der ein Prickeln in meinem Bauch einsperrt, das sich nun ausbreitet, abwärts sinkt, jede Zelle erhitzt und Feuchte in mein Loch treibt. Wir sind allein und er riecht erregend.

»Mach das nicht«, flüstert er.

»Was?«

»Dich so strecken. Sonst nütze ich doch noch die Situation aus. Ich denke schon die ganze Zeit darüber nach.«

Mein Atem geht so schwer wie seiner. Ich liege ganz still, will warten, bis seine Lippen endlich meine berühren, sein Gesicht ganz nah, ein kleiner Knick in seiner Nase, ein feiner Schweißfilm glänzt auf seiner Stirn. Aber er küsst mich nicht, sieht mich nur an, ein Lächeln in den Augen.

Ich packe ihn an der Schulter, drücke ihn auf den Rücken und schwinge mich auf ihn, spüre seinen harten Schwanz, fixiere seine Handgelenke über dem Kopf auf der Decke und streiche mit der Zungenspitze über seine Lippen. »Spiel nicht mit mir«, zische ich, bevor ich seine Hände freigebe und ihn küsse. Und er mich.

Ein Windhauch streicht über meinen Rücken, lässt mich schaudern. Ich ziehe mein Bein zwischen den seinen heraus, löse mich aus seiner Umarmung und suche unter den um uns verstreuten Kleidungsstücken nach meinem T-Shirt.

Während ich mich anziehe, meide ich seinen Blick. Gerade noch war alles anders als sonst, befreit und ohne Scham. Die mich jetzt einfängt, mich wieder zu der macht, die vor zwei Wochen peinliche Sexualübungen mit einem Fremden vollführte, den sie aus inzwischen vergessenen Gründen zu heiraten beschlossen hatte. Eine Frau, die sich, sobald sie die Uniform auszog, schutzlos wie ein verlassenes Kind fühlte. Die mithilfe von Drogen und Alkohol in aufgekratzte Dumpfheit floh, die sie passend machte. Passend zu allen, die um sie waren.

Ich stehe auf, gehe barfuß ein paar Schritte, fühle Fels und Moos und Nadeln und dann die Sonne auf meiner Haut, die bald die Flanke eines Berges berühren und dahinter verschwinden wird. Sie sticht jetzt nicht mehr wie am Mittag, prickelt vielmehr im Wettstreit mit dem feinen Luftzug, der mir hangaufwärts entgegenweht.

Bin ich es, die das fühlt und die gerade noch diese befremdliche Leidenschaft zugelassen hat? Oder war sie das? Ina. Deren Name inzwischen als Platzhalter steht für alles, was ich immer sein wollte. Ohne es zu wissen. War sie jemals, wozu ich sie mache oder will ich nur sein, was andere in ihr sehen, was wiederum zu einem großen Teil auf dem beruht, was ich getan habe, womit ich mehr Ina wäre als sie selbst. Darüber würde ich gerne in Ruhe nachdenken.

»Ina?«

Ich drehe mich um, sehe Toms besorgten Blick.

»Alles okay?«

Ich nicke, senke den Kopf, damit er nicht sieht, dass meine Augen unter dem Ansturm verwirrender Gedanken feucht geworden sind. Zeit, dass ich zurückfinde in die Rolle der Unbeugsamen.

Tom steht auf, nimmt mich in die Arme, streicht mir übers Haar.

»Es war nicht nur so. Kein Spiel.«

»Das ist es nicht«, schluchze ich.

Er nimmt mein Gesicht in beide Hände und küsst die Tränen weg wie ein Held in einem Roman. »Alles wird gut, das verspreche ich dir!«

Die Entschlossenheit in seinem Blick lässt mich lächeln. Ich würde ihm gerne glauben können.

»Halt noch ein bisschen durch. Wenn wir erst dort sind, wirst du dich erholen können. Leute finden, die dich verstehen. Keiner übersteht eine Flucht unbeschadet. Alle weinen irgendwann.«

Sein Mitgefühl bringt mich noch heftiger zum Schluchzen. Als hätte ich dazu seine Erlaubnis nötig. Jetzt lasse ich mir schon das Heulen befehlen. Ich mache mich los, streife mir die Tränen aus dem Gesicht und schüttle sie von meinen Fingern. Wo sie den Boden benetzen, sollen Wunderblumen keimen und irgendwann der dritten Tochter eines entmachteten Königs dazu verhelfen, ihren Liebsten aus dem Verlies eines bösen Zauberers zu befreien und ihr Reich zurückzuerobern.

»Ich habe Hunger!«

Mit schiefgelegtem Kopf schaut er mich an und lächelt.

Jetzt erst bemerke ich meine trotzige Haltung: Hände in die Hüften gestemmt, den Kopf angriffslustig nach vorn geschoben.

»Gut«, sagt er, »aber schnell. Wir sind spät dran.«

Klar, will ich sagen, Zeitfresser wie ungeplanten Sex und nervtötende Tränen sollte man sich sparen. Aber solche Spitzen verdient er nicht.

Im Stehen essen wir Speckbrote mit sauren Gurken und noch während Tom den letzten Bissen in den Mund stopft, schultert er den Rucksack und stapft davon. Im Zickzack kämpfen wir uns über Wurzeln und durch Dickicht den steilen Wald bergab und rennen in der Dämmerung einen Forstweg entlang. Bereits im Finsteren folgen wir stolpernd und bei jedem zweiten Schritt ausgleitend einem abschüssigen Bachbett, in dem zum Glück nur ein knapp knöcheltiefes Rinnsal gurgelt, stürzen halb eine brennnesselbewachsene Böschung hinab und landen endlich auf einem Forstweg, der in Kehren ins Tal zu führen scheint.

Während Tom, offenbar unermüdlich, unsere Flaschen mit Quellwasser auffüllt, dehne ich meine Oberschenkelmuskeln, die bei der Hetzerei durch das unebene Bachbett unkontrolliert zu zittern begonnen haben. Einige Hundert Meter tiefer glimmen müde die Lichter eines Dorfes. Die ersten Sterne blitzen auf und unter meinen Füßen schimmert der Kies des Weges im Mondlicht.

»Hast du eine Waffe?«, frage ich.

»Warum?«

»Wenn ich gestürzt wäre, mir beide Beine gebrochen

hätte. Ein paar Mal war ich nah dran, im Dunkeln auf den glitschigen Steinen, auf dem Brennnesselhang.«

Er schaut mich an, ob ungläubig oder ärgerlich ist bei dem spärlichen Licht nicht zu sagen. »Was hätte mir da eine Waffe geholfen?«

»Gnadenschuss?«

Er verdreht die Augen. »Du glaubst, ich mache mir die Mühe, dich bis hierher zu schleifen und erschieße dich dann wie ein Schaf, das sich im Fels ein Bein bricht?«

»Was hättest du sonst machen wollen?«

»Dich tragen. Hilfe holen. Ist mir allerdings auch lieber, dass es nicht dazu gekommen ist.« Er nimmt mich in die Arme, küsst mich auf den Mund. »Du hast grausame Ideen.«

Ich denke an Julias abgesprengtes Bein. An die rote Blume auf Katis Bluse, nach dem Schuss. An Schiele, der mich fickt, mit der Waffe in der Hand, dafür auf den Badezimmerfliesen verreckt.

Kies knirscht unter unseren Schritten.

»Warum hast du mich befreit und wie war das überhaupt möglich? Wie konntest du wissen ...«

»Warum?« Er führt meine Hand zum Mund und küsst sie, was endgültig beweist, dass er ein Held ist, ein Prinz und nicht von dieser Welt. Noch nie hat jemand meine Hand geküsst.

»Ja, warum?«, beharre ich auf der unnötigsten meiner Fragen.

»Weil ich mit der berühmten Ina Matusek Liebe machen wollte und mir schon eine Gelegenheit dazu habe entgehen lassen.« Er grinst so unprinzenhaft, dass er gleich ›ficken‹ hätte sagen können.

»Na, dann hoffe ich, dass der Aufwand sich gelohnt hat.« Ich kicke einen Fichtenzapfen den Weg hinab. Wenn die Antwort nicht sofort kommt, will ich sie nicht hören. »Woher wusstest du, dass sie mich haben? Wie konntest du in das Kasernengelände eindringen und die Zellentür öffnen?«

»Das war ich nicht.« Er passt den Zapfen schräg in meinen Laufweg. »Der Onkel hat die Zellentür geöffnet.«

»Der Vizeleutnant, dieses folternde Dreckschwein, ist dein Onkel?«

Tom bleibt stehen, fasst mich an den Armen, sein Gesicht wirkt bleich im Mondlicht. »Sie haben dich gefoltert?«

»Entschuldige, falscher Ausdruck. Musiktherapie hat er es genannt, dein Lieblingsonkel.«

»Und sonst?«

Ich reiße mich los. »Was meinst du mit ›und sonst‹? Enttäuscht, dass sie mich nicht vergewaltigt haben, oder was? Arschloch!«

Ich lasse ihn stehen, marschiere davon, keine Ahnung wohin. Immerhin bin ich frei und kann tun, was ich will. Was für eine dämliche Kuh ich bin, von wegen Prinzen und Helden. Märchenscheiß.

»Warte!«

Ich höre seine raschen Schritte, mache mich bereit, ihm eine zu verpassen, falls er es wagen sollte, mich anzurühren. Doch er nimmt nur meinen Schritt auf, geht eine Armeslänge entfernt neben mir her, die Fäuste geballt wie ich.

»Der Hauptmann ist mein Onkel, nicht der alte Drecksack.«

Ich stoppe. »Hauptmann Redl?«

Tom nickt. Er hat sich mir in den Weg gestellt, die Hände geöffnet, versucht, mir in die Augen zu sehen. Ich meide seinen Blick, schaue in den Himmel, will endlich verstehen, was vor sich geht und dazu keine Frage mehr stellen müssen.

»Er ist der Bruder meiner Mutter und er ... na ja, er ist Soldat mit Leib und Seele, aber er fühlt sich dem Land verpflichtet, mehr als dem Kanzler. Vor allem, seit die *Aufrechten* damals meinen Vater als Islamisten festgenommen haben, obwohl er mit all dem gar nichts am Hut hatte, bloß als Flüchtling ins Land gekommen war, lange vor dem Kalifat und dem ganzen Mist. Ausgerechnet vor den Islamisten aus Afghanistan geflohen.« Er gerät ins Stocken, fährt mit den Händen durch die Luft, als fände er dort, was noch zu sagen ist. »Sie haben miteinander Schach gespielt.«

Das erklärt vieles. Ich beobachte, wie Tom seine Hände knetet, die Unterlippe zwischen die Zähne gesogen. Seine Unsicherheit gefällt mir. Nicht, weil ich mich so stärker fühlen kann, sondern weil wir damit mehr gemeinsam haben. Meine Wut ist verflogen und ich würde ihn umarmen, wäre ich nicht so erschöpft.

Er seufzt. »Es tut mir leid, was sie mit dir gemacht haben, aber Onkel Hannes hat das nicht angeordnet. Er ist am Abend bei uns vor der Tür gestanden, hat mir erst einen Anschiss verpasst, weil ich gestern mit dir im Bad war ...«

»Du konntest ja nicht wissen, wer ich bin.«

»Wissen nicht, aber sehen. Ich bin ja nicht blind.« Er wiegt den Kopf. »War schon ein geiles Gefühl, mit der berüchtigten Aufrührerin …« Mein gereizter Blick bringt ihn zum Stottern. »Jedenfalls, erst der Anschiss, dann hat er mir genaue Anweisungen erteilt, wann ich dich beim Notausgang abpassen und in Sicherheit bringen soll. Anders wärst du nicht zu retten, hat er gemeint. Es hatte sich herumgesprochen, dass du am Vortag da warst und am nächsten Tag wüsste der ganze Ort von deiner Verhaftung. Er wäre gezwungen, dich auszuliefern und da sie schon eine Ina Matusek haben, war er sicher, dass sie dich, oder vielmehr euch beide, der Einfachheit halber sofort exekutieren, um ihren Fehler nicht zugeben zu müssen. Klingt logisch für mich.«

»Und die Wache?«

»In der Nacht gibt es nur eine, die den Eingang bewacht. Die Zellen sind ja sowieso verschlossen. Normalerweise. Ist halt ein kleiner Posten.«

»Aber warum wollte er mich überhaupt retten und geht dafür so ein Risiko ein?«

»Ich bin mir nicht sicher. Können wir inzwischen weitergehen?«

Er streckt mir seine Hand entgegen, die ich ignoriere und wir setzen unseren Weg fort.

»Also, warum?«

»Ich verstehe es auch nicht so richtig, weil er selbst nicht im besten Licht dasteht, wenn sich herumspricht, dass eine Gefangene aus seinem Arrest entkommen ist. Er will es als organisierte Befreiungsaktion des Widerstandes darstellen, gleich die Medien benachrichtigen und so weiter, weil dadurch ans Licht kommt, dass sie die Falsche eingesperrt haben. Er hasst Ungerechtigkeit. Seit er dich gesehen hat, weiß er, dass sie einfach irgendein Mädel kassiert und als Ina Matusek ausgegeben haben. Solche Lügen machen ihn rasend. Genau wie damals vor acht Jahren die Geschichte mit meinem Vater.«

Er tritt gegen einen weiteren Zapfen, doch statt in meine Richtung zu rollen, prallt der von einem Stein ab, schießt über den Wegrain hinweg und den steilen Abhang zu unserer Linken hinab.

»Außerdem«, sagt Tom, »hast du ihm gefallen. Nicht so, wie du jetzt denkst. Er hat gemeint, du wärst ganz schön frech, angesichts deiner Situation. Ohne respektlos zu werden. Eine charmante Kriegerin, so hat er sich ausgedrückt, die richtige Frau für diese Rolle.«

Hitze steigt mir in den Kopf und ich sehe starr geradeaus. »Ja, wir hatten einen ganz guten Draht. Wobei ich ihn eher für den hinterhältigen Typ gehalten …«

»Scht!« Tom drückt mir die Hand auf den Mund, hebt einen Finger und lauscht mit angehaltenem Atem.

Zuerst höre ich nichts, dann ein leises Motorengeräusch. Ein Fahrzeug, das sich von weiter oben nähert. Gleichzeitig wenden wir uns um. Scheinwerfer streichen über Bäume, zwei Kehren über uns. Wo wir stehen, schneidet sich der Weg in einem leichten Schwung in den Hang.

Tom nimmt Anlauf, um die steile Böschung in den Wald zu erklimmen, doch die Erde sackt unter ihm weg und in einer Lawine trockener Dreckklumpen rutscht er ab, während das Fahrzeug hörbar näher kommt. Er versucht es erneut, erwischt den Stamm einer Fichte und zieht sich hinauf, reicht mir die Hand. Von Baum zu Baum hangeln wir uns den steilen Hang hinauf, bis wir sicher sind, dass kein Scheinwerfer uns mehr erreichen kann, gerade noch rechtzeitig.

Der Wagen brummt um die Kehre, taucht den Weg in grelles Licht und lässt den Kies knirschen. Stimmen dringen aus geöffneten Fenstern, großmäulige Soldatentöne. Die Scheinwerfer streifen die Stämme am Straßenrand, dann ist nur noch das rote Glühen der Rücklichter zu sehen, die sich rasch entfernen. Über altes Laub schlittern wir hinab, zurück auf den Weg.

»Hast du gehört? Ein Bier, hat der Soldat gesagt. Das hätte ich jetzt auch gerne. Du hast nicht zufällig eines im Rucksack?«

»Leider nein.« Tom streckt mir seine Hand entgegen und ich lege meine hinein. »Du bringst mir Glück, Ina Matusek. Ziemlich knapp davongekommen.«

Er sieht Glück, wo die meisten keines finden würden.

Tag 10

Mein Wunsch, Prinz Tom nicht zu enttäuschen, ist fast so stark wie die Angst vor unseren Verfolgern und trägt mich über die Grenze der Erschöpfung bis ins Morgengrauen. Längst haben wir aufgehört zu sprechen, bewegen uns langsam und mechanisch, die Muskeln hart, die Füße geschwollen und voller roher Blasen.

Wir sind ins Tal marschiert und einer Straße gefolgt, die an einem Bach entlang bis zum Talschluss verläuft. Immer auf der Hut. Lichter näher kommender Autos, nicht viele zum Glück, und ungewohnte Geräusche haben uns immer wieder vom Weg getrieben. In Gräben oder hinter Sträucher gekauert oder einfach flach ins hohe Gras gepresst, haben wir auf die Rückkehr von Stille, Dunkelheit, Sicherheit gewartet. Jedes Mal fiel mir das Aufstehen schwerer.

Die asphaltierte Straße strebt stetig bergauf. Über uns glasieren die ersten Sonnenstrahlen eine gewaltige Felswand in kühlen Rosétönen. Immer wieder schließe ich die brennenden Augen, gehe zehn Schritte, öffne sie wieder. Der Weg führt jetzt ein Stück bergab und die Sehnen an Knien und Fußgelenken knirschen unter der wechselnden Belastung. Tom fasst mich am Arm. Ich öffne die Augen.

Vor uns, in einer Senke, liegt eine große Almhütte, ein gekiester Parkplatz davor. Zur Rechten lockt, etwas weiter entfernt, ein See, der den heller werdenden Himmel spiegelt.

»Wir hätten bis hierher fahren können«, flüstere ich. Meine Stimme zittert.

»Womit? Jede Fahrt wird aufgezeichnet. Wir dürfen keine Spuren hinterlassen, die uns mit dieser Gegend in Verbindung bringen. Dabei geht es nicht nur um uns.«

»Sind wir am Ziel?«

»Noch nicht. Das ist ein Ausflugslokal, viel besucht. Aber man weiß hier von uns.«

Ich wage nicht zu fragen, wie lange unser Marsch noch dauern soll, schlurfe wortlos weiter, bis Tom mich auf eine Bank an der Hauswand dirigiert, die Hand auf meiner Schulter. Er klopft an ein Fenster.

Für einen Moment nur die Schuhe abstreifen. Doch es würde Tage dauern, bis ich sie wieder anziehen könnte. Tom verschwindet im Haus.

Etwas klappert und ich schrecke aus dem Dämmerschlaf. Ein hölzernes Tablett mit Kaffee und Marmeladebroten steht neben mir auf der Bank. Tom beugt sich darüber, streicht mir die Haare aus der Stirn und hebt aufmunternd die Brauen. Auch seine Augen sind vor Müdigkeit fast zugeschwollen.

»Du hältst dich verdammt gut für ein Stadtkind.«

»Ich war fünf Jahre lang Soldatin.«

Er runzelt die Stirn und mir wird heiß. Der Lebenslauf von Ina Matusek deckt sich nicht mit meinem. Er würde mir nicht helfen, wenn er wüsste, wer ich bin.

»Im übertragenen Sinn.« Die Tasse bebt in meiner Hand. »Kämpferin eben, für unser Land.« Der Schreck über den Fehler belebt mich ein wenig. Vielleicht ist es auch der Kaffee, der bitter und heiß eine schmale Schneise in meine Müdigkeit brennt. »Wie lange müssen wir noch?«

Tom hält kauend zwei Finger hoch, knickt einen davon ein und richtet ihn wieder auf.

»Eineinhalb bis zwei Stunden?«

Er nickt, seufzt, beugt sich sichtlich widerwillig der Notwendigkeit zu sprechen. »Wir haben Glück. Es hätte sein können, dass es besetzt ist, unser Ziel. Wochenende, immerhin. Aber wir halten sie derzeit wohl ziemlich beschäftigt«, nuschelt er. »Und dann die Drohnenangriffe. Jedenfalls weiß man hier immer von offiziellen Besuchern, weil die Anlieferung von hier aus stattfindet. Letzter Parkplatz vor dem Nest.«

»Du redest kryptisches Zeug.«

Die Süße der Marmelade bringt die Bitterkeit des billigen Kaffees erst richtig zur Geltung. Mein Magen krampft.

Tom stöhnt und hebt lahm salutierend die Handkante an die Stirn. »Unser Ziel ist eine geheime Jagdhütte der *Aufrechten*, in der sich die Bonzen alle paar Wochen zur Jagd treffen. Sogar der Kanzler war schon zwei Mal da. Normalerweise hält aber nur der Koch die Stellung. Ein ideales Nest. Es sind fast immer ein paar von uns dort.«

Kalter Schweiß in meinem Nacken und beschleunigter Pulsschlag. Mit einem Mal bin ich hellwach. »Direkt unter ihren Augen soll ich mich verstecken?«

Ich sehe mich vom Kanzler persönlich aus dem Schlaf gerissen, sehe sein hämisches Grinsen, während er mir die Mündung seiner Waffe an die Stirn drückt, sehe die Kamera, die den Moment festhält, in dem mein Hirn an die Wand spritzt, sehe meine Mutter vor dem Bildschirm, die diese Hinrichtung in den Abendnachrichten verfolgt. Die

Flucht, der lange Marsch, alles umsonst, vom Regen in die Traufe, ach was, den stinkenden Kanal.

Tom wirft das halb gegessene Brot auf den Teller, packt mich an den Schultern und schüttelt mich. »Hey, schau mich nicht an, als wollte ich dich ans Messer liefern! Glaubst du, ich stiefle zum Spaß vierundzwanzig Stunden mit dir durch die Botanik? Herrgott!« Er lässt mich los und reibt sich mit den Händen das Gesicht, schaut dann in die Ferne und kaut auf seiner Unterlippe. Seine Augen sind so feucht wie meine. Ich weiß nicht, was ich sagen soll, setze die längst geleerte Tasse an die Lippen, kann die Augen kaum offen halten und wage doch nicht einmal zu zwinkern aus Angst, er könnte das als Gleichgültigkeit deuten.

Der Rand der Sonnenscheibe entflammt die Baumwipfel eines Bergrückens im Osten.

Tom reibt sich die Augen mit Daumen und Zeigefinger, schnupft und räuspert sich. »Entschuldige! Wir sind wohl beide ein bisschen durch den Wind.«

Ich starre auf meine Finger, zupfe an einem eingerissenen Nagel. »Wird wohl so sein.« Obwohl ich weiß, dass es schmerzen wird, reiße ich das abgesplitterte Nagelstück ab und sauge an der blutenden Fingerspitze.

Tom hebt den Rucksack auf seinen Schoß, kramt darin herum, zieht etwas von ganz unten heraus. Am Lauf gepackt hält er mir die Glock entgegen. Meine, das heißt Schieles Glock, jedenfalls sieht sie so aus. Doch woher soll er die haben? Es muss wohl eine andere sein.

»Nimm du sie«, sagt er. »Hat sowieso keinen Sinn, sie im Rucksack zu tragen.«

Meine Kehle ist eng vor Rührung, als ich die Waffe entgegennehme. Die Sicherheit, die von ihr ausgeht, berechenbar und zuverlässig, lässt mich aufatmen. Ich verziehe meine spröden Lippen, hoffe, dass die Grimasse einem Lächeln ähnlich sieht.

»Danke.«

Er steht auf, trägt das Tablett ins Haus. Ich stecke die Pistole in den Gürtel. Müdigkeit macht dumm. Mich so dumm, ihm zu misstrauen, obwohl er mich gerettet hat und ihn so dumm, mir zu vertrauen.

Die ersten Schritte gehe ich wie auf rohen Eiern, dann beiße ich die Zähne zusammen und trete wieder fest auf. Je stärker der Schmerz, desto schneller streiken die Nerven, hören auf, die Signale ins Hirn zu leiten, Taubheit setzt ein. Dieses Wissen, in zahllosen Märschen erworben, mit Hornhaut und Blasen bezahlt, hilft, die Qualen einige hundert Meter durchzustehen. Wie in Trance trabe ich hinter Tom den Wanderweg bergan, auf die Felswand zu. Die Erhabenheit der Szenerie rundum erfüllt mich, ist ein Teil von mir oder ich von ihr. Ich bin ein Salamander, ein Stein, ein Windhauch, der durch Wald und Fels und wieder Wald huscht und rollt und streift.

Eine Schranke, ein Verbotsschild voller Drohungen, die wir ignorieren, dem Weg folgen, der schließlich an einem Gittertor in einem vier Meter hohen Drahtzaun endet. Schilder auch hier: Betreten verboten. Lebensgefahr. Auf einem Pfosten thront eine Kamera.

»Keine Angst, alles nur Show«, verspricht Tom und zieht einen Schlüssel aus der Hosentasche, sperrt das Tor auf und macht eine einladende Geste. »Gleich hast du es hinter dir.«

Wenn er wüsste, wie recht er hat. Haben könnte. Meine Brust hebt und senkt sich viel zu schnell, das Blut pocht in meinen Ohren und ich stehe wie festgewachsen. Gleich habe ich es hinter mir. Keine Flucht mehr, keine Verfolgung. Tom hat einen Schlüssel zu einem geheimen Quartier der *Aufrechten*. Unter den Augen des Wolfes nisten die Zecken unbemerkt in seinem Pelz, nähren sich von ihm. Nur noch wenige Schritte, bis ich sie ausmerzen kann, ein Geschenk für den Kanzler, nein, ein wertvolles Handelsgut. Wenn ich mich entscheide, die Waffe gegen sie zu richten. Welch eine unwahrscheinliche Gelegenheit. Ich müsste sie nicht töten, nur außer Gefecht setzen und dann die Miliz rufen. Oder den Sender, gleich alles über die Medien spielen, die Aufmerksamkeit des Kanzlers erringen, bevor irgendein ehrgeiziger Offizier mein Verdienst für sich beansprucht.

Ich sehe die Bilder vor mir, live, wie ich dem Kanzler gesichtslose Aufrührer vor die Füße stoße.

Und Tom. Der mit hängenden Schultern im Tor steht, es mit seinem Körper für mich offen hält, Resignation und Überdruss im Blick, die Lippen zusammengepresst. Er denkt, ich misstraue ihm, sieht meine Hand an der Waffe, die Hand von Ina Matusek.

Für eine Sekunde nur schließe ich die brennenden Augen. Mein altes, ungeliebtes Leben mit seinem zu erkaufen – grotesk. Ich durchschreite das Tor, bleibe vor ihm stehen, will ihn berühren, doch er tritt einen Schritt zurück, schaut mich an, als wüsste er jetzt, wer ich wirklich bin. Mir ist heiß, als hätte ich Grund, mich zu schämen. Er schließt das Tor ab und drückt mir den Schlüssel in die Hand.

Das letzte Wegstück führt steil bergauf auf ein Plateau. Ein großes Blockhaus am Fuß der Felswand, davor eine zertretene Wiese mit Tischen und Bänken, ein Stück weiter ein Schuppen.

Ich halte inne, während Tom seinen Schritt beschleunigt. Alles hier fühlt sich nach Zuflucht an. Eine Nacht schlafen und morgen diese Aussicht mit ausgeruhten Augen still genießen, dann werde ich wissen, was zu tun ist. Die Arme ausbreiten und über sonnenbeschienene Wälder segeln, fliegen wie in Kinderträumen.

Durch den Schleier meiner Träume sehe ich einen Mann und eine Frau an einem der Tische sitzen. Als sie uns bemerken, springt der Mann mit einem kehligen Jubelschrei auf und eilt uns entgegen. Er ist mager, hat braune Haut und schwarzes Haar und scheint mir beim Näherkommen trotz seines fremdvölkischen Aussehens bekannt. Ein steckbrieflich gesuchter Parasit vermutlich. Beunruhigend, so einen gerade an diesem Ort zu sehen. Wo doch angeblich alle Fremdrassigen bereits vor Jahren in ihre Heimatländer deportiert wurden.

Er stürzt auf Tom zu, reißt ihn in seine Arme, plappert in einer gutturalen Sprache auf ihn ein, fährt ihm durchs Haar und tätschelt seine Wange. Als er endlich von ihm ablässt, sieht Tom sich nach mir um, nimmt ihn am Arm und kommt auf mich zu. Ich wappne mich für einen ähnlich penetranten Empfang.

»Da ist sie, unsere Heldin«, sagt Tom. »Sie braucht dringend ein paar Tage Ruhe.«

Die scharfen Falten, der direkte Blick aus fast schwarzen Augen, die gerade Haltung lassen den Fremden aus der Nähe weniger parasitär als würdevoll wirken. Ein gealterter Abenteurer oder Räuberhauptmann aus einem der orientalischen Märchen, die mir Oma vorgelesen hat. Tausendundeine Nacht, illustriert mit Zeichnungen Krummdolche tragender Reiter im Turban, verschleierter Prinzessinnen und juwelengeschmückter Paläste. Damals habe ich davon geträumt, von so einem entführt zu werden, weißer Araberhengst und alles.

Zögernd öffnet Sindbad die Arme, fasst mich an beiden Schultern und küsst mich drei Mal auf die Wangen. Er riecht nach Holz und Wind und auch dieser Geruch erinnert mich an jemanden.

»Willkommen! Mein Name ist Saif. Ich freue mich, dass Sie es geschafft haben zu uns!«

»Wir sind völlig am Ende, Papa«, schaltet Tom sich ein.

Im ersten Moment weiß ich nicht, was mich an diesem Satz irritiert. Langsam sickert die wesentliche Information durch den dumpfen Filter der Müdigkeit. Papa. Deshalb das Gefühl der Vertrautheit. Die Augen, die Gesichtsform, der Geruch.

»Warum?«, frage ich.

»… hab ich dir nicht gesagt, dass wir bei meinem Vater Schutz suchen?« Tom schiebt das Kinn vor, schaut mich finster an. »Ich wollte, dass du mir vertraust.«

Mir ist alles egal. Vor Erschöpfung drehe ich gleich durch,

lasse mich einfach fallen und schlafe auf der Stelle ein. Tom streckt mir die Hand entgegen. Ich reiche ihm meine und er zieht mich an sich, murmelt »alles ist gut« in mein Ohr.

Hinter seinem Vater stolpern wir auf das Haus zu.

»Sie haben mich vor die Wahl gestellt«, sagt Saif zu mir. »Deportation oder Sklavenarbeit. Ich wollte in der Nähe bleiben, wegen Familie. Jetzt koche ich seit acht Jahren hier für *aufrechtes* Gesindel. Aber sie kommen nicht oft und es ist ein guter Platz. Hamdulillah.«

Mir läuft ein Schauer über den Rücken bei diesem verbotenen Wort.

Als wir die Terrasse betreten, steht die Frau von ihrem Platz auf der Bank auf. Sie ist um die sechzig, wirkt gesund und drahtig und ist anscheinend nicht optimiert. Die eisengrauen, schulterlangen Locken lassen sie aussehen wie die alte Königin in Omas Märchenbuch, dessen Bilder sich heute dauernd wie eine Folie vor die reale Welt schieben. Wortlos reicht sie mir die Hand, ein fester Druck, umarmt Tom und rümpft die Nase.

»Hallo Ruth, ich kann mir vorstellen, wie wir riechen«, sagt er. »Lass uns morgen reden. Duschen und schlafen, zu mehr bin ich heute nicht mehr in der Lage.«

Eine kühle Stube, ein Flur mit mehreren Türen, eine Kammer mit Doppelbett, weiße Bettwäsche, die Möbel mit Schnitzereien verziert. Zwei Bademäntel hängen an einer hölzernen Hakenleiste, auf der Kommode liegt ein Stapel Handtücher.

»Zur Tür raus und links finden Sie Bad und WC«, sagt Sindbad.

Er schließt die Tür. Ich bin allein.

Stille umfängt mich und der Geruch sommerlicher Kräuter. Durch die halb geöffneten Läden fällt mein Blick auf die Wiese, die sich hinter dem Haus bis zur Felswand erstreckt. Schmetterlinge taumeln zwischen Disteln und Blüten, deren Namen ich nicht kenne. Wenn ich fliegen könnte, dann sähe es so aus, immer von einer Blüte zur nächsten, kein Ziel. Leere und Leichtigkeit breiten sich in mir aus, füllen mich wie kühles Wasser einen schartigen Krug.

Ich setze mich auf das Bett, schnüre die Schuhe auf, schäle sie von den wunden, geschwollenen Füßen. Die Socken sind feucht und an mehreren Stellen durchgescheuert. Ich ziehe sie aus. Nur ganz kurz die Beine hochlegen, bis die Schmerzen etwas nachlassen, dann duschen. Die Pistole drückt und ich ziehe sie aus dem Hosenbund, lege sie unter das Kopfkissen.

Tag 11

Als ich aufwache, wage ich im ersten Moment nicht, die Augen zu öffnen. Die Befreiung, die Flucht, das Nest in den Bergen erscheinen mir wie ein bizarrer Traum. Zwar liege ich in einem Bett, doch das könnte noch immer in einer Zelle in Kirchdorf stehen. Ich weiß nicht mehr, ob auch dort Vogelgezwitscher bis zu mir gedrungen ist. Vogelgezwitscher und ein kühler Luftzug, der mir über Gesicht und Arme streicht. In der Zelle war die Luft tot.

Meine Augenlider sind aufgequollen und so verkrustet, dass ich sie nur einen Spalt weit öffnen kann.

Das Zimmer ist noch da. Vor dem Fenster ist es hell, ob noch oder schon wieder kann ich nicht sagen, doch die Wiese liegt jetzt im Schatten. Ich fühle mich erfrischt und zerschlagen zugleich, kann mich zu keiner Bewegung aufraffen. Meine Füße pulsieren. Die weiße Bettwäsche ist voller Flecken von meiner Kleidung, die steif vor Dreck an der schweißklebrigen Haut scheuert. Ächzend setze ich mich auf. Jede Bewegung schmerzt. Ich schäle mich aus meinen Sachen und wickle mich in einen der Bademäntel. Der flauschige Frottee auf der Haut erinnert mich an das abendliche Bad in der Kindheit. Ich hänge ein Badetuch über die Schulter und öffne die Tür.

Alles ist ruhig. Vielleicht sitzen sie draußen. Ohne Tom möchte ich niemandem begegnen. Schließlich weiß ich nicht, was er erzählt hat. Was ich erzählen soll und darf. Was meine Geschichte ist. Nur *wer* ich sein muss, das ist klar.

Die Tür zum Bad ist verschlossen, öffnet sich aber, noch während ich darüber nachdenke, ob ich hier warten oder mich zurück ins Zimmer schleppen soll. Ich schrecke zusammen. Die graulockige Königin kommt heraus, ebenfalls im Bademantel.

»Guten Morgen, gut geschlafen?« Sie drückt mir Shampoo und Duschgel in die Hand. »Nehmen Sie meins! Das Zeug, das sie hier haben, riecht nach billigem Rasierwasser, nicht mein Fall.«

Ich bezweifle, dass mir das aufgefallen wäre. Der einzige Geruch, den ich mir wünsche, ist der von sauberer Haut.

»Danke«, sage ich und räuspere mich, weil meine Stimme klingt, als müsste sie dringend geölt werden. Morgen ist es also. Ich muss an die zwanzig Stunden geschlafen haben.

»Zahnbürsten sind im Schrank, zweites Fach von oben. Wenn Sie möchten, hole ich Ihre Sachen, werfe sie in die Waschmaschine und gebe Ihnen etwas von mir. Sofern Sie sich nicht vor fremder Unterwäsche ekeln.«

Ich schüttle den Kopf, da die Alternative noch widerlicher scheint. »Danke.«

Ihr Name ist mir entfallen. Die Fürsorge einer Fremden macht mich verlegen. Dankbar sollte ich sein. Ich lächle also, bedanke mich erneut.

»Wir frühstücken draußen«, sagt sie und geht.

Das Bad ist geräumig, zwei Waschbecken, ein gefliester Bereich mit drei Duschen, Schrank, Regal und an der Wand eine lange Reihe stählerner Haken. Ich lehne mich an die Tür, mein Herz rast.

Der richtige Raum für Männer, die sich nach der Jagd

gemeinsam das Blut eigenhändig getöteter Tiere abwaschen, ihre Untaten dröhnend zu Heldengeschichten umdichten und sich gegenseitig auf die Schwänze schielen.

Alte Böcke, alte Bäume, gute Jagd und junge Träume, Mädchen schlank mit runder Brust, alles edle Waidmannslust, pflegte der Major zu rezitieren, wenn er die Soldatinnen antreten ließ, um seine Auswahl für die Jagdausflüge des Stabes zu treffen. Ein Tag im Grünen mit Blümchenkleid und Lippenstift, während die Männer das Wild heimbringen und aufbrechen. Üppiges Essen, von reichlich Alkohol begleitet. Ein Teil der Jäger geht zu Bett, bevor es richtig lustig wird. Denn dann, zu unserer Überraschung, folgte ein Spiel, die *Hasenhatz*, auf der Wiese vor der Hütte, jedes Häschen gleich vor Ort besprungen. Gemeinsames Duschen im Anschluss Pflicht, eingeseift von alten Männern. Nur wer kotzt, wird ausgelassen, darf sich im Eck zusammenkauern, während Zoten hallen und Fleisch auf Fleisch trifft. Von ähnlichen Veranstaltungen, mit jungen Männern bestückt, wurde gemunkelt. Ein Extrasold, Arrestdrohungen und die Garantie, dass niemand öfter als einmal geladen wird, sorgten dafür, dass nie mehr als schnell erstickte Gerüchte nach außen getragen wurden.

Es ginge nicht um Sex, flüsterte eine hinter mir im Bus, der uns zurück zu unseren Einheiten brachte. Es ginge um Macht, die Demonstration einer gesunden Hierarchie zum Wohl des Landes, dem wir uns als Soldatinnen verpflichtet hätten. Keine große Sache.

Ich versperre die Tür.

Was Wasser alles kann, darüber sollte es Sprüche geben,

denke ich, während Bäche über meinen Körper fließen und heißer Nebel wabert. Das Duschgel riecht nach Zitrone und löst den Dreck aus jeder Pore. Mit geschlossenen Augen stehe ich im Regenstrahl, der immer kühler, schließlich kalt wird. Beim Abtrocknen löst sich meine Haut in matten Wülsten und ich rubble, bis ich rot bin. Das Mandelöl, in einem Schrank gefunden, wird von meiner Haut aufgesogen wie Wasser von einem Schwamm, ein unerhört luxuriöses Gefühl.

Auf meinem Bett liegen ein blauer Slip und ein geblümtes Baumwollkleid. Ein Kleid. Geblümt. Und so dünn, fast durchsichtig. Das kann ich nicht anziehen. Doch meine Sachen sind weg und ich darf die graue Königin nicht beleidigen. Dass die so etwas trägt. Knapp knielang ist das Kleid und flattert an meinem Körper, dass ich es am liebsten zwischen den Beinen zusammenknoten möchte.

Die Königin sitzt auf der Terrasse und lässt den Blick über ihr Land schweifen, aufmerksam, als zähle sie, ob auch keiner ihrer Berge über Nacht das Weite gesucht hat. Der Tisch ist für vier Personen gedeckt. Mir ist unbehaglich in ihrer Gegenwart, barfuß und so nackt in dem Kleid, das zum Grün ihrer Augen passt. Ketten könnten mich nicht wirkungsvoller an der Flucht hindern.

»Ina! Bitte setzen Sie sich doch!«, ordnet die Graue an und deutet auf den Platz gegenüber. Ich folge.

»Wir haben uns noch nicht vorgestellt. Ruth Fischer.« Sie reicht mir ihre Hand über den Tisch, ein trockener, fester Druck. »Ruth, wenn Sie mögen.« Sie lächelt, gütig oder gönnerhaft, irgendetwas in dieser Richtung. »Kaffee oder

Tee? Bitte bedienen Sie sich! Ich brenne übrigens vor Neugier: Wie haben Sie es nur geschafft, sich so lange durchzuschlagen, wo Ihr Gesicht doch von jeder Mediawand leuchtet?«

Den Blick auf die Tasse gesenkt schenke ich mir den Tee in möglichst dünnem Strahl ein, versuche mir zurechtzulegen, was ich verraten soll, ohne mich zu verraten. Obwohl ich versuche, mich auf das Wesentliche zu konzentrieren, ist in meinem Kopf alles verwirrend verflochten. Ich fülle eine Schüssel mit Müsli, Joghurt und taufeuchten Brombeeren. Kostbar schimmern die Früchte in der milchweißen Creme, süß zerplatzen die Perlen zwischen meinen Zähnen, aufgefangen von der Säure des Joghurts. Das Glück auf meiner Zunge lässt mich alles andere vergessen.

Erst, als ich die Schüssel halb leer gegessen habe, fällt mir auf, wie neugierig Ruth mich mustert. Sie wartet auf eine Antwort. Wie ich es geschafft habe.

»Wo sind die Männer?«, frage ich.

»Tom schläft noch. Saif ist unterwegs, um die Versorgungsdrohne zu entladen. Es gibt nur einen autorisierten Landeplatz am Rand des Geländes.« Sie deutet die Felswand entlang nach Osten. »Das gesamte Anwesen ist durch Störsender und automatische Luftabwehr gesichert, die nicht nur die *aufrechten* Funktionäre vor Überwachung und Angriffen schützt, sondern auch uns. Es gibt keine bessere Zuflucht als die Höhle des Löwen.« Noch immer starrt sie mich ungeniert an. »Sie haben also den Schiele tatsächlich erwischt?«

Ich nicke knapp. »Nachdem er mich erwischt hat.« Keine

Lust daran zu denken, noch weniger, das Schlachtfest zu einem Triumph zu verklären.

»Wenn ich schon Ihre Unterwäsche trage, sollten wir uns da nicht duzen?«

»Sicher. Ich dachte, ich hätte das bereits angeboten.«

»Die Versorgung funktioniert also über Drohnen?«

»Nur die für Saif, weil er das Gelände nicht verlassen darf. Manchmal kommt auch Spezialbedarf für die offiziellen Gäste. Alles andere geht über die Hütte, die ihr auf dem Weg besucht habt und wird zu Fuß heraufgeschafft. Wir inoffiziellen Gäste müssen für unsere Verpflegung naturgemäß selbst sorgen.«

»Und Saif muss immer auf dem Gelände bleiben?«

Sie nickt. »Er trägt elektronische Fesseln.«

»Implantiert?«

Sie nickt. »Sender und Elektroden unter den Oberschenkelmuskeln in beiden Beinen, damit er nicht auf die Idee kommt, sie zu entfernen. Sobald er die Funkschranke überschreitet, wird er gelähmt. Aber eine Flucht wäre ohnehin sinnlos. Wohin sollte er gehen? Man sieht ihm den fremdvölkischen Parasiten ja an.« Sie lächelt sarkastisch. »Im besten Fall würde er deportiert, ohne die geringste Chance, seine Familie je wiederzusehen.«

»Den Auswanderungszwang auch auf integrierte Fremdrassige anzuwenden, war schon etwas übertrieben«, pflichte ich bei. »Als brächten ein paar Tropfen«, *Abwasser* habe ich schon auf den Lippen, doch im letzten Moment fällt mir ein, dass ich im falschen Denksystem gefangen sitze und schlucke das Wort hinunter, »gleich das gesunde Gewässer europäischen Blutes zum Kippen.« Ich verziehe die Lippen, um meine unbedachte Bemerkung als ironische Referenz an die Sprüche des Kanzlers umzudeuten. Trotzdem runzelt Ruth die Stirn, spitzt die Lippen und mustert mich so prüfend, dass ich den Blick senke und nach einer Scheibe des dunklen Brotes greife.

Sich als Rebellin zu benehmen, ohne die Agenda zu kennen, ist schwer. Sie kämpfen gegen das Regime, doch wofür, ist mir nicht klar. Dass sie, nach allem, was war, noch immer den ungehinderten Zuzug fremdrassiger Horden befürworten, wie der Kanzler ihnen unterstellt, kann ich mir nicht vorstellen. Der Bürgerkrieg in Frankreich hat gezeigt, dass uns keine andere Wahl bleibt, als uns abzuschotten.

Ein Handbuch wäre praktisch, denke ich, während ich die Butter zu einer makellosen Schicht verstreiche und Salz darüberstreue. Doch fragen kann ich danach nicht, denn falls es eines gibt, würde Ina es wohl kennen. *Zecken – ein Zwischenruf zur Zukunft* könnte es heißen, Artikel eins: *Verpflichtung zur Versorgung volksfremder Verbrecherbrut.* Darüber jetzt nur nicht laut lachen.

Die Butter schmeckt nicht nur nach Fett, sondern aromatisch, als stamme sie tatsächlich von Kühen, die Kräuter von Almwiesen rupfen. Der Geschmack setzt Erinnerungen frei an Familienurlaube in den Bergen, langbärtige Altbauern, Streicheltiere und Fahrten mit dem Ponywagen.

»Wie habt ihr das mit den Drohnen gemacht?«, frage ich.

Ruth ruckt mit dem Kopf wie ein Huhn. »Bitte?«

»Na, der Angriff vor drei Tagen. Oder ist es schon vier Tage her? Eine Wahnsinnsaktion! Ich kann mir gar nicht vorstellen, wie das logistisch machbar war, aus dem Untergrund, gleichzeitig an verschiedenen Stellen des Landes. Was?«

Sie schaut mich an, verächtlich, schüttelt den Kopf. Eine Ader pocht an ihrer Schläfe, als müsste sie die Haut gleich sprengen und sich um meine Kehle legen, weil ich offenbar schon wieder etwas Falsches gesagt habe.

»Wie kannst ausgerechnet du der Lügenpropaganda glauben? Selbst wenn wir in der Lage wären, einen solchen Einsatz zu planen – meinst du nicht, du hättest davon erfahren? Die Vorbereitung hätte Monate gedauert. Und vor allem: Warum sollten wir unser eigenes Land bombardieren?« Mit jedem Satz wird sie lauter. »Wir wollen die Bevölkerung auf unsere Seite bringen! Einschüchterung und Gewalt hilft dabei sicher nicht!«

»Die Gewalt ist der Geburtshelfer jeder alten Gesellschaft, die mit einer neuen schwanger geht«, murmele ich.

»Ach, du bist eine von denen? Eine Terroristin? Hätte ich nicht gedacht.«

»Ja. Nein. Ich dachte nur …« Karl Marx trifft also auch nicht den richtigen Ton. Ich weiß nicht mehr, wie ich meine Verwirrung bemänteln soll. »Wenn nicht ihr … also wir … wer war es dann, das mit den Drohnen?«

Sie presst die Lippen zusammen. »Wenn es nicht so offensichtlich wäre, wer du bist, könnte man dich fast für eine von ihnen halten.«

Ihre Feindseligkeit flirrt in der Luft zwischen uns. Mein

Herz rast. Wenn sie mich enttarnt, dann wird auch ihr der Sinn nach Gewalt stehen. Nach einer, die ihre andere Wange hinhält, sieht sie nicht aus. Ich muss mich entschuldigen, sie für mich gewinnen, ihr erklären, dass ich durch meine Flucht von allen Informationen abgeschnitten war. Sie ist wichtig, eine Anführerin, daran besteht kein Zweifel. Leitwölfe treten überall gleich auf.

Doch die Schleimerei widerstrebt mir so sehr, dass ich kein Wort herausbringe, stattdessen die Zähne zusammenbeiße und befriedigt verfolge, wie mein Bauch hart wird vor Zorn. Misstrauen, wohin ich komme, kein Platz, an den ich passe, auf keiner Seite. Außer auf die Rückseite vielleicht, die Rückseite aller verbohrten Ideologien, die sich einbilden, im alleinigen Besitz der Wahrheit zu sein. Wie sie mich ankotzen. Alle. Wie ich sie hasse!

Mit zitternder Hand schenke ich mir Tee nach, berge die Tasse in beiden Händen und wende mich ab, schwinge ein Bein über die Bank, versuche, mich der Aussicht zu widmen. Ruhe finden in der Natur, meditative Stille und so weiter. Doch von genießen können keine Spur. Blauer Himmel und Berge, so weit das Auge reicht. So sieht meine Hölle heute eben aus. Nie ankommen, überall fremd sein, ein Schmutzfleck inmitten ungreifbarer Schönheit. Ich senke den Blick auf meine weißen Schenkel, nestle an dem Flatterröckchen. Und Folter mittels Blumenkleidchen.

Dunkles Tannengrün schluckt das Licht, wirft Hitze zurück in den Himmel, sodass mir trotz der frühen Stunde scheint, als flimmere die Luft vor meinen feuchten Augen. Ich wünsche mir einen Waldbrand, ein Inferno, das sich über das Land wälzt und alles vernichtet, einen Sonnensturm, einen göttlichen Blitz, einen Kometen, der die Erde aufreißt und dann eine Flut, die selbst die höchsten Berge schluckt.

»Verzeihung.«

Dumpf klopft das Wort an den nach allen Regeln meiner Kunst aus Zorn und Selbstmitleid modellierten Panzer, beult ihn ein. Es ist schwer, jemandem aufrichtig den Feuertod zu wünschen, der um Verzeihung bittet.

»So früh schon auf?« Tom schlendert über die Terrasse, Nase und Wangen sonnenverbrannt, um die Augen noch vom Schlaf verschwollen, doch lächelnd.

Das Flackern sinkt aus meinem Kopf in den Bauch und zwischen die Beine. Ich setze mich wieder damenhafter hin, um ihm neben mir Platz zu machen, doch er bleibt bei Ruth stehen, küsst sie zur Begrüßung.

»Ich bin so froh, dass du gerade jetzt hier bist, Ruth! Wir brauchen deine Hilfe, deinen Rat.« Er nimmt ihre Hand, haucht einen Kuss darauf. »Du schaust übrigens großartig aus!«

Mir wird gleich übel. Man kann es auch übertreiben mit der Ritterlichkeit.

Erst jetzt wandert Toms Blick in meine Richtung, streift meinen Ausschnitt, dann das Kleid. »Woher hast du denn das? Ich erkenne dich kaum wieder.«

Ich verdrehe die Augen.

»Gut oder schlecht?«, fragt Ruth, die eine blassgrüne Leinentunika über einer weiten Hose trägt.

Er zieht die Mundwinkel herab und wiegt den Kopf.

»Passt nicht recht zum Image, würde ich sagen.« Er zwinkert ihr zu und ich frage mich, ob etwas läuft zwischen den beiden, doch das ist absurd. Sie ist zwar attraktiv, aber mindestens dreißig Jahre älter als er.

»Ich habe das Kleid vor ein paar Wochen Liliana geschenkt und sie hat es hier vergessen oder wollte es loswerden, was weiß ich. Ist doch angenehm bei der Hitze«, sagt Ruth.

Ein Kleid also, das niemand will. Ich könnte Tom auf der Stelle küssen, weil er Ruth in die Defensive gedrängt hat. Aber ich weiß nicht, wie wir heute zueinander stehen. Immerhin setzt er sich jetzt neben mich. Sein Knie streift meines und mir wird warm.

»Wir haben uns über die Drohnenattacken unterhalten«, greift Ruth wieder nach ihrem Zepter. Wenn sie mich jetzt bloßstellt …

»Sie sind direkt über uns hinweggeflogen. Wir waren im Parkbad, ausgerechnet«, sagt er. »War sicher ein lustiger Anblick für die Kameras, nass und in der Badehose sind wir gerannt wie die Hasen. Das heißt, ich bin gerannt. Ina hat sich nicht aus dem Becken vertreiben lassen.« Er reibt seinen Oberarm an meinem, lässt die Hitze auch dorthin steigen. »Ein Meisterstück des Kanzlers, wieder einmal.«

»Des Kanzlers?«, frage ich, sicher, ihn falsch verstanden zu haben.

»Natürlich ist nicht er persönlich an den Schalthebeln gesessen«, schaltet sich Ruth ein. »Aber dass es eine Regierungsaktion war, steht außer Zweifel. Die Unzufriedenheit mit der wirtschaftlichen Lage bei uns nimmt ebenso zu wie der Druck aus dem Norden. Deutschland setzt alles daran, Europa wiederzubeleben und wenn du mich fragst, stehen die Chancen nicht schlecht. Frankreich und Spanien sind schon auf Kurs und Polen schwenkt gerade ein. Wir müssen uns den freien Ländern anschließen, wenn wir nicht zwischen ihnen und den Chaosstaaten im Süden und Osten zerrieben werden wollen. Nur, wer das leider nicht einsieht, ist unser Kanzler und seine Natpat-Freunde aus Padanien und Ungarn.«

Ihre Worte rattern durch mein Hirn, scheinen auf Anhieb nicht weniger folgerichtig als die gegenteiligen Behauptungen des Kanzlers. Doch was hat das alles mit den Drohnen zu tun?

Ruth holt Atem, fährt etwas ruhiger fort: »Was wäre also in diesem Moment des allgemeinen Zweifels besser geeignet zur Rechtfertigung der Diktatur und der Abschottung, als die Diskreditierung des Widerstandes? Indem er uns als skrupellose, vom Ausland finanzierte Terroristen erscheinen lässt, die ihre eigenen Landsleute attackieren, schlägt der Kanzler zwei Fliegen mit einer Klappe. Mit der angeblichen Unterstützung durch äußere Feinde weckt er geschickt die alten Ängste, die ihm ursprünglich zur Macht verholfen haben, und ruiniert unsere mühselige Überzeugungsarbeit von Monaten, wenn nicht Jahren.«

Sie hat sich wieder in Rage geredet und ich zwinge mich zur Konzentration. Was ich mit diesen Informationen bei den *Aufrechten* anfangen könnte, frage ich mich. Ein paar unpatriotische Gedanken zu verraten, würde wohl kaum ausreichen, um meine Amnestie zu sichern. Gut, dass ich auf diesen Plan nicht angewiesen bin.

Ruth presst die Fingerspitzen an die Schläfen. Die Zornesfalten und die bitteren Furchen um ihren Mund wirken scharf, wie mit dem Bleistift gezogen. In Gedanken radiere ich sie weg und sehe überrascht in ein Gesicht, das mir bekannt erscheint. Ein TV-Gesicht aus meiner Kindheit, das über Dinge sprach, die mir nichts sagten. Dinge, zu denen mein Vater nickte, auf die er das Glas hob.

»Das klingt fast wie eine Wahlrede«, versuche ich sie anzustacheln.

Tom nickt grinsend. »Es lässt sich eben nicht verleugnen.«

Er schaut mich an, die Brauen hochgezogen, Begeisterung leuchtet in seinen Augen. Zum ersten Mal an diesem Tag treffen sich unvermutet unsere Blicke und ich wünschte, seine Schwärmerei gälte mir.

»Nicht umsonst ist sie unsere erste Wahl als Kanzlerin. Es wundert mich, dass ihr euch noch nie begegnet seid.«

Ich zucke mit den Schultern. »Ich bin nur ein …« kleines Rad im Getriebe, will ich sagen, doch Ruth unterbricht mich, schnalzt mit der Zunge und wischt durch die Luft.

»Kanzlerin, Unsinn! Bis wir so weit sind, bin ich zu alt.«

»Wie kannst du das sagen? Wir brauchen dich! Du bist nicht einmal sechzig«, widerspricht Tom.

»Dreiundsechzig.«

»Na eben, jünger als der Kanzler.«

»Aber ohne seine Ressourcen zur körperlichen Optimierung. Schau mich an!«

»Geh! Stammzellenkuren und den ganzen Kram hast du noch lange nicht nötig.«

Ich ärgere mich, dass er sie schon wieder mit Komplimenten zuschüttet. Und noch mehr über ihre lächerliche Eitelkeit. Haut, runzlig wie eine gedörrte Marille und einen Hals wie ein Reptil.

»Die deutsche Kanzlerin ist inzwischen über achtzig und kein Ende in Sicht«, sagt Tom. »Schließlich kommt es nicht aufs Aussehen an bei so einem Amt. Und lange wird es nicht mehr dauern, bis das Regime fällt.« Mit wenigen Bissen schlingt er sein Brot hinunter, leert seine Tasse und stellt sie ab. Mit Daumen und Zeigefinger deutet er einen winzigen Abstand an. »So nah sind wir dran! Ich spüre das in den Fingerspitzen.« Er reibt sie aneinander.

Ruth gönnt ihm ein halbes Lächeln. »Ich wünschte, ich könnte deinen Enthusiasmus teilen. Aber die Drohnenangriffe werfen uns weiter zurück, als die Anschläge auf die Strommasten vor zwei Jahren es getan haben.«

Ich fahre zusammen. Das waren auch nicht die Aufrührer?, will ich fragen und beherrsche mich im letzten Moment, indem ich mir die Hand vor den Mund schlage, dann das Kinn darauf stütze. Ruth mustert mich mit gerunzelter Stirn, aber es ist mir egal. Ich kann nicht glauben, dass die Welt, das Land so anders funktionieren sollen, als ich es immer gedacht habe. So anders, als der Kanzler es verkündet, fast seit ich mich erinnern kann. Er hat doch bewiesen, dass sein Weg der rechte ist. Es geht uns gut, insgesamt. Jeder hat zu essen und ein Dach über dem Kopf und wir müssen nicht fünf Mal am Tag auf den Knien beten. Und wie kann es sein, dass ich nie etwas mitbekommen habe von völkischer Sympathie für die Aufrührer? Andererseits – die Oma beispielsweise. Wenn es nun tatsächlich eine Alternative gäbe, ein Programm des Widerstandes, das nicht nur auf Zerstörung und Verrat am Volk ausgerichtet ist.

»Dann sollte man den Tricks vielleicht andere Tricks entgegensetzen«, sage ich.

Ruth legt den Kopf schief. »Der Manipulation mit Raffinesse begegnen. Der Meinung ist Liliana auch.« Sie betont den Namen, mustert mich, als erwarte sie eine Reaktion.

»Na, wenn Liliana das meint«, sage ich und schenke Tee nach.

»Ja, man könnte fast meinen, ihr hättet euch darüber ausgetauscht.«

Jetzt zwinkert sie mir auch noch zu, als teilten wir ein schlüpfriges Geheimnis. Liliana und Ina müssen sich wohl irgendwann begegnet sein. Doch selbst wenn – mein Bild aus den Medien muss ihre Erinnerung an Inas Gesicht längst überschrieben haben.

»Sie kommt in den nächsten Tagen herauf«, sagt Ruth, »wenn nichts dazwischenkommt. Ihr habt euch sicher viel zu erzählen.« Jetzt belauert sie mich regelrecht. »Es ist dir doch nicht unangenehm?«

»Ich freu mich drauf.«

Nie gehört von einer Liliana. Der Blumenname klingt eher nach käuflicher Liebe als nach politischen Konzepten. Aber, fällt mir ein, Liliana mag keine Blümchenkleider und das schafft immerhin eine gemeinsame Basis.

Ein unverständlicher Ruf vom Waldrand her reißt mich aus den Gedanken. Tom springt auf, eilt seinem Vater entgegen, der, mit einem Minicontainer beladen, über die Lichtung humpelt, das Gesicht schmerzverzerrt. Tom nimmt ihm den Kasten ab. Sie wechseln ein paar Worte, dann trägt er den Behälter zum Haus, während sein Vater auf uns zu hinkt, die Hand auf den rechten Oberschenkel gepresst.

»Zu nah an Zaun gekommen. Nur kurzer Impuls, aber tut höllisch weh.« Er fällt auf die Bank neben Ruth, atmet stoßweise, während das unkontrollierte Zucken seiner Muskeln, unter der Hose deutlich sichtbar, langsam nachlässt. »Eine Libelle mit Audionachricht von Liliana war auch da. Sie kommt morgen mit Josef und Nico zu Strategiebesprechung. Unten ist die Hölle los.«

»Wegen ihr, nehme ich an«, mutmaßt Ruth, markiert mich mit einer Seitwärtsbewegung des Kopfes.

Diese Liliana hat also Zugang zu Botendrohnen, obwohl privater Luftverkehr verboten oder jedenfalls streng limitiert ist.

Saif nickt auf Ruths Frage und steckt sich einige Brombeeren in den Mund, während sie eine Tasse für ihn füllt. Wenn das nicht entlarvend ist. Ich musste mich selbst bedienen.

»Weil Schwager Redl wieder eine Extrasuppe mit inszenierter Ina-Befreiung kocht.«

»Sein eigenes Süppchen«, assistiert Ruth besserwisserisch. »Ja, so sehr er uns in manchen Angelegenheiten auch schon geholfen hat – er ist ein ständiger Unsicherheitsfaktor. Ich verstehe auch nicht, warum er sich uns nicht anschließt, wo er doch scheinbar nichts mehr ersehnt als den Machtwechsel. Irgendwann wird er uns mit seinen bizarren Ideen noch …«

»Von wem ist die Rede? Von Onkel Hannes?«

Vor lauter Konzentration auf das Gespräch ist mir entgangen, dass Tom wieder zu uns gestoßen ist. Er steht hinter mir, legt die Hände auf meine Schultern und ich wünsche mir einen geheimen Ort, an dem er sie über meinen Körper wandern lassen kann. Ein Schatten zuckt in den Augen seines Vaters, dann hebt er die Brauen, schmunzelt. Ruths Gesicht hingegen ist versteinert. Sie wirkt alarmiert.

»Er will sich keiner Seite verpflichten«, sagt Tom. »Weil er meint, dass keine in allen Punkten recht hat. Nur die Demokratur muss ein Ende haben, sagt er. Freies Spiel der Kräfte und so.«

»Aber genau das ist es, worauf wir hinarbeiten und er müsste …«

»Müssen will er eben nicht«, unterbricht Saif die Königin und die schweigt dazu.

Ein freies Spiel der Kräfte, in dem sich der Stärkste immer durchsetzt, kann nicht gemeint sein, denn damit argumentiert der Kanzler. Also Selbstorganisation, Interessenausgleich, faule Kompromisse? Sind das nicht die Gebrechen, die die Union in den Abgrund gerissen haben? *Konsequenz statt Kompromiss, sonst siegt der Feind, das ist gewiss,* sagt der Kanzler. Wenn ich doch einfach fragen könnte, Tom fragen, dessen Daumen meinen Nacken streicheln und Lust den Rücken hinabjagen. Ich schließe die Augen.

»Wir sollten nachsehen, wie die offizielle Lesart lautet«, sagt Ruth.

Klapperndes Geschirr signalisiert Aufbruch und ich öffne die Augen, bemühe mich, meine Geilheit wegzudenken.

Es sieht nicht danach aus, als könnten wir uns unauffällig zurückziehen.

Im Halbdunkel der Stube setzen wir uns um einen Tisch, alle Stühle auf die Mediawand ausgerichtet. Tom, der hinter mir sitzt, legt sein Kinn auf meine Schulter. Sein Atem streift mein Ohr und während ich vorgebe, von der jahrzehntealten Dokumentation über den Beginn des Ersten Weltkrieges gefesselt zu sein, die als Pausenfüller zwischen den stündlichen Nachrichten dient, spüre ich, wie die Feuchtigkeit zwischen meinen Beinen Ruths Slip durchnässt. Ob sie gerne an meiner Stelle darin stecken würde?

Ruth und Saif sehen angestrengt nicht in unsere Richtung und spekulieren über den Grund für Lilianas alarmierende Nachricht und darüber, ob sie von meiner Anwesenheit weiß.

»Sie steht nicht direkt in Kontakt mit Hannes und sonst kann das keiner wissen«, sagt Saif.

Tom schiebt seine Hand unter meinem linken Arm hindurch in den Armausschnitt des Kleides und streichelt meine Brust. Ich bemäntle den Laut, der mir unwillkürlich entfährt, mit einem Räuspern. »Wann geht's denn endlich los?«

»Was?«, fragt Ruth zurück und schickt mir einen giftigen Blick.

»Na, die Nachrichten? Ich denke, deshalb sitzen wir hier.«

»Geht gleich los«, sagt Saif. Es ist ihm anzusehen, dass die Spannung zwischen Ruth und mir ihm missfällt. Vermutlich wünscht er sich gerade islamische Verhältnisse bezüglich der Rechte von Frauen herbei.

Ich schließe die Augen, lehne meinen Kopf zurück und genieße rücksichtslos, bis die Intromelodie anhebt. Die Weltkugel dreht sich, Österreich leuchtet auf, hebt sich aus den umgebenden Ländern wie ausgestanzt und herausgezogen, die Schnittfläche leuchtend blau. Tom zieht die Hand aus meinem Kleid und richtet sich auf.

Der Moderator trägt eine Anstecknadel mit dem Logo der *Aufrechten* am Revers. Bildsequenzen aus den Landeshauptstädten werden eingespielt, jubelndes Volk auf öffentlichen Plätzen.

»Im ganzen Land finden sich zu dieser Stunde Mitbürger zu spontanen Kundgebungen zusammen und fordern die öffentliche Hinrichtung der Rädelsführerin Ina Matusek und ihrer Komplizen als Vergeltung für die heimtückischen Drohnenanschläge.«

Ich werfe Ruth einen Seitenblick zu. Weit scheint es nicht her zu sein mit der von ihr behaupteten Unzufriedenheit der Bevölkerung.

»Eine unübersehbare Menge hat sich auf dem Heldenplatz und vor dem Bundeskanzleramt zusammengefunden. Indessen berichten die Ermittlungsbehörden, dass Ina Matusek sich zu den Morden an zwei Parteifunktionären und zur Kooperation mit dem Kalifat bekannt hat. Ohne dem ordnungsgemäß anberaumten Prozess vorgreifen zu wollen, hat der Kanzler daher das Angebot des Wiener Weihbischofs Krenzler angenommen, die Aufrührerin einer spirituellen Erziehungsmaßnahme zu unterziehen.«

Bekleidet einzig mit einem weißen Kittel hängt Ina Matusek am Kreuz. Vielmehr hängt sie nicht eigentlich, sondern liegt, festgebunden an Händen und Füßen und um die Taille, auf einem hölzernen Kreuz, das wie ein Tisch auf vier Füßen steht. Ein Priester beugt sich über sie, unablässig Gebete murmelnd, und besprengt sie mit Weihwasser, das ihr dünnes Kleid mit transparenten Flecken überzieht.

Ein Kribbeln in Magenhöhe, dann überwältigt mich der Brechreiz. Brombeer- und Müslibrocken ergießen sich über meine Füße, bevor ich noch einen Gedanken fassen kann. Keuchend richte ich mich auf. »Tut mir leid.«

Niemand achtet auf mich. Reglos starren sie an die Wand, auf der jetzt die Großaufnahme des bleichen Gesichts erscheint. Ein Auge ist zugeschwollen, das andere halb geschlossen, ein makaber erstarrtes Zwinkern, das nur mir zu gelten scheint. Ich bin hier an deiner Stelle, sagt es, mach das Beste daraus.

»Wer ist denn bloß dieses arme Kind, wenn du Ina bist?«, fragt Ruth. »Ob es ein kluger Schachzug ist, sie mit dieser Inszenierung in die Nähe des Heilands zu rücken, bezweifle ich sehr«, murmelt Ruth. »Das wird der Kanzler noch bereuen, dafür können wir hoffentlich sorgen.«

Meine krampfende Mitte zwingt mich, den Oberkörper zu krümmen und den Blick von Ina abzuwenden. Wieder muss ich würgen. Ein dumpfes Dröhnen in meinem Kopf sperrt alles andere aus. Kälte kriecht aus der Mitte in meine Glieder.

Toms Hand holt mich zurück, streichelt meine Schulter.

Auf der anderen Seite des Tisches schlägt Saif sich mit der Faust an die Brust und schüttelt unablässig den Kopf.

»In einer bewegenden Ansprache richtete sich der Landesvater vor wenigen Minuten an das aufgewühlte Volk.«

Die Nationalhymne ertönt. In dunklem Anzug und weißem Hemd sitzt der Kanzler hinter seinem barocken Schreibtisch, der angeblich einst der Kaiserin Maria Theresia gedient hat, die gepflegten Hände auf der Tischplatte verschränkt. *Tradition und starke Hand, darauf baut Volk und Vaterland.* Die lederne Mappe zu seiner Rechten mit dem darauf liegenden Stift erweckt den Eindruck, als habe er bis vor einem Moment noch Staatsgeschäfte getätigt. An der holzvertäfelten Wand hängen Kreuz und Landesfahne, auf einem Beistelltisch steht ein Schachspiel. Der Kanzler lächelt schmal mit leicht gesenkter Stirn, die kleinen Augen funkelnd blau wie immer, freundlich und gefährlich. Doch zum ersten Mal fällt mir die Boshaftigkeit in seinen Zügen auf, lässt sich, einmal entdeckt, nicht mehr ausblenden und wandelt das Bild vom streng sorgenden Vater, auf den zu vertrauen ich mich vor vielen Jahren entschlossen habe. Vom Leitwolf wird er zur Hyäne. Er räuspert sich. Ich schließe die Augen. Die scharfe Stimme füllt meinen Kopf.

»Liebe Mitbürger, in den letzten Tagen haben wir einen weiteren Sieg im unermüdlichen Kampf um die Gesundung des Volkskörpers errungen. Wie Sie alle wissen, wurde die Terroristin Ina Matusek, deren zerstörerische Umtriebe unsere Nation in Unruhe versetzt und mit Abscheu erfüllt haben, gefangen gesetzt. Sie befindet sich derzeit in der Hand unserer fähigsten Ermittlungsbeamten, die ihr unbeugsam Geständnis um Geständnis abringen. In den Verhörpausen wird sie seelsorgerisch betreut, denn auch in unserem gerechten Zorn wollen wir nicht die Barmherzigkeit vergessen, die unsere Kultur allen anderen voraushat.«

Er hält inne. Ich öffne die Augen und er fährt fort, als hätte er genau darauf gewartet, sein kalter Blick direkt auf mich gerichtet.

»Um meiner Achtung gegenüber den Opfern und ihren Hinterbliebenen Ausdruck zu verleihen und dem Volkswillen Rechnung zu tragen, habe ich mich entschlossen, die Exekution der Verbrecherin heute in zwei Wochen im Rahmen der Feierlichkeiten zum Tag der Nation stattfinden zu lassen.« Er blinzelt mehrmals, sein linker Mundwinkel zuckt. »Sofern das unabhängige Gericht meiner Einschätzung beipflichtet, dass eine Exekution schon aus Gründen der Abschreckung unerlässlich ist. Da der Abschluss der Ermittlungen unmittelbar bevorsteht, wurde der Prozess für eine Dauer von drei Tagen ab kommendem Montag anberaumt. Ich bitte um Verständnis, dass er zum Schutz unserer Jugend unter Ausschluss der Öffentlichkeit stattfinden muss. Liebe Mitbürger!« Der Kanzler hebt die Hände, als wolle er sein treues Volk umarmen und faltet sie dann wie zum Gebet. »Um mir ein persönliches Bild zu machen, habe ich vor wenigen Stunden der Missetäterin einen Besuch abgestattet und sie in einem langen Gespräch eindringlich zur Reue aufgefordert. Der ungeheure Grad der Verblendung dieser jungen Frau, die auf den ersten Blick geradezu harmlos wirkt, hat mich zutiefst erschüttert!« Wie in Zeitlupe senkt er die Faust auf den Tisch, eine

Geste kontrollierter Macht. »Wir alle müssen uns die Frage stellen, wie es in unserer Mitte geschehen kann, dass ein junger Mensch den rechten Weg so ganz und gar aus den Augen verliert. Wir alle haben dafür zu sorgen, dass solche Verirrungen in Zukunft nicht mehr geschehen!«

Mit keinem Wort hat er bisher erwähnt, was Ina sich hat zuschulden kommen lassen. Es ist ihm egal. Der Sündenbock ist gefunden. Der Kanzler senkt den Blick.

Jetzt vor ihm auf den Tisch springen können, ihn gegen das Kinn treten, dass sein Kopf an die Wand fliegt, ihm das Kreuz in den Rachen stopfen, ihn mit der Landesflagge erdrosseln.

Er hebt den Blick, seufzend unter der Last seines Amtes. »Letztendlich hat, trotz aller Verblendung, der strenge Blick ihres Landesvaters eine gewisse Wirkung nicht verfehlt. Ein Rest von Anstand schlummert noch in der entmenschten Verbrecherin. Unter Tränen warf sie sich auf die Knie, bat um Verzeihung und rief ihre Komplizen zur Niederlegung der Waffen auf.«

Eine Filmeinspielung zeigt den tristen Raum, in dessen Mitte das aufgeständerte Kreuz steht. Im Büßerhemd, den Kopf gesenkt, kniet Ina auf dem Fliesenboden. Ihr Haar ist wirr. Sie zittert am ganzen Körper. Der Kanzler und der Priester, der Ina zuvor mit Weihwasser bespritzt hat, stehen vor ihr, die Hände über dem Schritt zusammengelegt. Vermutlich ahnen sie nicht, welchen Abscheu solche Inszenierungen bei jeder Frau hervorrufen. Oder sie legen es genau darauf an, Dominanz um jeden Preis. *Heimat bist du großer Söhne, viel geliebtes Österreich.*

Wie auf ein unsichtbares Zeichen hin hebt Ina die gefalteten Hände, reckt sie den Männern entgegen, ohne den Kopf zu heben. Sie nuschelt etwas von Gnade und Reue.

Wieder würgt es mich, doch mein Magen ist leer.

Der Kanzler legt Ina die Hand unter das Kinn, hebt ihren Kopf an. Sie zuckt zurück. »Sprich lauter, mein Kind!«

Sie schluckt und legt den Kopf in den Nacken, schaut weit über den Kopf des Kanzlers hinweg und stößt zwischen zusammengebissenen Zähnen hervor: »Ich nehme alle Schuld auf mich und bitte um Gnade. Ich …« Sie atmet schwer.

»Nur weiter, Kind«, sagt der Priester.

»Ich flehe Sie an, meinen Komplizen die Todesstrafe zu ersparen, sofern sie sich reuig und geständig zeigen und …«

»… freiwillig …«, souffliert der Kanzler.

»… freiwillig die Waffen niederlegen und jede antiösterreichische Propaganda einstellen.« Sie sinkt in sich zusammen.

»Was für ein widerlich unmenschliches Theater«, murmelt Ruth und Tom schreit auf. »Das arme Mädel! Was haben die mit ihr gemacht?«

»Es ist alles gelogen«, sage ich heiser. »Alles.«

Tom schaut mich irritiert an. »Natürlich ist alles gelogen. Du bist Ina. Die saugt sich irgendetwas aus den Fingern.«

»Sie will einfach nur, dass es aufhört.« Saifs Stimme klingt erschöpft, als wäre er an Inas Stelle.

Auch ich will, dass es aufhört.

Selbst der Kanzler, der nun wieder hinter seinem Schreibtisch sitzt, reibt sich mit Daumen und Zeigefinger die Augenwinkel, als fiele es ihm schwer, die Tränen zurückzuhalten. »Das Flehen der reuigen Sünderin galt dem Leben ihrer Kameraden, ein Aufflackern *aufrechten* Anstandes. Schweren Herzens habe ich ihr zugestanden, auf die Todesstrafe für ihre Spießgesellen zu verzichten, sofern sie sich reuig und geständig zeigen.« Der Versuch, Güte in seinen Blick zu legen, scheitert.

Spießgesellen. Schwerherziger Verzicht. Reuige Sünderin. Hat er immer schon solchen Schmalz abgesondert?

»Und so appelliere ich nun an alle Aufrührer: Ergebt euch auf der Stelle! Oder ihr werdet den unbarmherzigen Zorn des Volkes ebenso spüren wie den meinen. Jedes antiösterreichische Element, ob es nun Bomben legt oder Flugblätter druckt, jeder dieser Flöhe im Gefieder des österreichischen Adlers sollte sich klarmachen, dass tapfere Milizionäre schon bald vor seiner Tür stehen könnten. In dieser Stunde werden die Namen überprüft, die wir der Terroristin abgerungen haben. Wer sich nicht freiwillig bei den Behörden meldet, bevor er festgesetzt wird, den trifft das Gesetz in aller Unbarmherzigkeit.«

Ruth schüttelt den Kopf. »Wen kann die Ärmste schon verraten haben. Wer ist sie überhaupt? Schaut aus, als hätten sie die Erstbeste, die dir irgendwie ähnlich sieht, eingefangen und zu Ina Matusek erklärt.«

Sie bedenkt mich mit einem fast verächtlichen Blick. Was will sie? Soll ich mich stellen, um Ina zu retten?

Der Kanzler senkt den Blick auf seine Hände, legt die Stirn in Falten und schaltet von Unbarmherzigkeit auf Demut um. »Liebe Mitbürger, *aufrechte* Mitstreiter! Ich hoffe, mich mit diesem Vorgehen eures Vertrauens würdig erwiesen zu haben. Bald wird der Spuk vorbei sein. Und den Volksfeinden rufe ich zu: Stellt euch, solange es noch nicht zu spät ist! Begebt euch in die Hände des Gesetzes und ich werde mit der Liebe eines Vaters über euch urteilen, der zum Wohl seiner Kinder strafen und manchmal auch verzeihen muss.«

Mit der Liebe eines Vaters. Ich atme tief ein, um zu weiten, was mich einschnürt. Hass. Schuldgefühl. Mitleid mit Ina.

Das unverständliche Kauderwelsch, das Saif zwischen gesenkten Mundwinkeln ausspuckt, klingt nach Teufelsbeschwörung oder Todesfluch. Tom will übersetzen, doch mit einer Handbewegung hält sein Vater ihn davon ab. Ihre Gesten gleichen sich so sehr.

»Wenn ich aufgewühlt bin, ich spreche leichter in Sprache von Herz. Finde schlecht deutsche Worte, wenn Hass blockiert Hirn.« Sein Brustkorb hebt und senkt sich, seine Stimme bebt. »Er ist eitel und böse, dieser Mann, ich wünsche seinen Tod, bete für seinen Tod.«

Jetzt hört er sich an, wie er aussieht: fremd. Ein Relikt aus einem orientalischen Märchen.

»Sein Tod käme uns wohl allen nicht ungelegen«, sagt Ruth. »Je schneller, desto besser. Doch es ist gefährlich, sich auf das Niveau unseres geliebten Kanzlers zu begeben.« Sie spitzt die Lippen, legt die Fingerspitzen aneinander. »Das Wasser steht ihm bis zum Hals, das wenigstens zeigt diese Aktion.«

Ich verstehe nicht, wie sie darauf kommt.

»Dass er so tief sinkt, eine Unschuldige zu misshandeln. Oder …« Sie schickt mir einen misstrauischen Blick, schluckt dann aber runter, was ihr auf der Zunge liegt, wendet sich ab. Schaut noch einmal zu mir. »Oder kann der Kanzler Grund zu der Annahme haben, er hätte die richtige Ina erwischt?«

Sie steht auf, wendet sich ab, während auf der Mediawand Männer in einer langen Reihe unter schwerer Bewachung auf dem Erdboden knien. Teils stehend, teils die Stirn in den Staub gedrückt, erwarten sie den Schlag des Krummschwerts, mit dem ein schwarz verhüllter Krieger einem nach dem anderen den Kopf abschlägt. Zitternde Schultern, verzerrte Gesichter, flehende Hände, einer springt auf, wird von der Maschinenpistole einer Wache niedergemäht. *Die Schergen des Kalifats schlachten in Algier Bürger ab, die sich gegen das Unrechtsregime zur Wehr setzen. Aus Pietät gegenüber den Opfern zeigen wir Ihnen diese Sequenz ohne Ton,* verkündet die durchlaufende Schriftzeile am unteren Bildrand. Ein Kopf nach dem anderen fällt lautlos.

Es gelingt mir nicht, mich abzuwenden, obwohl meine Augen brennen und jeder Schwerthieb mir zu gelten scheint. Selten reicht ein Hieb. Zwei oder drei sind nötig, um einen Kopf rollen zu lassen. Bei der Miliz hab ich das wieder und wieder gesehen an den politischen Schulungsabenden. Ich wünsche mir jetzt die Drogen, die das erträglich gemacht haben. Tränen helfen nicht.

Saif greift nach Ruths Arm, deutet erregt auf die Bilder. »Was ist das? Sie zeigen Exekutionen in Kalifat nach Bericht über geplante Exekution von falscher Ina? Das stellt beides auf eine Stufe.«

Ruth richtet sich auf, jetzt wieder stolze Königin, stemmt die Hände in die Hüften. »Das muss auf Lilianas Konto gehen. Endlich legt sie los.« Sie sieht mich an, hebt die Augenbrauen. »Es sieht so aus, als könnte es sich doch noch als glückliche Fügung erweisen, dass du hier gelandet bist. Ein produktives Treffen wird das werden, morgen. Was meinst du?«

Mein Körper fühlt sich immer noch taub an, doch in meinem Kopf baut sich ein Druck auf, der sich abwärts ausdehnt und meinen Hals anschwellen lässt. Nur jetzt nicht explodieren. *In der Ruhe liegt die Kraft.*

Ich meine, dass du genauso berechnend bist wie der Kanzler, du eiskalte Schlange, sage ich also nicht, sondern senke den Blick. »Ich meine, dass ich mir jetzt die Kotze von den Füßen waschen will.«

Ruth nickt. »Glückliche Fügung war wohl nicht der richtige Ausdruck, tut mir leid. Immerhin wird gerade eine offenbar Unschuldige an deiner Stelle gequält.«

»Danke für die Erinnerung.«

Tom kommt mit einer Waschschüssel aus der Küche, ein Handtuch über die Schulter gehängt, und kniet vor mir nieder. Er wird doch jetzt nicht …?

»Nicht!«, sage ich.

Doch er hebt schon meinen linken Fuß in die Schüssel und mich jetzt zu wehren, ihn dadurch zu beleidigen, womöglich das Wasser zu verschütten, würde die Sache noch lächerlicher machen, als sie es ohnehin schon ist. Ich halte still. Tom wäscht mir den linken Fuß, rubbelt ihn sorgfältig trocken, fährt mit einem Handtuchzipfel bis in die Zehenzwischenräume, vertreibt die Taubheit aus meinen Gliedern. Ein Kitzel jagt durch alle Nervenbahnen, selbst meine Zungenwurzel prickelt.

Ich beiße mir auf die Lippe, sehe mich um, doch Ruth und Saif sind gegangen.

Tom stellt meinen linken Fuß auf seinem Oberschenkel ab und greift nach dem rechten, säubert ihn mit der gleichen Sorgfalt.

»Du …«

»Hm?« Er blickt nicht auf.

Ich schiebe meinen linken Fuß auf seinen Schritt zu.

Er hält den Kopf weiter gesenkt, doch sein Lächeln sehe ich trotzdem. Er umfasst mein Fußgelenk. »Gleich.«

Mit angezogenen Beinen, die Fersen auf der Stuhlkante abgestellt, sehe ich zu, wie er mit dem nassen Handtuch mein Erbrochenes vom Boden aufwischt. Ich ekle mich an seiner Stelle, frage mich, wie ich in dieser Situation an Sex denken kann. Ina zu Tode erniedrigt und der Gestank von Kotze. Doch das ändert nichts an meiner Lust.

»Bin gleich wieder da«, sagt Tom.

Er steht auf, verschwindet in Richtung Küche oder Bad, ganz egal, Hauptsache, er kommt bald zurück. Meine rechte Ferse gleitet ab, ich hake sie wieder an der Stuhlkante fest. Die Mediawand ist schwarz. Alles ist still. Ich fühle mich abgetrennt von der Welt, wie unter einem Glassturz, einem defensiven Energieschild, das alles aussperrt außer ihm. Tom und Mattea, ritze ich in Gedanken in den

Tisch, ein großes Herz um beide Namen, kein Pfeil. Tom und Ina.

Er kommt, streckt seine Hand aus und jetzt kann ich aufstehen, folge ihm in den Gang zu den Zimmern, lasse mich weiterziehen, durch die Hintertür aus dem Haus und weiter über die Blumenwiese bis an die Felskante.

»Ein kleines Stück nur«, sagt er und steigt barfuß ein paar stufenähnliche Steine hinauf und dann weiter in die geneigte Wand.

Ich will nicht klettern, sondern vögeln, aber was bleibt mir übrig. Fünf, sechs Meter aufwärts geht es. Das federnde Moos in den Ritzen und selbst der zackige Stein unter meinen Sohlen sind nur weitere Reize, die wecken, was auch immer an Empfindung noch nicht aufgestört ist. In der Mitte eines Vorsprungs, eingeschnitten in die Wand, dreiseitig von ihr umschlossen und kaum größer als ein Doppelbett, sitzt Tom und ich knie vor ihm, atemlos. Er streicht über meine Schultern, meine Arme, fast ohne sie zu berühren, bis mein Atem ruhiger wird, tiefer, wie eine Welle zu ihm und wieder zurückschwappt, uns auf den weichen Boden schwemmt, zwischen zarte Blüten wirft und jetzt ist es richtig, das dünne Kleid, das ganz von allein über die Schenkel hinaufrutscht.

Danach liegt Tom in meinem Arm, sein Atem an meiner nackten Brust, seine Hand an meiner Hüfte.

»Ina«, flüstert er und eine Wolke schiebt sich vor die Sonne. »Du bist so schön.«

»Ich?«

Er stützt sich auf den Ellbogen, sieht mich an. »Ja, du.«

Die Wolke zieht vorbei. »Wie schön?«

Er lacht kurz auf, fährt mit der Zungenspitze über seine Lippen, dann über meine. »Schön wie eine Sachertorte«, sagt er und auch ich muss lachen.

»Nein, wirklich!«, sagt er. »Außen eine dicke, makellose Glasur, ein glänzender Panzer …«

Schelmisch lächelnd hält er inne, wartet vielleicht auf Protest, doch ich bin stolz auf meinen Panzer. Wenn er makellos und glänzend scheint, ist er besser, als ich dachte.

»Aber mein Panzer ist hell.«

»Okay, dann eben eine Glasur aus weißer Schokolade. Sacher à la Tom.«

»Und innen?«

»Innen«, er küsst mich, flüstert noch halb in meinen Mund, »auch da: Sachertorte. Zart und fest und süß und rau.« Er setzt sich in den Schneidersitz, schaut mich an und wird ernst. »Und dort auch dunkel.«

Ich rolle mich auf die Seite, sehe hinunter auf das Haus, die Abwehranlagen auf dem Dach. Ich denke an Ina. Ihre Abwehr hat nicht funktioniert. Bin ich jetzt der einzige Mensch außer ihr, der weiß, dass sie Schiele nicht getötet hat? Oder haben die sie so gründlich bearbeitet, dass sie selbst schon glaubt, was sie gestanden hat? Doch der Hass in ihren Augen hinter der erzwungenen Demut sprach dagegen. Auch diesen Hass teilen wir.

Tom streichelt mein Bein, meine Hüfte und wir tun es noch einmal, lieben uns. Ja, lieben uns. Nie könnte ich ihn verraten.

»Warum hast du das gemacht?«

»Was denn?«

»Meine Füße gewaschen.«

Schläfrig blinzelt er in den Wolkenhimmel. »Das mit den Füßen der Frauen, das habe ich von meinem Vater. Erzähl ihnen Geschichten, mach ihnen Komplimente und massier ihnen die Füße, hat er gesagt, da war ich noch ein Kind. Und es funktioniert eigentlich immer.«

Es funktioniert immer. So spricht kein Märchenprinz. Immer heißt: bei allen. Wie viele das waren, drei oder dreihundert, geht mich nichts an oder darf ich nicht fragen. Schokoglasur.

»Eine Geschichte bist du mir dann aber noch schuldig«, sage ich.

Ein Tropfen trifft mich am Arm, ein zweiter am Bein. Tom steht auf, reicht mir die Hand und ich lasse mich hochziehen, lande in seinen Armen. Es regnet. Er küsst mich.

»Mit Geschichten bin ich nicht ganz so gut wie mit Füßen. Aber ich werde dir später eine erzählen, von einem Prinz aus einem fernen Land, der sich dort mit den bösen Mächten angelegt hat und fliehen musste und weit weg von seiner Heimat Erfüllung in seiner Liebe zu einer armen Studentin und in seiner wahren Berufung als Koch gefunden hat, beliebt und geehrt, bis auch dort das Böse die Macht übernahm.«

»Ist das noch nicht die ganze Geschichte?«

Er zuckt mit den Schultern, grinst schief. »Ein gutes Ende fehlt noch, oder?« Er küsst mich auf die Nasenspitze.

»Aber jetzt müssen wir zurück. Der Fels wird rutschig im Regen. Ich gehe zuerst, dann kann ich dich auffangen, falls du den Halt verlierst.«

Er steigt hastig in seine Hose, ich streife mein Kleid über. Schon halb über die Kante verschwunden, stützt er die Unterarme auf dem Vorsprung ab und sucht meinen Blick. Nasse Strähnen fallen ihm in die Stirn, leiten Rinnsale über seine Nase und seine Wangen.

»Du bist die Erste, der ich die Füße gewaschen habe. Es war mir eine Ehre und ich werde es bei keiner anderen mehr tun.«

Du bist auch schön, will ich sagen, schön wie ein Prinz aus einem fernen Land, der gerne Sachertorte isst. Doch der Moment ist vorbei und er bereits Meter von mir entfernt. Ich gehe auf die Knie und suche nach dem ersten Tritt. Ich rutsche nicht.

Es regnet den ganzen Nachmittag. Saif hat meine gewaschene Kleidung von der Wäscheleine genommen und in der Stube über Stuhllehnen gehängt. Wir sehen uns alte Filme an, stündlich unterbrochen durch die Nachrichten. Doch Neuigkeiten gibt es nicht. Stündlich lügt der Kanzler. Stündlich aber auch die Exekutionen des Kalifats. Der Volkszorn entlädt sich in eingeblendeten *Mindmine*-Kommentaren, fordert Bomben für köpfende Islamisten und Vierteilung für Ina Matusek. Im ganzen Land begeben sich angeblich reuige Rebellen in die Hände der Miliz, legen ihre Waffen nieder. Doch noch stützt kein Bild die Behauptung. Wir essen und ich behalte das Essen bei mir, indem ich der auf der Mediawand leidenden Ina den Rücken zuwende.

»Wenn du Ina bist, wer, zum Teufel, ist dann sie?«, fragt Ruth wieder und wenn sie nicht fragt, dann sehe ich die Frage in ihrem Gesicht und frage wiederum mich, was sie davon abhält, sie umgekehrt zu stellen.

Ich antworte nicht, spreche gar nicht, versuche zu begreifen, was um mich herum vor sich geht. Mir ist, als kletterte ich abwärts auf einem schwindelerregenden Gerüst. Ein Bolzen nach dem anderen löst sich, die ersten Streben fallen. Ich muss den Grund erreichen oder wenigstens einen Punkt, von dem ich springen kann, bevor alles in sich zusammenstürzt.

Weil ich schweige, spricht Tom, versucht, mich in den Kreis zu holen. Wir warten auf morgen. Morgen kommt Liliana, die Ruths Tochter ist und wie Schiele im Medienministerium arbeitet, wo sie auf ihre Stunde wartet, die nun gekommen scheint, sagt Tom. Lilianas Vater ist der stellvertretende Verteidigungsminister und Ruths Exmann, den sie verlassen hat, als er sich nach der Machtübernahme den *Aufrechten* anschloss.

»Das wird Ina wohl wissen«, sagt Ruth. Gut, dass ich nicht gefragt habe.

Ruth ist für die Welt nicht die Königin der Zecken, sondern Sekretärin des Grafen von Wallenberg, von dem ich noch nie gehört habe. Trotz der Wiedereinführung der Adelstitel, mit der sich das Regime die Unterstützung der Aristokratie erkaufen wollte, verachtet der Graf, wie die meisten seiner Standesgenossen, den Kanzler und die gesamte *aufrechte* Bagage. Aus diesem Grund hat er Ruth, deren Arbeit als Leiterin einer Flüchtlingshilfeorganisation mit der Machtergreifung obsolet geworden war, unter seine Fittiche genommen.

Bagage, Fittiche, obsolet. Ich speichere, was ich höre, urteile nicht, habe meine Stimme für heute verloren, weiß nichts zu sagen. Alles ist anders als gedacht, nur eines nicht: Die da oben machen es unter sich aus.

Oder habe ich mit Inas Identität eine Eintrittskarte zum Club erhalten? Bin ich gar der Schmetterling, der den Sturz des Systems mit einem Flügelschlag eingeleitet hat? Der Schuss auf Kati, der alles in Gang setzte …

Das unsichere Räuspern des Nachrichtenmoderators, seine gerunzelte Stirn und die fahrige Bewegung seines Armes, rasch eingefangen von der anderen Hand, stören meinen Gedankengang. Dann sehe ich mein Bild auf der Mediawand. Nicht das überarbeitete Porträt von Ina, sondern wirklich mein Gesicht, härter, als ich es im Spiegel sehen kann. Es muss das Foto sein, das der Hauptmann beim Verhör geschossen hat.

»Aus Kirchdorf an der Krems, das am Donnerstag vergangener Woche von einem der Drohnenangriffe betroffen war, für die die Rebellen unter Führung von Ina Matusek verantwortlich gemacht werden, erreicht uns eine …«, der Moderator zögert, blickt auf, »eine kuriose Meldung. Es heißt, die Terroristin, beziehungsweise eine ihr ähnliche Person, wäre an jenem Tag im Ort gesichtet und am darauffolgenden Tag in einer aufgebrochenen Jagdhütte festgesetzt worden.«

Er blickt hilfesuchend in die Kamera, vielleicht auch in den Teleprompter, spricht mit unsicherer Stimme weiter. »Im Milizposten von Kirchdorf sei die mutmaßliche Aufrührerin, die sich nicht ausweisen konnte, vom Postenkommandanten einvernommen und vorübergehend inhaftiert worden. Bei dieser Gelegenheit fertigte er das vorliegende Bild an, das die Ursache der Verwechslung eindrucksvoll illustriert. Im Zuge einer nächtlichen Befreiungsaktion, die Ortskenntnisse und hohe Risikobereitschaft verrate, sei die Delinquentin geflohen. Die umgehend eingeleiteten Suchaktionen blieben vergeblich.«

Der Sprecher holt tief Atem, schüttelt den Kopf, als hätte ihn die Nachricht aus dem Gleichgewicht gebracht. Die Angst des Boten einer schlechten Nachricht. Er blinzelt.

»Postenkommandant Hauptmann Redl, der derzeit in der Hauptstadt in der Sache einvernommen wird, rechtfertigt die mangelnden Sicherheitsvorkehrungen mit der Tatsache, dass er nach dem offiziellen Bekanntwerden der Verhaftung von Ina Matusek die Aufgegriffene für eine harmlose Landstreicherin, eine der vielen Wertlosen, halten musste, die er gleichwohl aufgrund ihrer Ähnlichkeit pflichtbewusst in Verwahrung genommen hätte. In Kirchdorf und Umgebung halten sich jedoch hartnäckig Gerüchte, dass die Geflohene die wahre Ina Matusek sei. Zahlreiche Zeugen sind sicher, die Terroristin zweifelsfrei erkannt zu haben. Der Wirt eines Lokals im Freibad des Ortes gibt an, persönlich mit der Aufrührerin gesprochen zu haben.«

Anstelle des Moderators erscheint jetzt der dicke Wirt

des Parkbad-Cafés auf der Bildfläche. Breitbeinig steht er da, streckt die gewölbte Brust heraus.

»›Das soll die Matusek sein?‹, hat sie zu mir gesagt, als die Bilder der Verhaftung gezeigt worden sind. ›Die schaut mir ja kein bisschen ähnlich!‹ Jetzt frag ich Sie: Warum soll die das sagen, wenn sie nicht selbst die Matusek ist? Dann hat sie darauf bestanden, ihre Zeche zu zahlen.« Schnitt.

»Interessant«, sagt Tom zu mir, »dass sie den letzten Satz nicht weggeschnitten haben. Der zeichnet ja fast ein positives Bild von dir.« Und zu Ruth: »Ob da überall Liliana ihre Finger mit drin hat?«

Der Moderator hat sich gefangen. »Die Behörden treten dieser Darstellung entschieden entgegen und appellieren an die Bürger, der Verbreitung der Gerüchte auf *Mindmine* und in anderen virtuellen und realen Netzwerken nicht weiter Vorschub zu leisten. Die Flüchtige wird dringend aufgefordert, sich umgehend beim nächstgelegenen Milizposten zu melden, um die Verwechslung aufzuklären. Die Mitwirkung der Bevölkerung bei der Ergreifung der Verdächtigen wird selbstverständlich vorausgesetzt.«

»Nicht schlecht!«, sagt Saif. Mit verschränkten Armen steht er breitbeinig neben Tom und wiegt den Kopf. »Dein Onkel Hannes ist ein raffinierter Mann.«

»Es scheint tatsächlich, als ob er uns diesmal in die Hände spielte.« Ruth, königlich kontrolliert.

Tom strahlt. »Ortskundiges Befreiungskommando mit hoher Risikobereitschaft, was sagst du dazu?«

Alle sehen mich an. Bin ich der Schmetterling?

Am Abend bringt Tom seine Sachen in mein Zimmer. Ich liege in seinen Armen, doch die Schokoglasur schmilzt erst, als er mir die versprochene Geschichte noch einmal ausführlich erzählt.

»Einst lebte in Afghanistan, dem Land des Staubs und der blauverhüllten Frauen, wo Männer noch auf Pferden reiten, das Gewehr über die Schulter gehängt, den Dolch immer im Gürtel, ein Junge namens Saif«, murmelt er in mein Haar. »Frauen und Mädchen durften in diesem Land das Haus nicht ohne männliche Begleitung verlassen. Manche Witwe ohne Verwandte verhungerte deshalb mit ihren Töchtern.«

»Du übertreibst.«

»Vielleicht tu ich das, vielleicht auch nicht. Möchtest du die Geschichte erzählen?«

Genau das hat Oma auch immer gesagt. »Nein, bitte erzähl weiter.« Ich verlagere meinen Kopf, um ihn genau in die kleine Grube unterhalb seines Schlüsselbeins einzupassen. Tom dreht sich ein wenig, um mir entgegenzukommen.

»Meist fand sich ein Fremder, der einer hilflosen Witwe half. Aber nie gab es etwas umsonst in diesem Land. Eine Hand wäscht die andere und die Frauen zahlten mit der einzigen Währung, die sie als Rechtlose zu bieten hatten.«

So wie ich für meine Befreiung in dieser Währung zahle, nur, dass es mir Vergnügen bereitet. Doch das auszusprechen, wäre ein Fehler.

Saif war eines von neun Kindern eines Stammesführers, der eines Nachts von Gotteskriegern hingerichtet wurde. Sein Verbrechen: Er ließ auch seine Töchter schreiben und rechnen lernen und sie in Männerkleidung frei durch den Ort streifen, bis sie ins heiratsfähige Alter kamen. Nach dem Tod des Vaters wurde die Mutter mit dessen Bruder verheiratet, der an dem Mordkomplott beteiligt war, und die älteste Schwester zur Nebenfrau eines der anderen Mörder bestimmt.

Sechzehnjährig und völlig mittellos floh Saif mit seiner Schwester über die Grenze nach Pakistan und von dort weiter über den Iran und die Türkei, arbeitete immer wieder monatelang für die Weiterreise, bis er drei Jahre später, im doppelten Boden eines Reisebusses zusammengekrümmt, die Grenze nach Österreich passierte und an einer Tankstelle ausgesetzt wurde.

Aus Langeweile begann Saif, ohne Lohn in der Küche des Flüchtlingsheims zu arbeiten, während seine Kameraden sich auf dem Fußballfeld und im Fitnessstudio verausgabten. Pink Panther nannten sie ihn oder schwule Sau, je nach Laune und Freundschaftsgrad. Anfangs schlug er sich deshalb, dann gab er den Kampf um seinen Ruf auf und schützte sich mit wirkungsvollen Drohungen.

»Ich werde in dein Essen pissen«, sagte er, »wenn du mich nicht in Ruhe lässt. Aber wenn du dich jetzt entschuldigst, dann spucke ich vielleicht nicht einmal hinein.«

Dass man ihn für schwul hielt, würde seine Rettung sein. Denn der Grund für seine Flucht, so beschieden die Behörden, seien ortsübliche Familienverhältnisse gewesen, die nicht als asylwürdig gälten. Saif berief sich auf seine angebliche Homosexualität, die unter Allahs treuen Kriegern einem Todesurteil gleichkommt und erhielt Asyl. In Kirchdorf ließ er sich nieder, fand Arbeit in einem Restaurant und verliebte sich in eine blonde Studentin, die dort in den Ferien als Kellnerin jobbte.

Saif ist ein Asylbetrüger, denke ich schläfrig, hat sich den Schutz unseres Landes durch eine Lüge erschlichen. Der Kanzler liegt doch richtig, alles Betrüger.

Das gute Ende höre ich auch diesmal nicht. Ich schlafe lange vorher ein.

Tag 12

In den frühen Morgenstunden lässt der Regen nach. Schon lange liege ich wach, aufgeweckt von meinem eigenen Herzen, das viel zu schnell schlägt, als dass ich weiterschlafen könnte. Wenn diese Liliana kommt, wird sie im besten Fall die Front gegen mich verstärken. Immerhin ist sie Ruths Tochter. Und falls sie Ina wirklich kennt, die echte Ina, sie besser kennt, als ich mir bisher vorstellen wollte, dann könnte mein Leben hier enden. Besoffen von meinem Vertrauen in Tom und der Erleichterung, endlich eine Zuflucht gefunden zu haben, habe ich diese Möglichkeit beiseitegeschoben. Fahrlässig. Sorglos wie ein Kind, das nicht begreifen will, dass immer alles schlimmer kommt, als man hofft.

Ich schlage die Decke zurück. Ich habe alles, was ich brauche, Toms Schlüssel für das Tor, die Glock und frisch gewaschene Kleidung und Proviant gibt es in Fülle. Ich bin in einer Sackgasse gelandet, muss auf der Stelle fliehen.

Und bleibe liegen.

Toms Atem an meiner Wange, sein Arm auf meinem Bauch. Tropfen rieseln vom Dachvorsprung, doch das Plätschern in der Regentonne ist beinahe zum Stillstand gekommen. Ein guter Moment, um zu gehen, vielleicht der letzte. Ich lege die Hand auf Toms Arm, wende den Kopf, um ihn ein letztes Mal anzusehen. Seine Oberlippe bebt leicht bei jedem Atemzug. Er riecht so gut. Ich küsse noch einmal die kleine Narbe über dem Knick in seiner Nase.

Es ist kühl geworden. Ich ziehe die Decke über uns.

Als er erwacht, will ich alles, nur nicht aufstehen. Ich lege mich auf ihn, halte ihn im Bett fest, bis sein Hunger die Lust schließlich besiegt.

Durch das offene Fenster dringt ein frischfeuchter Luftzug, der ein Aroma von Pilzen trägt und mich an den Herbst erinnert, der bald kommen wird. Rasch streife ich Shirt und Hose über.

Jetzt fällt Tom ein, dass er in seinem Rucksack die ganze Zeit einige Kleidungsstücke seiner Schwester für mich herumgetragen hat. Ein geradezu weihnachtliches Gefühl überfällt mich. Ich presse die Lippen zusammen, um meine Freude nicht allzu offen zu zeigen und hülle mich in einen weichgetragenen grünen Pullover. Zerknittert liegt Lilianas Kleid neben dem Bett auf den Holzdielen. Ich hebe es auf und hänge es über einen Haken an der Tür.

Ruth und Saif haben ihr Frühstück bereits beendet, als wir mit unserem Tablett die Terrasse betreten. Feuchte Schwaden hängen in der Luft, lösen sich unter der Sonne in goldenen Nebel auf.

Was sich im Lauf unseres Frühstücks nicht auflöst, ist das Gefühl der Erwartung, gespannt, freudig und in meinem Fall beklommen, das uns bei jedem Geräusch den Kopf drehen und die Gespräche einsilbig bleiben lässt.

Liliana trifft ein, während ich auf dem Klo bin. Als ich am Rückweg durch die offene Haustür treten will, sehe ich sie im Gespräch mit Ruth und Saif. Tom sitzt auf der Bank und schaut drein, als hätte er Schmerzen. Er saugt an einem Fingerknöchel. Liliana wirkt ganz anders, als ich sie mir vorgestellt habe. Rundlich, braungebrannt und weich, mit schwarzem Kurzhaarschnitt und etwa einen Kopf kleiner als ich. Das Kleid war ihr zu eng, deshalb hat sie es nicht getragen. Heimlich anprobiert vermutlich und dann kein Wort mehr darüber verloren.

Völlig irre, sich jetzt über Mode Gedanken zu machen. Ich ziehe mich in den Schatten zurück. Zwei unbekannte Männer, einer jung mit abstehenden Ohren, der andere ein bärtiger Alter in Jagdkleidung, stehen etwas abseits. Ruth winkt den Jungen zu sich, deutet mit dem Kopf aufs Haus und gibt wohl einen knappen Befehl, denn er marschiert auf mich zu.

Einen Moment lang spiele ich mit dem Gedanken, durch den Hinterausgang zu verschwinden. Doch den richtigen Zeitpunkt zur Flucht habe ich versäumt. Und wohin sollte ich? Das ganze Land hält nach mir Ausschau.

Ich setze meinen Fuß über die Schwelle und lasse die Tür hinter mir zufallen. Alle Augen richten sich auf mich. Lilianas Mund klappt auf und Ruth, die mit verkniffener Miene hinter ihrer Tochter steht, flüstert ihr etwas ins Ohr. Ich stecke die zitternden Hände in die Hosentaschen und schlendere langsam auf die Gruppe zu. Segelöhrchen gerät mitten im Schritt ins Stocken, bleibt keine zwei Meter vor mir stehen und nickt mir zur Begrüßung zu.

»Hallo«, sage ich freundlich.

Liliana schlägt die Hand vor den Mund, mustert mich aus runden, braunen Augen. Langsam schüttelt sie den Kopf. Ruth drängt sich an ihr vorbei und schießt wie ein Torpedo auf uns zu.

»Halt sie fest, Nico, wird's bald!«

Mit unglücklichem Gesichtsausdruck kommt der Junge auf mich zu wie ferngesteuert, streckt die Arme aus. Er erinnert mich an den kleinen Soldaten Bliem in Kirchdorf.

»Besser nicht«, sage ich leise.

Doch jetzt ist Ruth da, packt mich mit beiden Händen am Pulli, anscheinend sprachlos vor Zorn. Ich schlage ihre Arme beiseite, stoße sie zurück. Mit geballten Fäusten bleibt sie knapp vor mir stehen und starrt mir in die Augen. Der unbekannte Bärtige und Saif eilen ihr zu Hilfe, packen mich an beiden Armen. Tom springt auf. Liliana schüttelt noch immer den Kopf.

»Wer zum Teufel bist du?!«, faucht Ruth.

»Ich bin die Landstreicherin, die aussieht wie Ina Matusek«, sage ich leise und deutlich. Denn *Angst ist nur Aufruf zur Konzentration, wertlos ist, wer sich ihr beugt.* Ich sehe Tom nicht an. Seine Enttäuschung würde meinen Kampfgeist brechen. Ich sehe Ruth an. Ihr Hass hält mich aufrecht.

»Du miese Lügnerin!«

Ruth holt aus, schlägt mir ins Gesicht, lässt meinen Kopf in den Nacken fliegen. Ein scharfer Schmerz durchzuckt mich, nimmt mir kurz den Atem, und als ich den Hals dehne, knackt es vernehmlich. Da niemand einschreitet, spanne ich die Bauchmuskeln an in Erwartung des nächsten Schlages, der den Solarplexus zum Ziel haben wird. Noch hoffe ich auf Tom.

Doch Ruth schlägt kein zweites Mal zu, verschränkt vielmehr die Arme, als wolle sie sich genau davon abhalten. Ich schließe die Augen, rolle den Kopf vorsichtig im Halbkreis zwischen Brust und Schultern. Saif an meiner rechten Seite lockert seinen Griff. Doch selbst, wenn ich mich losreißen könnte, wären da immer noch der Bärtige und Ruth und nun auch noch der Junge, der um uns herumgewandert ist und mir den Rückweg abschneidet.

»Vielleicht sollten wir uns alle setzen«, sagt Liliana zögernd.

Ihre Stimme, dunkel und weich, wirft mich aus dem Kampfmodus, macht, dass Angst mich wie Eiswasser flutet. Flach atmend fixiere ich Ruth, um mich an meinem Hass auf sie zu wärmen. Ein Blick und eine knappe Kopfbewegung ihrerseits bewirken, dass meine Bewacher mich zum Tisch eskortieren.

»Wann hat sie wirklich gelogen?«

Mein Magen dreht sich um, meine Knochen schmelzen. Tom war das, seine Stimme unsicher, brüchig, fährt in meine Eingeweide wie ein Enterhaken aus einem dieser alten Piratenfilme. Ein Widerhaken reißt mir das Herz auf, einer dringt in die Lunge, lässt mich nach Atem ringen, der dritte zerfleischt meinen Magen. Er darf nicht sprechen, nicht jetzt. Ich muss vergessen, dass er da ist. Ich beiße die Zähne zusammen.

Saif drückt mich sanft auf die Bank und setzt sich an meine rechte Seite. Tom steht hinter der anderen Bank, seinem Vater gegenüber, doch ich werde ihn nicht ansehen. Ich fixiere die Tischfläche. Zwischen den rissigen, grausilbrigen Bohlen prangt eine neue, glatt und gelb, mit goldfarbenen Schrauben auf der Unterkonstruktion befestigt. Die Schraubenköpfe weisen weder Schlitze noch Kreuze, sondern sternförmige Vertiefungen auf. Das könnte etwas bedeuten, wenn es kein Tisch, sondern Kunst wäre. Leitsterne versprechen Schutz, Hilfe, Führung und hier sind sie an unerwarteter Stelle verborgen. Oder die ausgewechselte Bohle stünde für mich, einen Fremdkörper im Gefüge, der irgendwann sein wird wie die anderen, passend gemacht durch Einflüsse von außen, durch Wind, Regen und Sonne. Oder …

»Nein, ich kann mich nicht erinnern, dass sie gelogen hätte«, sagt Tom. »Vielleicht haben wir nicht richtig zugehört.«

Der Bärtige setzt sich zu meiner Linken, Segelohr bezieht hinter mir Posten.

»Die ganze Frau ist eine einzige Lüge! Sie hat sich für Ina ausgegeben«, giftet Ruth. »Höchste Zeit, dass du dein Hirn aus der Hose zurück in den Kopf schiebst. Du hast uns das eingebrockt. Du und dein querköpfiger Onkel.«

Ich schlucke. »Wann habe ich gelogen?« Ein helles Fiepen wie von einem angsterfüllten Vogel, dessen Federn in der Hand kitzeln, bevor sein rasendes Herz zu schlagen aufhört. Ich hätte schweigen sollen.

Ruth lässt sich mir gegenüber auf die Bank gleiten, sacht und kontrolliert wie ein Raubtier.

»Schau mich an!«, gebietet sie und ich hebe gehorsam den Kopf. »Du hast dich als Ina Matusek ausgegeben. Du bist nicht Ina Matusek.«

Sie hat sich jetzt wieder unter Kontrolle, spricht gefährlich ruhig, beugt sich über den Tisch und kommt mir so nahe, dass ich die senkrechten Falten um ihren Mund zählen könnte und die langen Altweiberhärchen auf ihrer Oberlippe. Ich presse die Lippen zusammen, um ihr nicht ins Gesicht zu spucken.

»Meine Tochter hat eng mit Ina Matusek zusammengearbeitet, schon bevor sie einige Monate lang eine Liebesbeziehung mit ihr hatte. Als mir klar wurde, dass du mit Tom ...« Sie holt tief Atem. »Ich habe von Anfang an gespürt, dass du eine Verräterin bist. Oder mindestens eine Betrügerin. Endgültig verraten hat dich dieses Geturtel mit Tom. Als Ina Matusek musstest du wissen, dass ich Lilianas Mutter bin und hättest nicht ...«

»Gewusst hast du gar nichts, höchstens vermutet. Aber du musst mir nicht beweisen, dass ich nicht Ina Matusek bin. Ich weiß das.«

Doch sie kann nicht aufhören, ihre weisen Vorahnungen auszubreiten. »Deine Ahnungslosigkeit gegenüber unseren Aktivitäten, deine schlecht bemäntelte Bewunderung für den Kanzler ... unglaublich, dass du so lange durchgekommen bist. Ich hätte euch mehr zugetraut. Einen derart miserabel vorbereiteten Spitzel zu schicken!«

Sie schüttelt den Kopf, lächelt freudlos und dieses Lächeln erinnert mich an das des Kanzlers.

»Vielleicht sollten wir dem Prinzip der Gewaltlosigkeit eine Auszeit gönnen, dieses Quartier aufgeben und dich am Dachbalken aufhängen, zur Mahnung für den Kanzler und sein Pack.«

»Mama!« Liliana legt Ruth die Hand auf die Schulter, setzt sich neben sie. »Ich kenne dich gar nicht so aggressiv.

Als hätte ...«, sie hält inne, sieht mich an, ein schelmisches Blitzen in den Augen, »die Frau Inninger, geschiedene Mittermüller, dir persönliches Leid zugefügt.«

Ein Fangstich, das. Ich schnappe nach Luft. Wie kann sie meinen Namen wissen, mehr wissen als ich selbst? Geschieden also. War ja klar. Wer will schon mit einer Mörderin ... Alles dreht sich. Frei für Tom. Wenn das noch von Bedeutung wäre.

»Jetzt habe ich Sie verwirrt, nicht?« Liliana grinst.

Doch ich bin nicht die Einzige, die sie fassungslos anstarrt.

»Du kennst sie?« Ruths Stimme überschlägt sich. Sie schlägt die Handflächen auf den Tisch.

»Nicht persönlich.«

»Bin ich die Einzige hier, die keine Ahnung hat, was vor sich geht? Ich will jetzt auf der Stelle ins Bild gesetzt werden, umfassend ins Bild gesetzt werden, sonst könnt ihr euren ... eure Angelegenheiten in Zukunft ohne mich regeln!«

Saif greift über den Tisch, legt seine braune Hand auf Ruths. »Lass das Mädchen sprechen für ihre Verteidigung. Und dann müssen wir Lösung finden. Ohne Dachbalken.«

»Gut.« Ruth nickt. »Hören wir, was sie zu sagen hat. Ich werde versuchen, meine Antipathie nicht in mein Urteil einfließen zu lassen. Aber vielleicht sollten wir zuerst Liliana hören.«

»Später, Mama. Ich bin es ja wohl nicht, die hier auf der Anklagebank sitzt.«

»Also«, Ruth schlägt erneut auf den Tisch. »Ich höre!«

Mir fällt keine Lüge ein, die mir jetzt noch helfen könnte. Vielleicht ist das meine größte Schwäche: dass ich so schlecht lüge und meine Wahrheit niemand wissen will. Tom vielleicht. Ich muss ihn ansehen, auch wenn damit meine letzte Hoffnung stirbt. Ich will mich bei ihm entschuldigen.

»Ich habe dich nie belogen«, sage ich, obwohl ich schon nicht mehr weiß, ob das stimmt.

Doch er weicht meinem Blick aus, hat mich wohl nur aus alter Gewohnheit verteidigt. Seine Kiefermuskeln treten hart hervor, sein Adamsapfel zuckt, er wendet sich ab und schaut talwärts. Es zerreißt mir nicht das Herz. Im Magen spüre ich es. Dort ballt sich der Schmerz zusammen, schwer und dicht, kein Stein, eine faustgroße Bleikugel.

Was soll's. Ich kann kaum behaupten, ich hätte seine Liebe verdient.

»Ich dachte, ich kenne dich«, sagt er rau und nicht in meine Richtung.

Das tust du, will ich sagen. »Wie könntest du? Ich weiß selbst nicht, wer ich wirklich bin«, sage ich.

Ruth trommelt mit den Fingern einen flotten Marsch auf die Tischbohlen. Ich richte mich auf und sehe ihr in die Augen.

»Mein Name ist Mattea Inninger und ich bin auf der Flucht, weil …«

»Mattea Inninger? Willst du mich verarschen?«

Nicht zum ersten Mal fühle ich mich, als wäre ich Teil eines Spiels, dessen Regeln mir nicht vertraut sind. Um das nächste Level zu erreichen, wähle die korrekte Antwort.

Wer die Königin zum Fluchen bringt, hat a) drei Wünsche frei, wird b) im Kerker eingemauert, oder erhält c) die Hand ihres ältesten Sohnes.

»Mattea Inninger«, wiederhole ich.

»Das ist wirklich lächerlich! Mattea Inninger, Ina Matusek, solche Zufälle gibt es nicht. Das ist wieder eines dieser infantilen Wortspiele der Propagandatruppe, ein Tarnname mit dem einzigen Zweck …«

»Sie heißt wirklich so, Mutter!«

»Ich heiße Mattea Inninger, ob du es glaubst oder nicht, Ruth.«

»Mattea«, flüstert Tom. »Mattea.«

»So kommen wir nicht weiter«, sagt Saif neben mir.

»Schön«, sagt Ruth, »du nennst dich also Mattea und bist auf der Flucht. Wovor?«

»Ich habe am Abend vor meiner Hochzeit jemanden erschossen.«

»Eine Freundin, wie es scheint«, fällt Liliana ein.

»Es war viel Alkohol im Spiel«, sage ich. »Auch Tabletten. Und meine Freundin war sie nicht, sondern eine alte Rivalin.« Trotzdem kostet es mich Überwindung, den Blick jetzt nicht zu senken. Scham überfällt mich, schlimmer als je zuvor, lässt mir das Blut in den Kopf schießen. »Nein«, sage ich, »ich nehme das zurück. Sie war meine Freundin und es gibt keine Rechtfertigung. Diese Schuld wird an mir kleben bis zu meinem letzten Tag.«

Ich presse die Lider zusammen, schlucke wieder und wieder, doch die Tränen fließen, als hätte ich ein Ventil geöffnet, tropfen auf den Tisch und versickern in Ritzen und

Rissen der alten Hölzer, stehen wie Perlen auf dem neuen. Trauer quillt an ihrer Stelle in mir auf, bis nichts anderes mehr Platz hat. Alles ist mir jetzt egal, auch dass Tom mich doch nicht liebt.

Eine Hand streicht über meinen Rücken. »Allah wird dir vergeben, wenn du reuig darum bittest«, sagt Saif gütig neben mir.

»Ach Gott, Allah.« Ich schluchze. »Der ist für mich nicht zuständig.«

»Ruft Allah oder ruft den Erbarmer. Welchen ihr auch ruft, Ihm gehören die schönsten Namen, heißt es im Koran.«

Ruth gibt einen ärgerlichen Schnalzlaut von sich. »Könntest du deine seelsorgerischen Aktivitäten bitte auf später verschieben, Saif. Es geht hier um unser aller Zukunft.« Sie hebt den Zeigefinger, um Saif, der widersprechen will, Einhalt zu gebieten. »Später! Können wir jetzt fortfahren?«

Ich nicke, tupfe mir Augen und Wangen mit dem Ärmel des grünen Pullovers ab. Der ist so weich. Ob die Schwester ihn freiwillig hergegeben hat?

»Du rennst also an deinem Polterabend mit einer geladenen Waffe herum.« Die gespitzten Lippen, der selbstgerechte Ausdruck, jetzt könnte ich Ruth schon wieder eine reinhauen. Meine Tränen versiegen.

»Meine Dienstwaffe«, stoße ich zwischen zusammengebissenen Zähnen hervor. »Ich war bei der Miliz.« Ich greife nach einer benutzten Serviette und putze mir die Nase.

»Sieh an, also doch!«

»Hab am nächsten Morgen die Waffe abgegeben und meinen Abschied genommen, weil ich durch die Heirat die

Chance hatte, von dort wegzukommen. Nach der Trauung ist die Miliz aufgetaucht, um mich einzukassieren und ich bin weggerannt, am Westbahnhof in einen Zug gestiegen. Im Zug habe ich Schiele getroffen.«

»So war das also«, flüstert Liliana und Ruth zieht zischend die Luft ein.

Ich sehe zu Tom hinüber. Er runzelt die Stirn, zieht abwechselnd Ober- und Unterlippe zwischen die Zähne, ohne meinen Blick zu erwidern.

»Ich bin mit ihm gegangen.«

Ein Blutstropfen quillt aus Toms Lippe. Ihn jetzt küssen können.

Ich schlucke, räuspere mich einmal, zweimal, krächze trotzdem. »Ich wusste nicht, wohin. Kann ich einen Schluck zu trinken haben?«

Saif gießt Tee in meine Frühstückstasse. Der Tee ist kalt. Ich leere die Tasse in einem Zug.

»Und Schiele hat dich für seine Zwecke angeworben, weil du Ina ähnlich siehst«, behauptet Ruth.

Ich lache auf. »Schiele hat mich nur mitgenommen, weil er mich für Ina hielt. Wollte mich, eigentlich sie, eigenhändig zur Strecke bringen, Held des Vaterlandes und so weiter, mit einem kleinen Bonusfick garniert.«

»Und, hat er …?«, fragt Tom. »Ich meine …«

Ruth verdreht die Augen.

»Bitte, Tom«, sagt Liliana, »setz dich hin! Es macht mich nervös, wenn du so hinter uns lauerst.«

Ich schlinge die Arme um meinen Oberkörper, weiß mit einem Mal nicht mehr, was ich sagen soll, schließe die

Augen vor den Bildern, die ich so noch deutlicher sehe. Meine Hände auf dem Badewannenrand und Schieles stinkender Schwanz in mir. Das Klatschen von Haut auf Haut, die Waffe in mein Fleisch gepresst. Strafstoß, schreit er.

»Strafstoß«, flüstere ich.

»Bitte?«

Ich öffne die Augen, hole tief Luft. Bilde ich mir das ein, oder schaut Ruth mich eine Nuance freundlicher an?

»Er hat …«, sage ich und studiere eine Ameise, die über den Tisch läuft, verspüre den Drang, sie mit dem Daumen auf dem silbrig glänzenden Holz zu zerquetschen, verschränke die Hände. »Er wollte …« Ich blicke auf, Tom, der jetzt schräg gegenüber sitzt, direkt in die Augen. »Er hat mich vergewaltigt und ich habe ihn dafür getötet.«

Ruth hebt die Augenbrauen. »*Du* willst Schiele getötet haben?«

»Ich wollte nicht, ich habe.«

»Wie?«

»Ich hatte mein Messer beim Duschen auf dem Badewannenrand abgelegt. Damit habe ich auf ihn eingestochen und ihn dann mit seiner eigenen Waffe erschossen. Mit der er mich vorher bedroht hat.«

»Wo ist die Waffe jetzt?«

»Keine Ahnung. Ich habe sie mitgenommen, aber sie war in dem Rucksack, den sie mir bei der Verhaftung abgenommen haben.«

Tom räuspert sich. »Onkel Hannes hat mir …«

Ruth wendet sich ihm zu. »Was?«

»Ach, nichts, schon gut.«

Ist es wirklich Schieles Pistole, die wieder bei mir gelandet ist? Will Tom bloß nicht zugeben, dass er sie mir zurückgegeben hat oder will er mich nicht endgültig entwaffnen? Feigheit, Dummheit, Vertrauensbeweis?

Ruth sieht Liliana an. »Schiele lag im Bad?«

Die nickt. »Korrekt. Wir haben in den Medien nicht darüber berichtet. Sie muss die Wahrheit sagen.«

»Oder wurde gebrieft. Was kannst du mir über Schiele sagen, was nicht jeder x-Beliebige weiß, Mattea?« Ruth betont meinen Namen, als handle es sich um ein besonders albernes Nuttenpseudonym und doch tut es gut, ihn zu hören.

»Nichts. Ich will nicht mehr an ihn denken. Er war ein Arschloch.«

Es kommt mir krank vor, dass ich selbst beweisen soll, dass ich jemanden umgebracht habe. Normalerweise sind dafür die Ankläger zuständig. Ein perverses neues Spiel: Guter Mord, schlechter Mord, angeben mit dem zweiten, sterben für den ersten. Andererseits schade ich mir selbst, wenn ich hier die Moralische raushängen lasse. Mit welchem Recht überhaupt?

»War sein Haus im TV zu sehen?«, frage ich also. »Ein Blockhaus im Wald, umgeben von einem hohen Drahtzaun mit bewegungsgesteuerter Flutlichtanlage. Drinnen ist alles beige und blau. Und er war ganz versessen auf seine Orchideen, hat gleich einen Anfall gekriegt, als ich eine berührt habe.«

»Ich kenn mich nicht mehr aus«, sagt Saif. »Ist sie Ina oder ist sie nicht? Wenn sie Schiele getötet hat, dann sie ist auch Ina Matusek. Ein Teil von ihr. Symbolisch, verstehst? Weil Ina dafür sterben soll.«

Liliana nickt zögernd. Ihre Augen schimmern feucht und fast schwarz, ihre Mundwinkel zucken. »Ina hätte niemanden getötet. Nie. Selbst dann nicht, wenn sie in Matteas Situation gewesen wäre. Sie ist so sanft, zu sanft, war ...« Ihre Stimme versagt.

Ruth verdreht wieder die Augen, tätschelt dann doch die Hand ihrer Tochter.

»Tatsache ist«, sagt sie, »dass Schieles Tod uns gelegen kommt. Mehr als gelegen. Er war einer derjenigen, die dem Kanzler wirklich aus tiefer Überzeugung gedient haben. Sein Verschwinden erweitert Lilianas Handlungsspielraum möglicherweise entscheidend.« Sie mustert mich. »Ich bin also geneigt, dir diesen Gefallen anzurechnen, auch wenn die Tat wohl kaum als politisch zu bezeichnen ist.«

»Eine weitere Auszeit für das Prinzip der Gewaltlosigkeit«, sage ich, weil mich die Verlogenheit, der anscheinend nirgends zu entkommen ist, schon wieder dermaßen ankotzt.

Ruth verzieht den Mund zu einem schiefen Lächeln. »Du bist wirklich ein Früchtchen.« Sie legt ihre Jacke ab und fährt sich mit den Fingern durch die Locken. »Kann bitte jemand etwas zu trinken holen?«

Sie sieht den Jungen mit den großen Ohren an, der sofort lostrabt.

»Halt!«, befiehlt Ruth. »Wie wäre es, wenn du das Frühstückstablett gleich mitnimmst?«

Offenbar trägt sie ihm sein Zögern bei meiner Ergreifung immer noch nach. Rot leuchten seine Ohren, während er gehorsam das Tablett belädt. Er tut mir leid. Dabei sollte ich mir selbst leidtun. Klebriger Schweiß bedeckt meinen Körper. Ich streife den Pullover von Toms Schwester, deren Namen ich gern wüsste, ab und lege ihn auf meinen Schoß, vergrabe die Hände darin. Die Mittagssonne schimmert schwach durch eine lichte Stelle in der ansonsten dichten Wolkendecke. Die Luft steht.

»Machen wir weiter«, sagt Ruth.

Folgsam schildere ich meine Bestürzung angesichts des Fahndungsfotos von Ina Matusek, das immer mehr mit meinem Bild verschmolz, zähle die Stationen meiner Flucht auf und fühle nichts dabei. Als wäre das ewig lange her. Meine Verwirrung und die Bewunderung für Ina, die mich wünschen ließ, ich wäre sie, lasse ich aus. Omas Sympathie für die Zecken und mein Entsetzen darüber betone ich hingegen. Was zu meinen Gunsten spricht und nicht bewiesen werden kann, wird Ruth mir ohnehin nicht glauben.

»Eferding«, murmelt Ruth vor sich hin und betrachtet konzentriert das Wasserglas, das Öhrchen ihr von links serviert. »Und dein Name ist Inninger, sagst du? Lukas Inninger, sagt dir das was?«

»Er war ihr Sohn. Er ist tot.«

»Wessen Sohn? Der deiner Oma?«

Ich nicke.

»Dein Onkel also?« Sie lehnt sich über den Tisch, bohrt ihren Blick in meinen, bis ich die Augen senke. »Dein Vater?«

»Ja. Hab allerdings nicht viel davon gemerkt.«

»Puh, das auch noch!«

Ruth reibt mit den Handflächen über ihr Gesicht, legt sie dann wie zum Gebet aneinander und sieht mich wortlos an. Sie steht auf, geht auf das Geländer zu, das die Terrasse zum Abhang hin abgrenzt und schaut in die Ferne. Liliana wirft Saif einen fragenden Blick zu. Er zieht die Mundwinkel abwärts und hebt die Schultern. Der bärtige Alte neben mir steht auf, streckt sich ächzend.

»Mama? Was ist los?«, ruft Liliana.

Ruth wendet sich um und kommt entschlossen auf uns zu. Sie beugt sich über die Bank und knallt ihre Handflächen knapp vor mir auf den Tisch.

»Ich habe deinen Vater gekannt. Er war ein guter Mann.« Sie richtet sich auf. »Damit ist die Variante Dachbalken vermutlich gestorben.«

Liliana knurrt ärgerlich. »Also weißt du, manchmal kann ich mit deinem Zynismus so gar nicht!«

»Was mich jetzt noch interessiert«, ignoriert Ruth den Einwurf ihrer Tochter, »warum hast du dich als Ina Matusek ausgegeben, obwohl du wusstest, dass sie an oberster Stelle der Fahndungslisten steht und bei ihrer Ergreifung mit dem Tod rechnen muss? Das ist doch hirnverbrannt.«

»Das habe ich nicht getan. Ich habe nur aufgegeben, denen zu widersprechen, die scheinbar besser wussten als ich, wer ich bin.«

»Im Schwimmbad in diesem Café?«

»Habe ich nur gesagt, dass mir Ina Matusek, die echte, nicht ähnlich sieht.« Dass ich auch die Pistole auf die Theke gelegt habe, um den Eindruck zu verstärken, dass ich Ina wäre, ändert nichts daran, dass ich es nicht ausdrücklich behauptet habe.

»Und gegenüber Hauptmann Redl?«

»Dem habe ich meinen richtigen Namen gesagt. Er hat mir genauso wenig geglaubt wie alle anderen. Was kein Wunder ist, da das Fahndungsbild mir so viel ähnlicher war als der wirklichen Ina. Wie das passieren konnte, möchte ich ...«

»Aber Tom gegenüber, der doch eine Menge für dich riskiert hat, wäre es wohl ein Gebot der Fairness gewesen ...«

Ich springe auf, stoße gegen die Bank, sodass sie um ein Haar mit Saif umkippt. »Ach, wirklich? Wieso hätte ausgerechnet er mir glauben sollen? Und hätte er mir dann auch geholfen? Sollte ich etwa nur die Nachteile der Verwechslung in Kauf nehmen?«

Ich riskiere einen Blick auf Tom, der mich mustert, die Oberlippe zwischen die Zähne gesogen, das Kinn vorgeschoben. So gefällt er mir nicht. Ich lege meinen Kopf in den Nacken. Die Wolken reißen auf. Saif angelt nach meinem Pulli, der unter den Tisch gefallen ist. Ich nehme Tom ins Visier.

»Ab einem bestimmten Zeitpunkt habe ich gehofft, dass es dir egal ist. Dass es dir um mich geht, ganz gleich, wie mein Name ist.«

»Sehr romantisch«, findet Ruth.

»Ist mir scheißegal, wie du das findest.« Ich steige über die Bank, laufe um den Tisch herum und auf sie zu. Der Bärtige überholt mich, wirft sich geradezu vor sie, beide Arme ausgebreitet. Ich stehe still. »Ihr habt ja alle keine Ahnung, wie das ist, wenn die eigene Identität ausgelöscht wird, absorbiert von einer anderen. Was glaubt ihr, wie sich das anfühlt, in die Rolle einer Terroristin gedrängt zu werden, ohne die geringste Ahnung von dem zu haben, wogegen man angeblich ist, wofür man sterben soll und wer für den Scheiß verantwortlich ist.«

»Ich zerfließe vor Mitleid«, höhnt Ruth. »Es muss entsetzlich sein, für eine politische Aktivistin gehalten zu werden, wenn man in Wirklichkeit doch bloß eine gewöhnliche Mörderin ist.«

Ich lasse mich neben Liliana auf die Bank fallen, den Rücken an die Tischkante gelehnt. Sie rückt von mir ab.

»Tja«, sagt sie. »Ich dachte nicht …Für den Scheiß bin ich womöglich ein wenig mitverantwortlich.«

»Blödsinn!«, widerspricht Ruth.

Liliana ignoriert ihren Einwand, mustert mich. »Es schien uns eine fantastische Idee, die Aufmerksamkeit von Ina abzuziehen und auf dich zu lenken. Ihr seht euch ähnlich, aber nicht zu sehr. Wie Schwestern vielleicht. Als die Bilder von Schieles Überwachungskamera reinkamen …«

Ich zucke zusammen, obwohl ich es mir hätte denken können. Warum sollte ausgerechnet dieser paranoide Mistkerl auf Kameras verzichtet haben, versteckt vermutlich in den Bäumen, auf dem Dach. Idiotisch, nicht daran zu denken. Andererseits – was hätte es geändert?

»Wo? Ich meine, was …?«

»Mikrobiotische Schwarmkameras in den Außenanlagen, normalerweise für den Privatgebrauch verboten, aber in dem Fall … Die gehen auf Körperwärme, faszinierende Technologie, Beta-Version. Sobald ein Lebewesen in den definierten Bereich eindringt, formieren sie sich. Allerdings zerfallen die Bilder immer wieder und sind nur partiell scharf.«

Ich schlage nach einem Schwarm winziger Mücken, der über dem Tisch hängt. »Und wer sagt, dass die hier nicht auch unterwegs sind?«

»Erfahrung sagt«, meint Saif. Ich drehe mich zu ihm hin, hebe zweifelnd die Brauen. »Und elektromagnetisches Störfeld auf Dach.« Er zwinkert mir zu.

»Was war das eigentlich mit dem Hund und dem Auto?«, fragt Liliana. »Warum hast du ihn nicht erschossen und Schieles Wagen genommen?«

Ich ziehe meine Füße auf die Bank und lege die Stirn auf die Knie. Es ist grotesk. Die ganze Welt schwirrt ohnehin schon von Schmetterlingen, die blöd mit den Flügeln schlagen, dadurch unwissentlich Orkane auslösen, die auf ebenfalls schmetterlingsgenerierte Wirbelstürme treffen und alles gerät zunehmend außer Kontrolle. Und jetzt kommen auch noch mikrobiotische Insektenschwärme dazu.

»Dass du den Hund nicht erschossen hast, könnte uns noch von Nutzen sein. Mir kommt da gerade so ein Gedanke, wie wir ...«

Schmetterling achttausendvierhundertvier.

»Bleiben wir doch erst mal bei deinem letzten genialen Gedanken, Liliana«, wirft Ruth ein. »Du hast also diese Frau, die hier vor uns sitzt, zweifelsfrei auf Schieles Überwachungsfilm gesehen und beschlossen, ihr anstelle von Ina die Verfolger auf den Hals zu hetzen.«

»Zweifelsfrei vielleicht nicht gerade. Aber da Ina es nicht sein konnte, war das nur logisch. Schließlich wurde Mattea wegen Mordes gesucht und befand sich auf der Flucht. Und wenn man weiß, wonach man sucht, ist die Identifizierung nicht so schwer. Ein Mord oder zwei, das war dann auch schon egal.«

»Brillant«, sage ich. »Es war übrigens nicht leichter beim zweiten Mal.«

»Was ich nicht verstehe«, sagt Saif und klatscht seinen Handballen an die Stirn. »Du hättest Ina entlasten können von Schiele-Mord. Warum nicht Mattea direkt verantwortlich machen, wenn sie auf Überwachung zu erkennen ist? Wenn du das siehst, warum nicht Polizei?«

»So klar war das nicht. Wie gesagt, die Bilder flirren, zerfallen, die Belichtung wechselt. Nur weil ich Ina sehr gut kenne, habe ich sofort gesehen, dass sie es nicht sein kann, andere Körperhaltung und so weiter, und meine Schlüsse aus der Fahndungsliste gezogen. Aber Schiele hat sich kurz vor seinem Tod nach Ina erkundigt und behauptet, er hätte sie festgesetzt, das darf man nicht vergessen. Sein Wort hätte im Zweifel mehr gezählt als meines. Mir schien, dass ich mit der Verfremdung ihres Gesichts mehr für Ina tun kann. Weil sie auf der Flucht nicht gleich erkannt würde. Hätte ja auch funktioniert, wenn nicht in Tirol einer unserer eigenen Leute Ina ans Messer geliefert hätte.«

»Damit ich das richtig verstehe«, sagt Ruth. »Die Gefangene, die als Ina präsentiert wird, ist auch tatsächlich Ina?«

Liliana schaut Ruth entgeistert an. »Wer sonst?«

»Wie soll ich das wissen? Ich hatte ja nicht das Vergnügen.«

»Ich bin achtunddreißig, Mutter. Muss ich dir wirklich jede Frau vorstellen, bevor ich mit ihr ins Bett gehe oder darf ich das auf langfristige Beziehungen beschränken? Wenn es dich beruhigt: Wir waren haarscharf dran ...«

Ruth unterbricht sie mit einer schneidenden Handbewegung. »Schon gut, es reicht! Josef, Nico, bringt die falsche Matusek auf ihr Zimmer und sorgt dafür, dass sie nicht abhaut. Einer vor der Tür, der andere vor ihrem Fenster, bewaffnet, wenn ich bitten darf.«

»Ich mach das«, sagt Tom.

»Kommt nicht infrage.« Ruth setzt sich Liliana gegenüber und sieht mich an, die Brauen zusammengezogen, die Lippen geschürzt. »Wir werden das jetzt ohne Hast besprechen, vielleicht eine Nacht darüber schlafen und morgen wird endgültig über dein Schicksal entschieden.«

»Aber kein Dachbalken«, sagt Saif mahnend.

Ruth antwortet nicht.

Meine Wächter strecken die Hände nach mir aus und ich stemme mich von der Bank hoch. Nico greift hölzern nach meinem Unterarm, Josef packt mich im Nacken. Er ist also einer von denen. Den alten Männern, die Frauen zum Bücken bringen wollen. Vermutlich träumt er gerade davon, wie er mich von hinten rammelt. Ich überlege, ihm auf den Fuß zu treten, doch durch den dickledernen Bergstiefel würde er nichts davon spüren. Gegen diese Männer würde ich kämpfen wollen.

Auf halbem Weg zum Haus höre ich in meinem Rücken

Saif sagen: »Wenn ihr mich fragt: Die hier wäre die bessere Ina.«

Durch die Schlitze zwischen den Lamellen der Fensterläden zeichnet das Tageslicht diagonale Streifen auf den Boden und das Fußende des Bettes. Seit Stunden liege ich im Halbdunkel, quer über das Kopfende ausgestreckt, damit Josef, der alte Jäger, der vor dem Fenster Wache steht, mich nicht durch den Spalt zwischen den Läden sehen kann. Sie ganz zu schließen, hat er mir nicht erlaubt.

Tom hat ihnen nichts von der Waffe gesagt, also bleibt mir diese Option. Ich könnte mich selbst richten oder versuchen, mir den Weg freizuschießen und mich dabei töten lassen. Andererseits fühle ich mich ohnehin schon auf nicht unangenehme Weise leblos. Eine Art gnädiger Stumpfsinn, vertraut aus Zeiten der Hoffnungslosigkeit in der Miliz, füllt mich mit seinem sanften Brummen, verhindert jeden Handlungsimpuls.

Und wie damals lässt die Lähmung, wenn ich mich ihr nur ganz hingebe, von allein wieder nach. Irgendwann hebe ich den linken Arm und lege die Handfläche an die kühle Wand. Zarte Landschaften, hinterlassen von Farbrollen oder Malerpinseln, entfalten sich unter meinen Fingerspitzen. Darunter ein Pulsieren, als wäre die Wand an meiner Stelle zum Leben erwacht. Vielleicht steht Tom auf der anderen Seite, presst sich an die Mauer, um mir nah zu sein, und was ich fühle, ist sein Herzschlag. Und draußen vor dem Fenster wächst ein Regenbogen in den Himmel, über den wir beide entfliehen an einen märchenhaften Palmenstrand, wo wir fortan in Frieden leben. In Frieden und vor allem glücklich, glücklich bis an unser Lebensende. Ich kotze gleich.

Doch der Puls ist immer noch da. Mein Herzschlag. Niemand hier außer mir.

Vor der Tür jetzt leise Stimmen. Ich setze mich auf, um besser zu hören. Es klopft, dann das Geräusch des Schlüssels, der sich im Schloss dreht, die Tür wird geöffnet und Tom tritt ein. Jetzt pocht mein Herz eindeutig wieder in meiner Brust, so heftig, dass die Matratze unter seinen Schlägen vibriert. Hinter Tom sehe ich Nico und Ruth im Gang stehen.

»Störe ich dich?«, fragt Tom.

Ich lächle und hoffe, dass dieses Lächeln nicht so dankbar aussieht, wie ich mich fühle. »Siehst du nicht, wie beschäftigt ich bin?«

Er lässt den Blick durch das Zimmer schweifen, nickt. »Darf ich trotzdem reinkommen?«

Ich zucke mit den Schultern.

»Dir ist aber schon klar, dass du hier nicht jederzeit rein- und rausspazieren kannst, wie es dir passt«, meldet sich Ruth von draußen.

»Ach ja?« Tom wendet sich um. »Stehe ich jetzt auch unter Arrest? Was willst du machen, wenn ich raus will? Mich erschießen?«

Er schließt die Tür und lehnt sich dagegen. Draußen dreht sich der Schlüssel.

»Wie soll das funktionieren mit eurem Aufstand, wenn ihr so mit euren Führern redet?«, frage ich. Mein Puls zittert in jedem Wort.

Tom lacht auf. »*Wenn nur noch Gehorsam gefragt ist und nicht mehr Charakter, dann geht die Wahrheit und die Lüge kommt.* Das ist von einem berühmten österreichischen Dichter, hab vergessen von welchem.« Er presst die Handflächen gegen die Tür, stößt sich ab und kommt auf mich zu. »Wir arbeiten an einer Sammlung von Parolen, die denen der Regierung widersprechen. Da die Leute ja anscheinend so auf einfache Botschaften stehen.«

Er setzt sich neben mich, eine halbe Armeslänge entfernt, gerade so weit, dass ich mich nicht einfach vorbeugen und ihn küssen kann. Fast so, als wollte er nur mit mir reden. Aber ich werde ihn küssen, bald.

»Wie läuft es draußen? Habt ihr schon Alternativen zum Dachbalken ausgemacht?«

»Vergiss den Dachbalken. Mehr kann ich dir nicht sagen. Sie beziehen mich nicht in die Diskussion ein. Ich wäre emotional zu sehr involviert, sagt Ruth.«

Er stützt den Arm zwischen uns auf und verlagert sein Gewicht, kommt mir den halben Weg entgegen, versenkt seinen Blick in meinen, das Braun seiner Augen so tief, nur ein winziger gelber Fleck in der Iris. Ich kann schon seinen Atem spüren und jeder Atemzug zieht mich näher.

»Und«, flüstere ich, »bist du emotional zu sehr involviert?«

»Nein«, sagt er, schon halb in meinen Mund hinein. »Ich bin absolut unvoreingenommen.«

Ein weicher Kuss, samtig raues Zungenstreicheln, höflich, mit viel Raum zum Atmen und Protestieren. Er streicht mir die Haare aus der Stirn, lässt seine Hand an meiner Wange liegen.

»Unser erster Kuss, Mattea.«

Er lächelt und ich weiß nicht, was das ist in seinem Blick, das mich den Atem anhalten lässt. So eine leuchtende Zärtlichkeit habe ich noch nie gesehen. Liebe, oder was? Wie tut man da, was sagt man? Zum Glück wird jetzt sein Lächeln breiter, schelmisch.

»Mir ist, als würden wir uns schon länger kennen. Ich glaube, du erinnerst mich an eine andere.«

»Das höre ich leider öfter.«

Kichernd lassen wir uns hintenüberfallen, liegen nebeneinander, Hand in Hand.

Ein Klappern am Fenster lässt uns auffahren. Mit der Mündung seiner Jagdflinte bohrt Josef in den Spalt zwischen den Fensterläden und drückt den Riegel aufwärts. Die Läden schwingen auf und der Alte starrt ins Zimmer. Tom springt auf.

»Was ist los da drinnen?«

In drei Schritten ist Tom beim Fenster, drückt den Gewehrlauf nach oben. »Hast du ein Problem?«

»Was hast du hier zu suchen?«

»Das ist mein Zimmer. Unser Zimmer.«

»Das geht doch nicht!«

»Anscheinend doch. Ruth weiß Bescheid.« Tom stützt die Arme auf das Fensterbrett, beugt sich hinaus und zwingt den Wächter so, zurückzutreten. »Von mir aus kannst du gehen.«

»Das könnte euch so passen. Ich bleibe hier, bis Ruth mir sagt, dass ich gehen soll.« Er hält die Flinte quer vor dem Körper. »Hier kommt jedenfalls keiner raus.«

»Keine Sorge. Wenn wir gehen, dann durch die Tür. Und jetzt entschuldige bitte, ich will mich hinlegen.«

Tom zieht die Läden zu und verriegelt sie, schließt auch das Fenster.

»Wer ist er?«, frage ich.

»Der Jagdaufseher vom Grafen Wallenberg, dem der Wald gehört.«

»Für den Ruth arbeitet?«

»Offiziell, ja.«

Er nimmt mich in die Arme, schiebt mich auf das Bett zu. Vor der Tür höre ich ein Scharren, vor dem Fenster niest Josef.

»Lass! Die kriegen doch alles mit.«

»Wir sind ganz still. Ich will dich nur spüren.«

Seine Hände wandern unter mein Shirt, schieben es hinauf, gleiten über meine Haut und legen Millionen von winzigen Schaltern um, stellen in Augenblicken jede Weiche auf *Ja*. Ich will ihn jetzt, und wenn Tausende Menschen in der Nähe wären. Ein kurzes Aufjaulen der Alarmfunktionen noch, Selbstachtung, Hemmungen, der gesamte Verstand. Dann versagt das System unter seinen Händen auf meinen Brüsten, seinen Lippen an meinem Hals, seinem Schwanz an meinem Bauch. Uns gegenseitig aus den Kleidern schälend fallen wir auf das Bett, seine Arme um meinen Körper, mein Rücken an seinem Bauch, ein Atem, der durch unsere Körper fließt, und ich beiße auf meine Unterlippe, um nicht aufzuschreien, als er eindringt, ich ihn umschließe wie er mich. Und wir bewegen uns nicht. Halten uns nur. Sind ganz still.

Tag 13

Das Tribunal besteht aus Ruth, Liliana und Saif und findet in der Stube statt. Nebeneinander aufgereiht sitzen meine Richter mir gegenüber an der Längsseite der Tafel. Ruth tippt konzentriert auf ihr Mediapad ein. Durch das Fenster in ihrem Rücken kann ich den grauen Himmel erkennen. Es sieht nach Regen aus. Ein dumpfer Schmerz dehnt sich hinter meiner Stirn aus, drückt von innen gegen die Augen.

Tom sitzt an der Schmalseite des Tisches zu meiner Rechten. Zwar hat Josef sich in martialischer Pose vor der Tür ins Freie aufgebaut, das Jagdgewehr vor dem Bauch, und Nico sitzt auf einem Stuhl vor der Tür zum Flur. Doch sie haben mich nicht gefesselt. Sogar ein Glas Wasser hat Saif mir hingestellt. Bei jeder Maßregelung in der Miliz geht es härter zu. Aber sie können mich nicht gehen lassen. Das muss ihnen klar sein.

Ruth räuspert sich. »Vorab zur Klarstellung: Es ist nicht Zweck dieser Anhörung, ein Urteil über die beiden Morde zu fällen, derer du dich schuldig bekennst. Das ist Sache eines ordentlichen Gerichts …«

»… das in diesem Unrechtsstaat bedauerlicherweise nicht zu finden sein wird«, unterbricht Liliana sie, verstummt jedoch sofort wieder, als Ruth mit dem Nagel ihres Zeigefingers auf die Tischplatte klopft.

»Zweck dieser Anhörung ist es«, fährt Ruth mit erhobener Stimme fort, »zu ergründen, welche dich betreffenden

Maßnahmen zu unserem Schutz erforderlich sind, beziehungsweise ob und inwiefern es eventuell eine«, sie blickt von ihren Notizen auf und fixiert mich prüfend, »Kongruenz unserer Interessen geben könnte.«

»Sie meint deine Motivation in Hinblick auf eine künftige Zusammenarbeit«, assistiert Tom und nickt mir aufmunternd zu.

»Wir waren uns doch einig, dass du nur sprichst, wenn du gefragt wirst«, sagt Saif und Tom senkt den Blick.

»Wer möchte die erste Frage stellen?« Ruth lehnt sich zurück.

»Wie wünschst du dir deine Zukunft?«, fragt Liliana.

Was soll das jetzt? Ich schlucke, kann nicht anders, als Tom ansehen. »Keine Ahnung«, sage ich heiser. »Friede, Freude, Eierkuchen, was weiß ich.«

Die Antwort ist unzureichend, wie die unvermindert bohrenden Blicke verraten. Wenn ich nur wüsste, was sie hören wollen.

»Die Frage stelle ich mir nicht«, setze ich neu an. »Seit ich auf der Flucht bin, habe ich keine Zukunft mehr.« Sie warten noch immer. »Kein Anrecht auf eine Zukunft.«

»Und vorher?«, fragt Liliana. »Immerhin wolltest du heiraten, hast ja auch geheiratet.«

Ich lege die Hände an Stirn und Schläfen, damit mein Schädel nicht platzt. Ich kann das nicht, solche Fragen. Hast du jemals in Gedanken dein Land verraten? Würdest du uns verraten, wenn wir dich freilassen? Auf solche Fragen könnte ich antworten, lügen oder die Wahrheit sagen, ganz nach Notwendigkeit.

»Also: Zukunftshoffnungen vor der Hochzeit!«, fordert Ruth.

»Ich wollte nur weg von der Miliz. Dafür hätte ich alles getan. Wir waren hochkompatibel, der Mann und ich. 78 – 86.«

»Was ist mit Liebe? Glück?«, fragt Liliana.

Ich blicke auf, die Hände an die Schläfen gepresst. »Ich wollte einfach *sein* dürfen, verflucht.«

»Schön«, sagt Ruth. »Was Glück und Liebe angeht, davon gehe ich jetzt mal aus, sind deine Hoffnungen inzwischen höher gehängt.«

Und ausgerechnet jetzt kommt draußen die Sonne zum Vorschein, treibt mir die Tränen in die Augen. Ich presse die Lippen zusammen und linse zu Tom hinüber.

Ruth klopft mit dem Fingernagel. »Was sollte sich ändern in unserem Land? Oder ist alles gut so, wie es ist?«

»Was sind denn das für beschissene Fragen? Keinen Menschen hat je interessiert, was ich mir wünsche.«

Ruth hebt die Brauen. »Selbstmitleid und Wehleidigkeit sind hier meines Erachtens nicht angebracht. Um der Option *Dachbalken* zu entgehen, würde sich vielleicht doch etwas Denkarbeit lohnen.«

»Kann ich etwas gegen meine Kopfschmerzen haben?«

Das lohnt sich nicht mehr, wird Ruth jetzt sagen, würde jeder *Aufrechte* sagen und lachen. *Der Katzen Scherz ist der Mäuse Tod.* Doch Ruth nickt und Tom springt auf.

Ich versuche mich zu erinnern, ob ich mir je gewünscht habe, nach meiner Meinung gefragt zu werden und was ich auf die Fragen geantwortet hätte. Tom kommt zurück, legt mir eine Kapsel in die Hand und küsst mich auf den Haaransatz, bevor er an seinen Platz zurückkehrt.

»Rede mit uns. Wir müssen wissen, wer du bist«, sagt Saif.

Ich lege die Kapsel auf die Zunge, spüle sie mit einem Schluck Wasser hinunter.

»Ich hasse Politik. Sie hat mich meinen Vater gekostet. Und ich war dem Kanzler immer dankbar für die Stabilität, die er dem Land gebracht hat, während rundum das Chaos herrscht. Vor allem für das Minenverbot und den Schutz durch die Miliz. Dass dafür auch mal geschossen werden muss, ist eben der Preis, habe ich gedacht. Aber jetzt? Ich habe geglaubt, dass er über allem steht, dass unsere Regierung das Beste will für das Volk und damit auch für mich. Seit der Sache mit Ina weiß ich, dass der Kanzler auch nur einer von denen ist.«

»Einer von denen?«, fragt Ruth.

Ich zucke mit den Schultern. »Denen es nur um die Macht geht. Wie den Offizieren, den Lehrern, ihr wisst schon. Was sich ändern soll? Das zum Beispiel. Und die kleinen Dinge. Der Druck, die Erniedrigungen. Dauernd aufpassen müssen, was man sagt. Und ich will selbst bestimmen, wann und ob ich Kinder kriegen will. Kunst soll es wieder geben, die diesen Namen auch verdient.«

»Der Kanzler meint: *Sogenannte freie Kunst ist die Krätze der Gesellschaft*«, wirft Liliana ein.

»Mir egal. Niemand soll mehr über mich bestimmen dürfen.«

Erbärmlich und egoistisch. Mein Leben lang kein Gedanke an das große Ganze, keine Idee, wie die Welt sein soll, immer nur ich, ich, ich. Wie Kati. Nur dass mich dafür niemand erschossen hat. Anstatt mir selbst die Kugel zu geben, habe ich eine ermordet, die einen Wert für andere hatte.

»Mit diesen Forderungen bist du mindestens so radikal wie wir«, sagt Liliana und verzieht die vollen Lippen. »Und damit bist du natürlich politisch, ob du willst oder nicht. Du forderst deinen Teil an der Macht ein. Zu Recht.«

Vielleicht stimmt das, doch eigentlich ist es mir schon wieder egal, was sie und die anderen denken. Nur Tom hätte nicht hören sollen, wie klein ich bin, wie lächerlich und egoistisch.

»Ich habe mich gewehrt«, sage ich. Mir ist, als platze eine Blase in meinem Schädel und der Schmerz löst sich auf. Ein feines Zeug in dieser Kapsel.

»Das haben wir mitbekommen«, sagt Ruth und schnaubt. »Die gute Nachricht ist: Auch wir wehren uns gegen Gesinnungsterror und Repression. Was hindert dich, an unserer Seite zu kämpfen? Zumal du ja inzwischen selbst erkannt hast, wie verlogen und verdorben die Führung unseres Landes in Wahrheit ist.«

Es verstört mich noch immer, solche Beleidigungen über den Kanzler zu hören. Fast will ich ihn verteidigen, als mir sein schadenfrohes Grinsen über die Demütigung von Ina Matusek einfällt.

»Was ist?«, fragt Ruth. »Wir sind nicht da, um dir beim Grübeln zuzuschauen. Ich frage dich jetzt ganz deutlich: Bist du bereit, dich uns anzuschließen und ohne Wenn und Aber zu tun, was wir von dir erwarten?«

Soviel zu meiner angeblich berechtigten Forderung nach Selbstbestimmung. Dennoch ist das mit Sicherheit das beste Angebot, das ich zu erwarten habe.

»Mich euch anschließen – dazu müsste ich wissen, wofür ihr steht. Wie wollt ihr das Land vor unseren Feinden schützen? Nur eine starke Hand kann das. Ihr seid euch ja untereinander nicht einmal einig.«

»Es ist das Wesen der Demokratie, Kompromisse zu suchen.«

»Mit wem? Mit den Kulturfremden, die unser Land überrennen werden, sobald wir die Grenzen öffnen? Was bleibt dann noch von unserer Identität?«

»Fühlst du dich von mir bedroht?«, fragt Saif.

»Von dir nicht. Aber es sind nicht alle wie du. Es waren zu viele, die damals gekommen sind, halbe Höhlenmenschen, jede Menge islamistischer Terroristen und so weiter.«

Saif schnalzt verärgert mit der Zunge. Dabei würde ich mir wünschen, dass er mich mag. Immerhin ist er Toms Vater. Doch deswegen lügen will ich nicht.

»Selbst, wenn alle wie du gewesen wären – wir sind ein kleines Land. Wir können nicht alle aufnehmen, die irgendwo hungern, und auch nicht die Kriegsopfer der ganzen Welt ernähren. *Unser Land für uns're Leut,* sagt der Kanzler und ich kann daran noch immer nichts Falsches finden. Warum sind sie nicht daheim geblieben und haben ihre Länder in Ordnung gebracht, anstatt uns auf der Tasche zu liegen?«

Ruth seufzt. »Die ganze Menschheitsgeschichte hindurch hat es Wanderungsbewegungen gegeben.«

Der Satz klingt, als hätte sie ihn schon millionenfach gesagt und vielleicht merkt sie das selbst, denn sie holt zwar tief Luft, als setze sie zu einer langen Rede an, sagt dann aber nur: »Eigentlich habe ich nicht die geringste Lust, dir hier eine Wahlrede zu halten. Du hast uns kennengelernt, urteile selbst, ob du uns vertrauen kannst.« Schweigend blickt sie auf ihre Hände, die sich langsam öffnen, bis sie sich nur noch an den Fingerkuppen berühren.

Und dann kann sie es doch nicht lassen. »Zu deiner Frage nur so viel, es gibt im Prinzip zwei Möglichkeiten: Man kann Mauern bauen und sich mit der Waffe in der Hand dahinter aufstellen. Der Kanzler ist nicht der Einzige und nicht der Erste, der diese Methode gewählt hat, und er wird vermutlich auch nicht der Letzte sein. Die Nachteile sind offensichtlich. Erstens: Man muss bereit sein zu töten, denn nur mit guten Worten lassen sich entschlossene Menschen weder aus- noch einsperren.« Sie hält inne, trinkt einen Schluck. »Und zweitens wird auch das auf Dauer nichts nützen. Die Geschichte hat vielfach bewiesen, dass Mauern keine langfristigen Lösungen sind. Jede Mauer wurde irgendwann überrannt oder niedergerissen, meist nach wenigen Jahren oder Jahrzehnten, manchmal erst nach Jahrhunderten. Grenzen, Nationen, Rassen, das sind überholte Kategorien in einer Welt, die man innerhalb von zwei Tagen umrunden kann. Wir können die Uhr nicht zurückdrehen, es sei denn, wir hätten vor, die Menschheit mit unseren Waffen so weit zu dezimieren, dass sich globales Denken erübrigt.«

»Ja, schon gut, ich hab's kapiert. Es gibt also keine Aussicht, dass alles bleibt, wie es ist. Und im Tausch für Kontrolle, Sicherheit und Schutz, die der Kanzler bietet, willst du mir was geben? Die ungewisse Hoffnung auf Kompromisse? Das Gleichgewicht muss immer wieder von Neuem erstritten werden?«

Ruth hebt die Hände und lehnt sich zurück. »Wenn du es so ausdrücken willst. Du musst dich entscheiden, auf welcher Seite du stehen willst. Jetzt.«

»Der Wandel ist nicht aufzuhalten«, sagt Liliana. »Schon jetzt ist es kaum mehr möglich, alle Kommentare und Videos unzufriedener Bürger, die auf *Mindmine* geteilt werden, zeitnah zu entfernen. Obwohl das Personal aufgestockt wurde. Nur in drastischen Fällen werden die Urheber noch verfolgt, ansonsten wird nur noch gelöscht, weil einfach die Ressourcen fehlen. Inzwischen kennt doch praktisch jeder Leute, die aus irgendwelchen Gründen Bekanntschaft mit der Polizei gemacht haben. Es gilt ja schon als unerlaubte Zusammenrottung, wenn man sich zu dritt in der Nähe eines Regierungsgebäudes unterhält …«

Obwohl alles zu stimmen scheint, was sie sagt, werde ich den Gedanken nicht los, dass sie und Ruth mich manipulieren. Ich bin immer noch eine Mörderin und weder Ruth noch Liliana haben das vergessen. Die Rettung einer verirrten Seele oder ähnlich uneigennützige Motive haben in dieser Welt keinen Platz. Aber Ruth ist anders als ich. Sie denkt an das Ganze. Ein Menschenleben ist für sie nicht von Bedeutung, wenn es um die Erreichung ihrer Visionen geht. In dieser Hinsicht wird sie sich nicht groß vom Kanzler unterscheiden. Bleibt nur eine Möglichkeit:

Sie brauchen mich. Als Mörderin vielleicht. Oder als Ina Matusek.

»Kaffee«, sagt Ruth und Nico springt auf.

Ich klemme die Hände zwischen meine Schenkel, weil weder der Gedanke an Tom noch der Pullover seiner Schwester verhindern können, dass ich zittere. Draußen löst die Sonne die Wolken zunehmend auf. Mein Zittern kommt von innen. Angst schon wieder. Ich stehe am Rand eines Abgrundes und man will mir die Entscheidung überlassen: springen oder gestoßen werden.

»Wir haben uns überlegt«, sagt Liliana, »dass Ina ihre Destabilisierungsarbeit fortführen sollte.«

Nico trägt Kaffee auf, dickflüssig wie Öl, und schenkt ein.

»Keine Milch, danke.« Ich lege beide Hände um die Tasse, als könnte Wärme meine Angst besiegen, und nippe an der süßen schwarzen Brühe. Tatsächlich scheint sie Trost zu spenden wie Tee am Krankenbett. Ich schließe kurz die Augen, stelle mir Mamas Hand an meiner Wange vor.

»Du musst nichts weiter tun als bisher«, fährt Liliana fort, »nur, dass es keine Flucht mehr sein wird, sondern eine Reise. Eine Tournee, wenn man so will. Ina soll zur Heldin werden, die den Staat zum Narren hält.«

Ruth nickt ihrer Tochter zu und lächelt mich schief an. »Ein Schelmenstück nannte man das früher. Wir werden dafür sorgen, dass das Volk dich liebt. Jeder versucht doch, die Obrigkeit auf die eine oder andere Weise zu hintergehen. Die Möglichkeiten dazu sind in unserem kontrollwütigen Staat allerdings begrenzt, wenn man nicht seine Freiheit riskieren will. Ein bisschen Steuerhinterziehung hier, ein paar verstohlene Witze über den Kanzler da. Du wirst ein Symbol für das, was möglich ist, ein Symbol der Selbstbestimmung.«

Ein fremdbestimmtes Symbol der Selbstbestimmung. Ich verziehe gequält das Gesicht.

»Und natürlich werden die Leute noch mehr als bisher bezweifeln, dass die wahre Ina gefangen gehalten wird. Wenn der Kanzler sie dann am Tag der Nation wirklich hinrichten lassen will, dann wird es einen Aufstand geben.«

Zwei Fliegen mit einer Klappe schlagen, das wollen sie also. Die echte Ina retten und den Umsturz anzetteln. Und ich soll die Klappe sein.

»Wir werden *Mindmine* und TV nutzen, um dich zu unterstützen«, fällt Liliana wieder ein. »Schon jetzt gibt es eine Unzahl an Gruppen, die sich mit dir, respektive Ina, beschäftigen. Es ist wie eine Schnitzeljagd. *Inafinder, Inarennt* oder *Inaundich* erhalten kaum weniger Kommentare als vor Inas Verhaftung und werden von den Behörden nicht gesperrt, weil man ja weiterhin auf der Suche nach der offiziell falschen Ina ist.«

»Dann könnt ihr mich auch gleich ausliefern. Die Miliz wird mich schnappen, sobald ich den ersten Ort betrete.«

So verwirrt und verloren habe ich mich zuletzt in der Zelle in Kirchdorf gefühlt. Tom streckt die Hand nach mir aus, ohne mich zu berühren.

»Auszuschließen ist das natürlich nicht«, gibt Ruth zu. »Aber wir alle gehen ein hohes Risiko ein. Nicht nur, indem wir bereit sind, dir zu vertrauen. Bisher weiß keiner, wen Ina unter der Folter verraten hat. Gut möglich, dass es demnächst einige unserer Freunde erwischt. Die meisten von ihnen haben weit mehr zu verlieren als du.«

»Wir werden dich nicht aus den Augen lassen«, sagt Liliana. »Wo auch immer du auftauchst, werden Menschen sein, die über dich wachen, dir Unterschlupf geben, dich mit Nahrung und frischer Kleidung versorgen.«

»Wie soll das gehen?«

»Du bekommst ein Fonband einer fiktiven Existenz, mit dessen Hilfe wir dich jederzeit orten können. Die Funktionen sind natürlich eingeschränkt, aber du wirst uns einen Notruf senden können, falls du in Schwierigkeiten gerätst. Der geht zu unserem Schutz nicht an eine reale Person, sondern landet auf einem anonymen Server, der stündlich abgerufen wird.«

Alles durchdacht, alles ausgemacht. »Habe ich eine Wahl?«

Ruth wiegt den Kopf. »Hast du eine Wahl?«

Springen oder gestoßen werden. »Kann Tom mit mir gehen?«

Liliana lächelt milde. »Wir haben darüber nachgedacht. Ein hübsches junges Paar, medial macht sich das gut.«

»Ich will das nicht«, sagt Saif. »Es gefährdet meine Familie, vor allem meine Tochter Anna. Tom muss zurück ins Tal. Es steht auch seine Karriere auf dem Spiel.«

Wenn das Ruth überzeugt hat, zählen Menschen vielleicht doch. Oder sie gönnt mir keinen Beistand, der wirklich auf meiner Seite steht. Dass man allerdings von Karriere sprechen kann bei einem kleinen Wirtshaus in einem Provinzkaff, das fällt einem vermutlich nur ein, wenn man aus einem Land kommt, in dem fließendes Wasser und Strom schon als Luxus gelten.

»Wir brechen in drei Stunden auf«, sagt Ruth. »Liliana und Nico, ihr solltet euch gleich auf den Weg machen.«

Unter dem Tisch greife ich nach Toms Hand, die nur wenig wärmer ist als meine. Drei Stunden.

Ruth sieht mich durchdringend an. »Alles klar soweit?«

»Lass uns packen«, flüstert Tom.

Wir schleichen auf unser Zimmer, fallen auf das Bett und halten uns wortlos umschlungen, bis Josef an die Tür klopft, uns harsch zum Aufbruch mahnt.

»Werden wir uns wiedersehen?«, frage ich, ohne Tom anzusehen.

»Sicher«, sagt er, doch es klingt nicht so. »Ich … Na, du weißt schon.« Er nimmt mein Gesicht in beide Hände und schaut mich auf süße Weise verzweifelt an, macht überdeutliche Mundbewegungen, ohne dass ein Ton herausdringt.

»Du hast dich in mich verliebt?«

Er nickt. Ich schließe die Augen, hülle mich ein in sein Gefühl, lasse es durch meinen ganzen Körper sickern. Was findet er an mir? »Ich …« Meine Stimme versagt.

Er küsst mich. »Schon gut. Du musst es nicht sagen. Vergiss es nur nicht.«

Erneutes Hämmern an der Tür, dann Ruths Stimme. »Wir warten auf euch.«

Tom stopft seinen Rucksack voll. Ich habe nichts zu packen, außer meiner Waffe. Aber die ist nicht da. Ich suche alles ab.

»Hast du die Glock?«

Er schüttelt den Kopf. »Es tut mir leid. Sie haben das Zimmer durchsucht. Ich konnte nichts dagegen tun.«

Zu einer Heldin wollen sie mich machen, haben sie gesagt. Helden sind bewaffnet oder haben Superkräfte. Ich soll keine Heldin werden, sondern Opferlamm. Doch es ist immerhin ein Aufschub. Bisher hat mich jeder Schritt zum nächsten geführt.

Wir nehmen einen anderen Weg ins Tal. Ruth geht voran, dahinter Tom und ich. Josef macht die Nachhut. Ruth sondert Instruktionen ab.

Ich soll Sorge tragen, dass man mich bemerkt, sympathisch wirken und bloß keine Gewalt. Mich verstecken, wenn Miliz naht – darauf wäre ich nie gekommen –, aber mich unbedingt knipsen lassen, wenn man mich bemerkt. Auf *Mindmine* verfolgen, wie sich die Sache entwickelt, aber keinesfalls selbst kommentieren oder posten, weil das meine falsche Identität kompromittiert. Möglichst oft Nachrichten anschauen. Mir das Kennwort merken, mit dem sich die Zecken mir gegenüber zu erkennen geben werden. Immer auf der Hut sein, selbst wenn das Kennwort fällt, denn schließlich wurde auch Ina von einem der Unsrigen verraten. Mich mit ganzem Herzen für die gute Sache einsetzen und im Fall einer Verhaftung auf psychisch gestört machen. Oder aufs Ganze gehen, Fluchtversuch. Wie lautet das Kennwort? Alle Namen am besten sofort wieder vergessen.

Wie ein Regenschauer prasseln ihre Anweisungen auf mich ein, perlen wie jeder andere Reiz ab an dem Mantel aus Zweisamkeit, der über mir und Tom liegt, ein allerletztes Mal vielleicht. Doch irgendwann, das Tal ist schon nah, dringt wie ein Tropfen durch einen kleinen Riss das Bewusstsein meiner Macht. Sie haben sich mir ausgeliefert. Ich kenne ihre Namen.

Meine Schritte werden leichter und kurz vergesse ich sogar Tom. Ich gehe auf eine Gabelung zu und kann mich selbst entscheiden. Mattea sein, das verlorene Schäfchen, das reuig zur Herde zurückkehrt und die Feinde des Kanzlers verrät zum Wohle der Nation. Oder noch einmal Ina geben, Ina in meiner Fasson. Ich habe die Wahl. Und Ruth weiß das. Sie muss mir in dieser Sache vertrauen. Auch wenn sie fast sicher sein mag, dass ich Tom nicht verraten würde – ein Restrisiko bleibt.

»Zeit zum Abschied«, sagt Ruth und umarmt mich steif. »Weißt du das Kennwort noch?«

»Nein, keine Ahnung.«

Ruth schließt die Augen und nickt, dreht sich um und winkt Josef zu sich.

Tom sieht mich an und ich sehe ihn an, will ihn nicht umarmen, weil es das letzte Mal sein könnte. Er nimmt meine Hände, zieht mich ganz langsam näher. Wir küssen uns, wie man sich küsst, wenn man weiß, dass andere ungeduldig warten, denen dieser Abschied nichts bedeutet. Ich wünsche mir einen Meteoriten mit anschließendem Feuersturm, der unsere ineinander verschlungenen Silhouetten in den Fels einbrennt und Schluss.

Immer noch drückt Tom mich fest an sich, flüstert mir eine Nummer ins Ohr und wiederholt sie zwei Mal. »Merk sie dir und schick mir eine Nachricht. Widersprich jetzt nicht. Ich scheiß auf die Gefahr, muss wissen, wie es dir geht. Vielleicht können wir uns treffen, irgendwo unterwegs.« Noch einmal wiederholt er die Nummer.

Er lässt mich los und plötzlich freue ich mich, kann kaum erwarten, ihn wiederzusehen, noch bevor wir uns getrennt haben. Ein Kuss noch, dann löst er sich, geht rückwärts in Richtung Norden, hält meine Hand, bis unsere ausgestreckten Fingerspitzen den Kontakt verlieren. Ich drehe mich um und stelle mich neben Ruth.

»Das Kennwort lautet wie?«, fragt sie.

Um ein Haar antworte ich mit Toms Zahlenfolge. »Zwillinge«, sage ich, »das Kennwort lautet Zwillinge. Dabei gebe ich einen Dreck auf Horoskope.«

Tag 14

Seit einer Viertelstunde schnurrt der Wagen über die Autobahn. Am Steuer sitzt Josef. Abgesehen von einer missmutigen Begrüßungsformel ist ihm noch kein Wort entkommen. Das Schweigen lastet umso schwerer, als der Elektroantrieb des Geländefahrzeugs nur ein kaum wahrnehmbares Summen erzeugt.

»Wie wäre es mit Musik?«

Josef dreht das Radio auf. Blechbläser spielen Volksmusik, wecken Erinnerungen an die Folter im Gefängnis. Ich fasse nach dem Reglerknopf, doch Josef blockiert meine Hand mit der seinen. Ich warte auf den Paukenschlag, starre, um mich abzulenken, auf das glänzende Band an meinem Handgelenk. Starr und eng wie eine Fessel fühlt es sich an. Noch habe ich es nicht aktiviert, will nicht vom Zustand der Abstinenz nahtlos wieder in die Abhängigkeit zurückfallen. Da ich in der virtuellen Welt ohnehin nicht agieren, sondern nur beobachten darf, ist der Antrieb mich einzuklinken beherrschbar. Noch ist es zu früh, um Tom zu schreiben.

Die Nacht habe ich in einem fremden Kinderzimmer voller Digiposter mit Fußballern und leicht bekleideten Sängerinnen verbracht. Kurz nach Einbruch der Dunkelheit lieferten Ruth und Josef mich dort ab. Willkommen war ich nicht. Ein paar Brote und Tee zum Abendessen, ein paar Brote und Tee zum Frühstück, beides auf dem Zimmer serviert. Wann immer ich die Tür öffnete, verstummten alle Geräusche mit Ausnahme des Soundteppichs der Mediawand, die einen Stock tiefer in scheinbar staatstragendem Dauerbetrieb lief. Als hielten alle vor Angst den Atem an. Nur einmal eine Kinderstimme, durch entschlossenes Zischen zur Ruhe gebracht. Jedenfalls war ich heilfroh, als nach dem Frühstück Josef vor der Tür stand.

Rein atmosphärisch ist die aktuelle Situation allerdings keine Verbesserung. Nun tatsächlich eine Pauke. Meine Hand schießt vor und drückt den Knopf, bevor Josef reagieren kann. Stille.

»Wohin fahren wir?«

»Dauert nicht mehr lang.«

»Da sind wir wohl beide erleichtert.«

Keine Antwort, nicht einmal ein Blinzeln. Josef wäre ein großartiger *Aufrechter.*

»Wie kommt so einer wie du zu den Zecken?«

»Geht dich nichts an.«

»Hältst du mich für eine Verräterin?«

Keine Antwort.

»Hilft aber auch nichts, wenn du nicht mit mir redest. Dass du ein aufrechter Zeck bist, weiß ich so oder so.«

Er seufzt tief auf, verflucht vermutlich den Umstand, dass er mich nicht bei Gelegenheit mit seinem Jagdgewehr erlegt hat. Jetzt ist diesbezüglich nichts mehr zu machen, sofern ihm nicht einfällt, auf Autopilot umzuschalten.

»Die Umwelt«, ringt Josef sich ab.

»Wie, die Umwelt?«

»Ist der Grund, warum ich einen Regierungswechsel befürworte.«

»Klingt interessant, aber ich verstehe es nicht.«

Er verlangsamt das Tempo und einen Moment lang fürchte ich, dass er mich auf der Stelle am Rand der Autobahn aussetzt. Dann seufzt er erneut und beschleunigt wieder.

»Die Regierung vertritt den Standpunkt, dass der Klimawandel nicht vom Menschen verursacht wird«, stößt er zwischen den Zähnen hervor. »Trifft deshalb keine Maßnahmen. Immer heißer wird's. Selbst die Wasserversorgung ist langfristig gefährdet. Der Herr hat uns die Erde anvertraut und anstatt seine Gabe zu achten, ruinieren wir …«

Unvermittelt bricht er ab. Einerseits tut er mir fast leid, wie er mit vorgerecktem Kinn verbiestert die Straße fixiert, sich in die Stille hinein räuspert, die nun noch drückender wirkt. Andererseits beneide ich ihn um seine Überzeugung. Es ist fast egal, wofür einer brennt, jedes Feuer wärmt.

»Deshalb das Elektroauto«, stelle ich fest.

Da er mich keines Blickes, noch weniger einer Antwort würdigt, sehe ich aus dem Fenster. Wiesen, Felder, Wälder, rundum Berge und kein Mensch zu sehen, jeder Einzelne eingeschlossen in eine Blechkiste, die dazu beiträgt, das alles zu zerstören. So sieht er es wohl.

»Du magst die Menschen nicht besonders, oder?«

»Die Erde wäre ohne sie besser dran.«

Ich hoffe, dass er keine Kinder hat. Links blitzt ein See in übernatürlichem Blau, in dem sich Schäfchenwolken spiegeln. Eingefasst von bewaldeten Bergen und bizarren Felsen liegt er im Sonnenlicht, gespickt mit Dreiecken windgeblähter Segel.

Josef blinkt, wir fahren ab. Durch eine Unterführung kreuzen wir die Autobahn, lassen einen ausgedehnten Parkplatz rechts liegen, fahren auf die Raststation zu und halten an. Josef greift auf die Rückbank und zieht einen kleinen Rucksack an sich, wirft ihn mir auf den Schoß.

»Steig aus!«, befiehlt er. »Da drin ist Proviant und Wäsche zum Wechseln. Dein erster Einsatzort. Mondsee.«

»Was soll ich hier machen?«

»Dich sehen lassen.«

»Und dann? Wohin?« Jähe Panik lässt meinen Herzschlag flattern.

»Genau gegenüber, auf der anderen Seite des Sees, liegt ein Golfplatz. Schlag dich in den Wald, wenn du deine Aufgabe erledigt hast. Geh zum Clubhaus, nachts, wenn die Gäste weg sind. Der Platzwart ist einer von uns.«

»Wie soll ich dort hinkommen?«

Er zuckt mit den Schultern, langt über mich hinweg und stößt die Tür auf meiner Seite auf, ruckt gebieterisch mit dem Kopf, viel zu nah. Der Geruch selten gewaschener Altmännerkleidung weht mich an. Er zückt seine Geldbörse, zieht ein paar Scheine heraus und stopft sie mir in die Hosentasche.

»Spesen«, sagt er. »Auf dem Band ist auch Kredit. Und jetzt hopp!«

Er löst meinen Gurt und ich klettere aus dem Wagen.

»Mach das Band an!«, ruft er noch, bevor er die Tür zuknallt und aufs Gas steigt.

Ich aktiviere es nicht und trotte auf die Raststation zu. Die Automatiktür gleitet auf. Laubenartige Metallgerüste teilen den Innenraum in Nischen, in denen einige wenige Gäste sitzen. Längst noch nicht Mittag und schon riecht es nach Wiener Schnitzel. Niemand beachtet mich auf meinem Weg zur Terrasse. Ich setze mich an einen Tisch direkt am Geländer, ziehe den grünen Pulli aus und binde ihn mir um die Taille. Die Luft ist prickelnd frisch. Unter mir, etwa drei Meter tiefer, eine saftige Wiese, die abfallend direkt zum See zu führen scheint. Silberblau tanzen die Wellen im Sonnenlicht. Der Golfplatz auf der anderen Seite ist trotz der Entfernung gut zu erkennen. Wie ein breiter Kragen schmiegt er sich um das Ufer eines Seeausläufers.

»Haben Sie gewählt?« Die dicke Kellnerin im Dirndl lächelt leer.

»Melange und ein Stück Sachertorte, bitte.«

Ich werde mir ein Boot organisieren müssen, um dort hinüberzukommen. Ich nippe an meinem Kaffee, trage die Schokoglasur der Torte mit der Gabel ab, lutsche sie von den Zinken, bevor ich mich dem weichen Inneren widme. Was mache ich hier? Das Gefühl der Freiheit, das mich auf meiner Flucht trotz aller Schwierigkeiten weitergezogen hat, lässt sich nicht abrufen.

Ein Mädchen, etwa vierzehn, fünfzehn, mit glatten blonden Haaren und spitzer Nase, wandert scheinbar ziellos über die Terrasse, linst aus dem Augenwinkel zu mir hinüber. Ich sollte sie anlächeln, ansprechen sogar, auftragsgemäß, stattdessen wende ich mein Gesicht ab und beschirme es mit der aufgestützten Hand.

»'Tschuldigung«, sagt sie leise aus zwei Metern Entfernung. »Sind Sie nicht die …?«

So schnell geht das. Finster sehe ich sie an.

»Bitte«, sie tritt einen Schritt näher, flüstert. »Ich verrate Sie nicht, ich schwöre! Darf ich ein Pic von Ihnen …« Sie lässt ihr Band aufleuchten. Ihre Hand zittert. »Das wäre gigacool. Ich bin in Ihrer Gruppe.«

»Meine Gruppe?«

»Na, *Ina-rennt,* auf *Mindmine.*«

»Sagt mir nichts.«

»Wir denken uns Fluchtwege und Verstecke aus und acten Ihre Wege nach. Animiert natürlich. Wie ein Spiel.« Sie schaut auf meinen Teller und ihre Augen leuchten auf. »Sachertorte? Die mag ich auch. Machen Sie das immer so mit der Glasur?«

Ich versenke die Gabel im Kuchen und lasse sie stecken. Mein Leben – ein Spiel, nicht nur für Ruth. Jede Info über den Avatar hilft, ihn besser zu kontrollieren und seien es seine Essgewohnheiten.

»Jedenfalls«, sagt die Kleine eifrig, »seit Kirchdorf hat niemand mehr ein scharfes Pic von Ihnen gepostet. Bitte!«

»Willst du mit drauf?«

Sie reißt die Augen auf. »Oh Gott, ja! Nur zur Erinnerung. Und eins von Ihnen allein für *Mindmine*, geht das?« Ihre Stimme bebt vor Aufregung.

»In Ordnung. Aber mach schnell. Und versprich mir, dass du das Bild erst morgen postest.«

»Geht klar!«

Sie geht neben meinem Stuhl in die Hocke, ihre linke Hand formt ein Victoryzeichen zwischen unseren Köpfen. Ich setze mein Fotogesicht auf und sie tippt auf ihr Band.

»Tu mir einen Gefallen«, sage ich und ziehe das Geld aus der Tasche, drücke ihr einen Schein in die Hand und dazu die Rechnungskarte. »Zahl für mich. Ich muss jetzt weiter.«

Ich schiebe den Stuhl zurück.

»Sind Sie die echte?«, flüstert das Mädchen.

»Was denkst du?« Ich zwinkere ihr zu, schultere den Rucksack, steige über das Geländer und lasse mich ins Gras fallen.

»Hey, Sie ...« und »Halt!« rufen sie oben, Gäste oder Kellner, und ich verfluche den Plan. Dann höre ich die Stimme des Mädchens, verstehe im Laufen schon nicht mehr, was es sagt, bekomme nur mit, dass sich der Tumult beruhigt. Ob die Kleine mich wirklich in Schutz nehmen will oder es nur um den Marktwert ihres Bildes geht, frage ich mich, während ich über die Wiese hetze, an einem Paar vorbei, mich durch eine Lücke in der Hecke zwänge und weiterrenne, bergab. Wenn man mich jetzt erwischt, wird es viele Fotos geben. Entkomme ich, hat sie das einzige.

Endlich entrinne ich den Blicken von oben durch eine schützende Baumgruppe, bremse meinen Lauf, haste zwischen Häusern hindurch und stehe endlich an der Straße, die ganz in der Nähe des Ufers verläuft. Auf der anderen Straßenseite schwenkt eben ein Bus aus der Haltestelle. Ich sprinte hinüber, vielleicht stoppt er noch. Er beschleunigt. Ich unterdrücke einen Fluch, keine Zeit, mich zu ärgern.

Die Straße ist hier begrenzt von einer hohen Hecke, nicht zu überwinden. *Land der Hecken, Land der Zäune,* das fehlt im Text der Bundeshymne. Ich wende mich nach rechts. Die Hecke endet. Ich schlage mich zwischen die Bäume und atme durch, sehe mich nach Verfolgern um, doch auf dem Hang zur Raststation hin ist alles ruhig und in meiner Nähe ist kein Mensch zu sehen.

Ich klettere über einen Drahtzaun, reiße ihn dabei fast um, dränge mich durch Büsche und finde mich auf einer Wiese wieder, die direkt am Ufer endet. Bis auf ein paar Vögel und die entfernten Rufe spielender Kinder ist es still. Das Grundstück scheint verlassen. Ein Bootshaus, ein Steg, daran vertäut ein Ruderboot aus Aluminium. Das Bootshaus ist verschlossen. Hohl klingen die sonnentrockenen Planken des Steges unter meinen Schritten. Durch die Ritzen steigt der modrige Duft der nassen Pfähle auf. Ich löse das Tau, springe ins Boot, lasse die Ruder ins Wasser gleiten und ziehe kräftig durch, um vom Ufer wegzukommen.

Von hier aus wirkt das Wasser nicht mehr blau, aber doch wesentlich klarer als das der alten Donau. So oft war ich dort rudern oder Tretboot fahren mit Julia oder Shirin. Mit Kati. Wir lieferten uns Seegefechte mit Schulkameraden, auch nach Julias Unfall. Zum Schwimmen hat sie die Prothese immer abgeschnallt.

Inzwischen habe ich mich weit genug vom Ufer entfernt, um nicht auf Anhieb als Bootsdiebin erkennbar zu sein. Ich sehe mich um. Hinter meiner linken Schulter liegt der Golfplatz, vielleicht einen Kilometer entfernt, vielleicht ein wenig mehr. Es ist viel zu früh, um direkt dorthin zu rudern. Die Sonne steht noch nicht mal im Zenit.

Weil die Strömung mich südostwärts treibt, korrigiere ich den Kurs, rudere bis in die Mitte des Sees und hole die Ruder ein. Ein Katamaran mit zwei johlenden Jugendlichen jagt viel zu knapp an mir vorbei, bringt das Boot heftig zum Schwanken. Ich klammere mich an den Bordwänden fest, verfolge die Segler mit Blicken, während das Schaukeln meiner Nussschale langsam zu einem sanften Schlingern wird. Alles würde ich dafür geben, so sorglos zu sein.

Ich inspiziere den Inhalt des Rucksacks. Zwei Shirts, zwei Slips, zwei Paar Socken, ein Handtuch, eine Zahnbürste, eine Tube Zahnpasta und ein Stück Seife. Sonnencreme. Wer wohl verantwortlich ist für diese fürsorgliche Geste? Josef sicher nicht. Brote mit Salami und Käse, eine Literflasche Wasser, Energieriegel. Und mein Messer. Gerührt fahre ich mit dem Finger über die Breitseite der Klinge.

Ich drücke den Knopf, um das Fonband zu wecken. *Wieder knapp davongekommen*, tippe ich und dann Toms Nummer. Ich sende den Text nicht ab, doch es hilft zu wissen, dass es jemanden gibt, der von mir hören will.

Ich gebe *Ina-rennt* ein und kann kaum glauben, was ich sehe. Noch nicht das Bild von der Raststation, zum Glück. Stattdessen zahlreiche andere aus allen Teilen des Landes, die nicht mich zeigen, sondern Frauen, die mir auf die eine oder andere Weise ähnlich sehen. Ein Fernurlauber will mich gar in der Karibik gesehen haben, doch diese Ina Matusek gleicht eher der echten als mir. Ein Link verweist auf eine Seite, die seit gestern einen *Ina-Matusek-Lookalike-Contest* ausruft. Ich reibe mir die Augen. Über zwanzig Einträge gibt es schon. Einige Mädchen verkünden, dass sie sich die Haare schneiden oder blond färben haben lassen oder tragen Kontaktlinsen, um mir ähnlich zu sehen. Unter dem Foto eines Babys steht: Das ist unsere Ina. Es ist einige Monate alt, trug also schon vor meiner Flucht diesen Namen. Dennoch weht aus der Meldung ein Hauch von subtiler Regimekritik.

Ob Liliana hinter dieser Seite steckt? Doch *Ina-rennt* ist schon zu lange online, um den Plänen zu entspringen, die erst im Zeckennest geschmiedet wurden.

Was sehen die Leute in mir? Es kann ein Spiel sein oder der Beginn einer Rebellion mit erlaubten Mitteln. Mit mir, Mattea Inninger, hat es jedenfalls nichts zu tun.

Fragt sich nur, wie viel Mattea noch in mir steckt, wie weit das Konzept Ina mich schon übernommen hat. Ein Kunstprojekt ist das eigentlich, endlich wieder Kunst, gesellschaftlich relevant noch dazu. Trotz der Mittagshitze kehrt die Gänsehaut zurück. Wäre ich die Künstlerin, dürfte ich dem Prozess nicht so hilflos ausgeliefert sein. Ist es also Ruths Projekt? Oder steckt ein kollektiver Geist dahinter? Der Volkswille. Gott. Tut auf allmächtig, allgütig und so weiter und arbeitet in Wahrheit selbst erst daran, die Welt zu verstehen, sie künstlerisch zu durchdringen. Alles Leid der Welt und alles Glück nur Ergebnisse der Versuchsanordnungen eines neugierigen Gottes. Wir brauchen nicht ihn, er braucht uns.

Ich rufe die Nachrichten auf. Die Innenministerin bedankt sich für die rege Mithilfe der Bevölkerung bei der Suche nach der Flüchtigen, die sich als Ina Matusek ausgebe. Jedem Hinweis werde nachgegangen. Besorgte Bürger fragen, ob der Schutz des Landes nicht Vorrang vor der Verfolgung einer allem Anschein nach ungefährlichen Wertlosen haben sollte.

In den USA steigen die Lebensmittelpreise in schwindelerregende Höhen. Die Hungersnot fordert erste Todesopfer, Nahrungsmittelbezugsscheine werden ausgegeben, können jedoch nicht mehr in allen Teilen des Landes eingelöst werden. Jahrzehntelange Kultivierung genmanipulierter Monokulturen zusammen mit dafür maßgeschneiderten Pestiziden haben zu Resistenzen bei Fressinsekten geführt. Kartoffelkäfer und Heuschreckenschwärme fallen über die Felder her, Ernteausfall im gesamten mittleren Westen. Großraumflugzeuge voller verzweifelter Familien verlassen das Land in Richtung Westafrika, wo die Entwüstungs- und Wiederaufforstungsprojekte des letzten Jahrzehnts die kritische Phase überwunden haben.

Westafrika, ein fremder Kontinent. Wie es wohl wäre, die Wüste zum Blühen zu bringen?

Der österreichische Außenminister bietet an, Experten für biologischen Landbau sowohl nach Amerika als auch nach Afrika zu entsenden. Ob auch er daran denkt, unser kränkelndes Land zu verlassen?

Soll ich nun doch eine Nachricht an Tom schicken? Über Sachertorte muss ich schreiben, damit er weiß, dass sie von mir ist. Ich wische mich durch die Einstellungen des Bandes, um festzustellen, welche Identität mir da überhaupt zuteilgeworden ist und schreie vor Wut auf. Gerhard Rummler soll ich sein. Ein Mann! Damit fliege ich selbst bei der oberflächlichsten Heimatschutzkontrolle auf. Josef, dieses Schwein! Er hat mir das Band am Morgen in die

Hand gedrückt. Dass er mich nicht leiden kann, ist eine Sache, dass er mich offenbar eliminieren lassen will, eine andere.

Tief atmen und nachdenken.

Wenn es um die Ortung geht, könnte eine männliche Identität ihre Vorteile haben. Wo auch immer ich gesehen werde, wird man vermutlich alle Frauen überprüfen, die zur gleichen Zeit dort lokalisiert werden können, wird nach Übereinstimmungen fahnden. Möglicherweise also doch kein Verrat, sondern Raffinesse, auf Ruths oder Lilianas Mist gewachsen.

Ein leises *Pling* verkündet den Eingang einer aktuellen Meldung der Sicherheitsbehörden. Neueste Erkenntnisse der Ermittler im Fall Matusek deuten darauf hin, dass es sich bei der als Ina Matusek inhaftierten Terroristin in Wahrheit um die wegen Mordes gesuchte ehemalige Milizionärin Mattea Inninger handle.

Meine Finger zittern, während ich weiterscrolle. Ein Nebensatz und ich existiere wieder für die Welt. Werde existiert haben. Denn wenn ich die Botschaft richtig verarbeite, sitze ich an Inas Stelle in Haft und werde in einer Woche hingerichtet.

Die Erkenntnis schreckt mich hoch, das Boot gerät ins Schwanken und ich werde gegen die Kante der Bank geschleudert. Ein scharfer Schmerz im Rücken, doch jetzt bin ich hellwach. Denn ich muss doch wohl geschlafen haben, geträumt jedenfalls. Oder es ist ein Sonnenstich. Ich beuge mich über Bord, schaufle mir Wasser über Kopf und Nacken.

Die Nachricht ist immer noch da. Ich lese sie ein zweites und drittes Mal.

Die echte Ina hat gestanden, in Wahrheit Mattea zu sein. Es ist kein Traum, kein Scherz. Doch woher kann sie von mir wissen? Es gibt nur eine Erklärung: Der Kanzler hat die Oberhand in diesem Krieg zurückgewonnen und diktiert ihr, wer sie sein soll. Er fordert die flüchtige Ina Matusek auf, sich unverzüglich in die Hände der Miliz zu begeben. Nur so könne die an ihrer Stelle Inhaftierte auf Gnade hoffen. Andernfalls werde die Verbrecherin wie geplant hingerichtet.

In meinem Kopf brodelt es, Gedanken wirbeln im Schleudergang. Was soll das? Was kann der Kanzler mit dieser Lüge bezwecken? Ich fixiere einen Baum am Ufer, versuche mir vorzustellen, wie sich Fakten und Lügen verästeln. Wenn das Volk dem Kanzler glaubt, wird es sich gegen die flüchtende Ina – also mich – wenden. Meine Unterstützer werden aus dem Netz verschwinden, sofern ich mich nicht stelle. Sollte ich mich aber stellen, kann der Kanzler mich nach Belieben entweder hinrichten lassen oder als Geisel benutzen, um meine Unterstützer zu manipulieren.

Ich trinke etwas Wasser und beiße in einen Energieriegel.

Ich muss mich stellen. Doch was, wenn dieses Opfer erst nach Inas Exekution öffentlich gemacht würde? Dann hätte der Kanzler beide Ziele erreicht: Diejenigen, deren Hoffnung ich jetzt noch darstelle, würden dann meine Hinrichtung fordern.

Ich atme in meine Handflächen, doch es dauert, bis der Schwindel nachlässt.

Warum nicht gleich die Wahrheit? Eine Mörderin kann man leicht zum Abschuss freigeben. Doch mein Gesicht ist in den Augen aller das Gesicht von Ina. Das immerhin hat Liliana bewirkt, auch wenn nun alles außer Kontrolle geraten ist. Die Macht der Bilder ist größer als die der Worte.

Was tun?

Ich starre auf das Band, doch kein Widerruf erscheint, nur aufgeregte Kommentare besorgter Bürger. Wie eine solche Verwechslung geschehen könne bei all der elektronischen Personenerfassung. Ob das darauf hindeute, dass der Aufstand bereits Zugang zu allen Daten habe und diese nach Belieben manipulieren könne? So Zeug halt, das die Behörden geradezu auffordert, die Überwachung zum Schutz der Bevölkerung zu verstärken. Oder doch offene Kritik? Ich kenne mich nicht mehr aus.

Dann verbreitet sich ein Bild in rasendem Tempo durch das Netz. Ich im Hochzeitskleid. Darunter steht: Mattea Inninger, bekannt als Ina Matusek, bei ihrer Hochzeit.

Jetzt ist alles wahr und möglich, verdreht bis zur Kenntlichkeit, die Herrschaft über das Steuer allen Händen entrissen.

Eine neue Meldung sagt: Ruth Fischer, einstmals Leiterin einer Flüchtlingshilfeorganisation und nach der Machtergreifung aus Mangel an Beweisen vom Vorwurf der Schlepperei freigesprochen, seither Sekretärin des Grafen von Wallenberg, wurde heute wegen des Verdachts antipatriotischer Umtriebe verhaftet. Zuverlässige Quellen bringen sie mit der flüchtigen Ina Matusek in Verbindung.

In meinem Schädel jetzt ein Hämmern, das jeden Gedanken übertönt. Ich schalte das Band ab, tauche Annas Pullover ins Wasser und lege ihn mir über den Kopf, strecke mich auf dem Boden des Bootes aus, die Augen geschlossen, verfolge das Dröhnen in meinem Schädel und warte vergeblich, dass alles sich ordnet.

Plätschern, heftiges Schaukeln und eine Kante, die in meine Wirbelsäule kerbt, mir womöglich das Rückenmark bereits durchtrennt hat, weil ich meine Beine nicht mehr spüre. Vorsichtig richte ich mich auf, ziehe den Pullover vom Kopf. Ich strecke den schmerzenden Rücken und bewege Zehen, Füße, Knie, bis die Durchblutung unter schmerzhaftem Kribbeln wieder einsetzt. Geschlafen habe ich, geträumt auch … *Papa ist weggegangen und wird nicht mehr wiederkommen. Sie ist noch ein Kind, sagt Mama, man darf es ihr nicht übelnehmen. Ich weiß, sie spricht von Kati. Papa muss untertauchen …* Die Bilder verblassen. Der See liegt in spätem Sonnenlicht. Ich sehe mich um. Der Golfplatz ist aus der jetzigen Position nicht mehr zu sehen, auch sonst nichts, was mir vertraut erscheint. Doch dort, das muss die Felswand sein, von Süden her betrachtet. Ich bin weit abgetrieben worden und das Boot hat sich gedreht. Die Sonne steht auf halbem Weg zum Horizont, der Wind hat aufgefrischt. Zeit aufzubrechen. Ich schlinge eines der Brote aus dem Rucksack hinunter, Salami, Käse, Gurkenscheiben und trinke die Wasserflasche bis auf einen kleinen Rest leer. Dann stecke ich das Messer in den Gürtel. Schalte das Band nicht an. Keine Zeit jetzt für Verwirrung, Verzweiflung und all den Mist.

Die Strömung, verstärkt durch den Wind, ist stärker als erwartet, und ich rudere, ohne zu denken. Bis ich die Bunker auf dem Golfplatz endlich deutlich erkenne, bin ich nassgeschwitzt. Segeln wäre sicher angenehmer. Ich dehne Arme und Schultern und sehe die Boote unter ihren senkrecht stehenden Schwingen jetzt fast über das Wasser fliegen. Dort drüben, das muss der randalierende Katamaran sein. Zwei Personen hängen über dem Wasser, die Füße an eine der Kufen gestützt, springen wieder an Deck, vollführen halsbrecherisch aussehende Manöver, Nervenkitzel pur.

Während mein Kopf langsam klarer wird und die Erinnerung an die letzten Nachrichten einen Klumpen in meinen Magen drückt, verfolge ich den Kurs des Katamarans, der jetzt rund dreißig Meter entfernt meine Bahn kreuzt. Mein Blick bleibt hängen. Ein Kopf im Wasser, das Gesicht in die Höhe gereckt, schwankend, dann überspült von der Heckwelle des Seglers. Jetzt taucht der Kopf wieder auf, keine Haare zu sehen, nur das dem Himmel zugewandte Gesicht. So schwimmt man nicht, schon gar nicht so weit vom Ufer entfernt. Doch wenn der Schwimmer Hilfe bräuchte, würde er wohl schreien, winken. Oder er spart die letzte Luft zum Atmen.

Ich lege mich mit voller Kraft in die Riemen. Riemen, nicht Ruder, so heißt es nämlich. Eine unnötige Information zu diesem Zeitpunkt, wahllos aus halb vergessenen Tiefen aufgewirbelt. Ich sehe mich um, der Kopf ist noch da, ziehe durch mit langen Schlägen, nur nicht hektisch werden, sehe mich um, der Kopf ist weg, taucht wieder auf. Die Zeit ist knapp. Im Notfall muss ich tauchen. Ich kann es schaffen, gleich bin ich dort. Augen, die vor Panik fast aus den Höhlen quellen, verschwinden unter einem Wasserfilm, sinken, entdecken mich, saugen sich fest an meinem Gesicht und durchdringen die Oberfläche wieder, der Mund darunter stumm aufgerissen. Ich lasse die Ruder fahren, falle im Bug auf die Knie und beuge mich vor, erwische einen Oberarm, ziehe den Körper an die Seite des Bootes, greife nach dem anderen Arm.

Ein optimiertes Gesicht, dessen Starre der langsam weichenden Todesangst in den Augen etwas bühnenhaft Komisches verleiht. Blonde Haarsträhnen, die Ansätze grau. Von einem Hustenanfall geschüttelt hängt die Frau mit den Armen über der Bordwand. Ich warte, bis sie zu Atem kommt. Fühle mich nicht weniger ausgelaugt als sie. Viel hat nicht gefehlt. Ich bete – nicht zu Gott, nur so –, dass dieses gerettete Leben ein genommenes aufwiegt, einen kleinen Teil davon zumindest.

»Danke«, stößt die Frau endlich hervor.

Ich schüttle den Kopf. »Danke, dass Sie so lange durchgehalten haben.«

Ich ziehe sie ins Boot, verfrachte sie auf die Heckbank. Drahtig ist sie, muskulös unter der knittrigen Haut. An die siebzig muss sie sein. Ich reiche ihr mein Handtuch.

»Himmel, ist mir das unangenehm«, sagt sie mit gesenktem Kopf. »Seit vierzig Jahren schwimme ich täglich über den See, von Achort zum Spitz bei Loibichl und wieder zurück. Man darf nicht nachlassen, wissen Sie. *Wer sich und andere nicht schont, wird von der Vorsehung belohnt.* Immer ist es gut gegangen.«

»Und heute?«

»Die Kraft hat mich verlassen, einfach so. Und der Katamaran von den Werner-Buben hat mir dann den Rest gegeben. Aber wer gegen die was sagt, kriegt nur Schwierigkeiten. Bürgermeistersöhnchen, verzogene. Denen sollte mal jemand ordentlich den Hintern versohlen.« Sie legt sich mein Handtuch um die Schultern.

»Verstehe. Wo ist denn dieses Achort, wo Sie hinmüssen?«

Sie zeigt zum Ufer. »Da, gleich südlich vom Golfplatz, beim Zufluss.«

Ich sehe eine Ansammlung von Einfamilienhäusern. Die Frau tippt auf ihr Fonband und das Freizeichen ertönt. Ich umfasse ihr Handgelenk und beende den Anruf.

»Tut mir leid, aber Sie können von diesem Boot aus niemanden benachrichtigen. Ich bringe Sie ans Ufer.«

»Aber warum …«

»Sehen Sie mich an. Komme ich Ihnen nicht bekannt vor?«

»Da müsste ich näher ran, ich bin kurzsichtig. Die Brille stört beim Schwimmen.«

Wir beugen uns simultan vor, stoßen fast mit den Köpfen zusammen und sie schreckt zurück, starrt mich an, fragend erst. Dann kehrt die Angst von vorhin in ihre Augen zurück. Sie klammert sich an die Bank.

»Bitte!«

Ich hebe die Hände. Lasse sie wieder fallen. Ihre Angst ärgert mich. »Was denken Sie? Dass ich Sie vor dem Ertrinken rette, um Sie danach abzuschlachten? Glauben Sie doch nicht jeden Scheiß, der in den Medien verkündet wird!«

»Ja.« Ihre Stimme bebt. »Ja, natürlich. Wie dumm von mir. Ich schwöre, wenn Sie mich gehen lassen, werde ich nie wieder schlecht von Ihnen denken.«

Ich greife nach den Riemen und nehme Kurs auf den Ort.

»Warum sollten Sie auch eine alte Frau wie mich … Himmel hilf, ich hab's nicht mit der Politik, ich hab nie ein Wort gegen Sie gesagt, ich schwöre!«, fleht sie.

Kreuzt sie da wirklich ihre Finger, die Hände an die Bordwand geklammert? Vielleicht sollte ich sie einfach zurück ins Wasser werfen. Jetzt, da sie sich ausgeruht hat, wird sie es alleine schaffen.

»Die ganze Propaganda, man hört ja kaum noch etwas Anderes als Ihren Namen«, schwafelt sie weiter. »Wie machen Sie das? Haben Sie Medienberater? Mein Sohn macht das, vielleicht …«

Ich schließe die Augen, lege mich ins Zeug.

»Haben Sie diesen Schiele …?«

Ich öffne die Augen wieder.

Die Alte fährt sich über die Kehle. »Und all die anderen?«

Ich sehe sie an. Die Angst in ihrem Blick hat Platz gemacht für die Art wohligen Schreckens, der einen beim Ansehen von Horrorfilmen oder Berichten über weit entfernte Massenmörder befällt.

»Welche anderen?«, frage ich.

Sie schluckt. »Entschuldigen Sie, ich wollte nicht …«

»Nein«, sage ich. »Nur Schiele. Er hat mich vergewaltigt.«

»Mein Gott!« Sie schlägt sich kurz die Hand vor den Mund, spannt dann die Stirn an, ein Runzeln nicht möglich, denkt offenbar nach. »Sagen Sie, Sie könnten nicht vielleicht die Werner-Buben ... Nicht umbringen natürlich, ihnen bloß einen Schrecken einjagen? Das wäre einmal eine gute Tat.«

»Wenn Sie den Mund noch einmal aufmachen, dann rudere ich zurück in die Mitte des Sees und werfe Sie wieder ins Wasser.«

Ein Bootsanleger, Wiesen, drei Gestalten stehen am Ufer, winken. Ich halte direkt auf sie zu. Als der Bug auf Grund knirscht, laufen sie ins flache Wasser, helfen unter hundert Fragen der Alten aus dem Boot, haben keinen Blick für mich. Nur ein pickeliger Junge sieht mir direkt ins Gesicht. Seine Augen weiten sich. Er hebt seinen Arm, tippt mehrmals auf sein Band, meine Bewegungen verfolgend. Angst scheint er nicht zu haben. Ich stopfe meinen Rucksack voll und springe aus dem Boot. Was habe ich mir da eingebrockt?

»Warten Sie doch«, ruft mir der ältere der Helfer hinterher. »Ich will Ihnen danken, dass Sie meine Frau ...«

»Nicht, Hans, das ist *die*. Wir können nicht ...«, flüstert laut die dankbare Gerettete.

Ich laufe einen Weg entlang, vorbei an einem Parkplatz, renne über ein Campinggelände auf den Golfplatz zu, verschwinde in dem Wäldchen, das beide voneinander trennt.

Nicht ausgeschlossen, dass die Halbersoffene jetzt die Miliz verständigt. Mich, wie geplant, auf dem Golfplatz zu verstecken, bis es finster wird, kann ich jetzt vergessen. Ich folge einem Pfad, der nah am Ufer entlangführt, überquere in entspanntem Schritt eine weithin sichtbare Brücke, die den Abfluss des Seeausläufers überspannt und renne durch den nächsten Wald. Sirenen sind nicht zu hören. Vielleicht habe ich Glück und die Alte ist nicht so mies wie befürchtet. Ich aktiviere mein Band für den Fall, dass die Zecken wirklich über mich wachen.

Unter den letzten Bäumen bleibe ich stehen, sehe Felder, mitten darin einen Gebäudekomplex. Dem Geruch nach handelt es sich um eine Kläranlage. Kein Mensch weit und breit zu sehen. Ein flotter Marsch über offenes Gelände, bloß nicht laufen jetzt, wegen der Aufmerksamkeit und um Atem zu sparen. Bald muss ich womöglich rennen.

Sommerhäuser schirmen mich vom Ufer ab. Doch dort wird man nach mir suchen. Wenn man nach mir sucht. Ein Martinshorn, fern noch, ein zweites. Sie kommen aus der Richtung der Stadt am Ende des Sees und nähern sich rasch. Sie suchen. Ich renne.

Schwarzindien sagt das Schild. Ein Überbleibsel aus anderen Zeiten. Ob hier solche gewohnt haben? Ein lächelicher Gedanke inmitten der schmucken Villen, von Gärten umgeben.

Ich zwinge mich, mein Tempo der ruhigen Kulisse anzupassen, wandere weg vom See auf einer langen Geraden, schräg auf die Bundesstraße zu. Fluchtradiusoptimierung. Ein Geländefahrzeug der Miliz biegt von der Bundesstraße ab, fährt gemächlich auf mich zu. Ich bekämpfe den Drang, die Straßenseite zu wechseln, mich rechts zwischen die Häuser zu schlagen. Der Weg führt auf den See zu. Vor mir, nur zwei Häuser entfernt, führt eine weitere Stichstraße nach links. Ich halte mein Schritttempo, gegen den Rhythmus meines hämmernden Herzens, erreiche den Weg kurz vor der Streife und erkenne zu spät, dass er eine Sackgasse ist, die im rechten Winkel um die Häuserreihe führt und vor dem letzten Haus endet.

Hinter dem dritten Zaun sitzt ein Mädchen im Gras und spielt mit Puppen. Ich kontrolliere, ob mein Shirt das Messer verdeckt. Ich habe keine andere Wahl.

»He, du!«, rufe ich. Sie hebt den Kopf. »Darf ich mitspielen?«

Zweifelnd sieht sie mich an. »Ich darf nicht mit Fremden reden.« Es klingt bedauernd.

»Ich heiße Mattea und du?«

Sie steht auf, kommt auf mich zu, eine langhaarige Puppe schlenkernd am Arm gepackt.

»Lisa.«

»Wie alt bist du, Lisa?«

»Sieben. Und du?«

»Siebenundzwanzig. Stell dir vor, genau zwanzig Jahre älter als du. Ist das nicht ein lustiger Zufall?« Meine Stimme zittert.

»Hast du Angst?«

Ich hebe die Schultern. »Ein bisschen.«

»Vor mir?«

Ich kräusle die Nase, kopiere ihre Mimik, hebe nochmals die Schultern.

»Du bist groß. Nur Kinder haben Angst.«

»Manchmal auch Erwachsene. Wenn sie allein sind und alle Freunde weit weg.«

Sie legt den Kopf schief. »Ich hab dein Gesicht im TV gesehen.«

Jetzt habe ich wirklich Angst vor ihr. Motorengeräusch von der Einmündung der Straße. »Dann kennst du mich ja doch.«

Ein Zahnlückenlächeln erhellt ihr Gesicht. »Du musst aber die Böse spielen.«

»Das kann ich.«

Ich steige über den Jägerzaun. Das näher kommende Auto ist ein Lieferwagen, der auf den Bauernhof auf der anderen Straßenseite einschwenkt.

»Wo sind deine Eltern?«, frage ich.

»Papa besucht mich am Wochenende. Mama ist drinnen.« Sie greift nach einer Puppe in einem langen Kleid, hält sie mir hin. »Das ist die böse Königin. Sie hasst Cindy, weil sie nicht ihr richtiges Kind ist. Sie schlägt sie und sperrt sie nachts im Keller ein. Jetzt will sie, dass Cindy den Stall ausmistet.«

»Okay«, seufze ich. Viel hat sich an den Rollenspielen nicht verändert seit meiner Kindheit. »Ich will nur erst meiner Mama Bescheid sagen, wo ich bin. Weißt du, in welcher Straße du wohnst?«

Sie schenkt mir einen Blick, als wäre ich minderbegabt und nennt mir ihre Adresse. Ich tippe sie in mein Band und sende sie an meine Notrufnummer. Dann hocke ich mich zu Lisa ins Gras und nehme die böse Königin entgegen, lasse sie entschlossen auf die blonde Cindypuppe zumarschieren.

»Hast du den Stall noch immer nicht ausgemistet, du unnützes Kind?«

Lisa weint für Cindy. »Nein, ich musste doch Rosa pflegen. Weißt du nicht mehr? Du hast ihr den Arm gebrochen, weil ihr das neue Kleid nicht gepasst hat. Dabei ist sie doch deine Tochter.«

Tatsächlich liegt ein Arm der dritten Puppe, die unter einer gehäkelten Decke im Gras liegt, lose neben ihr, an der Schulter ausgerissen.

»Das tut mir jetzt leid«, lasse ich die böse Königin sagen. »Ich könnte sie reparieren, äh, operieren.«

»Nein!«, ruft Lisa. »Du musst Cindy jetzt schlagen und sie zur Strafe in den Wald schicken!«

»Muss ich gar so böse sein?«

»Ja!«

Weisungsgemäß schubst die böse Königin ihr Stiefkind.

»Lisa, Abendessen!«, höre ich eine Stimme rufen. »He, was machen Sie in meinem Garten?«

Ich blicke auf. Von der Terrassentür her eilt eine Frau auf uns zu, wedelt wild mit den Armen.

»Verschwinden Sie oder ich rufe die Miliz!«

»Nein, Mama, das ist meine neue Freundin. Ich will noch mit ihr spielen.«

»Wir spielen wirklich nur«, sage ich und lege den Arm mit der Puppe um Lisa, hebe mit der anderen Hand mein Shirt über dem Messer, obwohl ich mich dafür hasse.

Die Mutter erstarrt. »Sie!« Sie schüttelt den Kopf. »Bitte tun Sie ihr nichts!«

»Mama, sie ist die böse Königin. Sie muss böse sein!«

Ich folge dem Blick der Mutter, der hilfesuchend zur Straße wandert, doch dort ist zum Glück niemand zu sehen. Als ich mich ihr wieder zuwende, greift sie nach ihrem Band. Ich schüttle den Kopf, ziehe lächelnd das Messer ein Stück aus der Scheide. Sie lässt die Hände sinken.

»Geh dir die Hände waschen, Lisa. Wir essen jetzt«, sagt die Mutter. Das Kind achtet nicht auf ihren verzweifelten Blick.

»Aber …«

»Nichts aber. Sofort!«

»Nur, wenn Mattea mit uns essen darf.«

»Wer ist Mattea?«

Ich hebe die Hand. »Das wäre wirklich sehr nett! Ich habe heute nicht zu Mittag gegessen. Ich bin sehr hungrig. Vielleicht dürfen wir nach dem Essen noch ein bisschen spielen.«

»Ja, bitte Mama! Danke!« Lachend springt Lisa auf das Haus zu.

»Bitte«, sagt die Mutter noch einmal. Dass alle neuerdings so höflich werden in meiner Gegenwart.

»Ich tue euch nichts und bleibe nur, bis es dunkel ist«, sage ich. »Machen Sie mir keine Schwierigkeiten und ich mache Ihnen auch keine. Geben Sie mir Ihr Band!«

Sie löst das Fonband von ihrem Arm und ich stecke es in die Hosentasche.

»Danke. Was gibt es denn zu essen?«

»Salat und belegte Brote«, stößt die Mutter zwischen zusammengebissenen Zähnen hervor. »Wenn ich gewusst hätte, dass wir so hohen Besuch bekommen, hätte ich natürlich etwas Warmes gemacht.«

»Sarkasmus. Ich glaube, ich mag Sie.« Ich hake mich bei ihr unter und ziehe sie zum Haus.

»Ich hatte ja bisher noch gewisse Sympathien für Sie, von wegen weiblicher Robin Hood und so, aber dass Sie jetzt auf kleine Kinder losgehen, das ist so dermaßen letztklassig. Ich kann gar nicht sagen, wie ...« Sie schüttelt sich, versucht, sich loszumachen.

Ich packe fester zu. »Da bin ich ganz Ihrer Meinung. Nur leider habe ich keine andere Wahl. Wenn das alte Weib, das ich vorhin vor dem Ertrinken gerettet habe, nicht ganz so undankbar gewesen wäre ...«

Wir treten durch die Terrassentür ins Wohnzimmer.

»Dann stimmt das also? Ich habe es gerade auf *Mindmine* gesehen«

»Was, jetzt schon? Scheiße!« Der Junge vom Ufer. »Ist das Bild von der Raststätte auch schon online?«

Sie nickt. Ich stöhne. Wie soll ich jetzt noch von hier wegkommen? Sie werden jeden Winkel rings um den verdammten See absuchen, jeden Grashalm umdrehen. Ich werfe einen Blick auf mein Band. Keine Nachricht. Soll ich Toms Nummer wählen? Doch ich will nicht schon wieder von ihm gerettet werden, ihn damit in Gefahr bringen. Ruth hat versprochen, dass jeder Notruf Hilfe bringt.

Die offene Küche ist mit einer Theke gegen das Wohnzimmer abgegrenzt. Zwei Gedecke liegen dort. Ein Saftkrug, eine Schüssel mit grünem Salat und eine Porzellanplatte voller Brotvierecke mit Käse, Schinken und Räucherfisch lassen mir das Wasser im Mund zusammenlaufen. Der vorher eher behauptete Hunger schlägt jetzt voll zu.

Lisa tänzelt herein, hält ihrer Mutter die feuchten Hände zur Prüfung entgegen und klettert auf einen Barhocker. Ich setze mich rechts neben sie, während die Mutter ein drittes Gedeck auflegt.

»Schön haben Sie es hier.« Und das meine ich auch so. Helles Holz und Stahl und Glas, kein Kitsch.

»Du kannst ruhig *du* zu meiner Mama sagen.«

Die verdreht die Augen.

»Wie heißt sie denn? Oder soll ich sie auch Mama nennen?«

Lisa lacht. »Quatsch, sie heißt natürlich Martina!«

Ich gieße Saft in die Gläser und hebe meines. »Auf unser Wohl und das der Heimat«, sage ich. »Danke für deine Gastfreundschaft, Martina!«

Gehässig funkelt sie mich an. »Ist mir ein Vergnügen, Ina.«

»Hä? Sie heißt Mattea, nicht Ina.«

»Ist das so?«

»Ja, das ist so«, sage ich. »Obwohl ich jetzt auch Ina bin, im Dienst der guten Sache.«

»Und? Werden Sie sich stellen? Vermutlich nicht, so wie Sie drauf sind.«

Lisa mampft ihr Käsebrot und ich beiße in eines mit Fisch. Martina verteilt Salat, ein paar Blätter nur für jede.

»Was für eine gute Sache soll das sein, für die Sie Dienst tun?«

»Der Kampf gegen die Angst, für ein falsches Wort im Gefängnis zu landen, zum Beispiel.«

»Das ist nichts für Kinderohren.«

»Nein, wohl nicht. Ein falsches Wort in der Schule ...«

»Ich habe einen Einser in Mathe gekriegt«, sagt Lisa.

»Wahnsinn, gratuliere!« Ich halte ihr die erhobene Rechte entgegen und sie schlägt ab.

»Wusstest du beispielsweise, Martina, dass der Kanzler selbst die Drohnenangriffe auf unser Land befohlen hat, um den Widerstand in Misskredit zu bringen?«

»Blödsinn!«

»Was ist Misskredit?«, fragt Lisa.

Es klingelt an der Tür. Martina wird blass und auch ich fühle, wie sich alles Blut in meinen Eingeweiden sammelt.

»Wer kann das sein?«

»Keine Ahnung. Eine Nachbarin vermutlich.« Martinas Stimme vibriert. »Komm, Lisa, schauen wir nach!«

Ich lege, wie vorhin, meinen Arm um die Kleine und greife nach meinem Messer. »Ach, Lisa, bitte bleib bei mir! Schau mal, was ich habe.« Ich lege das Messer auf die Theke und sehe in Martinas schockstarres Gesicht. »Tut mir leid«, flüstere ich lautlos.

»Große Messer find ich blöd«, sagt Lisa und sieht mich zum ersten Mal etwas verunsichert an. »Bitte tu's weg.«

Erneutes Klingeln. Ich rucke mit dem Kopf in Richtung Tür. Wenn Martina nicht öffnet, werden sie wiederkommen. Sie rutscht vom Hocker und geht.

Ich nehme das Messer von der Bar, stecke es jedoch nicht ein, sondern halte es seitlich an den Oberschenkel gepresst, unsichtbar für Lisa.

»In Misskredit bringen heißt«, erkläre ich, »jemanden

schlechtmachen, obwohl er nichts Böses getan hat, damit die anderen ihn nicht mehr mögen.«

»Gemein.«

Ich nicke und nehme schnell eine Gabel voll Salat. Aus dem Flur höre ich Martinas Stimme und die eines Mannes, kein Wort zu verstehen. Ich krampfe die Hand um das Messer und bete, dass Martina mich nicht verrät. Die Situation bei der Oma fällt mir ein, mein Versteck in der Speisekammer. Martina kommt zurück, setzt sich wieder auf ihren Platz. Wenn sie nun jemanden hereingelassen hat …

»Und, wer war das?«, fragt Lisa.

»Die Milizstreife. Sie suchen jemanden.«

»Warum?«

»Weil derjenige böse ist.«

Ich schüttle den Kopf.

»Vielleicht hat ihn jemand in Misskredit gebracht«, meint Lisa.

»Das kann sehr gut sein.« Ich stecke mein Messer ein. »Magst du mir zeigen, wo das Klo ist, Lisa?«

Sie hüpft vom Hocker und ich folge ihr. Niemand im Flur, niemand im Arbeitszimmer, das dem WC gegenüberliegt und dessen Tür ich rasch geöffnet habe.

»Nicht da rein!«, sagt Lisa und reißt stattdessen die Klotür auf.

Soll ich es riskieren? Ich muss wirklich ganz dringend. Ich beuge mich hinunter, flüstere: »Würdest du hier auf mich warten? Es ist mir echt peinlich, weil ich doch schon erwachsen bin, aber ich finde mich so schwer zurecht in fremden Häusern.«

»Okay.«

Ich lasse die Tür angelehnt. Als ich die Hose runterziehe, fällt Martinas Band aus der Tasche. Ich lege es zwischen zwei Zeitschriften auf einem Hocker ab. Als ich fertig bin, steht Lisa immer noch brav neben der Tür, knetet den Saum ihres gelben Röckchens mit den Fingern. Sie ist so süß mit ihren Sommersprossen und dem braunen Pagenkopf. Sie erinnert mich an Julia, früher.

Zurück in der Küche hebe ich sie auf den Hocker. Martina zuckt zusammen. Klar, ich würde auch nicht wollen, dass eine wie ich mein Kind berührt. Trotzdem tut es weh.

Mein Band blinkt und vibriert. *Hilfe unterwegs* teilt es mir mit, sonst nichts. Ich lege den Kopf in den Nacken, hole tief Luft, blase sie langsam wieder aus.

»Was ist, musst du schon gehen?«, fragt Martina bissig.

»Bald, denke ich.«

»Finster ist es ja.«

»Ich bleibe hier, bis ich abgeholt werde. Allein ist es draußen zu gefährlich, wenn böse Menschen unterwegs sind.«

»Darf ich aufbleiben, bis Mattea geht?«

»Sonst noch was?! Es ist spät und du musst morgen in die Schule.«

»Du hast gesagt, wir dürfen noch spielen.«

»Ich habe es mir anders überlegt.«

»Gemein.«

»Waschen, Zähne putzen und ab ins Bett. Ich komm dann und lese dir vor.«

»Mattea mag aber nicht alleine hier sein. Darf sie mir vorlesen?«

»Nein.«

»Doch, bitte«, sage ich. »Ich mache das wahnsinnig gern.«

Martina schließt die Augen, die Lippen zusammengepresst, als hielte sie mit Mühe die Tränen zurück. Ich folge Lisa die Stiege hinauf. Martina bleibt mir auf den Fersen. Ich kenne ihre Gedanken. Ruhig bleiben, denkt sie, tun, als wäre alles normal. Dann wird es das vielleicht irgendwann wieder.

Lisas Zimmer ist rosa und gelb dekoriert. Zurück aus dem Bad sitzt sie auf ihrer mit Einhörnern und Prinzessinnen bedruckten Decke und deutet auf den Rand des Bettes. Ich setze mich zu ihr. Sie kniet sich neben mich und reckt den Arm.

»Ich mach ein Pic von uns für meine Freundin Nora.«

»In Ordnung. Aber du darfst es erst morgen posten, wenn ich weg bin.«

Lisa zuckt mit den Schultern und deutet auf das Buch auf ihrem Nachttisch, aus dessen Mitte ein Lesezeichen ragt. Das doppelte Lottchen von Erich Kästner. »Meine Mama liest mir jeden Abend ein Kapitel daraus vor.«

Martina steht im Türrahmen und winselt kurz wie ein getretener Hund.

»Das kenne ich schon, das soll dir deine Mama morgen weiter vorlesen. Ich erzähle dir lieber ein Märchen. Kennst du das von Aisha und den vierzig Räubern?«

Lisa schüttelt den Kopf.

»War es nicht Ali Baba?«, wendet Martina ein.

»Meine Oma hat mir immer von Aisha erzählt. Bei ihr

durften auch Mädchen Abenteuer erleben.« Ich denke an das große Buch mit den bunten Bildern, die blinkenden Schätze in der Höhle. »Vor langer Zeit lebte in einem fernen Land ein Mädchen namens Aisha mit ihrer Schwester Fatma. Ihre Eltern waren früh gestorben und so mussten sich die Schwestern mit Näharbeiten selbst ihren Lebensunterhalt verdienen. Eines Abends, Fatma war schon zu Bett gegangen, klopfte es lange nach Sonnenuntergang an die Tür …«

Sesam, öffne dich!, hat Lisa bald schon viele Male im Chor mit mir gerufen und Aisha lebt mit ihrer Schwester in Wohlstand, als der verkleidete Räuberhauptmann erneut an die Tür klopft und endlich mein Band vibriert. *Hilfe ist da. Komm allein zur Tür. Vertrau!,* sagt es.

Martina stürzt zum Fenster, schiebt den Vorhang zur Seite und erstickt mit der Hand einen Ausruf. In zwei Schritten bin ich neben ihr, sehe, was sie sieht. Ein Milizfahrzeug steht am Straßenrand, zwei Männer steigen aus. Ich klammere mich am Fensterbrett fest, weil mir schwarz vor Augen wird. Verrat. Ich greife an mein Messer. Martina läuft zum Bett, zwängt sich neben ihre Tochter und schützt sie mit dem Körper. Lisa, deren Augen schon zugefallen waren, schreckt auf.

»Warum weinst du, Mama?«

Es sind nur zwei Milizionäre, nicht drei, wie sonst bei jeder Streife. *Vertrau!,* sagte die Nachricht. Die Uniformierten stehen jetzt an der Tür, von oben nicht zu erkennen. Es klingelt. Mein Herz galoppiert, der Atem wie abgeschnürt. Lisa jetzt an mich reißen, sie mit dem Messer an der Kehle die Stiege hinunterzerren, nur zur Sicherheit. Sie im Falle eines Verrats als Geisel mit in den Wagen nehmen und weg. Ein schreiendes Kind, für immer verstört. Oder mich ergeben. Oder vertrauen. Es klingelt erneut, drängender jetzt.

»Ich muss gehen«, will ich sagen, doch noch vor dem letzten Wort versagt meine Stimme.

»Und das Ende?«, fragt Lisa verschlafen.

»Das kann dir deine Mama erzählen«, stoße ich heiser hervor.

Ich werfe Lisa eine Kusshand zu und verlasse das Zimmer, renne die Stufen hinunter, bevor ich es mir anders überlegen kann, reiße die Haustür auf, hebe die Hände, ergebe mich Henkersknechten oder Helfern, in deren Gesichter ich nicht sehen kann und will. Meine Knie geben nach. Von beiden Seiten an den Oberarmen gepackt, werde ich mehr zum Auto geschleift, als dass ich selbst gehe.

»Alles ist gut«, beschwichtigt mich einer der Soldaten, der wie Tom klingt und wie Tom riecht. »Wir bringen dich in Sicherheit.«

Ob ich vor Erleichterung taumle oder vor Angst, eine würgende Hand scheint an meiner Kehle zu liegen, Sicherheit undenkbar. Ein letzter Blick zurück, hinauf zu Lisas Fenster, neben dem gerafften Vorhang Martinas Silhouette. Der Soldat legt mir die Hand auf den Kopf, während er mich auf die Rückbank schiebt und neben mir einsteigt. Ich will ihn nicht ansehen, bin jetzt sicher, dass er nicht Tom sein kann, dass nur ein letzter Rest Hoffnung mir das Hirn vernebelt hat, weil man irgendetwas hoffen können muss. Der Wagen startet und wir brettern davon.

»Ein ordentlicher Schreck, wie ich annehme«, sagt der Mann am Steuer. »Nimm ihr das Band ab, das ist verbrannt.«

Auch seine Stimme kommt mir bekannt vor. Das Gesicht im Rückspiegel zeigt Hauptmann Redl. Der Soldat an meiner Seite löst das Band von meinem Handgelenk, wirft es aus dem Fenster und nimmt mich in den Arm. Ich lasse es geschehen.

»Es tut mir leid«, sagt er. »Ich wollte dir schreiben, dass wir es sind, die dich holen kommen, aber Onkel Hannes hat es verboten.«

»Wir gehen ohnehin ein großes Risiko ein. Uns namentlich zu kompromittieren wäre eine Idiotie, für die unsere aufstrebende Volksheldin sicherlich kein Verständnis hätte, hab ich recht?« Er zwinkert mir über den Rückspiegel zu.

Erst vor einem Augenblick haben meine Muskeln angefangen, sich zu entspannen, geflutet von Erleichterung. Damit ist es jetzt vorbei. Zorn ist alles, was ich fühle. Ich schüttle Toms Arm ab, boxe auf seinen Oberschenkel.

»Ihr miesen Arschlöcher! Um ein Haar hätte ich das Leben einer Siebenjährigen und ihrer Mutter ruiniert. *Namentlich kompromittieren* – da kotz ich drauf! Was ist mit mir, mit meinem Namen, das ist euch allen scheißegal.«

Langsam fällt mir auf, dass ich nur deshalb so herumschreie, weil ich endlos erleichtert über meine Rettung bin und weil Tom nichts sagt, ist klar, dass er das auch weiß. Schlaff sinke ich an seine Schulter und er nimmt mich in die Arme. Eine Zeit lang ist außer dem Dröhnen des Motors nichts zu hören.

»Es war die beste Möglichkeit, Sie aus einem Privathaus zu holen, die einzige vermutlich, die keinen von uns in Gefahr bringt«, sagt der Hauptmann, während wir auf einer schmalen Bergstraße durch den Wald fahren. »Ihr Einsatz hat sich gelohnt, falls es Sie interessiert. Unfassbar, wie viel Aufsehen Sie an einem einzigen Tag auf sich gezogen haben. Auch die offiziellen Medien berichten inzwischen von Ihrer Heldentat. Sie scheinen mir regelrecht vom Glück verfolgt, wenn man das so sagen darf.«

»Vom Glück verfolgt? Ich habe mich auf die Sache eingelassen, weil ich dachte, es wäre alles geplant und jetzt stellt sich heraus, dass nur Glück mich am Leben hält. Was für eine Arschaktion.«

»Jetzt komm schon«, sagt Tom. »Es ist doch klar, dass Widerstand nur mit Improvisation funktionieren kann. Wir alle gehen Risiken ein.«

Der Hauptmann schnaubt. »Nur einer der Gründe, warum ich mich nicht vor euren Karren spannen lassen will.«

»Und wie kommt es dann, dass Sie sich mit einem Mal so sehr für mein Wohlergehen interessieren, dass Sie den persönlichen Chauffeur geben?«

»Mein Neffe hat mich davon überzeugt, dass ich eine angemessene Wiedergutmachung für in der Haft erlittenes Ungemach zu leisten habe.«

»Wie geht es weiter? Wer hat das Sagen, jetzt, wo sie Ruth haben?«

Tom schüttelt sich. »Das ist echt ein harter Schlag. Und sie ist nicht einmal die Einzige, die es erwischt hat. Zwei weitere Rädelsführer, wie sie es nennen, sind ebenfalls in

Haft, und jetzt beginnen anscheinend tatsächlich Sympathisanten, sich zu stellen, in der Hoffnung …«

Er bricht ab, schluckt mehrmals. In der Finsternis kann ich nicht viel von seinem Gesichtsausdruck erkennen. Doch allein, dass er, der sonst in allem das Positive sieht, so mutlos klingt, drückt mich nieder. Ich nehme seine Hand, drücke sie an meine Lippen. Er soll nur wieder lächeln. Und das tut er.

»Ruth geht nicht unter«, sage ich. »Eher zieht sie jeden Wächter und jeden Soldaten, dem sie begegnet, auf ihre Seite.«

Tom wiegt den Kopf. »Vielleicht hast du recht. Aber ihre Führung fehlt. Ich hoffe nur, dass der Graf alles in Bewegung setzt, um sie zu entlasten. Schließlich ist es nicht unmöglich, dass Ina Matusek unter, na ja, eindringlicher Befragung auch die Namen Unschuldiger genannt hat. Liliana hält sich bedeckt. Sie ist durch ihren Vater zunächst einmal immun.«

»Und was geschieht jetzt mit mir? Wohin fahren wir? Wie geht es weiter mit der *Inafizierung* des Landes? Oder ist das jetzt alles hinfällig?«

»Inafizierung.« Der Hauptmann schüttelt glucksend den Kopf.

»Alles schon organisiert«, verspricht Tom. »Du tauchst vorerst unter. Die Ina-Kampagne ist zum Selbstläufer geworden, meint Liliana. Sie braucht dich die nächsten Tage nicht. Du bleibst bei mir.«

»In Kirchdorf?«

»Am Karkogel. Ich bin dort eine Woche lang einquartiert. Zum Training. Nächsten Samstag findet auf der Strecke die Downhill-Europameisterschaft statt. Eigentlich wollte ich erst morgen kommen, aber es war kein Problem, die Reservierung vorzuziehen. Ich bin Stammgast dort, weil die Bäuerin so gut kocht. Kein Vergleich zu dem Fraß im Sportlerheim.«

Ich verstehe überhaupt nichts. »Downhill?«

»Habe ich dir das nicht erzählt?«

Ich weiß nichts über diesen Mann. »Was soll das sein, Downhill?«

»Ein paar Irre, die mit dem Lift hinauffahren und dann lebensmüde mit dem Rad den Berg hinunterrasen. Tom ist Vize-Landesmeister«, behauptet der Onkel Hauptmann.

»Sport?«

Tom lacht. »Ich bin Sportpädagoge, trainiere die Downhill U12 und fahre Meisterschaftsrennen. Nebenbei helfe ich meiner Mutter im Lokal. Hast du gedacht, ich bin Revolutionär im Hauptberuf?«

»Zum Denken bin ich nicht gekommen.«

Die aufputschende Wirkung des Adrenalins lässt nach und die Erschöpfung, so scheint mir, setzt schneller ein als sonst. Vielleicht liegt es an Toms beruhigender Nähe oder dem Brummen des Wagens. Der Rest der Fahrt verläuft schweigend oder ich bin so geschafft, dass ich nichts mehr mitbekomme, gelegentlich vielleicht sogar einnicke, Gedanken und Traumfetzen nicht zu unterscheiden: flehende Augen unter Wasser, boshafte Puppen, ein Kinderbett und ein Ritter in schimmernder Rüstung, der auf einem Rad bergab brettert, hauptberuflich.

Der Bauernhof, Appartement unter dem Scheunendach, ein Teller heiße Suppe und ja nicht vor die Tür gehen, bevor Tom zurückkommt. Morgen. Weil er seine Ausrüstung noch holen muss, Training früh ab acht. Ich nicke zu allem, lasse mich küssen, fühle nichts mehr, alles taub. Das Bett, rotkariert, auf dem Nachttisch die Bibel.

Tag 15

Tom weckt mich früh, bringt Brot und Käse, Milch und Müsli, küsst mich und ist wieder fort, kaum, dass ich aus dem Bett getaumelt bin.

Ich sondiere die Lage. Neben dem Schlafzimmer – Waldblick durch das Dachfenster – liegt ein Bad, davor ein Wohnraum mit Küchenzeile, den man direkt von außen durch eine Tür in der Giebelwand betritt. An der Wand finden sich einige Drucke von Zeichnungen heimischer Pflanzen und eine sechs Quadratmeter große Mediawand. In die Dachschräge über der Sitzecke ist eine Gaube eingeschnitten, durch die man auf den Hof sieht. Gegenüber, gute fünfundzwanzig Meter entfernt, liegt ein lang gestreckter Viehstall, an den im rechten Winkel das Wohnhaus anschließt. Im Gemüsegarten zu beiden Seiten der Eingangstür sprüht eine automatische Bewässerungsanlage, Tropfen blitzen in der Morgensonne. Die hölzerne Stiege, über die Tom mich gestern heraufgeschoben hat, liegt an der Straße, die in leichtem Schwung am Hof vorbeiführt. Maximale Privatsphäre also.

Mit Kaffee und Müsli mache ich es mir auf dem Sofa bequem. Ein mulmiges Gefühl beim Einschalten der Mediawand und wenig später kann auch die dritte Tasse Kaffee die Enge in meinem Hals und der Brust nicht mehr vertreiben. Ich schlucke und schlucke.

Keine Ahnung, wer ich bin. Mattea sitzt angeblich im Gefängnis und auch Ina entgleitet mir. Ina sind jetzt andere. Ina rennt und ich verfolge ihre Flucht wie der Rest des

Landes. Die Mediawand läuft den ganzen Tag und meine Stimmung schwankt mit jeder neuen Nachricht. Je mehr mich die Ausweglosigkeit der Situation in einem Moment bedrückt, desto ausgelassener lache ich über die nächste Absurdität. Zwischendrin Resignation.

Die Gerüchte, Ina Matusek hätte eine Ertrinkende aus dem Mondsee gerettet und einem vaterlosen Mädchen Gutenachtgeschichten erzählt, werden frühmorgens als unwahr und zwei Stunden später als irreführend und verzerrt bezeichnet. Das Mädchen sei nicht vaterlos. Gegen Mittag beschwert sich die beinahe Ertrunkene in einem Interview über das rüpelhafte Verhalten ihrer Retterin.

Ich erkenne sie kaum wieder, sorgfältig frisiert und geschminkt sitzt sie in ihrem Buchenholz-Wohnzimmer. »Gedroht hat sie, die Matusek, dass sie mich wieder ins Wasser wirft, wenn ich nicht still bin. Nur, weil ich ihr ins Gewissen reden wollt'.«

Der grauhaarige Mann an ihrer Seite rutscht unbehaglich auf dem Sofa hin und her. »Aber herausgezogen hat sie dich zuerst«, sagt er leise.

Mehrere eingeblendete Kommentare unterstellen, dass es ihm lieber gewesen wäre, seine Alte wäre ersoffen. Doch ich habe gesehen, dass er sich über ihre Rettung gefreut hat, gestern.

Lisa steht auf dem Schulhof, umgeben von Freundinnen und eindeutig nicht traumatisiert. »Sie hat mit mir gespielt«, sagt sie strahlend. »Sie war die böse Königin.«

Dann wird es grotesk.

»Meiner Tochter hat sie letzte Woche im Park das Radfahren beigebracht«, behauptet eine abgespannt aussehende Frau aus Innsbruck.

Weitere Wohltaten werden aus anderen Landesteilen gemeldet. In Spittal an der Drau soll Ina Matusek erst heute einem gehbehinderten Mann geholfen haben, Einkäufe von seinem Auto zum Haus zu tragen. Im Wienerwald hat sie vor wenigen Tagen ein Mädchen davon abgehalten, sich aus Liebeskummer von einer Aussichtswarte zu stürzen und drei heruntergekommene Wertlose aus Graz schwören, Ina hätte sie mit warmer Suppe versorgt.

Entweder durchstreift eine ganze Kompanie von Inas das Land, oder Liliana und Ruth nutzen unerhört flexibel jede neue Entwicklung, um mithilfe von Falschmeldungen die allgemeine Verwirrung zu bestärken. Schließlich können sie, ebenso wenig wie ich, vorausgesehen haben, was gestern passiert ist.

Für einen Moment habe ich vergessen, dass Ruth aus dem Spiel ist. Gerade sie kann ich mir nicht im Gefängnis vorstellen, bewacht womöglich von Bliem-artigem Junggemüse. So, wie der sich schon vor mir gefürchtet hat … Ob sie gefoltert wird? Oder machen die Erziehungsmaßnahmen halt vor den Exfrauen stellvertretender Minister?

Dann sehe ich mich auf der Wand. Ein flirrendes Bild, mal von der Seite, mal von vorn, dann wieder von hinten, die Farben verfremdet, die Haare am Hinterkopf völlig zerzaust. Unwillkürlich streiche ich mit den Fingern über den Kopf, um sie zu glätten, während ich mich an der Wand auf Schieles Hund anlegen sehe, jetzt wieder von vorn, das Gesicht in Verzweiflung verzerrt. Ich schüttle den Kopf, schlage nach vermeintlichen Mücken, den Schwarmkameras, spreche lautlos auf den Hund ein, senke die Waffe. Laufe.

»Wirft die Tierliebe der mutmaßlichen Terroristin ein neues Licht auf die Vorgänge um den Tod des gefürchteten Medienchefs?«, fragt die Stimme aus dem Off. »Waren Ina Matusek und Mattea Inninger womöglich gar gemeinsam vor Ort?«

Der Kanzler, der momentan an einem leichten Infekt leide, so heißt es, werde sich morgen im Rahmen seiner wöchentlichen Leitrede zu den Vorgängen äußern.

Endlich unter Dach und Fach ist der Pakt zwischen den USA, Russland und Saudi-Arabien, der mittels einer militärisch abgesicherten Siedlerbewegung das Vakuum im kollabierten ehemaligen Zentrum des Kalifats füllen soll. Die instabile Lage in der russischen Föderation erfordere nach langen Jahren der Aufopferung der tapferen Truppen diesen Bund.

Klar. Warum sollten die russischen Kollegen, die seit Monaten auf ihren Sold warten, in Syrien ihr Leben riskieren? Wieder einmal ein zerfallendes Imperium. Und während die marodierenden Horden der Gotteskrieger weiterhin köpfend und plündernd die Grenzen ihres Reiches ausdehnen, fällt man ihnen aus der eigenen Mitte in den Rücken.

Deutschland bietet seine Hilfe beim Aufbau eines funktionierenden Gemeinwesens an. Eine Kampagne zur Rekrutierung von Siedlerpionieren mit besonderen Fähigkeiten solle in Kürze anlaufen. Auch der ehemals ansässigen

Bevölkerung wird im Eignungsfall die Möglichkeit der Rückwanderung geboten. Der Außenminister spricht in Vertretung des Kanzlers Glückwünsche zur Ausdehnung des abendländischen Kulturkreises aus.

Im Anschluss folgt eine Dokumentation über Parasiten im Insektenreich. Ein Wurm verändert das Gehirn der von ihm befallenen Grillen, sodass diese sich selbst ertränken. Wespen legen Eier in Marienkäfer, die dann von den Larven von innen her aufgefressen werden. Wenigstens ist hier klar, wer Parasit ist und wer Wirt.

Ich trinke Tee und esse Schokolade.

Ein Psychologe erklärt, dass das Phänomen *Ina Matusek* Züge einer Massenhysterie aufweise. Die demonstrative Strenge, mit der man die Gefangene vollkommen zu Recht behandle, habe viele Bürger in einen Konflikt gestürzt. Auf der einen Seite die Empathie mit der schutzbedürftig wirkenden jungen Frau, die vielleicht den eigenen Kindern oder Geschwistern ähnle, auf der anderen Seite das Konzept der gewalttätigen Terroristin, vor der man sich und die Seinen schützen müsse. Das zunächst unerklärliche Wiederauftauchen der Gepeinigten habe daher bei einem Teil der Bevölkerung Erleichterung ausgelöst, vergleichbar mit dem Erwachen aus einem Albtraum. Durch die Identifikation mit der Flüchtenden ließen sich die verstörenden Bilder quasi ungeschehen machen. Die scheinbare Verdopplung Ina Matuseks ermutige zur Aufspaltung in eine gute, hilfsbereite Heldin und eine böse Volksfeindin. Verstärkt werde diese auch medial wirkungsvolle Abstraktion der Vorgänge durch die Tatsache, dass es sich bei der Inhaftierten um eine überführte Mörderin handle. Gute und böse Persönlichkeitsanteile beider Frauen schienen inzwischen nach dualistischem Muster eindeutig verteilt, sodass der flüchtigen Freiheitskämpferin nun ausschließlich positive Eigenschaften zugeschrieben würden. Es handle sich hierbei aller Wahrscheinlichkeit nach um Projektionen, die in drastischer Dissonanz zur Realität stünden.

Ich weiß nicht, ob irgendjemand außer mir dem Geschwafel zugehört und auf das wirklich Wesentliche geachtet hat. *Freiheitskämpferin* hat er Ina Matusek genannt, nicht Volksfeindin, nicht Terroristin. Das muss ihm so durchgerutscht sein und beweist doch, dass er mit seiner Theorie von der Aufspaltung nicht so falsch liegt. Kann sich selbst nicht wehren gegen die Mechanismen, die er aufdecken will.

In dem Moment höre ich ihn das Wort *messianisch* sagen und jetzt reicht es.

Heldin. Sie haben gesagt, sie wollten mich zu einer Heldin machen, nicht zu einer verdammten Heiligen. Ein weiblicher Robin Hood zu sein, ist in Ordnung. Plündern und Rauben im Dienst der guten Sache, widersprüchlich wie die Rose ohne Blätter, die Julia mir am Hochzeitstag geschenkt hat. Eine Schelmin will ich sein, keine Heilsfigur. Wenn sich jetzt gleich noch jemand meldet, der mich über den Mondsee hat wandeln sehen, dann schreie ich. Besser noch: Ich schieße den Erstbesten nieder, lasse mich neben der Leiche fotografieren und aus ist es mit der Dualität. Alles, um wieder wenigstens einen Faden in der Hand zu halten, ein wenig Kontrolle darüber zu gewinnen, was man in mir sieht. Wenn ich schon Ina sein muss, nicht Mattea sein darf.

Alles Quatsch natürlich. Ich habe ja nicht mal eine Waffe. Die Enge in der Brust treibt mich zum Fenster. Ich reiße es auf, möchte schreien und darf nicht.

Ich hätte Lisa als Geisel nehmen sollen.

Tief atmen. Nachdenken. Was auch immer ich getan hätte, sie hätten es sich zurechtgestrickt zu ihrer eigenen Geschichte. Sie. Die Regierung. Die Zecken. Die Spieler, die alle Fäden in der Hand halten. In der Hand zu halten meinen. Aber ich will kein Avatar mehr sein, von zerstrittenen Regisseuren nach Belieben von hier nach dort gejagt.

Wenn ich nur jemanden fragen könnte, eine unabhängige Instanz, jemanden, der Abstand zu allen Seiten wahrt. Nicht Tom. Den Hauptmann würde ich fragen, wenn ich ihn erreichen könnte. Dafür muss ich auf Tom warten.

Ich werfe mich auf das Sofa und starre an die Decke, bis mir von meinen fruchtlos kreisenden Gedanken schwindelt und ich Julias Stimme höre, gepresst und angespannt. Ich sehe sie vor meinem inneren Auge, wie sie die Wörter durch kaum geöffnete Zahnreihen quetscht, wie sie es immer tut, wenn sie nervös ist. Sie sagt: »Mattea war immer schon eine Rebellin. Nie hat sie richtig dazugehört. Obwohl sie wollte.«

Eine Männerstimme überschlägt sich in gespielter Aufregung, untermalt von jubelnden Trompeten. »Heute Abend zu Gast bei *Pia – Live aus dem Lift:* Julia Rattner, die langjährige Freundin der todgeweihten Matusek-Kollaborateurin Mattea Inninger!«

Ich schrecke auf, stoße meinen Kopf an der holzverschalten Dachschräge, kann nicht glauben, dass Julias Stimme nicht in meinem Kopf, sondern von der Mediawand gesprochen haben soll.

»Das sensationelle Interview zu den Hintergründen des Phänomens, das unser Land in Atem hält. Versäumen Sie nicht, wenn Pia Hofstetter auch heute wieder fragt: Wie konnte das geschehen?« Der letzte Satz aus voller Kehle über den Schlussakkord geschrien.

Atemlos, wie nach einem Tritt in den Bauch, krümme ich mich. Ausgerechnet von Pia Hofstetter muss Julia sich ausfragen lassen, wo sie doch genau weiß, dass ich die auf den Tod nicht ausstehen kann. Seit Jahren habe ich die Sendung nicht mehr gesehen. Kotzübel wird mir bei dem hinterhältigen Betroffenheitsgetue, mit dem sie ihre Gäste aus der Reserve lockt, um ihnen irgendwelche schäbigen Sensationen herauszureißen. Julia wird sich noch wundern. Pia ist eine von denen. Eine Spielerin, der nichts daran liegt, ihre Marionetten zum Erfolg zu führen. Eine, die es genießt, andere zur Selbstentlarvung zu bewegen und vermutlich nichts lieber sähe, als dass eines ihrer Opfer sich vor laufender Kamera ein Messer ins Herz rammt.

Dass Julia so weit geht. *Der Feind steht im eigenen Lager.* Einmal Verräterin, immer Verräterin. Seit mein Name wieder im Spiel ist, hätte ich damit rechnen sollen, dass so etwas passiert, dass Gespenster aus der Vergangenheit hervorgezerrt werden, um Zeugnis abzulegen. Falsch Zeugnis. Wider deinen Nächsten. Biblisch muss es schon klingen, seit ich messianisch in die Nähe des Heilands gerückt bin.

Eine neue Ebene in diesem Spiel. Ich renne ins Bad und kotze die Schokolade aus.

Als es Stunden später klopft, mitten in einen Bericht über die geplante Auflösung der ABC-Waffen-Testzone in Afghanistan hinein, erwarte ich fast, gleich einem Kamerateam von *Pia – Live aus dem Lift* gegenüberzustehen. Doch es ist Tom, der ein Tablett mit zwei Töpfen, einem Brotkorb und einer Flasche Rotwein trägt und deshalb die Tür nicht öffnen kann. Er ist von oben bis unten dreckbespritzt und hat eine blutige Schramme am Arm. Seine Zähne leuchten im Halbdunkel der holzverschalten Stube.

»Kalbsgulasch mit Nockerl.« Er nickt zur Mediawand. »Gute Presse?«

Ich nehme ihm das Tablett ab und ignoriere seinen Versuch, mich zu küssen.

»Episch. Hab gerade gekotzt.«

»Ist sie wirklich eine Freundin von dir?«

»Ich habe sie mal für eine gehalten.«

Während Tom in der Dusche ist, decke ich den Tisch. Als Julia in meinem Rücken erneut mein Rebellentum verkündet, drehe ich die Mediawand ab, ohne hinzusehen. In knapp einer Stunde werde ich ihr ins Gesicht sehen müssen, doch bis dahin will ich mindestens die halbe Flasche geleert haben.

Wir essen und trinken und Tom erzählt mir von seinem Trainingstag. Er macht sich Hoffnungen auf eine Medaille, hat die dafür nötige Wut im Bauch und mehr, sagt er. Wenn er bloß nicht im Fall des Gewinns dem Kanzler die

Hand schütteln müsste. Er fährt für das Land, nicht für diese Regierung und würde sich nicht beherrschen können, zumindest das laut zu sagen. Oder ihm gleich eine reinzuhauen.

Ich tunke den letzten Rest Soße mit Brotstücken auf. Die Bäuerin kocht wirklich gut.

Der Kanzler bei der Gala von einem Athleten mittels Kinnhaken zu Boden gestreckt. Tom lacht. Eine äußerst befriedigende Vorstellung. Die Folgen für die Familie allerdings, für seine eigene Karriere sowieso. Besser also Silber oder Bronze.

Da Tom redet, bleibt mir mehr vom Wein. Obwohl ich versuche, mich auf das Gespräch zu konzentrieren, wandern meine Gedanken immer wieder zu Julias Auftritt. Lange kann es nicht mehr dauern.

»Was sie wohl erzählen wird?«, rätselt Tom.

»Hm?«

»Dein Blick klebt schon die ganze Zeit an der Mediawand.« Er schaut auf sein Band. »Sechs Minuten noch. Ich bin auch schon verdammt gespannt, was ich da über dich erfahren werde.«

»Vermutlich wird sie mich in Misskredit bringen«, murmle ich und denke an die kleine Lisa, die das nicht getan hat, obwohl sie Julia rein optisch so ähnelt.

Als das Fanfarengetöse der Kennmelodie ertönt und die Luftaufnahme der hell erleuchteten Stadt an der Wand erscheint, ist die entspannende Wirkung des Weins im Nu beim Teufel. Seit der Kirchdorfer Musiktherapie wirft mich jeder Bläsereinsatz zurück in die Zelle. Jeder Ton tackert meine Haut an die Knochen und windet die Eingeweide zu einem kompakten Knäuel.

An der Mediawand drehen sich die Lichter der Stadt schneller und schneller, ein Wirbel, in dessen Zentrum ein rotes Leuchten immer größer wird, das stilisierte Auge auf dem Dach des gläsernen Lifts, dem Schauplatz der Sendung. Die Perspektive kippt, verfolgt den an der Fassade eines Hochhauses in die Tiefe rasenden Aufzug. Schnitt. Die stahlglänzende Teleskoptür öffnet sich. Pia erhebt sich aus ihrem blutroten Sessel, grinst in die Kamera, viel zu viele Zähne in ihrem Mund, das spitze Kinn, die aufgebauschte graue Mähne – ich finde sie noch immer zum Kotzen. Sie nickt, bedankt sich für den Konservenapplaus, steht auf und öffnet weit die Arme.

»Meine sehr verehrten Damen und Herren, nie zuvor hat das Schicksal zweier Verbrecherinnen das Land so sehr erschüttert wie im Fall der tierliebenden Terroristin und Lebensretterin Ina Matusek und ihrer Doppelgängerin, der Mörderin Mattea Inninger. Eine Frage, die uns alle bewegt: Was trieb die gewissenlose Killerin dazu, sich als Ina Matusek auszugeben? War dieser scheinbare Akt der Selbstlosigkeit nur ein Zeichen krankhafter Geltungssucht? Oder sucht die ruchlose Mörderin in der Identifikation mit einer von vielen verehrten, wenn auch fehlgeleiteten Idealistin nachträgliche Rechtfertigung für ihre Taten? Sehen Sie mit mir in das vielleicht doch nicht so kalte Herz einer Mörderin.«

Neben mir gibt Tom würgende Geräusche von sich. Er nimmt meine Hand.

»Meine Damen und Herren, fragen wir die Zeugin eines der Morde und langjährige Freundin der Mörderin Mattea:« Ein vielstimmiger Chor fällt ein. »Wie konnte das geschehen?!«

Julia ist blass unter der Schminke, ihre Augen scheinen vor Konzentration fast aus den Höhlen zu quellen. Sie blinzelt nicht, während sie auf Pia zugeht. Steif lässt sie sich auf die Wange küssen.

Ich höre mich aufschluchzen und schlage eine Hand vor den Mund, während Tom die andere drückt.

Pia hakt Julia unter. »Danke, dass Sie trotz Ihres Gebrechens den Weg zu uns gefunden haben.«

Die nächste Einstellung lässt die Blicke der Zuschauer an Julias Körper hinabstreichen, auf Busen und Hüften verweilen, um dann auf die Beinprothese zu zoomen. Wie immer trägt Julia einen Rock. »Der Grund, warum du keinen Mann findest, ist nicht die Prothese«, höre ich Kati sagen, »sondern, dass du dich weigerst, sie zu verbergen, wie jeder normale Mensch das tun würde.«

Pia und Julia nehmen ihre Plätze ein, im stumpfen Winkel einander zugewandt. Ein heller Glockenklang ertönt, die Türen schließen. Der Lift setzt sich in Bewegung. Julia klammert sich an die Armlehnen, ihre Brust hebt und senkt sich rasch. Schnitt auf die schnell wechselnden Zahlen der Stockwerksanzeige, die jetzt zum Stillstand kommen. In der zweiundzwanzigsten Etage hält die Kabine an. Pia beugt sich vor, mimt Zuwendung.

»Julia, Sie haben in Ihrem Leben bereits einiges durchgemacht. Schon mit elf Jahren haben Sie Ihren Unterschenkel verloren bei dem unschuldigen Versuch, einen Ball aus einem Garten zurückzuholen. Einem Garten, zu Ihrem Unglück, den ein besorgter Bürger in den Zeiten der Unruhe zu seinem Schutz vermint hatte. Ein grausames Schicksal für ein junges Mädchen, das ihr ganzes Leben noch vor sich hat und zweifellos ein immenses Hindernis bei der Partnersuche.« Mitleidheischend glotzt sie in die Kamera. »Wenn ich es richtig in Erinnerung habe, waren Sie damals mit Ihrer Freundin Kati Engels und Mattea Inninger zusammen, die sich heute für den kaltblütigen Mord an Kati verantworten muss. War ihre ehemalige Freundin Mattea womöglich auch an dem Unfall beteiligt, der zu Ihrer Verstümmelung geführt hat?«

Julia zögert, schüttelt den Kopf, nickt dann mit finsterem Blick.

Tom räuspert sich und löst sanft meine Finger, die sich in seinem Oberschenkel verkrampft haben. Sie kann mir das doch jetzt nicht auch noch anhängen.

»Mattea«, sagt Julia fest. Ihr Gesicht füllt die Mediawand, jede Pore sichtbar, die kleine Narbe an der linken Augenbraue, das Muttermal am Nasenflügel. Traurig schaut sie mir in die Augen, nur mir, ihr Hundeblick, dem ich noch nie widerstehen konnte. Ihre Lippen beben. Ich halte den Atem an.

»Mattea! Wenn du irgendwo da draußen zuschaust – und ich weiß, das tust du, ganz egal, was sie sagen –, dann nimm …«, sie beißt sich auf die Unterlippe, »… bitte! … meine Entschuldigung an. Nie hätte ich dich verraten dürfen. Deine Mutter hat es mir erzählt, das mit Kati. Dass sie deinen Vater denunziert hat und er untertauchen musste, obwohl er niemandem etwas getan hatte, dass er letztlich wegen ihr gestorben …«

Tom keucht auf. Julia spricht weiter, doch es ist nichts mehr zu verstehen, das Mikro abgedreht oder mein Hirn. Der Untertitel behauptet noch immer: *Mattea hat meinen Glauben an Freundschaft zerstört.* Doch das straffe Knäuel in meinem Bauch löst sich auf. Weinen oder lachen will ich, Julia um den Hals fallen. Weil es ihr leidtut, egal warum. Kati, Papa, da war irgendwas. Ich muss später darüber nachdenken. Jetzt ist Konzentration angesagt.

Die Kamera fokussiert Pia, die missbilligend den Kopf schüttelt und mit der Zunge schnalzt. Doch ihre Augen leuchten.

»Meine Liebe, mir scheint, Sie bringen da einiges durcheinander.« Sie beugt sich zu Julia, legt ihr die Hand auf den Arm. »Ihre Freundin kann Sie nicht hören. Sie sitzt anstelle von Ina Matusek in der Todeszelle und ich fürchte, dass man sie dort nicht ihre Lieblingsprogramme sehen lässt.«

Julia setzt ihr bockiges Gesicht auf und schweigt.

»In der Vorbereitung unseres Gesprächs haben Sie mir erzählt, dass Mattea immer schon eine Rebellin gewesen sei. Eine Veranlagung, die sie zweifellos von ihrem Vater geerbt hat, der wegen Landesverrats zu lebenslänglichem Kerker verurteilt wurde.« Pia schickt einen Blick voller Ekel und Verachtung in die Kamera, untermalt von empörtem Geraune aus der Tonkonserve, bevor sie sich in stirnrunzelnder Betroffenheit wieder Julia zuwendet. »Manches deutet darauf hin, dass der Mord an Ihrer gemeinsamen

Freundin Katharina Engels von langer Hand geplant war. Frau Engels war seit ihrer Jugend aktiv in der *aufrechten* Bewegung und hat ihr Leben der Erziehung unserer Kinder im rechten Geist gewidmet. Eine lebende Provokation für eine Außenseiterin wie Mattea. Wie konnte Ihnen, die Sie mit beiden Frauen befreundet waren, entgehen, welche Katastrophe sich da abzeichnete?«

Julia ballt die Fäuste und öffnet den Mund, presst dann doch die Lippen fest aufeinander. Leicht macht sie es Pia nicht. Ob sie sich nur einladen lassen hat, um sich bei mir zu entschuldigen? Ich sehe zu Tom, will, dass er dasselbe denkt. Lächelnd hebt er den Daumen.

»Erzählen Sie uns doch einfach in Ihren Worten, was an jenem Abend am Kaiserwasser geschehen ist«, fordert Pia sie auf.

Obwohl der Augenzeugenbericht sicherlich im Vorfeld abgemacht war, flackert Julias Blick von links unten nach rechts oben und wieder zurück, als suche sie verzweifelt nach der Erinnerung oder einer Geschichte, die diese ersetzt. Umständlich richtet sie sich die Prothese.

»Wir haben gefeiert wegen Matteas Hochzeit am nächsten Tag, Polterabend halt. Jede Menge Alkohol. Pillen auch. Wir haben herumgeblödelt, über alte Zeiten geredet, was man halt so macht. Irgendwann war da ein uniformierter Wächter von der Sportanlage, der uns mit seiner Waffe bedroht hat, weil wir zu laut waren. Kati hat versucht, ihn zu beschwichtigen. Plötzlich lag sie da. Tot.«

Pia spitzt die Lippen. »So war das nicht abgemacht«, mahnt sie streng. »Sie wollten uns die Wahrheit sagen. Bei der Vernehmung haben Sie erklärt, Frau Engels sei von hinten erschossen worden und Mattea habe ihre Waffe in der Hand gehalten.«

»Natürlich hat sie die Waffe gezogen. Wir wurden angegriffen!«

Es kann nur einen Grund für Julias geänderte Aussage geben: Sie hat die Bilder vom Mondsee gesehen und weiß, dass ich die Ina bin, die dort gesichtet wurde. Sie bereut ihren Verrat ehrlich und will mich rehabilitieren, so sinnlos der Versuch auch ist. Meine süße Julia.

»Sie weiß, dass du noch unterwegs bist«, sagt Tom und schaut mich mit einem unbehaglichen Ausdruck an. »Sie muss verdammte Angst vor dir haben.«

Das kann nicht sein. Ich spüre, wie mir die Röte ins Gesicht steigt, Wut oder Scham oder beides, und will protestieren. Tom legt den Finger an die Lippen und deutet auf die Wand.

Julia zuckt mit den Schultern. »Meine Erinnerung ist verschwommen.«

»Sie wollen also sagen, dass nicht Mattea, sondern dieser Wächter Ihre Freundin erschossen haben könnte? Wollen Sie wirklich einen Unschuldigen mit hineinziehen?«

Erneut hebt Julia verstockt die Schultern.

»Warum hätte Mattea fliehen sollen, wenn sie es nicht war? Sie hätte anhand ihrer Waffe problemlos ihre Unschuld beweisen können. Entschuldigen Sie, aber das ist wirklich haarsträubender Unsinn!« Pias herabgezogene Mundwinkel, die scharfen Falten über der Nasenwurzel verraten deutlich ihren Ärger über die mangelnde Kooperationsbereitschaft ihrer Interviewpartnerin. »Außerdem – wie wollen Sie uns erklären, warum Sie Mattea denunziert haben? Für einen kleinen Streich unter Freundinnen erscheint das doch sehr überzogen.« Sie schmunzelt gehässig.

Julias Gesicht zieht sich um die kleine Nase zusammen, als koste es sie maximale Anstrengung, die nötigen Worte auszustoßen. »Na gut, vielleicht hat sie geschossen. Aber wenn es so war, dann war es keine Absicht. Eine Affekthandlung. Lauter altes Zeug, das an diesem Abend wieder hochgekommen ist. Psychokram. Mattea hat Kati immer die Schuld an meinem Unfall gegeben, war deshalb eigentlich die ganze Zeit wütend auf sie.«

»Und? War es Katis Schuld?«

Julia kaut an ihrer Antwort, murmelt: »Nein. Mattea hätte über den Zaun steigen müssen. Schließlich war sie es, die den Ball nicht gefangen hat. Sie hätte an meiner Stelle das Bein verlieren sollen.« Die letzten Worte kaum verständlich.

»Scheiße!«, sagt Tom. In meiner Brust, meiner Kehle ein Brennen, das weiter aufsteigt, sich hinter meinen Augen einnistet, mein Hirn infiziert.

Julia schaut zu Boden, hebt dann den Blick in die Kamera, als kämpfe sie gegen zentnerschwere Gewichte an. »Aber ich habe damit abgeschlossen, hörst du, Mattea. Niemand hat Schuld, außer dem Mistkerl, der seinen Garten vermint hat«, sagt sie matt.

Ich sehe noch, wie Pia befriedigt nickt, bevor ich die Augen vor den Tränen zusammenpresse, würde mir am liebsten wie ein Kind die Ohren zuhalten, will nichts mehr hören. Nichts von Verzeihung, die es nicht geben kann, nichts davon, dass immer ich Schuld tragen soll, an allem, was passiert. Toms Arm um meine Schultern hilft nichts. Fast nichts.

»Mir scheint, da kommen wir der Wahrheit schon näher«, höre ich Pia triumphierend sagen. »Hängt Ihr Sinneswandel vielleicht damit zusammen, dass Sie sich einbilden, Ihre ehemalige Freundin Mattea wäre noch in Freiheit? Fürchten Sie ihre Rache? Wer eine Freundin ermordet, wird nicht zögern, eine Verräterin zu töten.«

Wie sie solche Gemeinheiten in derart liebenswürdigem Ton herausbringt, ohne rot zu werden, die Schlampe.

An ihrer Stelle errötet Julia. Sie stemmt sich aus dem Sessel. »Ich möchte jetzt gehen.« Sie hebt die Hand, tippt auf das Bedienfeld des Lifts, doch der bewegt sich nicht.

Pia schüttelt süffisant den Kopf, wedelt mit der Fernbedienung in ihrer Hand. »Hier mache ich die Regeln und Sie haben ihnen schriftlich zugestimmt.«

Der Lift setzt sich nun doch in Bewegung, rast jedoch aufwärts anstatt hinab. Julia wird bleich. Schweißtropfen glitzern über ihrer Oberlippe.

»Was wollen Sie noch von mir? Ich wollte das Richtige tun und habe mich für das Falsche entschieden.« Ihr Blick sucht die Kamera. »Genau wie du, Mattea. Ich weiß, du kannst das verstehen und wirst mir verzeihen.«

Und das muss ich wohl, auch wenn mir nicht danach ist. Weil ich nicht besser bin als sie. *Wer ohne Schuld ist, werfe den ersten Stein* und all der Kram. Dass gerade die, die auf unser christliches Abendland pochen, dauernd Steine werfen, fällt anscheinend niemandem auf.

»Meine Damen und Herren, es ist Zeit für unsere erste Abstimmung!«, verkündet Pia. »*Man liebt den Verrat, aber nicht den Verräter,* sagt ein Sprichwort. Verzeiht Mattea Ininger ihrer alten Freundin oder will sie Rache nehmen? Lassen Sie uns Ihre Meinung während einer kurzen Werbepause wissen.«

»Das ist nicht gut für uns«, sagt Tom in nüchternem Ton und steht auf.

Jetzt ist es also so weit: Der letzte Freund verrät mich.

»Tee?«, fragt er und füllt den Wasserkocher.

Obwohl jeder Muskel sich dagegen wehren will, erhebe ich mich. »Mach dir keine Mühe. Ich gehe.«

Entgeistert sieht er mich an. »Spinnst du? Wenn das Publikum deiner Freundin glaubt, dass du noch in Freiheit und nicht Ina bist, werden die Leute nicht mehr auf deiner Seite sein. Dann ist die Ina-Kampagne geplatzt und ich kann mir ehrlich gesagt nicht vorstellen, dass Ruth, oder wer immer ihre Nachfolge antritt, die Unterstützung für dich aufrechterhält.«

»Schlecht für uns, damit hast du die Zecken gemeint?«

»Uns alle.« Ein kurzer Schatten zieht über seine Augen, als er begreift, dann ein müdes Lächeln. »Du glaubst doch nicht, dass ich dich hängen lassen würde?«

»Die Frage ist doch: Wie kannst du mir noch immer vertrauen?«

»Ich habe mich eben dazu entschlossen und warum sollte sich das gerade jetzt ändern? Die einzige Neuigkeit, die ich erfahren habe ist, dass deine Freundin dir die Schuld an ihrem Unfall gegeben hat und du dich wahrscheinlich auch schuldig fühlst. Aber es war ein Unglück. Ihr wart Kinder.«

»Dann lass mich was anderes fragen: Warum hast du mir je vertraut, nachdem du erfahren hast, dass ich nicht Ina bin?«

»Muss das jetzt sein?«

Ich nicke. Er denkt und gießt Tee auf.

»Ich schätze, weil du mein Vertrauen gebraucht hast.« Auf meinen zweifelnden Blick hin verdreht er die Augen. »Von mir aus auch, weil ich scharf auf dich bin. Scheiße, Mattea!« Er packt mich an den Schultern. »Ich bin in dich verliebt und es fühlt sich richtig an und das andere ist mir egal.«

Alle Muskeln in seinem Gesicht scheinen in Bewegung. In seinen Augen spiegelt sich der Ärger darüber, dass ich es ihm so schwer mache. Aber ich muss. Er lässt die Hände sinken.

»Ich bin kein Philosoph, Mattea. Ich nehme die Welt, wie sie ist und versuche, nicht über alte Fehler zu grübeln. Nicht meine und auch nicht die der anderen. Beeinflussen kann man nur die Zukunft.«

»Von wegen kein Philosoph«, sage ich und, um das Thema zu wechseln: »Ich habe immer Kati die Schuld an dem Unfall gegeben. Weil sie geworfen hat.«

»Anscheinend nicht nur daran.« Er zieht die Teebeutel aus den Tassen, drückt sie mit den Fingern aus. »Was war das am Anfang? Die Geschichte, dass Kati deinen Vater verraten hat?«

»Ich …« Pias Erkennungsmelodie erklingt. »Ich erkläre es dir nachher.«

Leuchtend hängt der Lift am obersten Stockwerk des schwarz glänzenden Hochhauses, in dem sich die Lichter der Stadt spiegeln. Julia sitzt wieder brav in ihrem Sessel, die Lippen zusammengepresst, die Finger in die Armlehnen gekrallt, ihr ganzer Körper unter Spannung.

Ein Balkendiagramm erscheint hinter Pia, die freudestrahlend erklärt: »84 Prozent unserer Zuschauer sind der Ansicht, dass Sie, liebe Julia, um Ihr Leben fürchten müssten, wäre Ihre verratene Freundin in Freiheit. Was sagen Sie zu diesem Ergebnis?« Mit einer affektierten Bewegung streicht sie sich eine Haarsträhne zurecht und macht für die Kamera auf erotische Ausstrahlung.

»Ist mir egal«, presst Julia hervor. »Die einzige Meinung, die für mich zählt, ist Matteas.«

»Dann erklären Sie uns doch, was Sie überhaupt zu der Annahme bringt, Mattea Inninger säße nicht, wie allgemein bekannt, in Haft.«

»Sie war auf allen Bildern. Auf *Mindmine*, im TV, das war immer Mattea und nicht diese Ina Matusek. Ich habe mir schon gedacht, dass es die vielleicht gar nicht gibt, oder das Mattea und sie … egal. Auch auf dem Film aus dem Garten von diesem Schiele, auch das war Mattea.«

Pias Lachen klingt ebenso glockenhell wie falsch. »Ihre Freundin Mattea soll den Sektionschef ermordet haben? Haben Sie vielleicht auch eine Theorie, welchen Grund sie dafür gehabt haben könnte?«

Ihr spöttischer Tonfall treibt Julia die Zornesröte ins Gesicht und ich frage mich, warum sie mich schon wieder verrät. Oder ob ihre Ehrlichkeit bedeutet, dass auch alles andere, was sie heute gesagt hat, wahr ist. Außerdem macht es mich fertig, nicht zu wissen, ob hier alles Inszenierung ist oder tatsächlich Ungeplantes passiert. Pia kann vermutlich jede beliebige Emotion abrufen. Verlogen wirkt sie ohnehin immer, allein durch ihr eitles Gehabe. Aber Julia?

»Keine Ahnung. Sieht so aus, als ob ich Mattea nicht so gut kenne, wie ich dachte.«

»Mattea Inninger ist Ina Matusek, ist es das, was Sie andeuten wollen?« Sie hält inne, Überraschung in den Gesichtszügen. »Mattea – Matusek, die verdrehten Initialen … Aber wer säße dann an ihrer Stelle in Haft und gesteht ein Verbrechen nach dem anderen? Eine verhinderte Selbstmörderin?«

Eine Sekunde zu spät fährt ihr der Schreck über den regimekritischen Gehalt ihrer Frage in die Glieder und lässt ihr Lächeln über den letzten Scherz fratzenhaft erstarren. Echt oder nicht?

»Eins zu null für die Journalistin gegen die anständige *Aufrechte*«, triumphiert Tom.

Pia zwingt sich zu lächeln, tupft scheinbar nachdenklich mit dem Zeigefinger über ihre Schläfe. Der Schweißfilm, der die Puderschicht verklumpt, ist deutlich zu sehen.

»Meinen Sie nicht, unsere hocheffizienten Ermittlungsbehörden hätten diesen Zusammenhang bereits hergestellt, wenn auch nur die geringste Wahrscheinlichkeit bestünde …«

»Ich kann es ja selbst auch nicht glauben!«, fährt Julia

auf. »Mattea hat sich nie für Politik interessiert. Sie war bei der Miliz, hat immer ihre Pflicht getan, und den Kanzler verehrt. Ich weiß ja auch nicht mehr, was wahr ist.« Tränen stehen ihr in den Augen.

Pia verdreht die ihren. »Und doch haben Sie in unserer Gesprächsvorbereitung behauptet, Mattea hätte sich nie recht eingefügt und immer schon ein unangepasstes Verhalten an den Tag gelegt. Hat sie nicht schon als Kind ihren Puppen die Glieder ausgerissen? Hat sie nicht enge Freundschaft mit einer jungen Islamistin gepflegt, bevor diese ausgewiesen wurde?«

»Das war keine Islamistin, das war ein Kind wie wir und ich will nicht darüber sprechen.«

Pia holt tief Luft und bläst sie in einem langen Strom wieder aus, sichtbar wütend. »Meine Damen und Herren, ich fürchte, ich muss mich heute zum ersten Mal für die Auswahl eines Gastes bei Ihnen entschuldigen. Anstelle der versprochenen Einsicht in das Herz einer Mörderin haben Sie mit mir wohl eher in die Seele einer zutiefst verstörten Kreatur geblickt, der mit dem Verlust ihres Beines auch die Urteilsfähigkeit abhandengekommen ist. Wie heißt es so schön? *Mens sana in corpore sano.*« Sie greift sich ans Ohr, horcht scheinbar in sich hinein, reißt den Mund auf und verzieht ihn dann zu einem strahlenden Lächeln. Ihre Augen blitzen vergnügt. »Wie man mir gerade mitteilt, wurde die Identität der einsitzenden Verbrecherin nun mithilfe genetischer Tests eindeutig bestätigt. Es handelt sich um …«, mit Handbewegungen deutet sie einen Trommelwirbel an, »die Mörderin Mattea Matusek – entschuldigen

Sie, unsere Frau Rattner hier hat mich mit ihren wirren Theorien schon völlig durcheinandergebracht –, natürlich Mattea Inninger. Es handelt sich um Mattea Inninger. Damit sind die krausen Theorien unseres Gastes ebenso zeitgerecht wie eindrucksvoll widerlegt.«

Entspannt lehnt sie sich zurück, schlägt die schlanken Beine übereinander und lächelt in die Kamera. »Freuen Sie sich nun mit mir auf den Heimatsänger und Frauenliebling Christian Urban!« Sie drückt auf die Fernbedienung und der Lift fährt abwärts. »Und versäumen Sie nicht, zuvor in unserer zweiten Abstimmung zum Thema Ihr Urteil abzugeben! Entscheiden Sie, ob Ina Matusek im Fall ihrer Verhaftung das Schicksal der Mörderin teilen soll, oder ob sie in Anbetracht ihrer jüngsten Taten eine zweite Chance verdient. Wer auf der Flucht Zeit findet, Menschen vor dem sicheren Tod zu retten und Kindern Geschichten vorzulesen, wer wider die eigenen Interessen einem Hund das Leben schenkt, der hat vielleicht durch die Erfahrung der Bedrohung des eigenen Lebens zum *aufrechten* Geist zurückgefunden und kann durch entsprechende Umerziehung wieder in den Volkskörper eingegliedert werden. Entscheiden Sie: Hinrichtung oder Hilfe für Ina Matusek!«

Der Lift hält an. Pia springt auf, drückt Julia, die etwas wackelig auf den Beinen steht, ohne Blickkontakt kurz die Hand – kein Küsschen für die Irre – und eilt zur Tür, um ihren nächsten Gast zu begrüßen. Widerstrebend lässt Julia sich von einem Mitarbeiter am Arm hinausführen, erhascht durch ein Stolpern noch einmal die Aufmerksamkeit der Kamera, ruft mir lautlos etwas zu, ihr Mikrofon schon abgeschaltet. Ich kann ihre Mundbewegungen nicht entschlüsseln.

»Den Volksmusikanten müssen wir jetzt aber nicht mehr anschauen, oder?«, fragt Tom und greift nach der Fernbedienung.

Ich hebe die Hand. Die Auswertung der zweiten Abstimmung wird eingeblendet. 71 Prozent der Zuschauer wünschen sich eine zweite Chance für Ina Matusek. Tom reißt die Arme in die Höhe und jubelt für die siegreiche Mannschaft

Ich falle auf das Sofa, den Kopf auf die Armlehne gestützt, die Beine angezogen, lausche auf meinen hektischen Atem, der mir die Empfindung aus Armen und Beinen saugt, mich in einen wirbelnden Abgrund reißt. Vor meinen Augen nur noch graues Flirren.

»Was ist los?« Toms besorgte Stimme, ein Anker am Rand des Mahlstroms, sein Gewicht, das die Polsterung neben mir niederdrückt. Real. Er schüttelt mich, fragt, ob er mich ohrfeigen soll. Wer kann da schon nein sagen? Die unsinnige Frage holt mich an die Oberfläche zurück. Ich atme in meine Hände, finde seine Hand.

»Ich weiß nicht mehr, was ist«, stoße ich hervor. »Was wahr ist und was Lüge. Wer bestimmt, was passiert?«

Er streicht über meine Wange, dreht den Kopf, als versuche er eine Verspannung zu lösen. »Ich gebe zu, es ist ein bisschen verwirrend.«

»*Ein bisschen verwirrend?* Ich sitze offiziell im Gefängnis und erwarte mein sicheres Todesurteil, gentechnisch erwiesen!« Meine Stimme überschlägt sich.

Er hebt die Brauen und beugt sich über mich, flüstert: »Das ist eindeutig eine Lüge.«

Doch nach Küssen ist mir nicht. Ich winde mich aus seiner Umarmung. »Wer? Wie?«

»Es könnte eine der verdrehten Ideen von Liliana sein. Denk nur an die Sache mit deinem Bild. Vielleicht hat sie Verbindungen zur Gerichtsmedizin.«

Das mag ich besonders an ihm, dass er nie beleidigt ist, dass er blitzschnell umschalten kann. Anpassungsfähig, nicht angepasst. Ich drücke meinen Zeigefinger erst auf meine Lippen, dann auf seine.

Er zwinkert mir zu. »Oder der Kanzler und seine Berater sind zu dem Schluss gekommen, dass sie die Sympathie der Bevölkerung für Ina, also dich, nicht übergehen können und suchen nach einem Weg, dich für ihre Zwecke einzuspannen.«

Ich setze mich auf. »Die Umfrage würde dafür sprechen. Oder glaubst du, die ist echt? Oder hat Liliana ihre Finger auch da drin?«

Er hebt die Schultern. »Leider weiß ich nicht mehr als du. Ich gehöre nicht gerade zum innersten Kreis. Wenn mein Vater nicht das Nest managen würde …«

»Ist doch komplett irre, dass sich, was mich betrifft, jetzt anscheinend die Interessen der Regierung mit denen des Widerstandes decken und mich endgültig zu Ina machen.«

Tom nickt wie in Gedanken und rutscht ein Stück von mir ab, schaut mir in die Augen. »Mich beschäftigt momentan etwas anderes viel mehr: Warum hast du deine Freundin getötet? Aus Rache? Was war mit deinem Vater und ihr?«

Ich verschränke die Arme vor der Brust und sehe aus dem Fenster, obwohl dort nichts zu sehen ist außer ein paar Sternen. Der große Wagen wieder, einziges Sternbild, das ich kenne.

»Wenn ich das so genau wüsste. Kati hat Papa verraten, das hatte ich vergessen, oder eher verdrängt, bis Julia es erwähnt hat. Wobei – ich habe davon geträumt, gestern, als ich im Boot eingeschlafen bin.«

Meine Stimme bricht und ich räuspere mich, ignoriere die Enge in meiner Brust.

»Ich durfte ihr nicht böse sein, weil sie doch noch ein Kind war. Das haben mir damals alle eingetrichtert und ich habe es geglaubt. Er war Sozialarbeiter, mein Vater, und Grünsozialist, ein Krebsgeschwür im Volkskörper. Kati hat bei uns zu Hause mitangehört, wie er mit einem Parteifreund gesprochen hat. Worüber, das weiß ich nicht genau, aber es war sicher nichts Staatstragendes, so kurz nach der Machtergreifung und dem Verbot antiösterreichischer Parteien. Sie war jedenfalls ganz empört, weil sie hin und weg war vom Kanzler und dem ganzen *aufrechten* Scheiß. Und in der Schule haben sie ja immer dazu aufgerufen, verdächtige Umtriebe zu melden. Heute glaube ich, dass sie auch unsere gemeinsame Freundin Shirin und ihre Familie angeschwärzt hat. Von wegen Islamistin.«

Ich stehe auf, wandere im Zimmer auf und ab, um meine Gedanken zu ordnen.

»Am nächsten Tag stand die Miliz vor der Tür, hat meinen Vater in Handschellen abgeführt und ich habe ihn nie wiedergesehen. Meine Mutter hat sich scheiden lassen, nicht ganz freiwillig wohl, aber damals schien es mir selbstverständlich. Ich hatte immer das Gefühl, mein Vater hätte uns verlassen, er hätte eine andere Wahl gehabt. Warum musste er sich gegen den Kanzler stellen, der seine schützende Hand über uns hielt?«

»Das hört sich nicht nach Rachegedanken an.«

»Nein. Ich habe mich sogar bei Kati bedankt, vor allen Mitschülern in der Nationalerziehung.« Das Schluchzen lässt sich nun nicht mehr aufhalten und ich stütze mich auf dem Fensterbrett ab, lehne meine Stirn gegen die nachtkühle Scheibe, bis ich es unter Kontrolle habe. »Anstelle meines Vaters habe ich von da an dem Kanzler geglaubt. Ich war nicht die Einzige und ich wollte dazugehören.«

»Und an deinem Polterabend ist das dann hochgekommen?«

Ich schüttle den Kopf. »Nicht, dass ich wüsste. Aber ich war so dermaßen dicht, keine Ahnung, was sich da im Hintergrund psychomäßig abgespielt hat. Sauer war ich schon auf Kati, aber eher, weil sie sich wie immer so in den Vordergrund gespielt hat, obwohl es schließlich meine Hochzeit war, die am nächsten Tag stattfinden sollte.«

»Nicht wirklich ein Grund, jemandem eine Kugel in den Rücken zu jagen.«

Tom klingt traurig. Ich bringe es nicht fertig, ihm in die Augen zu sehen. Eine der Kerzen, die wir beim Abendessen entzündet haben, flackert und erlischt.

»Nicht wirklich, nein.« Ich tauche meinen Finger in das heiße Wachs, forme, was haften bleibt, zu einer Kugel und betrachte sie konzentriert. »Tagelang habe ich es überhaupt nicht geschafft, darüber nachzudenken, weil ich mich so für diesen Schuss gehasst habe. Noch immer hasse. »Wie konnte das geschehen?«, frage ich, Pia Hofstetters theatralischen Ton nachäffend.

Doch Tom lächelt nicht.

»Da war ein Kind, ein kleiner Bub, der gerade erst laufen konnte. Er ist zu uns auf die Decke gewackelt und hat auf meiner Waffe herumgepatscht. Mein letzter Tag bei der Miliz, ich bin direkt aus der Kaserne gekommen, deshalb hatte ich sie noch umgeschnallt. Ich habe sie sogar herausgeholt und dem Kleinen zum Spielen gegeben. Ja, ich weiß, unverantwortlich. Aber wie gesagt, ich war auf Drogen.«

Mit einem Mal verlässt mich die Kraft und ich lasse mich wieder auf das Sofa fallen, die Hände gegen die Stirn gepresst. Es ist das erste Mal, dass ich es wage, die Gedankensplitter jenes Abends zusammenzufügen.

»Er muss zufällig den Schieber betätigt haben, der Kleine. Den automatischen Auslöser, der nur im Kampfeinsatz in Betrieb genommen werden darf.« Ich schlucke.

»Aber der löst nur aus, wenn ein Ziel anvisiert ist. Du musst die Waffe auf deine Freundin gerichtet haben.«

Er kommt mir so fern vor, als ich mich jetzt aufrichte, ihm wieder in die Augen sehe, alles verschwommen durch den Wasserfall, der zwischen meinen Lidern hervorströmt. »Ich habe die Glock auf sie gerichtet und ich bin für den Zustand meiner Waffe verantwortlich. Ich bin schuld an Katis Tod, ob ich nun selbst abgedrückt habe oder nicht.«

Bewegungslos bleiben wir sitzen. Die zweite Kerze erlischt. Es ist gut, dass Tom mich nicht berührt, sich nicht anmaßt, mich trösten zu können. Trost, der von Schuld entbinden kann, den gibt es sowieso nicht. Niemand kann mich von dieser Schuld befreien, keine Absolution, keine Reue, kein gerettetes Leben. Und doch ist mir leichter, jetzt, da ich meinen Schmerz mit ihm teile. Mein Atem fließt in das sternendunkle Zimmer und Tom ist immer noch da.

»Gehen wir schlafen«, sagt er.

Tag 16

Ich wache in Toms Armen auf und fühle mich ruhig. Damit das so bleibt, lasse ich die Mediawand den ganzen Tag über transparent. Obwohl ich versprochen habe, in der Wohnung zu bleiben, schleiche ich gegen Mittag hinaus, um einen Spaziergang durch den Wald zu machen. Ich begegne niemandem. Lange Zeit sitze ich an einen Baum gelehnt im trockenen Laub und denke nichts. Vögel singen, es raschelt freundlich, ich sehe Rehe und ein Buntspecht-Paar und sogar einen Wolf. Zurück in der Wohnung esse ich Schokolade und lese in einem abgegriffenen Buch über die Reise eines alten Paares, das in einer längst vergangenen Zeit gegen ein großes Vergessen ankämpft, das sein Land lähmt.

Als Tom kommt, würde ich am liebsten weiterlesen. Doch er ist so aufgekratzt, keine Chance, das zu ignorieren.

»Was sagst du dazu?«, fragt er in einem Ton, als hätte er die Europameisterschaft gerade vorzeitig gewonnen.

»Wozu?«

»Den Nachrichten natürlich! Große Sache! Und dazu die allgegenwärtigen Gerüchte, dass die Regierung den Angriff auf Kirchdorf und die andere Orte befohlen hat. Dann die Antwort des Kanzlers in seiner Rede an die Nation.«

»Was hat er geantwortet?«

»Linkslinke Lügenpropaganda, aus dem Ausland gesteuert, aber dann: Es wird sorgfältig geprüft, ob sich in den Reihen der Miliz antiösterreichische Elemente eingenistet haben. Denen man die Sache in die Schuhe schieben kann.«

Er lacht. »Hat er natürlich nicht ganz so gesagt. Krebsgeschwür im Volkskörper, Volk den Verräterhänden entreißen, du weißt schon. Aber damit hat er praktisch eingestanden, dass die Drohnen aus Milizbeständen stammen.«

»Spannend«, sage ich und linse auf mein Buch. »Hast du heute kein Essen mitgebracht?«

Er knurrt. Ich lege mir das Buch aufgeklappt auf den Bauch und sehe ihn an.

»Lässt dich das echt völlig kalt?«

»Ich fühle mich heute so friedlich. Das wollte ich mir nicht durch Nachrichten zerstören lassen.«

»Du hast den ganzen Tag nichts mitgekriegt?«

Ich schüttle den Kopf, immer noch nicht bereit, mir die Stimmung versauen zu lassen.

»Nicht einmal die Rede an die Nation? Du hast deine Bürgerpflicht versäumt?« Er hebt schmunzelnd die Augenbrauen. »Von dem Angebot weißt du dann auch nichts?«

Ich verneine mit einer Drehung des Kopfes. Doch meine Ruhe scheint eher enervierend als ansteckend auf Tom zu wirken. Wie ein Käfigtier läuft er durch das Zimmer, verteilt Dreckklumpen, die sich von seiner Kleidung und den Schuhen lösen.

»Ein persönliches Gespräch vor den Augen der Nation will er mit der flüchtigen Ina Matusek führen, freies Geleit inklusive!«

»Wer?«

»Der Kanzler natürlich!«

»Guter Witz.«

»Kein Witz! Er hat es angeboten in seiner Rede, ganz

auf väterlich, sonore Stimme, freundlich wie ein Märchenonkel. Das Ergebnis der Umfrage bei *Pia – Live aus dem Lift* hat ihm zu denken gegeben, sagt er. Seit jeher achte er den Volkswillen höher als das Gesetz.«

»Das glaub ich ihm aufs Wort.«

»Ganz fit hat er nicht gewirkt, etwas aufgequollen im Gesicht. Aber umso besser! Du wirst ihn fertigmachen und das ganze Land schaut zu! Vielleicht kann Ruth dich briefen.«

»Spinnst du? Willst du mich loswerden, oder was? Und wie soll Ruth mich briefen? Ich dachte, sie sitzt …«

»Nicht mehr.« Er strahlt. »Man hat sie freigelassen. Sie steht zwar unter Beobachtung, aber rate mal.«

»Was?«

»Ausgerechnet ihr Bewacher gehört zu uns.«

»Glück?«

Er hebt die Schultern, zieht zweifelnd die Mundwinkel nach unten.

»Jetzt wegen dieser kranken Idee, ich solle mit dem Kanzler reden: Du glaubst doch nicht im Ernst, dass ich mich darauf einlasse?«

»Ich sag doch: freies Geleit!«

»Sicher. Der Kanzler lügt ja sonst auch nie.«

»Wir werden schon dafür sorgen, dass du heil wieder aus dem Studio kommst.«

»*Wir* ist jetzt wieder nicht du und ich, oder? Klar, man muss Prioritäten setzen.« Langsam verliere ich den Zugriff auf meine Gelassenheit.

»Das ist doch eine unglaubliche Chance, unsere Anliegen und Konzepte an die Öffentlichkeit zu bringen. Endlich raus aus den Löchern!«

Toms Band gibt ein Zirpen von sich. Er liest und lächelt.

»Ja! Schätze, ich bin nicht der Einzige, der dem Gedanken etwas abgewinnen kann. Morgen Vormittag kommt Liliana. Sie will mit dir reden. Schade, dass ich nicht dabei sein kann.«

Aufstöhnend klappe ich das Buch zu und springe auf. »Ich will das nicht machen. Er wird mich in Grund und Boden reden.«

Wir stehen uns gegenüber, so nah, dass wir uns fast berühren, doch die Distanz ist unüberbrückbar in diesem Moment. Angespannt treten seine Kiefermuskeln hervor.

»Es tut mir leid, Mattea, aber das bist du uns schuldig.«

Wir starren uns noch eine Weile an, dann wende ich mich ab, gehe zum Fenster und starre dort weiter. Er hat recht. Ich frage mich, wann ich wohl meine Schulden in alle Richtungen abgetragen haben werde und endlich frei entscheiden kann.

»Ich möchte mit deinem Onkel sprechen«, sage ich. »Kannst du das arrangieren?«

»Ich ruf ihn nachher an. Lass mich erst duschen.«

Er klingt, als wäre alles in Ordnung, als wöge für jeden Mann die Schuld der angeblich Geliebten schwerer als die Sorge um sie. Mistkerl.

Ein Knistern, als er seine Kleidung abstreift. Mit den Handflächen klatscht er sich auf die Haut, glaubt wahrscheinlich, wenn ich ihn bloß ansähe, dann müsste ich ihm verzeihen. Weil er damit richtigliegen könnte, sehe ich nicht hin, fixiere weiterhin durch das Fenster den Hof, über den der rotgetigerte Kater streicht, dem hier alles zu gehören scheint, ein Riesenvieh. Er hält kurz inne, sieht sich um, als fühle er meinen Blick, und setzt dann seinen Inspektionsgang fort. Im Bad dreht Tom das Wasser auf. Ein Windstoß wirbelt einen Haufen kurzer Strohhalme auf, sortiert sie um und lässt sie wieder auf den Boden sinken. Sie formen ein Bild: Waldlandschaft, darüber eine Explosion. Der Kater friert mitten im Schritt ein, dreht die Ohren. Sein Fell sträubt sich, der Schwanz peitscht hin und her, dann jagt er auf mich zu, auf den Stall vielmehr, und verschwindet um die Ecke. Dämmerung zieht auf.

Ich fühle die Bitternis um meine zusammengepressten Lippen und die angespannte Stirn und streiche mit den Händen über das Gesicht, klopfe auf meine Wangen. Ist es Verrat an unserer Liebe, was Tom von mir erwartet? Schließlich hat auch er einiges riskiert.

Ein grauer Lieferwagen mit dunkel getönten Scheiben biegt um die Kehre, drosselt das Tempo und hält schräg mitten auf dem Hof. Der Fahrer steigt aus, von meinem Blickwinkel aus vom Wagen verdeckt, öffnet die Hecktür. Zwei Männer springen heraus, Schnürstiefel, darin graugrüne Hosen. Mein Herz macht einen Doppelschlag, setzt kurz aus, schlägt weiter. Ich finde mich auf den Boden gekauert wieder, ohne mich daran erinnern zu können, dass ich mich geduckt habe. Spähe über das Fensterbrett hinaus. Auch die Beifahrertür steht nun offen. Acht Soldaten schwärmen aus über den Hof, umkreisen das Wohnhaus, in den Knien federnd, die Waffen in Bereitschaft.

»Tom«, flüstere ich, doch das Wasser läuft noch, er kann mich nicht hören. Ich haste ins Bad. Er dreht die Dusche ab, lächelt mich an.

»Sie sind da«, krächze ich, »Miliz.«

»Wo?« Nass läuft er auf das Wohnzimmerfenster zu.

»Nicht! Sie könnten dich sehen.«

»Du musst dich verstecken.«

Ich folge ihm ins Schlafzimmer, sehe zu, wie er Kleidungsstücke über feuchte Haut streift, der Impuls, unter das Bett zu kriechen oder im Kleiderschrank Schutz zu suchen so mächtig wie idiotisch.

»Wo? Wo soll ich mich verstecken? Gibt es hier vielleicht einen beschissenen Geheimgang?«

Tom ruckt mit dem Kopf zum Dachfenster, während er sich die Hose zuknöpft. Das Rollo ist noch immer geschlossen, doch nun lohnt sich das Öffnen nicht mehr.

»Bist du bescheuert?«, keife ich. »Ich rutsche ab und falle denen direkt vor die Füße.«

»Darf eben nicht passieren. Außerdem – noch sind sie auf der anderen Seite.« Er stößt das Fenster auf, ein schmatzendes Geräusch, das man sicher bis ins nächste Dorf hört. »Wenn du wirklich fällst, renn in den Wald. Ich werde versuchen sie abzulenken. Besser wäre aber, du schaffst es bis zur Luke, die auf den Heuboden führt.« Er deutet nach links. »Der ist gleich nebenan. Versteck dich im Heu. Sie werden schon nicht gleich alles niederbrennen.«

Nicht gleich. Alles. Niederbrennen. Die Hoffnung lebt. Ich setze meinen Fuß in Toms zur Räuberleiter verschränkte Hände und ziehe mich am Fensterrahmen hinauf. Todesangst schlägt Höhenangst. Ich tauche unter dem Fensterflügel hindurch und setze mich auf den Rahmen.

»Meine Sachen!«, flüstere ich. »Sie werden sie finden und …«

»Ich mach das schon. Jetzt raus mit dir!«

Vorsichtig ziehe ich die Beine an, schwinge sie hinaus und rolle auf die Seite. Den Bauch flach an das Dach gepresst komme ich neben dem Fenster zu liegen, das sich sofort schließt. Kein letztes Wort der Ermutigung, kein Versprechen, dass alles gut wird.

Die Luke also. Vier, fünf Meter ist sie entfernt und in der Dunkelheit, die aus dem Wald hinter mir zu kriechen scheint, inzwischen kaum mehr auszumachen. Der ganze Dachstuhl scheint unter meinem Herzschlag zu vibrieren, während ich den fast unwiderstehlichen Drang, mich schneller zu bewegen, unterdrücke, und behutsam mit Fingerspitzen und Zehen Halt an den Wölbungen der Ziegel suche. Erst jetzt fällt mir auf, dass ich keine Schuhe trage. Kein Nachteil für das Klettern auf Dächern, wohl aber, falls ich in den Wald muss. Und wo will Tom meine Wanderschuhe verstecken, die fünf Nummern kleiner sind als seine?

Parallel zum First, der sich über mir scharf im letzten Westlicht von der anderen Seite abzeichnet, schiebe ich mich Stück für Stück auf die Luke zu. Die Ziegel sind rau und fest gefügt und das Dach fühlt sich weniger steil an als erwartet. Dennoch klappert hin und wieder ein Dachziegel leise, und jedes Mal erstarre ich. Schroff, aber undeutlich dringen Stimmen vom Haus herüber, übertönen zunehmend das Rauschen in meinen Ohren, während ich mich rascher und immer sicherer bewege.

»Wenn ich's Ihnen doch sag'«, höre ich eine Frau rufen, »nur ein junger Mann! Und jetzt steigen 'S aus dem Kräuterbeet!«

Die Erwiderung ist nicht zu verstehen, doch endlich bin ich bei der Luke, hake die Finger der rechten Hand unter den Metallrand und ziehe mit aller Kraft. Die Klappe hebt sich ein paar Zentimeter, dann rastet innen etwas ein, eine Kante schneidet in meinen Finger und metallisch scheppernd fällt das Ding zurück in seinen Rahmen. Ich beiße mir vor Schreck in die Zunge, schmecke Blut, der Schmerz treibt mir Tränen in die Augen. Lautlos verfluche ich mich, sauge an dem ebenfalls blutenden Finger und lausche mit angehaltenem Atem. Übelkeit. Hoffentlich haben sie keine Hunde dabei.

Der Wortwechsel auf der anderen Seite ist verstummt. Tief unter mir glaube ich Schritte zu hören, ein Rascheln, ein Stolpern, dann ein aufgebrachtes Fauchen und einen unterdrückten Fluch. Ich schmiege mich an das Dach und schließe die Augen wie ein Kind, in der Hoffnung, nicht gesehen zu werden.

»Halt!«, höre ich von drüben, dann Laufschritte und – einen Schuss.

Keinen Schrei. Nicht Tom, bitte nicht Tom! Ich muss hinauf zum First, sehen, was los ist, sehen, ob er lebt.

»Stehen bleiben, habe ich gesagt! Hände über den Kopf!«

»Was soll der Scheiß?« Tom, etwas kläglich, doch offenbar unverletzt, ein Warnschuss nur.

Ich seufze auf, ohne daran zu denken, dass unter mir einer steht und jeden tiefen Atemzug hören kann. Doch der Soldat hat sich im gleichen Moment in Bewegung gesetzt, trampelt, ohne Vorsicht nun, zur Stirnseite der Scheune, dorthin, wo der Eingang unseres Appartements liegt.

»Komm runter, schön eine Stufe nach der anderen, die Hände bleiben oben!«, befiehlt die Kommandostimme von vorhin.

Ich winkle das Bein an, stemme es gegen den Rand der Luke und schiebe mich aufwärts, bis ich den First fassen kann.

»Seid ihr noch ganz dicht, was soll ich denn getan haben?« ruft Tom, dann stöhnt er auf wie unter einem Schlag.

»Mayer, Hartlieb, Resch, hinauf! Durchsucht das Nest dieses komischen Vogels!«

Das wäre der Moment, mich zur Dachrinne abrutschen zu lassen. Ein Sprung und dann ab in den Wald. Tom kann ich ohnehin nicht helfen, allein und ohne Waffe.

Ein Schrei, ein Aufeinanderprallen und unterdrückte Flüche. Unerträglich, nicht zu wissen … Ich ziehe mich zum First hinauf.

Tom liegt auf dem Bauch – es muss Tom sein, obwohl ich nur Umrisse erkennen kann –, fixiert von drei Milizionären. Einer zieht seinen Arm rückwärts nach oben, den Fuß auf seinen Rücken gestellt, zwei andere stehen jeweils mit einem Stiefel in seinen Kniekehlen. Einer mit Kappe, ein Offizier, packt Tom an den Haaren, reißt ihm den Kopf in den Nacken.

»Wo ist die Schlampe?«

»Keine Ahnung, von wem Sie reden«, ächzt Tom.

»Fuchs, dreh die Scheinwerfer auf, damit ich unserem Freund in die Augen schauen kann!«

Ein Mann läuft zum Wagen, doch noch bevor die Scheinwerfer aufflammen, erstrahlen zwei Laternen an der Außenseite des Wohnhauses. Ein massiger Mann tritt aus der Tür, legt der Bäuerin, die mit verschränkten Armen im Gemüsegarten steht, eine Hand auf die Schulter. Schweigend beobachten sie die Szene, bewacht von einem Milizionär, Sturmgewehr im Anschlag. Fuchs hat inzwischen die Scheinwerfer in Betrieb gesetzt und rangiert den Wagen, bis ihr Schein Tom und seine Wächter trifft. Unwirklich wie auf einer Bühne heben sie sich ab, umtanzt von im Lichtkegel glitzerndem Staub, den die Räder aufgewirbelt haben.

»Auf!«, bellt der Offizier.

Zwei der Soldaten zerren Tom vom Boden hoch und halten ihn fest, während der dritte ihm den Lauf seiner Waffe ins Kreuz stößt.

Schräg unter mir leuchtet blass die Fläche unseres Schlafzimmerfensters auf, noch immer vom Rollo geschützt.

»Wir haben aus zuverlässiger Quelle Informationen erhalten, dass Sie der Terroristin Ina Matusek hier Unterschlupf bieten«, behauptet der Offizier unten schneidend.

Tom lacht auf. »Dann kann die Quelle so zuverlässig nicht sein.«

Stolz prickelt in meiner Brust.

Der Offizier versetzt Tom einen Hieb in die Magengrube, der ihn stöhnend einknicken lässt. »Und wie erklären Sie dann diesen …«, er hüstelt theatralisch »Kurzurlaub in dieser abgelegenen Gegend?«

»Von Urlaub kann keine Rede sein.« Tom atmet einige Male hörbar durch und richtet sich auf. »Ich trainiere hier für die Europameisterschaft im Downhill, die nächsten Samstag stattfindet.« In seinem Ton schwingt Wut mit und eine Arroganz, die ich noch nie bemerkt habe. »Bei der ich mir übrigens gute Chancen auf den Sieg ausrechne, Leutnant – wie ist Ihr Name? Jetzt habe ich einen Grund mehr, mich auf die Siegesfeier zu freuen.«

»Und der wäre?«

»Ich kann dem Kanzler von dieser amüsanten Episode berichten, wenn er die Mannschaft am Sonntag zum Handshake ins Kanzleramt lädt.«

Wie zwei Kampfhunde stehen sie sich gegenüber, die Köpfe vorgeschoben, die Brustkörbe aufgeblasen.

»Wer ist denn überhaupt diese angeblich so zuverlässige Quelle?«, will Tom wissen. »Vielleicht gibt es ja eine Erklärung für diese Anschuldigung, so knapp vor einem wichtigen Wettbewerb. Die Konkurrenz ist oft erfinderisch.«

Der Offizier sieht zur Außenstiege, die zum Eingang des Appartements führt. Es muss ein gutes Zeichen sein, ein schlechtes für ihn, dass die Soldaten noch bei der Suche sind. So lange sie suchen, haben sie wohl noch nichts gefunden.

Tom sagt: »Ich bin übrigens ebenfalls Leutnant, wenn auch a.D. Bis vor drei Jahren war ich Angehöriger der Heeressportgruppe. Ich könnte mir vorstellen …«

Ich schrecke zusammen. Das Dachfenster unseres

Schlafzimmers öffnet sich quietschend. Die sanft leuchtende Raute hat sich verschoben und zwischen ihr und der Dachfläche quillt Helligkeit und eine nasal quäkende Stimme heraus.

»Stockfinster hier, gib mal die Lampe.«

Eiseskälte in meiner Brust. Zu spät. Zu spät, um das Dach hinabzurutschen und in den Wald zu entkommen. Zu spät, um irgendwo sonst Schutz zu suchen. Verfluchte Neugier.

Ein Blick überzeugt mich, dass auf der anderen Seite alles beim Alten ist. Tom und der Leutnant diskutieren. Ich spanne alle Muskeln an, um ein Bein über den First zu schwingen, ohne das Gefüge der Ziegel durch eine ruckartige Bewegung zum Klappern zu bringen. Wie in Zeitlupe ziehe ich mich hinauf, bis ich rittlings auf dem First liege. Schon streicht der Strahl der Taschenlampe über die Fläche unterhalb des Fensters, dann die Dachrinne entlang, bleibt hängen an einem Klumpen, einem Vogelnest vielleicht, wandert aufwärts bis zur Luke, verweilt dort, schwenkt weiter und erfasst mein Knie.

Ein Warnruf, ein Schuss, ein Schrei, dann werde ich getroffen das Dach hinabrollen, unten aufschlagen, das Knacken meiner Knochen noch hören, dann hoffentlich ewiges Schweigen. Doch nichts davon passiert. Ich sehe Kinn und Nase des Soldaten, seine Schultern und die Hand mit der Stablampe, doch das Dreieck zwischen Fensterflügel und Dachfläche öffnet sich nicht weit genug, um den Blick bis zu mir freizugeben, ohne dass er den Kopf durch die Lücke steckt. Und das Rollo ist immer noch geschlossen, versperrt die Sicht nach oben. Ich atme in meine Armbeuge, warte, dass er das Fenster schließt oder weiter öffnet, um mich doch noch zu erspähen, meine Knochen gummiweich und ein Rauschen in meinem Kopf, dass ich nichts mehr von unten höre. Lange halte ich die Anspannung nicht mehr durch.

Doch, höre ich Tom in meinen Gedanken, du hältst so lange durch wie nötig. Als bräuchte ich ihn, um das zu wissen. Ich beiße die Zähne zusammen. Schon anderes ausgehalten, schon länger gelitten und schlimmer.

Eine Tür schlägt zu, Stiefel trampeln Stufen abwärts. Zwei Männer gehen auf die Gruppe im Hof zu.

»Und?«, fragt der Leutnant.

»Nichts«, sagt der eine. Der andere zuckt mit den Schultern.

»Kein einziges Kleidungsstück, das einer Frau gehören könnte? Keine zweite Zahnbürste, wirklich nichts?«

»Nein, Herr Leutnant! In dem Saustall wohnt sicher keine Frau.«

»Und wo bleibt Hartlieb?«

»Der pisst noch, Herr Leutnant.«

Ich lasse mich wieder auf die Schattenseite des Daches hinab, um möglichst schnell beim Fenster anzukommen, sollten die Soldaten den Hof verlassen. Und das müssen sie, jetzt, da sie nichts gefunden haben. Ich hantle mich am First auf das Fenster zu. Wo Tom meine Sachen wohl versteckt hat, so schnell?

Unten kommt jetzt der letzte Soldat aus dem Appartement zurück. Der Offizier signalisiert Toms Hütern, ihn loszulassen. Ich gebe meinen Posten auf und lasse mich an den Armen hängen.

Plötzlich ein scharfer Schmerz an meinem Handrücken. Zu spät unterdrücke ich den Schmerzenslaut, ein ersticktes Japsen entkommt mir. Unten Rufe. »Dort, am Dach!«

Ich blicke auf wie sie, sehe den enormen Kater, der, eine Tatze in meine Hand gekrallt, zum Sprung geduckt auf dem First hockt.

Den Schmerz jetzt aushalten. Vorsichtig löse ich die andere Hand, suche Halt weiter unten, bevor sie heraufleuchten, frage mich, wie viel sie aus der Entfernung erkennen können, löse nun auch die Hand mit der Tatze, ziehe sie zu mir, pflücke sie regelrecht von den Krallen, doch eine hängt fest, hat sich durch die Haut zwischen Mittel- und Ringfinger gebohrt. Der Kater faucht, als ich an seiner Pfote ziehe im Bemühen, mich zu befreien. Ich unterdrücke einen Schmerzensschrei, versuche durch eine Drehbewegung, die Kralle aus der Haut zu fädeln, doch der Kater wehrt sich dagegen. Plötzlich bin ich frei, die Haut gerissen. Das Tier verliert das Gleichgewicht, kreischt auf, rutscht ab, Krallen schaben auf Ziegel, es fängt sich mit den Vorderpfoten, hängt halb über dem First, funkelnde Augen.

Ein Schuss kracht und ich sehe den Kater fallen, höre ihn das Dach auf der anderen Seite hinabrutschen, das wirkungslose Kratzen der Krallen, dann ein blecherner Ton, die Dachrinne wohl, dann nichts mehr, der Aufschlag unhörbar für mich.

»Ihr Schweine!« tönt eine raue Bassstimme. »Rambo!«

»Bist du irre, Resch? Erschießt eine Katze!« Der Leutnant.

»Hätte auch die Matusek sein können.«

Stimmengewirr. »Ich denk, die haben sieben Leben.« »Is eh a fesche Katz, die Matusek.« Gelächter. »Wenn schon, dann neun.« Der Bauer tobt. Der Leutnant schreit. Kein Ton von Tom. Irgendwer weint und Autotüren schlagen.

Um Lautlosigkeit muss ich mich bei dem Lärm nicht bemühen. Ich lasse mich zum Fenster abrutschen, das der Soldat zum Glück offen gelassen hat, und klettere hinein. Motorengeräusch von draußen. Drinnen Kleidung über Bett und Boden verstreut. Ich schnappe mir das erstbeste weiche Teil und drücke es auf meine blutende Hand, wickle es darum, eines von Toms Trainingshemden. Schritte auf der Außenstiege, die Wohnungstür muss offen stehen. Ich rolle mich unters Bett. Die Tür schlägt zu, Holzboden knarrt und jemand seufzt, Füße in Toms Schuhen treten in mein Blickfeld, seine Hände sammeln herumliegende Anziehsachen auf.

Ich schließe die Augen, will noch einen Moment lang regungslos liegen, während die Anspannung nachlässt, könnte schlafen, auf der Stelle. Kurz bevor die Erschöpfung jede Faser lahmlegt, krieche ich unter dem Bett hervor.

Tom fährt zusammen, entspannt sich, als er mich erkennt.

»Das war ganz schön knapp.«

»Mit Ach und Krach.« Ich richte mich auf.

»Mit Hängen und Würgen.«

»Um ein Haar.«

»Mit Müh' und Not.«

Wir brechen in hysterisches Kichern aus. Er nimmt mich in die Arme. Ich keuche wie nach einem Marathon, ringe nach Luft an seiner Schulter. Als ich endlich wieder zu Atem komme, wandern seine Hände abwärts, umfassen meinen Po. Ich mache mich los.

»Ich muss ins Bad.«

Die Klobrille und auch der Fliesenboden rundum sind voller Spritzer und in der Kloschüssel ein gelber See. Ich könnte kotzen. »Dieses Dreckschwein!« Ich beuge mich vor, um den Abzug zu betätigen.

»Halt!«, schreit Tom, der mir gefolgt ist. Er drängt sich vorbei, hebt den Deckel des Spülkastens ab und fördert meine Schuhe zutage, in die von der Zahnbürste bis zur Unterwäsche alles Mögliche gestopft ist. Er fummelt im Kasten herum und ich höre Wasser rauschen.

Ich lasse mich mit dem Rücken gegen die Wand fallen und langsam hinabgleiten, bis ich mit angezogenen Beinen auf dem Boden sitze.

»Puh!«

»Was hätte ich machen sollen? Wäre dir ein besseres Versteck eingefallen?«, fragt er, während er Boden und Brille mit Klopapier abreibt.

»Nein«, sage ich. »Besser geht nicht. Wo sind die anderen Sachen?«

»Deine Hose habe ich in eine von meinen hineingefädelt und auf den Boden geworfen, als hätte ich sie gerade ausgezogen. Die Oberteile habe ich unter meine gemischt, du stehst ja zum Glück nicht auf Rüschenzeug, da fällt das nicht auf.«

Er ist gut, besser als ich mir einen Mann zu träumen gewagt hätte.

»Ich mach's!«, sage ich.

Er sieht mich fragend an.

»Das Gespräch mit dem Kanzler.«

»Wahrscheinlich eh unsere einzige Chance.« Er wäscht sich die Hände.

»Unsere, wie in …?«

Er setzt sich zu mir auf den Boden, legt eine Hand an meine Wange. »Unsere einzige Chance auf eine gemeinsame Zukunft abseits von Flucht und Gefahr ist der Sieg von Ina Matusek über den Kanzler. Der Wandel im Land. Nenn es, wie du willst, aber ein *Uns* gibt es nur im Kombi-Angebot.«

Ich nehme an, er hat recht. Trotzdem. »Sehr romantisch. Zwei zum Preis von einem, lassen Sie sich diese Chance nicht entgehen!«

Er rollt genervt mit den Augen. »Herrgott, ich würde es wirklich gern versuchen, Mattea, ein Leben mit dir. Aber noch einmal kommen wir nicht so davon. Der Irrsinn dieser gemeinsamen Woche lässt sich nicht länger kontrollieren. Wir müssen die Bedingungen ändern und das kannst nur du.«

Einerseits schön, dass er an mich glaubt, anderseits unwahrscheinlich, dass ich sein Vertrauen rechtfertigen kann. Nie im Leben schaffe ich das.

Ist es wirklich erst eine Woche her, dass wir uns getroffen haben? Eine monatelange Woche. Oder einfach sieben Tage. Ich zähle in Gedanken. Neun Tage. Was ist das schon?

»Was ist mit dem Kater?«, frage ich. »Ist er tot?«

Tom bläst geräuschvoll die Luft aus. Wahrscheinlich ist

er froh, dass das peinliche Beziehungsgespräch ein Ende hat. Er hebt die Hände, legt den Kopf schief.

»Keine Ahnung. Blut habe ich keines gesehen, vielleicht hat ihn der Schuss verfehlt. Bewegt hat er sich aber auch nicht. Der Bauer hat ihn weggetragen.«

Ich schaue auf meine schmutzigen Füße. Der Nagel am rechten großen Zeh ist eingerissen. Mir ist kalt.

»Was ist eigentlich mit deiner Hand?«

»Ach das.« Vorsichtig entferne ich die provisorische Kompresse. »Der Kater hat mich erwischt, war voll auf Panther unterwegs.«

»Schaut übel aus. Warte.«

Tom springt auf, kramt in seinen Sachen. Ich überlasse ihm meine Hand, als gehörte sie nicht zu mir und er reinigt und desinfiziert und drückt und klebt. Mich lähmt die Trauer über das bevorstehende Ende für uns oder nur für mich oder für das Land, wie ich es gekannt habe. Ein Ende, das, so oder so, bald kommen wird und einen großen Schatten wirft.

Es klopft. Tom legt den Finger an den Mund. Als könnte ich sprechen mit diesem fetten Kloß im Hals. Er lässt die Badezimmertür einen Spalt breit offen stehen.

»Ich bringe euch das Essen«, brummt der Bauer. Er weiß also von mir.

»Danke. Es tut mir so leid, die Scherereien.«

»Sie kann nicht hierbleiben, Tom.«

Tom seufzt. »Bitte! Zwei Tage nur noch.«

»Es geht nicht. Wenn sie wiederkommen … Ich kann hier nicht alles aufs Spiel setzen. Den Hof.«

»Aber wohin?«

»In den Wald. Es gibt da eine Hütte, weiter oben, einen Unterstand für die Waldarbeiter. Kein Bad oder so, aber ein Plumpsklo gibt es und einen Bach. Auch einen Spirituskocher. Niemand wird dort sein, der Wald gehört mir. Ich bring das Mädel mit dem Traktor hinauf. In einer Stunde. Vorräte nehme ich mit und einen Schlafsack.«

Stille. Das Ende, schneller als erwartet.

»In Ordnung«, sagt Tom.

Die Wohnungstür öffnet und schließt sich. Tom kommt herein, reicht mir die Hand und zieht mich hoch. Meine Knie zittern.

»Und wenn er es war, der uns verraten hat? Oder seine Frau?«, flüstere ich.

»Nie im Leben. Ich kenne die beiden seit über zehn Jahren. Ich vertraue ihnen.«

»Und wem vertraust du nicht?«

»Du meinst, wer uns verraten hat?«

»Glaubst du wirklich, es war einer deiner Konkurrenten?«

Er antwortet nicht, zieht mich ins Wohnzimmer, drückt mich auf einen Stuhl und setzt einen Teller vor mir ab, darauf irgendein Auflauf.

»Ich habe keinen Hunger.«

»Iss!«

Lustlos steche ich ein Stück ab und stecke es in den Mund.

»Wer also?«, frage ich kauend.

»Da nur Liliana und Onkel Hannes eingeweiht sind und

von denen keiner infrage kommt, fällt mir nur eine Möglichkeit ein. Ein Schuss ins Blaue von …«

»Josef.«

Tom nickt. »Er weiß zwar nicht, dass du hier bist, aber er könnte vermuten, dass du bei mir bist. Ich bin ihm auf die Füße getreten und dich konnte er ganz offensichtlich von Anfang an nicht ausstehen.«

»Glaubst du, er hat auch Ruth …?«

»Ich weiß nicht. Iss jetzt. Ich muss mit Liliana sprechen.«

Tag 17

Seit Stunden sitze ich auf einem Holzstoß am Rand einer Lichtung im diesigen Sonnenlicht und warte auf Liliana. Ich habe keine Uhr, doch die Sonne steht auf halbem Weg zum Zenit, sie sollte bald kommen. Die Zeit vertreibe ich mir damit, jedem Kuss und jeder Berührung, jedem Wort, das zwischen Tom und mir gefallen ist, nachzuspüren und alles zu polieren und zu archivieren als Rücklage für schlechte Zeiten.

Den Treffpunkt hat Tom mithilfe des Bauern vereinbart. Anders als die Hütte, in der ich die Nacht verbracht habe, ist er über eine kurze Forststraße auch mit dem Auto erreichbar.

Essen, dann duschen, mehr war gestern Abend nicht drin, bevor der Bauer mich geholt hat. Einvernehmliches Schweigen auf der Fahrt mit dem Traktor. Nur eine einzige Frage habe ich ihm gestellt. Ob der Kater … »Es ist nur ein Kater«, hat er gebrummt, »nicht der erste und nicht der letzte, der uns die Mäuse fängt.«

Ich habe gut geschlafen, angetrunken im Schlafsack auf dem grob gezimmerten Tisch in der Hütte ausgestreckt, in der es nach Holzspänen duftet. Angetrunken, weil mir der Bauer zum Abschied mit einigen weiteren Vorräten eine Flasche Zirbenschnaps in die Hand gedrückt hat. Die hat zu meiner Nachtruhe wohl ebenso viel beigetragen wie das Gefühl, auf ein Gleis geraten zu sein, auf dem keine Weichen mehr vor mir liegen. Das Ziel steht fest.

Reifengeräusche, spritzender Kies und knackende Zweige. Ich springe von den aufgeschichteten Baumstämmen herunter und verstecke mich dahinter. Kleine, blaue Schmetterlinge umtanzen mich in der Sonne, verfangen sich in meinen Haaren. Ein roter Kleinwagen rumpelt über den unebenen Grund und hält in der Mitte der Lichtung. Liliana steigt aus und streckt sich. Sie trägt einen weißen Hosenanzug und passende Budapester, nicht eben passend für einen Ausflug aufs Land.

Ich trete aus meinem Versteck. »Guten Morgen!«

»Hallo Mattea.« Sie öffnet die hintere Wagentür, wirft sich eine karierte Decke über die Schulter und hebt tatsächlich einen Picknickkorb heraus. »Kaffee?«

Wie eine pummelige Märchenfee spaziert sie auf mich zu und stellt den Korb neben einem silbrig glänzenden Buchenstamm ab, der etwas seitwärts von meinem Stapel liegt.

»Ich war nicht sicher, wie gut du derzeit verpflegt bist.«

»Kaffee wäre fein.«

Sie breitet die Decke über den Baumstamm, setzt sich und hebt ein Plastikgefäß aus dem Korb, darin ein Apfelkuchen. Sie schneidet eine Hälfte in Stücke, gießt Kaffee aus der Thermoskanne in Papierbecher und reicht mir einen.

»Wenn du lieber etwas Herzhaftes möchtest – ich habe auch Semmeln, Tomaten und Käse.«

»Passt schon, danke.«

»Setz dich doch!«

Kaum zu glauben, mit welcher Selbstverständlichkeit sie

sich als Gastgeberin aufspielt. Aber der heiße Kaffee und der Kuchen, der schon die ersten Fliegen anzieht, lassen nicht wirklich Ärger aufkommen. Rittlings schwinge ich mich auf den Baumstamm und greife nach einem Stück Kuchen.

»Tom hat mir gesagt, er hätte dich von der Sinnhaftigkeit deiner Mitwirkung an unserem Sensationsstück überzeugt.«

Immerhin hält sie sich nicht mit Smalltalk auf.

»Er hat kein Argument ausgelassen. Fein, dass ihr euch austauscht.«

»Kommunikation ist alles. Da du kein Band mehr hast, wirst du es nicht wissen, aber das Netz überschlägt sich vor Begeisterung, seit der Kanzler dieses Gesprächsangebot gemacht hat. Das Volk kann es gar nicht erwarten, seine Heldin endlich live zu sehen.«

»Die Leute wollen Ina Matusek, nicht mich.«

»Klar, sie wollen die ehemalige Terroristin, die zur Wohltäterin einfacher Menschen mutiert ist und obendrein die Regierung an der Nase herumführt, die geläuterte Sünderin. Das bist du, jedenfalls mehr, als Ina es je gewesen ist. Schon, weil sie zur Sünderin nie recht getaugt hat.«

Ihr schiefes Lächeln wird anzüglich gemeint sein. Was ihr Gesicht so anziehend macht, dass ich den Blick kaum abwenden kann, ist nicht der fast runde, sinnliche Mund, sondern die geschwungenen Augenbrauen, die sich in dauernder Bewegung befinden. Darauf, dass ich Ina auch in erotischer Hinsicht ersetze, kann sie trotzdem lange warten. Der Kuchen ist zu süß.

»Ich muss also als Ina auftreten?«

Liliana wischt durch die Luft. »Eine Nebensächlichkeit. Namen sind Schall und Rauch. Wir wollen es den Leuten doch nicht absichtlich schwermachen, dich zu lieben, indem wir die Rollen erneut vertauschen. Die böse Mattea sitzt in Gefangenschaft und hat im Bewusstsein der Massen alle Schuld von dir genommen. Was bleibt, ist die gute Ina.«

Wie kann sie so kalt über ihre Ex reden? Ich greife mir eine Tomate aus dem Korb, werfe sie in die Luft und fange sie mit der anderen Hand.

»Und Ina, die echte? Wird der Kanzler meinen öffentlichen Auftritt als Erfüllung seiner Forderung betrachten, dass ich mich stellen muss, um sie vor der Hinrichtung zu retten? Trotz des freien Geleits?«

»Selbstverständlich.«

»Ich will, dass das ausdrücklich festgehalten und öffentlich verkündet wird.«

Sie ruckt mit dem Kinn seitwärts, eine Mischung aus Nicken und Verneinung. »Wir werden das senden, als wäre es vereinbart. Mehr kann ich nicht tun.«

»Das mit dem genetischen Beweis meiner Identität, kommt das von euch?«

»Was denkst du?«

»Ich will darüber reden, was du weißt, nicht darüber, was ich denke.«

Doch mehr als ein wissendes Lächeln schenkt sie mir nicht. Ihr die Tomate im Gesicht zermatschen, sie würgen, bis sie still ist und dann mit ihrem Band in ihrem Auto davonfahren. Vielleicht käme ich sogar über die Grenze.

Oder tief Luft holen und den Ärger runterwürgen, Tom zuliebe. Und vielleicht ein bisschen für die Sache.

»Was soll ich überhaupt mit dem Kanzler reden? Ich hab kaum Ahnung von eurem Programm.«

»Wir sind davon überzeugt, dass du genug weißt, um ihn in Verlegenheit zu bringen. Was die Leute sehen, ist eine hübsche, junge Frau, die trotz eigener Bedrängnis anderen hilft. Ihr gegenüber sitzt ein etwas abgetakelter älterer Mann, dem man den harten Machtmenschen ansieht, einer, dem jedes Mittel recht ist, um die Kontrolle über das Land zu behalten. Bestellter Jubel auf öffentlichen Plätzen sollte dich nicht darüber hinwegtäuschen, dass er dabei ist, die Unterstützung der Mehrheit zu verlieren. Die Leute wachen auf. Du bist ihr Weckruf, Mattea. Dir werden sie zuhören.«

»Egal, was ich sage?«

»Mehr oder weniger. Denk einfach daran, dass allen unseren Ideen das Ideal der Solidarität zugrunde liegt. Die *Aufrechten* setzen auf Abgrenzung, wir setzen auf Solidarität. Vielleicht kannst du einflechten, dass die Spieltheorie bewiesen hat, dass für die Entwicklung der Menschheit Solidarität entscheidender war als Stärke. Das freut die Intellektuellen ebenso wie die Mütter.«

»Stimmt das denn? Dass die Spieltheorie das bewiesen hat?«

Sie hebt die Handflächen. »Soweit ich weiß. Wir werden das natürlich entsprechend inszenieren müssen. Auch, was deine Kleidung angeht.«

»Kein Kleid!«

»Warum nicht?«

Ich antworte nicht und esse meine Tomate.

»In Ordnung, kein Kleid. Aber wir brauchen etwas Helles. Weiß, Hellblau, zartes Grün, Apricot vielleicht.« Prüfend fixiert sie mich. »Kein Rosa, keine Blumen, zu kitschig. Die Frische der Jugend gegen das Alter. Unschuld gegen korrumpierte Macht, so in die Richtung. Wichtig ist, dass du authentisch bleibst. Das kann er nämlich nicht mehr, er ist schon zu lange dabei, da vergisst man sein wahres Ich.«

»Und bei Ruth ist das anders?«

Sie hebt die Brauen. »Ja, bei ihr ist es anders. Sie weiß, wofür sie kämpft, nicht nur wogegen. Sie hat ein Programm und eine Haltung. Und sie ist klug. All das unterscheidet sie grundlegend vom Kanzler. Sein Programm ist die Anbiederung an die niedrigsten Instinkte und ohne seine Berater ist er aufgeschmissen. Und die werden nicht an seiner Seite sitzen.«

»Ich will ja nichts anderes, als dass du mir ein paar dieser Programmpunkte aufzählst. Demokratie, Meinungsfreiheit, okay. Das verkündet man einfach, macht ein paar Gesetze und fertig. Aber welche konkreten Maßnahmen wollt ihr? Was soll passieren? Grenzen auf? Und weiter? Im Netz findet man eurer Programm nicht, alles kontrolliert oder verboten, schon klar, aber irgendwo muss es doch schriftlich zusammengefasst sein.«

Lilianas Blick verwirrt mich. Mitleid kann es doch nicht sein, was ich da lese, obwohl es so aussieht. Denkt sie, ich wäre zu blöd, um ihre hohe Politik zu kapieren? Klar, ich bin ja nur eine einfache Ex-Milizionärin. Ich hole tief

Luft, um ihr zu sagen, dass sie sich ihre Inszenierung in den Arsch schieben soll, weil ich keine Dekopuppe bin, die hirnlos nach ihrer Pfeife tanzt.

Sie zerquetscht ihren leeren Becher und wirft ihn in den Korb. »In Ordnung, wie du willst. Ich zieh dir was auf Folie, hab eine im Auto. Du hast bis übermorgen Zeit, um dich schlauzumachen.«

»Bis übermorgen nur?« Panik presst mir die Luft aus der Lunge.

»Wir müssen die Gunst der Stunde nutzen. Noch heute werde ich ihn informieren, dass du dich bei uns gemeldet hast und bereit bist, an dem Gespräch teilzunehmen.«

»Aber ...«

Sie legt ihre warme Hand auf meine, die sich dadurch umso kälter anfühlt.

»Du schaffst das, Mattea.«

»Und wenn nicht? Wenn ich ins Schleudern gerate?« Meine Zunge klebt trocken am Gaumen. »Du wirst doch dort sein, mir helfen?«

»Ich werde dort sein, im Regieraum. Aber eingreifen kann ich nicht in euer Gespräch.«

»Wer wird es moderieren?«

Liliana räuspert sich und schaut seitlich an mir vorbei. »Es gibt keine Moderation, ich dachte, das wäre klar. Der Kanzler will alleine mit dir reden.«

Ich schlage die freie Hand vor den Mund, um die Hyperventilation im Keim zu ersticken. Vielleicht ist es besser so. Wer auch immer das Gespräch moderiert hätte – auf meiner Seite wäre er ohnehin nicht gestanden. Aug in Aug also.

»Du hast schon Schlimmeres durchgestanden, Mattea. Das ist dein Beitrag zur Geschichte unseres Landes.« Verschwörerisch senkt sie die Stimme. »Ein Beitrag, der schwerer wiegt als ein einzelnes Leben, ob es nun das von Schiele oder das einer gewissen Lehrerin ist.«

Ich ziehe meine Hand unter der ihren hervor. »Ein Ablasshandel sozusagen und du bist also berechtigt, mir Absolution zu erteilen?«

Sie lächelt mit halb gesenkten Lidern, ganz die Verführerin, die Schlange. Doch ich bin nicht Eva. Sie gibt auf, hebt die geöffneten Hände.

»Was soll ich sagen? Man muss Prioritäten setzen, die Dinge nach ihrer Bedeutung gewichten, davon bin ich überzeugt. Das Universum schert sich nicht um uns. Wir müssen unser Schicksal selbst in die Hand nehmen und wo gehobelt wird, da fallen Späne. Aber wem erzähle ich das.« Mit der Spitze eines lackierten Fingernagels zerteilt sie eine Ameise, die sich an einem Kuchenbrösel abgearbeitet hat.

»Wo wird die Konfrontation stattfinden und wie komme ich hin?«

»Ich lasse dich von einer vertrauenswürdigen Mitarbeiterin hier abholen. Gleiche Zeit wie heute. Sie bringt dich ins Studio. Maske, Garderobe et cetera. Wir werden dir die letzte Auswahl überlassen. Konfektionsgröße 36? Schuhgröße?«

»39.«

»Komm frisch geduscht, aber ungeschminkt.«

Ich zeige ihr den Mittelfinger. »Ich wohne hier im Wald in einer Hütte mit Plumpsklo.«

Ich breche ein Stück vom Rand des Kuchens ab und zerbrösle es entlang der Ameisenstraße, die sich über die Wölbung des Stammes bis zum Kuchenbehälter vorgearbeitet hat. Überhaupt … als hätte ich mir auf der Flucht jeden Morgen die Wimpern getuscht. Um meinen Ärger runterzuschlucken, schenke ich mir einen zweiten Becher Kaffee ein. Kleine Wellen überziehen die Oberfläche der Flüssigkeit. Ich trinke schnell, stelle den Becher in den Korb und klemme meine zitternden Hände unter die Oberschenkel.

»Noch Fragen?«

»Warum habe ich ein Gefühl, als würde ich zum Schafott geführt?«

Liliana lacht. Einer ihrer Eckzähne steht vor, die einzige Unregelmäßigkeit in ihrem ansonsten symmetrischen Gesicht. Sie steht auf.

»Weil es wahr ist. Nur wirst du nicht die Delinquentin, sondern die Henkerin sein.«

Auf einem dreibeinigen Hocker, den Rücken an die hintere Wand der Hütte gelehnt, sitze ich im einzigen Sonnenfleck, den das Blätterdach durchfiltert, und lese über das Verschwinden des Rechtsstaates zugunsten des Volkswillens. Sperriger Stoff, der meine Konzentration strapaziert und nach und nach die Geräusche des Waldes in den Hintergrund drängt.

Nun allerdings ein Klopfen, das sich nicht nur als Geräusch, sondern auch als Vibration in meinen Schultern mitteilt. Drei Schläge gegen die Tür auf der gegenüberliegenden Seite, nicht laut, aber doch entschieden genug, sich auf die dünne Bretterwand zu übertragen. Ich lege die Mediafolie zu meinen Füßen ab und spähe um die Ecke, das Messer schon gezogen, kampfbereit. Wer auch immer das ist, ich kann das Risiko einer Entdeckung nicht eingehen. An geräuschlose Flucht ist nicht zu denken, weil Laub und trockene Zweige jeden Schritt in den Wald verraten würden. Wenn ich doch an eine der Äxte käme, die in der Hütte an der Wand hängen … Ich nehme das Messer in die Linke, und packe den Hocker an einem Bein. Den Eindringling damit niederschlagen, sobald er an die Ecke kommt, und dann das Messer. Ich kann das. Mein Herz pumpt hektisch, doch alles ist unter Kontrolle, die Sinne hellwach, jeder Muskel gespannt.

Erneutes Pochen, drei höfliche Schläge. Es könnte auch der Bauer sein.

»Frau Inninger? Sie begehrten mich zu sprechen.«

Aufatmend stelle ich den Hocker ab und stecke das Messer in den Gürtel. Ich fahre mit den Fingern kurz durchs Haar und schlendere, die Daumen in die Hosentaschen gehakt, zur Vorderseite der Hütte.

»Herr Hauptmann, wie schön! Ich hätte nicht damit gerechnet, dass Sie meinem Ruf sogar hierher folgen würden!«

Toms Onkel deutet eine straffe Verbeugung an. »Einer Dame in Bedrängnis verweigere ich meine Hilfe höchst ungern, wie Sie ja bereits aus Erfahrung wissen.«

»Darf ich Ihnen lauwarmen Kaffee anbieten? Und ein Stück Kuchen?«

Ich öffne die unverschlossene Tür und deute auf den

Tisch mit dem Picknickkorb, den Liliana mir aufgedrängt hat.

Er schürzt die Lippen. »Oder mehrere. Wie reizend von Ihnen, sich zu revanchieren.«

Als packte er mich mit kalten Fingern im Nacken. Dabei hätte ich eben noch hüpfen können wie eine Sechsjährige aus Freude über seinen Besuch.

»Selbst gebacken?«, fragt er mit Unschuldsmiene.

»Nicht von mir.«

Warum muss er mich an die Kuchenmast während des Verhörs erinnern? Irgend so eine Machtgeschichte vermutlich. Damals war ich in seiner Macht und jetzt bin ich es wieder. Vielleicht warnt er mich auch nur davor, ihm blind zu vertrauen, obwohl er mich bereits zwei Mal gerettet hat. Was auch immer er bezweckt, den guten Onkel, den ich in ihm sehen wollte, hat er vertrieben. Ich rette mich vor meiner Verwirrung in die Gastgeberrolle, befördere Kuchen auf Pappteller, lasse Kaffee in Becher sprudeln, lege zwei Plastikgabeln auf den Tisch.

Vielleicht war es ja doch nur eine harmlose Bemerkung, verbindende Erinnerung an alte Zeiten. Oder er blufft. Denn die Verhältnisse haben sich geändert. Er kommt, weil er wie Tom glaubt, dass ich es schaffen kann. Weil er auf der richtigen Seite stehen will. Vielleicht nur deshalb.

»Zucker?«

Er schüttelt den Kopf. »Mir scheint, Sie genießen es, diesmal in der Rolle der Wirtin zu glänzen. Aber das allein ist sicher nicht der Grund für Ihren Wunsch, etwas Zeit mit mir zu verbringen.«

Ich reiche ihm einen Becher und setze mich auf den verbliebenen Hocker, überlasse ihm die Sitzbank. »Allerdings nicht. Ich brauche einen Rat.«

Er nickt mit vollem Mund und fordert mich mit kreisendem Zeigefinger auf fortzufahren.

»Diese Konfrontation mit dem Kanzler. Komme ich da irgendwie wieder raus? Sie sind doch Experte, was die Auslotung taktisch sinnvoller Handlungsoptionen betrifft.«

Er hebt die Brauen, schmunzelt und schluckt umständlich. »So sehr mich Ihre wohlwollende Beurteilung erfreut – ich kann zu meinem Bedauern keine Alternative ausmachen, so gut ich Ihren Wunsch nachvollziehen kann. Mir scheint, dieses Kreuz müssen Sie tragen.«

»Jetzt fangen Sie nicht auch noch mit diesem pseudoreligiösen Mist an! Ich will kein Scheißheiland sein.«

»Das wollte Jesus auch nicht. Schon gut«, beschwichtigt er gerade noch rechtzeitig. »Ein Scherz, den Sie momentan nicht zu würdigen wissen.« Mit einem kurzen Blick des Bedauerns legt er die volle Kuchengabel auf dem Teller ab, strafft den Rücken und mustert mich aufmerksam. »Mir scheint, Ihnen ist eine Rolle zugewachsen, die Sie sich zwar nicht selbst ausgesucht haben, die aber inzwischen nicht mehr von Ihnen zu trennen ist. Eine Rolle, die, wenn meine Einschätzung Sie interessiert, geradezu für Sie geschrieben scheint. Auf den Leib geschneidert, wenn Sie so wollen. Gibt es einen Ausweg? Theoretisch vielleicht. Doch die Einzigen, die Ihnen dazu verhelfen könnten, mit einer falschen Identität das Land zu verlassen, sind dummerweise die, deren größte Hoffnung Sie gerade darstellen. Also …«

Er breitet resignierend die Hände aus und senkt sie dann wieder zum Kuchenteller, greift nach der Gabel.

»Aber Ruth, Liliana, die manipulieren mich doch nur für ihre Zwecke und weihen mich noch nicht einmal vollständig in ihre Pläne ein.« Der Satz kommt ganz anders heraus als geplant, eher quengelig anstatt abgeklärt und analytisch.

Der Hauptmann schnaubt auch prompt belustigt. »Willkommen in der Welt der Mächtigen! Verzeihen Sie meinen Zynismus, aber Revolutionäre unterscheiden sich von Regierungen nicht unbedingt in der Wahl der Mittel. Worin sie sich aber in diesem Fall, meiner bescheidenen Einschätzung zufolge, sehr wohl unterscheiden, ist die Zukunftstauglichkeit ihrer Ideen. Ich bin keineswegs Ruth Fischers größter Verehrer, aber sie verfolgt einen konstruktiven Kurs und sie weiß, wohin es gehen soll. Damit steht sie in wohltuendem Gegensatz zur ideenlosen Fortschrittsfeindlichkeit unserer derzeitigen Regierung, deren Programm einzig und allein auf der Instrumentalisierung der Ängste der Bevölkerung basiert. Ängste, die geschürt werden wollen, zumal man sich durch eine Bekämpfung ihrer Ursachen quasi selbst die Legitimation entziehen würde. Aber auch Ruth wird nicht jünger und sie ist die einzige Alternative zum Kanzler, der ich zutraue, breiten Konsens zu finden. Du bist das Vehikel, das sie zum Sieg führen kann. Man muss auf fahrende Züge aufspringen oder kommt unter die Räder.«

Weil er das *Sie* vergessen hat, bin ich sicher, dass er meint, was er sagt.

»Wenn Sie von all dem so überzeugt sind, warum haben Sie dann nicht an ihrer Seite gekämpft? Oder das Land mit der sogenannten Intelligenz verlassen?«

Sein Lächeln wirkt verzerrt, weil er noch kaut. Er schluckt.

»Sie schmeicheln mir, aber ich fürchte, mir fehlt sowohl der Mut als auch die Wut für Heldentaten. *Es gibt kein richtiges Leben im falschen* hat ein Philosoph gesagt, der sich heute keiner großen Beliebtheit mehr erfreut. Aber ich glaube, genau das gefunden zu haben. Ich bin faul und dem guten Leben zugeneigt und tue mein Möglichstes, dabei halbwegs anständig zu bleiben. Mehr ist mir nicht gegeben. *Das eine steht in unserer Macht, das andere nicht,* wie ein weiterer Philosoph schon vor sehr langer Zeit erkannt hat.«

Warum er mir dann hilft, die Frage drängt sich auf. Doch die Antwort will ich gar nicht wissen. Um mich wird es dabei kaum gehen.

»Und was steht in meiner Macht?«, frage ich stattdessen.

»Vielleicht genau das, was Ruth beabsichtigt, vielleicht etwas anderes.«

Ich stöhne. »Das hilft mir nicht wirklich.«

»Ich kann Ihnen nicht sagen, was Sie tun sollen und bisher haben Sie das ja auch ganz gut selbst gewusst.«

»Mit einigen Ausnahmen.«

»Mit einigen Ausnahmen. Aber seit Sie sich auf der Flucht befinden, scheint mir, klappt es doch ganz gut. Oder haben Sie seither Entscheidungen getroffen, die Sie heute bereuen?«

Schiele, will ich sagen, ich hätte nicht mit Schiele gehen sollen. Doch auf die Schnelle fällt mir keine Alternative ein.

»Lassen Sie mich die Frage anders formulieren: Gibt es eine Entscheidung, die Sie aus heutiger Perspektive anders fällen würden?«

Seit meiner Flucht. Ich nehme mir ein ganzes Kuchenstück lang Zeit zum Nachdenken. Dann schüttle ich den Kopf.

»Sehen Sie! Sie sind freier, als Sie denken.«

Ich schließe die Augen, versuche, die Mattea wiederzufinden, die ich vor drei Wochen war, finde mich wie eingenäht in einen viel zu engen Anzug, dessen Nähte ich seither gesprengt habe wie einen Kokon. Eine andere Art von Schmetterlingseffekt.

»Trotzdem kommt es mir vor, als warte die Freiheit immer hinter der nächsten Ecke. Eine Erniedrigung noch aushalten, ein Spiel noch mitspielen, eine Fessel sprengen und dann …«

»Ich bin stolz auf Sie.«

Ist das jetzt wieder ein Trick, um mich gefügig zu machen? Die Vatertour für das arme Waisenmädchen? Um das herauszufinden, wäre es hilfreich, den Hauptmann anzusehen. Doch das geht nicht, weil er dann die peinlichen Tränen der Rührung entdecken würde. Ich stehe auf und wende mich ab, sehe durch die offene Tür in den Wald. Windstille, kein Blatt rauscht, Vögel singen, ganz gleich, ob ich sie höre oder nicht.

»Ihre Freiheit im engeren Sinn ist auch das, worum ich

mir bei diesem öffentlichen Auftritt die größten Sorgen mache«, durchbricht der Hauptmann meine Meditation.

Ich drehe mich um. »Dann glauben Sie nicht an dieses freie Geleit?«

Er wiegt den Kopf. »Ich halte es durchaus für möglich, dass Ruth und ihre Tochter hier eine gewisse Opferbereitschaft Ihrerseits voraussetzen. Schließlich gehen die beiden ebenfalls ein hohes Risiko ein. Was die Zusicherung des Kanzlers angeht, kommt es wahrscheinlich darauf an, wie sich Ihr trautes Gespräch entwickelt. Vermutlich wird er versuchen, Sie auf seine Seite zu ziehen. Gelingt ihm das, wird er Gnade walten lassen. Andernfalls kann er sich das wohl kaum leisten.«

»Aber ein Wortbruch ...«

Er lacht auf. »Ein Wortbruch mehr oder weniger, darauf kommt es ihm nicht an.« Er streicht sich über den Bauch. »Sind Sie denn sicher, dass Sie gegen seine Werbung immun sind?«

»Bitte?« Aber ich weiß genau, was er meint. Doch für den Plan, die Zecken zu verraten und so mein altes Leben zurückzugewinnen, ist es inzwischen zu spät. »Der Kanzler hat bei mir in dem Moment endgültig verschissen, Entschuldigung, hat meinen Respekt verloren, als er sich vor der knienden Ina aufgebaut und ihr ein öffentliches Geständnis abgepresst hat, von dem ich nicht zufällig weiß, dass es von vorne bis hinten erlogen ist. Jede Wette, dass ihn das ganz scharf gemacht hat.«

Der Hauptmann senkt den Blick. »Schön.« Er wischt sich einen Brösel vom Mundwinkel. »Dann betrachte ich es ab jetzt als meine Obliegenheit, Sie nicht in eine solche Lage geraten zu lassen und werde mein Möglichstes tun, für Ihr unversehrtes Entrinnen nach dem Auftritt Sorge zu tragen. Wie ich das bewerkstelligen werde, weiß ich noch nicht genau, aber …«, er kreist mit dem Zeigefinger neben seiner Schläfe, »es beginnt sich gerade eine Idee zu formen.« Er steht auf. »Wenn Sie mich jetzt entschuldigen würden. Über die tatkräftige Unterstützung widerwilliger Revolutionärinnen hinaus warten noch einige andere Pflichten auf mich.«

Tag 18

Ich warte. Ich studiere das Programm der Zecken, finde nichts darin, das mich abstößt, obwohl mich vieles beunruhigt. Solidarität, Toleranz, Akzeptanz von Veränderungen. Worte aus einer Parallelwelt. Das Wort Konsens habe ich noch nie gehört.

Gegen Abend sitze ich vor der Hütte, trinke Schnaps aus der Flasche und stelle mir vor, den Waldweg hinabzuwandern bis zum Hof. Im Schatten der Bäume würde ich auf den Einbruch der Dunkelheit warten. Dann schliche ich mich in das Appartement, um noch ein letztes Mal mit Tom zu schlafen und ihm zu sagen, dass ich ihn liebe.

Die alte Mattea hätte es nicht bei der Vorstellung belassen, wäre einfach losmarschiert.

Tag 19

In einen weißen Baumwollmantel gewickelt sehe ich im rundum beleuchteten Spiegel zu, wie mein Gesicht unter zwei Grundierungsnuancen zunächst verschwindet, um dann mithilfe verschiedener Paletten, Bürsten und Pinsel von Neuem geformt zu werden. Nach zwanzig Minuten sehe ich aus wie vorher, nur irgendwie ebenmäßig leuchtend, wie eine Schauspielerin oder ein Engel. Zum ersten Mal kann ich nachempfinden, warum Tom mich schön findet.

»Sehen Sie«, sagt die Maskenbildnerin, Verena heißt sie. »Ein ganz natürlicher, frischer Look.«

Ich mag Verena. Sie behandelt mich, als hätte sie noch nie von Ina Matusek gehört, freundlich und kollegial. Es muss daran liegen, dass sie dauernd Prominente unter den Fingern hat. Ob sie auch Julia geschminkt hat? Und Pia? Ich lächle. Der kaum sichtbare Lippenstift bringt es fertig, meine Zähne strahlen zu lassen. Falls ich das überhaupt bin. So lange sitze ich meinem Spiegelbild nun schon gegenüber, dass es sich von mir zu lösen scheint.

Hallo Ina.

Man könnte sie bewundern, die düster Strahlende im Spiegel. Man möchte ihr die Traurigkeit aus den Augen lächeln.

Auf dieser Seite des Spiegels hingegen fühle ich mich wie ein Mädchen, unsicher, wie am Tag meiner Hochzeit. Als sie mir vorhin eine ganze Kleiderstange mit Hosen, Blusen und Jacken hereingeschoben haben, musste ich zur Tarnung meines Freudenschreis einen Hustenanfall simulieren. Einen Moment lang habe ich sogar überlegt, auch das einzige Kleid anzuprobieren. Als ginge es nicht um die Auswahl einer Rüstung für einen Kampf auf Leben und Tod.

Ein überraschender Einblick in das Herz der Mörderin Mattea verrät, höre ich Pia Hofstetter in Gedanken sagen, dass sie ist wie wir, dass auch sie das Gefühl liebt, wenn der Stoff eines neuen Kleidungsstücks sich an ihre Haut schmiegt.

Doch das Stück, das heute gespielt werden soll, verträgt keinen Kitsch. Ich habe mich für eine sandfarbene Leinenhose und eine Bluse in blassem Sommerhimmelblau entschieden. Dazu flache Rauleder-Schnürstiefeletten, die man erst besorgen musste, weil ich weder Ballerinas noch Pumps tragen wollte.

Verena zupft gerade an meinen Locken herum, als Liliana hereinkommt. Eine Haarsträhne über ihrem Ohr steht ab wie eine Schlaufe, Stirn und Wangen sind gerötet. Sie deutet mit dem Kopf zur Tür und Verena verschwindet aus dem Raum wie ein stummer Flaschengeist. Im Spiegel sehe ich Liliana die Brauen zusammenziehen.

»Nicht schön?«, frage ich.

Sie streicht sich über den Kopf, zieht die Haarschlaufe glatt. »Doch, doch. Aber es gibt gewissermaßen ein … eine Änderung im Ablauf. Der Kanzler besteht darauf, wenigstens einen weiteren Gast zu präsentieren, der im Lauf der Sendung auftreten soll.«

»Und wer soll das sein? Julia wieder?«

»Wir wissen es nicht. Seine Leute lassen nichts heraus.

Ich hab so ein dumpfes Gefühl, dass es sich um Ina handelt. Auf diese Weise könnte er demonstrieren, dass er euch beide im Griff hat.«

»Ina!« Im Spiegel sehe ich meine Augen aufleuchten, wie die eines Kindes, dem man gerade ein Pony zum Geburtstag versprochen hat. Oder die Entdeckung der lang verschollenen Zwillingsschwester. Ich zwinge mir das Lächeln aus dem Gesicht.

»Aber riskiert er nicht das totale Chaos, wenn wir beide uns verbünden?«

»Ich fürchte, selbst das würde ihm zugutekommen, zumindest wird er davon überzeugt sein. Er will sich als Garant für Stabilität inszenieren. Ob ihr nun brav seine Marionetten gebt oder Anarchie ausbricht – beides wird ihm dienen. Und, ganz ehrlich, ich bezweifle, dass Ina sehr gut auf dich zu sprechen ist.«

Klar. Immerhin muss sie für meine Taten büßen. Ich sollte abhauen. Wenn es nur nicht so verlockend wäre, ihr zu begegnen, Original und Kopie in einem Raum.

»Steh auf und zieh den Mantel aus«, sagt Liliana. »Wunderbar, das geht«, sagt sie, während sie an meinem Hosenbund und der locker darüber fließenden Bluse herumzupft. »Wir haben beschlossen, deine Handlungsoptionen zu erweitern. Nach diesem Schwenk ist nicht auszuschließen, dass auch das freie Geleit wackelt.«

»Dann vergiss das Ganze. Ich bin weg.«

Liliana blockiert meinen Weg zur Tür. »Das kann ich dir nicht erlauben. Was glaubst du, wer dafür verantwortlich gemacht würde?« Sie fährt sich mit den Fingern durch die Haare und die Schlaufe stellt sich wieder auf. »Auf die Schnelle ist mir nur eine Lösung eingefallen: Ich werde dir, kurz bevor du ins Studio gehst, eine Waffe hinten in den Hosenbund stecken. Deine Waffe. Die, mit der du zu uns gekommen bist. Der Sender für dein Mikro wird auch dort angebracht sein. Daneben wird die Pistole unter der Bluse nicht auffallen.«

Meine Waffe ist Schieles Waffe, mit der ich ihn … Ich schüttle den Kopf. »Nein.«

»Fällt dir etwas Besseres ein? Möglicherweise ist das deine einzige Chance zu entkommen. Du könntest den Kanzler als Geisel nehmen, eventuell auch … na ja …«

»Ich soll den Kanzler für euch ermorden? Lief der ganze Plan von Anfang an darauf hinaus?« Haltsuchend klammere ich mich an die Rückenlehne des Drehstuhls, kalten Schweiß im Nacken. »Jetzt verstehe ich auch deine Bemerkung von vorgestern. Mein Beitrag zur Geschichte des Landes … So hast du das gemeint … Die ganze Zeit habt ihr gewusst … Mein Gang zum Schafott. Der Henker soll ich sein.« Mit weichen Knien sinke ich in den Sessel. Ob Tom auch davon weiß?

Ich sehe die falsche Ina im Spiegel an. Ihr Gesicht ist noch immer perfekt und dank der Pads unter Achseln und Brüsten sind nicht einmal Schweißflecken zu sehen. Dein Weg hat dich hierher geführt, sendet sie. Egal, was du dir wünschst, es gibt keine andere Möglichkeit, als ihn weiterzugehen. Ich zeige ihr den Mittelfinger.

»Red doch nicht solchen Unsinn«, sagt Liliana in verärgertem Ton.

Ob ich ihr glauben kann, macht keinen Unterschied mehr.

»Und dann?«, frage ich. »Soll ich mich danach gleich selbst erschießen oder wie soll es weitergehen? Soll ich mit Ina fliehen? Was sagt die Regie?«

Hoffnung blitzt in Lilianas Augen auf. Das ist es also. Ich soll Ina retten. Doch ihre Stimme klingt wieder neutral, professionell in jeder Lage.

»Wichtig ist zunächst einmal, dass du erst handelst, wenn eine ernsthafte Bedrohung erkennbar ist, damit du deine Sympathien nicht verspielst. Wenn du ihn einfach abknallst, können wir dir nicht mehr helfen. Aber natürlich ist es deine Entscheidung.«

»Ach, es gibt etwas, das ich entscheiden darf?«

»Im Studio seid nur ihr beide und wer auch immer der Überraschungsgast sein soll – schließlich wissen wir nicht mit Sicherheit, ob es Ina sein wird. Alle anderen sind hinter der Scheibe im Regieraum. Es kommt also in Wahrheit *nur* auf deine Entscheidung, deine Reaktionsfähigkeit an.«

»Das ist doch irre, viel zu riskant. Du hast keine Ahnung …«

»Die Zeit ist knapp, hör zu! Wenn du das Studio verlassen musst, warum auch immer, durchquerst du den Raum davor und rennst dann nach rechts den Gang hinunter«, sagt sie. »Das Licht wird dort ausgefallen sein und mit der Waffe in der Hand wird dich niemand aufhalten.«

»Außer den Leibwächtern, den Sicherheitsleuten, der Miliz, die vermutlich in Kompaniestärke jeden Quadratmeter des Gebäudes besetzen werden, wenn er wirklich vorhat, mich einzukassieren. Soll ich die alle niederschießen?«

Liliana hebt die Hände. »Du verschwindest durch die zweite Tür rechts. Dort wartet jemand auf dich. Du wirst versteckt, hier im Gebäude. Wenn du wüsstest, wie viele auf deiner Seite sind! Und ich verspreche dir, es wird nichts geschnitten, wir senden jedes Wort, das zwischen euch fällt.«

»Ich denke, es wird live übertragen?«

Liliana schenkt mir ein mitleidiges Lächeln. »Live heißt bei uns: rund fünf Minuten verzögert. Schließlich muss es die Möglichkeit geben, anlassbezogen gewisse Modifikationen vorzunehmen. Timing ist alles.«

»Gestern war noch Inszenierung alles«, sage ich.

Eine einzelne Zornesfalte kerbt sich zwischen ihren Brauen. »Dein Sarkasmus ist nicht angebracht.«

»Vielleicht meinst du ja auch, dass es nach diesem Abend kein großer Verlust wäre, wenn man mich verhaftet. Heizt den Volkszorn an und so weiter.«

»Dein Misstrauen ist beleidigend. Wir tun für dich, was in unserer Macht steht.«

Sie geht zur Tür, kehrt aber noch einmal um, weil ihr wohl einfällt, dass ich noch andere Möglichkeiten habe.

»Worüber wir noch nicht gesprochen haben: Wenn du auch nur einen von uns verrätst, dann reiße ich nicht nur Tom mit rein, sondern auch deine Mutter und deine Oma.«

Endstation. Das Wort hallt in meinem Kopf wider wie in einem Kirchenschiff. Der Fluchtplan ist absurd. Wie ich je an dieses freie Geleit glauben konnte, wo man den Begriff aus alten Geschichten doch nur daher kennt, dass es nie eingehalten wurde. Die Resignation saugt alle Spannung aus meinen Muskeln, lässt mich im Sessel zusammensacken. Selbst aus dem Gesicht im Spiegel zieht sich das Leuchten zurück, lässt es leblos und starr aussehen. Wahrscheinlich ist es nicht einmal Ina, der ich begegnen werde, sondern ein Folterknecht oder ein Priester, und selbst wenn sie es sein sollte, ist sie es nicht, weil ich sie bin und alles ist sinnentleert und hoffnungslos.

Verenas Hand auf meiner Schulter, ihr Gesicht über dem meinen im Spiegel voller Mitgefühl.

»Lampenfieber? Warten Sie, ich bring Ihnen was. Geheimrezept.« Sie lächelt verschwörerisch.

Meine Kopfhaut ist taub und ein Rauschen füllt meinen Kopf, das mich wieder an die Musiktherapie denken lässt. Mein Herzschlag tönt in meinen Ohren, langsame Schläge, die sich mühen, die Maschine wieder anzuwerfen, die doch aufgeben sollte, jetzt. Plötzlicher Herztod, ein Schlag noch und aus. Hat Liliana mir die Waffe deshalb nicht gleich mitgebracht? Freitod in der Garderobe wäre wertlos, ein Schuldeingeständnis, ein Sieg für den Kanzler.

Verena kommt zurück mit einem Keksteller und einer großen Tasse, aus der es würzig dampft. Sie hält sie mir an die Lippen. Mein Mund ist trocken, wie ausgedörrt, nur deshalb nehme ich einen Schluck. Das Geheimrezept schmeckt nach starkem Kaffee mit Cognac, treibt mein Herz weiter an und rötet meine Wangen.

»Angst ist nur Aufruf zur Konzentration, wertlos ist, wer

sich ihr beugt«, behauptet Verena und drückt mir die Tasse in die Hand, bevor sie sich erneut an meinen Haaren zu schaffen macht. »Nehmen Sie auch einen Keks. Wir zählen auf Sie!«

»Wir?«

»Na, Sie wissen schon.« Sie beugt sich hinab, flüstert in mein Ohr. »Die sind doch inzwischen völlig abgehoben, keinen Blick mehr für unsere Sorgen. Das Land verkommt und die Herren feiern sich.«

Von irgendwo her schrillt eine Glocke. Eine Stimme aus dem Lautsprecher über der Tür verkündet: »Noch zehn Minuten bis zur Sendung!«

Es ist hell und heiß im Studio. Der Kanzler steht mit leicht gespreizten Beinen aufrecht neben dem Tisch, die Hände vor dem Schritt verschränkt wie ein Fußballer vor dem Freistoß. Ein Countdown piepst und Leuchtdioden wechseln von Rot auf Grün. Nicht direkt in die Kameras sehen, denke ich, vergiss die Kameras.

Langsam gehe ich auf ihn zu. Die Schärfe meiner Wahrnehmungen nimmt mir fast den Atem. Eine Folge von Verenas Geheimrezept, in dem vielleicht noch anderes war als nur Kaffee und Cognac. Oder einfach die Spannung vor dem Kampf.

Er ist groß. Nicht so groß wie die Hologramme, aber doch einen Kopf größer als ich. Etwas muss in der Maske schiefgegangen sein. Sein Gesicht wirkt unnatürlicher als im TV, zu straff über den Wangenknochen und am Kinn und dennoch aufgedunsen, die kleinen Augen über den

Tränensäcken kaum zu finden, die schmalen Lippen rau und rot. Ich strecke ihm die Hand entgegen. Er greift nicht danach, nickt nur knapp und dreht sich um, setzt sich auf seinen Platz. Ich lasse mich ihm gegenüber auf dem mit grauem Filz bespannten Stuhl nieder, vorsichtig, denn anlehnen kann ich mich nicht, die Waffe drückt mir in den Rücken. Zwischen uns, zu meiner Rechten, steht ein weiterer Stuhl. Ich fühle meinen Pulsschlag im Bauch und an den Schläfen.

»Da hat aber jemand Angst«, sagt der Kanzler spöttisch. Seine Stimme klingt wie im TV, tief und volltönend mit nasalem Unterton. »Ihre Hände zittern ja.«

Ich sehe auf meine Hände, die nicht zittern, dafür zu gefühllos sind, und verschränke sie auf dem Tisch. »Ich bin nervös, das stimmt. Immerhin waren Sie bis vor Kurzem ein höheres Wesen für mich und jetzt sitze ich Ihnen gegenüber. Aber haben Sie nicht auch ein bisschen Angst vor mir?«

Er lacht verächtlich auf. »Da überschätzen Sie sich aber gewaltig, mein Kind.«

»Warum wollten Sie mich sprechen? Ist das nur ein Trick, um mich in die Finger zu kriegen?«

Bellend lacht er auf. »Eine Diplomatin ist an Ihnen nicht gerade verlorengegangen.«

Breit grinsend erinnert er nun doch an den Mann, für den so viele Frauen schwärmen. Geschwärmt haben, wohl eher. Schöne Zähne hat er.

»Bei dem Affentheater, das Sie veranstaltet haben, um in die Medien zu kommen, war ich jedenfalls sicher, dass Sie die Gelegenheit nutzen würden. Und ich muss zugeben, ich war neugierig auf die kleine Aufrührerin.«

Ich bin auch neugierig. Neugierig auf seinen Gesichtsausdruck, wenn er in die Mündung meiner Waffe sehen muss. Ich will sie nicht ziehen, wirklich nicht, aber es hilft zu wissen, dass ich es könnte.

»Sie haben mir freies Geleit zugesichert.«

»Ich habe Ihnen ein Gespräch und eine ungehinderte Reise zugesichert. Ob sich das auf An- und Abreise erstreckt, hängt ganz vom Verlauf unseres Gesprächs ab. Sie werden mir zustimmen, dass ich mich in erster Linie gegenüber den Menschen dort draußen zu verantworten habe.«

»Wie sollte der Verlauf aussehen, damit ich frei gehen kann?«

»Jetzt werden Sie vernünftig«, glaubt der Kanzler und lehnt sich nach vorne, die Unterarme auf dem Tisch. Seine blauen Augen, die in der Realität trüber scheinen als im TV, wenn auch genauso kalt, fixieren mich. Mit der Linken greift er sich ans Ohr, neigt kurz den Kopf, als lausche er, und nickt.

»Das große Interesse, ja die Sorge, die viele Mitbürger Ihnen inzwischen entgegenbringen, ist für mich ein Zeichen dafür, dass noch Hoffnung für Ihre Seele besteht. Das Volk hat ein Gespür für den *aufrechten* Geist. In den letzten Tagen haben Sie sich bemüht, durch tätige Reue dem Bild der Volksfeindin entgegenzuwirken. Beweisen Sie mir, dass Sie es ernst meinen! Zeigen Sie mir, dass Sie wahrhaft willens sind, zum reinen Quell der Vaterlandstreue zurückzukehren!«

»Und wie stelle ich das an?«

Wohlwollend zeigt er seine Zähne. »Kooperieren Sie! Helfen Sie mir, das Krebsgeschwür des Aufstandes aus dem Volkskörper zu schneiden. Merzen wir Seite an Seite das Zeckengeschmeiß aus, dann bin ich bereit, Ihnen Ihre Verfehlungen nachzusehen und Sie und Ihre Familie zu amnestieren.«

Von Inas Familie war bisher noch nie die Rede. Bin ich für deren Wohl nun auch noch zuständig, oder meint er meine Leute? Langsam verliere ich den Überblick, wer was über wen weiß. Um Konzentration ringend senke ich den Blick und klemme die Hände zwischen meine Oberschenkel. Doch wie sieht das auf dem Bildschirm aus? Ich lege die Hände flach auf den Tisch, schiebe sie hin und her auf der Suche nach einer sicheren Position. Deshalb sitzen also alle immer mit so unnatürlich übereinandergelegten Händen vor der Kamera.

»Und was ist mit den Morden?«, frage ich.

Er hebt die Augenbrauen. »Welche Morde?« Schmallippiges Lächeln. »Für diese Morde hat bereits eine Täterin die Verantwortung übernommen, Mattea«, er macht eine Pause, die mir offenbar signalisieren soll, dass er mich absichtlich mit meinem wirklichen Namen anspricht. »Diese Mattea Inninger, die es gewagt hat, mir dreist ins Gesicht zu lügen und Ihnen Ihre Identität zu stehlen.«

Offensichtlich begeistert von der eigenen Raffinesse, reibt er sich die Hände. Meine Haut zieht sich im Rücken zusammen, zurrt meine Schultern zurück. Er erlässt mir die Strafe für die Morde, von denen er weiß, dass ich sie begangen habe, im Austausch für den Verrat. Mit einem Mal verstehe ich, warum er den Tausch der Identitäten betrieben hat. Er glaubt, dass eine niederträchtige Kriminelle keine Hemmungen haben wird, mit ihm zusammenzuarbeiten, wenn es ihrem Vorteil dient. Vor Empörung stockt mir der Atem und ich spüre, wie meine Wangen aufglühen. Selbst wenn es um meine Familie geht – Oma würde lieber sterben, als um diesen Preis zu leben.

»Sagen wir mal, mir wäre nicht nach Verrat«, presse ich heraus, »weil ich die Zecken nicht als Krebsgeschwür, sondern als Hoffnung für unser Land ansähe. Was würden Sie mir dann vorwerfen wollen?«

»Volksverhetzung, Landesverrat«, antwortet der Kanzler vergnügt. »Und ich müsste davon ausgehen, dass Sie bei den schändlichen Drohnenangriffen auf das Herz unseres Landes federführend waren, dass Sie nicht davor zurückscheuen, Kinder in ihren Wiegen von Bomben zerfetzen zu lassen, dass Sie, kurz gesagt, keineswegs diejenige sind, die das von Natur aus wohlmeinende österreichische Volk in Ihnen sieht.«

Er blinzelt und beugt sich vor. Sein fanatischer Blick jagt mir Schauer über den Rücken. »Sehen Sie, man hat mir davon abgeraten, mich mit Ihnen zu unterhalten. Doch als Landesvater aller Österreicher kämpfe ich mit ganzer Kraft um die Unterstützung jedes Einzelnen für die gute Sache. Mein Gefühl sagt mir, dass Sie im tiefsten Herzen eine Patriotin sind, irregeleitet durch falsche Propheten selbstverständlich, aber doch nicht unrettbar verloren. Ich bin bereit.« Er langt über den Tisch und packt mich mit

Daumen und Zeigefinger am Kinn. Ich zucke zurück, wie es Ina im Gefängnis getan hat. Er lächelt schmal. »Ich bin bereit, Sie persönlich unter meine Fittiche zu nehmen, Sie, stellvertretend für all die anderen, die ein wenig mehr Anleitung benötigen, mit Strenge und Güte auf den rechten Weg zurückzuleiten. Denken Sie nur, was Sie unter meiner Führung für Österreich bewirken könnten! Das ist es doch, was Sie sich wünschen: Wirksamkeit, Einfluss.«

Habe ich mir das gewünscht? »Sie würden also persönlich meine Erziehung …« Ob er ungehorsame Mädchen gern übers Knie legt, um den Lernfortschritt zu fördern? Gut, dass niemand meine Gedanken sehen kann.

Der Kanzler nickt streng. »Als Führer der Bürger dieses Landes betrachte ich mich auch als deren oberster Lehrer. Der Volkswille ist unser Gleis, doch dem Staat kommt die Rolle des Lokführers zu«, wieder ein Griff zum Ohr, ein kaum merkliches Zögern, »der seine Schutzbefohlenen sicher durch die Gewitter unüberschaubarer politischer Verflechtungen leitet, denen sie sonst schutzlos ausgesetzt wären. Kein gewöhnlicher Mensch kann mit Freiheit zurechtkommen. Es gibt sie überhaupt nicht, eure Freiheit. *Nur ein gezogenes Schwert hält das andere in der Scheide.*«

»Schiele«, stoße ich heiser hervor. »Der hätte mich auch gern mit seinem Schwert in meiner Scheide erzogen. Mit der Pistole in der Hand hat er mich vergewaltigt.« Ich schlucke, doch es ist zu spät, die Worte sind draußen. Ohne Absicht bin ich aus meiner Rolle gefallen und kann nicht mehr zurück. Also vorwärts. »Die Frau, die Sie gefangen halten, hat den Mord an Schiele nicht begangen. Sie hat überhaupt keinen Mord begangen. Ihr einziges Verbrechen war es, sich eine bessere Welt zu wünschen.«

Der letzte Satz ist so kitschig, als hätte man ihn mir diktiert. Ich stocke, weiß nicht mehr, wie weiter, ohne alles durcheinanderzubringen, Mattea und Ina in meinem Hirn wie Marmorkuchen vermischt.

»Sehr überzeugend klingt das nicht«, spottet der Kanzler. »Und selbst, wenn hinter Ihrer Lüge die Absicht stehen mag, der geständigen Verbrecherin aus der Patsche zu helfen, verliere ich nun langsam die Geduld mit Ihnen.«

»Verdammt, ich bin nicht Ina Matusek und Sie wissen das! Ina Matusek sitzt im Gefängnis und soll am Tag der Nation auf Ihren Wunsch hin exekutiert werden. Mein Name ist Mattea Inninger!«

»Angesichts Ihrer Lage eine höchst unkluge Behauptung. Und warum hätten Sie sich wohl als Ina Matusek ausgeben sollen, wenn Sie es nicht sind?«, fragt der Kanzler wölfisch lächelnd und zieht die Augenbrauen hoch.

Er ist durch nichts aus der Ruhe zu bringen. Mich fröstelt. »Ina ist nicht mehr nur *eine* Person, Ina sind jetzt *alle*, die etwas ändern wollen«, verkünde ich.

»Dann wollen wir mal sehen, was unser nächster Gast dazu sagt.«

Der Kanzler hebt drei Finger in Richtung des Regieraums und fixiert mich mit leuchtenden Augen. Er hat Spaß an der Sache, während ich mich für meine Naivität verfluche. Nie hätte ich mich ihm entgegenstellen sollen. Ich habe mich überschätzt.

Die Tür in meinem Rücken öffnet sich. Einladend hebt

der Kanzler den rechten Arm. Ich wage nicht, mich umzusehen.

»Bitte nehmen Sie doch zwischen uns Platz, Frau Inninger!«

Obwohl ich es erwartet habe, macht es mich wütend, sie bei meinem Namen gerufen zu hören. Ich wende mich nach ihr um. Doch es ist nicht Ina, die da zögernd näher kommt, jeden Blick auf mich vermeidend über Kabel steigt, von den Kameras verfolgt. Der Anblick trifft mich wie ein Schlag in die Magengrube, nimmt mir den Atem. Doch noch keine Tränen in den brennenden Augen. Keine Tränen jetzt! Ich presse die Lippen aufeinander, balle die Fäuste, starre meine Mutter an, die sich vom Kanzler den Stuhl zurechtrücken lässt und sich hinsetzt, ohne mich anzusehen. Ihre sorgfältig in Wellen gelegten Haare, die frisch optimierte Augenpartie, die immer leicht herabgezogenen Mundwinkel.

»Liebe Frau Inninger, bitte bringen Sie doch für uns Licht in diese dubiose Angelegenheit! Kennen Sie die junge Frau, die hier mit uns am Tisch sitzt?«

Ich versuche, ihren Blick aufzufangen, will ihr sagen, dass ich nicht so schlecht bin, wie sie denken muss, öffne den Mund.

»Ja«, seufzt Mama, dann noch einmal lauter, »ja«, den Blick gesenkt. »Natürlich kenne ich sie. Jeder kennt sie. Das ist Ina Matusek.« Ihre Stimme zittert.

Mama, nein!, will ich sagen, bringe aber kein Wort heraus, weil ich weiß, dass sie mich erkennt, weil ich erst begreifen muss, was sie bezweckt, bevor ich einen weiteren Fehler mache.

»Es handelt sich also nicht um Ihre Tochter Mattea?«

Wortlos schüttelt Mama den Kopf. Die Luft scheint plötzlich brennend heiß mit jedem Atemzug meine Lunge zu versengen. Kein Wort möglich. Gedankenfunken fliegen in alle Richtungen.

»Mattea sitzt im Gefängnis«, sagt Mama. »Sie hat schreckliche Dinge gestanden. Du kannst ihr nicht mehr helfen, Kind.« Jetzt sieht sie mich an, als müsse sie sterben im nächsten Moment, legt ihre feuchte Hand auf meine Faust. »Du bekommst von unserem guten Kanzler hier eine zweite Chance. Wirf sie nicht weg aus falscher Verbundenheit, wie Matteas Vater es getan hat!«

Ich fürchte zu ersticken, lege den Kopf in den Nacken, um meine Atemwege zu öffnen, spüre ihre Hand noch auf meiner, nur für einen Augenblick, ein kurzer Druck, dann schiebt sie ihren Stuhl zurück.

»Ich danke Ihnen sehr für Ihre warmherzigen und ehrlichen Worte an unser verirrtes Schaf hier, meine liebe Frau Inninger. Ich bin sicher, wären wir nicht unter uns, Sie würden von einer Brandungswelle des Applauses hinausgetragen.«

Der Kanzler klatscht mehrmals in die Hände. Mutter steht auf. Ihre Schritte scheinen mir fester als zuvor. Sie hat getan, was in ihrer Macht stand, um ihre Tochter zu retten.

Natürlich hat sie recht. Eine zweite Chance. Eine Rückkehr zu sonntäglichen Familienessen, Feiern im Verwandtenkreis mit traurigen kroatischen Liedern. Ein richtiger Arbeitsplatz, in einem Büro vielleicht oder beim Stadtgartenamt. Wenn ich jetzt nachgebe, kann ich mir das wünschen. Ich muss nur dem Kanzler danken für seine Nachsicht, seine Großzügigkeit. Ein tragbarer Preis.

Und dann Tom verraten. Und alles, worauf ich zu hoffen gelernt habe.

»Darf ich davon ausgehen, dass wir uns bezüglich Ihrer Identität jetzt einig sind, Frau Matusek?«, fragt der Kanzler.

Ich bewege den Kopf, ohne mir selbst darüber im Klaren zu sein, ob die Geste bejahend oder verneinend gemeint ist.

»Dann wollen Sie von nun an unter meiner Aufsicht daran arbeiten, das Wohlwollen des Volkes zu rechtfertigen, das Ihnen bis dato doch ein wenig voreilig gewährt wurde?«

Ich sehe ihn an, kann nicht mehr sagen, ob sein Lächeln gütig, boshaft oder siegesgewiss ist, so maskenhaft scheint mir das optimierte Gesicht. Vielleicht bin nicht *ich*, vielleicht ist *er* die Marionette, ein fremdgesteuerter Android. Ich reibe mir mit beiden Händen den Nacken, versuche, meine Konzentration wiederzufinden.

»Wenn Sie noch ein wenig an meiner patriotischen Ausrichtung arbeiten wollen«, sage ich leise und merke selbst, dass die beabsichtigte Ironie den Weg in meine Worte nicht findet, räuspere mich. »Diesbezüglich ist nämlich einiges schiefgelaufen in den letzten Wochen. Es ist nicht lange her, da war ich eine gehorsame Bürgerin, hab mich geduckt, wenn es nötig war – eigentlich immer – und nicht im Traum an Aufstand gedacht. Erst auf meiner Flucht habe ich gelernt, wie es wirklich zugeht in unserem Land.«

Ihre Zeit ist vorbei!, will ich rufen, doch der Kanzler

hebt warnend die Hand, seine Augen jetzt Schlitze, legt den Finger an die Lippen. Ich kämpfe innerlich gegen das Gebot an, gegen den alten Zwang zum Gehorsam.

»Eine kleine Prüfung haben Sie noch zu bestehen«, sagt er heftig blinzelnd und blickt zum Regieraum, nickt.

Auch ich will sehen, was dort vor sich geht, erhasche einen Blick auf Liliana, die mit ausdruckslosem Gesicht inmitten hektischer Betriebsamkeit Anweisungen erteilt, bevor mir eine Kamera die Sicht versperrt.

Erneut öffnet sich die Tür zum Studio und diesmal drehe ich mich um. Flankiert von zwei Wächtern, deren Uniformen von ihren Muskelpaketen wie aufgeblasen wirken, schleppt sich die echte Ina in den Raum. Sie trägt ein kurzes, orangerotes Kleid und burgunderfarbenen Lippenstift, was ihren Teint vollkommen tot wirken lässt. Trotzdem verleiht ihr die Warnfarbe eine aggressive Ausstrahlung, die durch die dunklen Augenringe effektvoll unterstützt wird. Ich hoffe, dass es nicht Verena war, die sie so zugerichtet hat.

Als Ina mich sieht, straffen sich ihre hängenden Schultern ein wenig. Sorgsam ihre Schritte setzend wie eine alte Frau, kommt sie auf mich zu, von zwei Kameras zu ihren Seiten verfolgt. Ich schiebe meinen Sessel zurück, erhebe mich mit zitternden Knien und gehe ihr entgegen, den Atem angehalten. Aus der Nähe sind unter dem Make-up die Spuren der Misshandlungen zu erkennen. Die Schwellung an der linken Kieferseite lässt ihr schwaches Lächeln halbseitig stecken bleiben. Alles, was ich in ihren Augen sehe, kenne ich.

Ina streckt ihre Rechte aus und ich greife mit beiden Händen danach, fühle ihren fiebrig jagenden Puls.

»Ina«, sagt sie. Ihre Stimme klingt heller als meine.

»Mattea«, antworte ich und ziehe sie an mich, umarme sie wie eine Schwester.

Ein magischer Moment. Ich werfe dem Kanzler einen triumphierenden Blick zu, den er mit unbewegter Miene quittiert.

Ina legt ihre Arme um meine Taille, tastet. »Du hast mir Mut gemacht«, sagt sie mit flatternder Stimme und schlüpft mit einer Hand unter meine Bluse, zieht die Glock aus meinem Hosenbund.

Ist das die eigentliche Bestimmung der Waffe?

Für eine Sekunde frieren meine Bewegungen ein, ich denke daran, Ina die Pistole zu entringen. Schwer kann das nicht sein, vogelknochig und mager, wie sie ist. Doch dazu habe ich kein Recht.

»Danke«, sage ich zum Kanzler. »Das ist keine Prüfung. Das ist ein Geschenk.«

Er räuspert sich. »Die Prüfung kommt noch.«

Sorgfältig hat Ina die Waffe vor seinem Blick und dem der Kameras verborgen und umklammert sie jetzt mit beiden Händen hinter dem Rücken.

»Sie enttäuschen mich erneut, Frau Matusek«, tadelt der Kanzler mich in gönnerhaftem Ton. Als wäre er wirklich mein Lehrer und ich eine schwierige Lieblingsschülerin. »Glauben Sie wirklich, dass Sie mit diesem schwülstigen Rührstück den berechtigten Ruf des Volkes nach Vergeltung zum Schweigen bringen können? Umarmen eine

Mörderin …« Er schnalzt mit der Zunge, schüttelt den Kopf. »Ich dachte, wir wären uns einig, welcher Weg für Sie der rechte ist.«

Darauf habe ich keine Antwort. Ich verfolge keinen Zweck mehr, außer dem, mich selbst in dem Wirrwarr nicht ganz zu verlieren.

»Setzen Sie sich zu uns, Frau Inninger.« Der Kanzler deutet auf den freien Stuhl, sein Blick jetzt wieder hart und kalt.

»Danke, nein, ich möchte stehen«, sagt Ina. »Kann meine Knie nicht mehr beugen.«

Der Kanzler lacht drohend. »Verstehe. Trotzdem – Sie setzen sich jetzt oder ich helfe Ihnen persönlich dabei.«

Jeder Muskel in Inas Gesicht arbeitet. Der Kanzler wartet ab, bis sie seinem Befehl Folge leistet und wendet sich dann an die nächststehende Kamera, die eifrig auf ihn zu fährt.

»Inspiriert von meiner guten Freundin Pia Hofstetter haben Sie, geschätzte Mitbürger, nun die Gelegenheit, selbst zu entscheiden, auf welche Weise die Mörderin Mattea Inninger, deren Renitenz Sie hier mit eigenen Augen sehen«, er zeigt auf Ina, deren ganzer Körper vor Hass vibriert, »und Ina Matusek für ihre Taten büßen sollen.«

Ina springt auf. Die Arme gestreckt, beide Hände um den Griff der Glock geschlossen, legt sie an. Der Kanzler fährt herum, will sich erheben. Ina drückt ab. Die Wucht des Geschosses wirft ihn zurück in den Stuhl, lässt die Rückenlehne federn. Er reißt den Mund auf, Empörung in den Augen, senkt den Blick auf das Loch, das die Kugel mitten auf seiner Brust in das weiße Hemd und das Fleisch darunter gerissen hat. Gezackter roter Rand. Pfeifend fährt die Luft aus seiner Lunge.

Die Tür fliegt auf, ist längst aufgeflogen, kaum, dass Ina geschossen hat. Soldaten stürmen herein, behindern sich gegenseitig in ihrem Eifer, die Situation zu klären. Neben mir kracht ein weiterer Schuss. Noch bevor ich mich wieder vom Eingang abwenden und feststellen kann, ob der Kanzler erneut getroffen worden ist, eröffnen die Milizionäre das Feuer und ich ducke mich unter den Tisch. Immer mehr hereinstürmende Soldaten füllen jetzt den Raum, ihre Beine alles, was ich sehe, schneiden mich von Ina ab, die gefallen ist, das habe ich eben noch gesehen, dunkles Blut auf orangerotem Kleid. Gedränge auch an der Stelle, wo gerade noch der Kanzler saß. Alles schreit und schiebt, Sirenengeheul dazu, Hände greifen nach mir, zerren mich an Armen und Beinen unter dem Tisch hervor, reißen mich auf die Füße. Inmitten uniformierter Schultern und stampfender Kampfstiefel werde ich aus dem Raum gespült, an beiden Armen gepackt durch Gänge und Türen geschleift, nicht wirklich brutal, sondern in der unpersönlichen Art, die Soldaten im Einsatz eigen ist. Noch bevor meine Anspannung endgültig der Angst weichen kann, drängen sie mich zu einem Milizfahrzeug, stoßen mich so eilig auf die Rückbank, dass ich in den Fußraum falle und schlagen die Tür zu, während der Wagen schon anrollt.

Und noch immer keine Angst, weil ich jetzt allein bin mit einem einzelnen Mann, dem Fahrer. Ich rapple mich auf, will wissen, wer …

»Bleiben Sie besser liegen, bis wir aus der Stadt sind«, empfiehlt der Hauptmann.

»Sie?«

»Ich hatte doch versprochen, mich Ihres Geleits anzunehmen.«

Trotz seiner gestelzten Ausdrucksweise klingt er gestresst, was vermutlich an dem kleinen Monitor am Armaturenbrett liegt, der jetzt lautlos eine Tierdokumentation zeigt, zur Hauptabendzeit ein untrügliches Zeichen für einen ungeplanten Programmwechsel. Ich möchte dem Hauptmann von hinten um den Hals fallen, bleibe aber brav auf der Rückbank liegen. Die Krise ist noch nicht vorbei.

»Wie konnten Sie wissen, dass es nötig werden würde, das Studio zu stürmen?«

»Das Studio stürmen? Das wusste ich bei Gott nicht! Der Plan war, Ihre eventuelle Verhaftung nach der Sendung in eine Entführung umzuwandeln. Dazu habe ich meine Leute in die Einheit geschmuggelt, die zum Schutz des Kanzlers das Sendezentrum besetzt hält. Der Kommandant schuldete mir einen Gefallen. Wie Sie nun übrigens auch.«

»Was ist mit dem Kanzler?«

»Das entzieht sich meiner Kenntnis, aber gut schaut es nicht aus. Oder doch, je nachdem, von welcher Seite aus man es betrachtet. Der erste Schuss ging in die Brust, hat vermutlich nicht das Herz erwischt. Reichlich ungeschickt, wenn Sie mich fragen, doch in Anbetracht der Stresssituation nachvollziehbar. Durchaus denkbar, wenn auch reichlich riskant, dass die Schützin den Gesichtsausdruck ihres Opfers vor der Terminierung noch ein wenig genießen wollte. Doch leider«, er stößt ein freudloses Lachen aus, »kam just vor ihrem zweiten Schuss ein Schnitt, sodass wir momentan im Ungewissen schweben, was den Gesundheitszustand des Kanzlers angeht. Großaufnahme des unmenschlich verzerrten Gesichts der Attentäterin bei der Attacke auf den Kanzler. Das Publikum hat ein Recht auf Emotionen«, deklamiert er höhnisch. »Dann der Schuss in ihre Stirn, und einer, der ihr den halben Kopf wegriss, alles voller Blut und Knochensplitter und ihr Zusammenbruch im Kugelhagel wie in Zeitlupe.« Er seufzt und fährt mit belegter Stimme fort. »Ina-Mattea, Mattea-Ina oder weiß der Teufel, wie sie wirklich hieß, hat das Zeitliche gesegnet. In Großaufnahme. Danach war im Gewühl nichts mehr zu erkennen.« Erneutes Seufzen.

»Ina ist also tot.«

»Mit Sicherheit. Und sehen wir der Wahrheit ins Auge: Hätte der Kanzler überlebt, dann wüssten wir es inzwischen. Es ist ja auch kein Meisterschütze nötig, um aus dieser Distanz einen tödlichen Schuss zu platzieren.«

Weil wir inzwischen über die Autobahn brettern, setze ich mich auf. »Und was jetzt?«

Er antwortet nicht und in die Stille rieselt – erst langsam, dann ein stetiges Sickern – Schmerz. Inas Hand in meiner, das Erkennen, ihr schiefer roter Mund, die Entschlossenheit in ihren Augen. Schmerz, der mein Herz mit meinen Eingeweiden zu einem engen Knoten verschnürt, den nur Tränen aufweichen könnten. Die nicht fließen, noch nicht. Ich lehne den Kopf zurück, ringe nach Luft, Hitze in meiner Brust und Kälte in den Gliedern.

Ina an meiner Stelle vor dem Kanzler auf dem Boden kniend. Ina, die meine Schuld auf sich genommen hat. Bis zum Schluss. Ina, die angeblich so sanfte, vom Kanzler, dem System erst zur Mörderin stilisiert, dann so lange geschändet, bis der Killerinstinkt tatsächlich auch in ihr erwachte. Ina, die in mir hoffentlich nie erlöschen wird.

»Gut«, sagt der Hauptmann. »Sie spüren es. Ich war schon ein wenig betrübt ob Ihrer Ungerührtheit. Der Lauf der Dinge liegt nun nicht mehr in Ihrer Hand. Widmen Sie sich Ihrer Trauer, wenn Sie den Rat eines Freundes beherzigen wollen.«

Tag 20

Ich bin wieder in Toms Trainingsquartier, auf dem Bauernhof am Karkogel, weit weg von allem, was passiert. Diesmal habe ich nicht das Gefühl, mich dem Spiel zu entziehen. Mein Spiel ist vorbei. Ina ist tot, und sie ist mit meinem Namen gestorben. Doch vielleicht ist auch das schon bedeutungslos.

Der Kanzler ist ebenfalls tot. Mit einem Schuss in die Stirn hat Ina gerade noch rechtzeitig vollendet, was sie mit dem Lungentreffer beinahe vermasselt hätte.

Interimsmäßig hat heute die Miliz die Macht übernommen, einen neuen Oberbefehlshaber ernannt, keinen von den Hasenjägern. In zwei bis drei Monaten soll es Wahlen geben, freie Wahlen, angeblich. Auf dem Nachrichtenkanal darf Ruth als Vertreterin der demokratischen Kräfte zur Besonnenheit mahnen und die offizielle Gründung einer Partei in den nächsten Tagen ankündigen.

Auf den Straßen scheint weitgehend Ruhe zu herrschen. Es ist, als zöge sich jeder Einzelne nach der aufgeheizten Stimmung der letzten Wochen hinter die eigenen Mauern zurück, um Wunden zu verbinden und zerschlagenes Porzellan zu kitten. Selbst auf *Mindmine* fordern nur wenige die öffentliche Zurschaustellung der Leiche von Mattea Inninger, die als Kanzler-Attentäterin in die Geschichte der Nation eingehen wird.

Die Meldungen auf *Ina-rennt* versiegen. Und ich weiß nicht, ob ich hoffen oder fürchten soll, schon bald vergessen zu sein. Einerseits möchte ich mich frei im Land bewegen, es vielleicht sogar verlassen, ein neues Leben beginnen, anderswo. Oder auch einfach im Zieleinlauf stehen, eine unter vielen Freundinnen der Wettkämpfer, wenn Tom sein großes Rennen fährt. Dann wieder wünsche ich mir, dass sie mich dort erkennen, mich jubelnd auf die Schultern heben. *Ina lebt,* höre ich sie schreien, *wir sind Ina!* Vielleicht gibt es ja doch eine zweite Runde in diesem Spiel, eine, in der ich die Regeln mitbestimme.

Noch fühle ich mich ein wenig verloren in der neuen Freiheit. Es ist, als wäre ich abends in einem Tretboot auf die Alte Donau hinausgefahren, eingeschlafen, und am Morgen im ersten Sonnenlicht auf einem Ozean erwacht.

Ich danke

meinem Mann Stephan für seine ausdauernde Unterstützung in allen Belangen.

Anne Kuhlmeyer, Elis Fischer und Ella Theiss sowie Rainer Neumüller und Thomas Mayer für ihre Ermutigungen, Durchhalteparolen und Anmerkungen zum Text.

meiner Lektorin Eva Weigl für die bereichernde und immer auch vergnügliche Zusammenarbeit.

Günther Butkus und dem Team des Pendragon Verlages für ihren Enthusiasmus.

Gudrun Lerchbaum

Neben einer Vielzahl an selbsterdachten Parolen und Leitsprüchen finden sich in diesem Buch auch einige Zitate berühmter Persönlichkeiten sowie diverse traditionelle Sprichworte, die im Folgenden aufgelistet sind.

Something old, something new, something borrowed, something blue.
Englisches Sprichwort | Tag 2, S. 18

Die Hoffnung stirbt zuletzt.
Deutsches Sprichwort | Tag 2, S. 43

Disziplin ist die Mutter des Sieges.
Franz Wilhelm Ziegler | Tag 2, S. 49

Die Herrschaft über den Augenblick ist die Herrschaft über das Leben.
Marie von Ebner-Eschenbach | Tag 2, S. 49, 55

Sorgen klopfen an die Tür, aber sie verschwinden wieder,
wenn sie von drinnen Lachen hören.
Deutsches Sprichwort | Tag 4, S. 87

Gewissen ist ein Wort für Feige.
William Shakespeare, Richard III. | Tag 5, S. 99

Wenn du glaubst, es geht nicht mehr,
kommt von irgendwo ein Lichtlein her.
Deutsches Sprichwort | Tag 6, S. 125

Der Geist, der stets das Böse will und stets das Gute schafft.
Frei nach Johann Wolfgang von Goethe, Faust I | Tag 6, S. 126

Unrecht Gut gedeiht nicht.
Deutsches Sprichwort | Tag 7, S. 142

Glücklich ist, wer vergisst, was nicht mehr zu ändern ist.
Johann Strauß, Die Fledermaus | Tag 8, S. 151

Angst ist eine Folge der Hoffnung.
Seneca | Tag 8, S. 167

Alte Böcke, alte Bäume, gute Jagd und junge Träume, Mädchen schlank mit runder Brust, alles edle Waidmannslust.
Jägerspruch | Tag 11, S. 209

Die Gewalt ist der Geburtshelfer jeder alten Gesellschaft, die mit einer neuen schwanger geht.
Karl Marx | Tag 11, S. 214

Heimat bist du großer Söhne, viel geliebtes Österreich.
Paula von Preradovič, österreichische Nationalhymne | Tag 11, S. 229

In der Ruhe liegt die Kraft.
Sprichwort | Tag 11, S. 234

Ruft Allah oder ruft den Erbarmer. Welchen [Namen] ihr auch ruft, Ihm gehören die schönsten Namen.
Koran, 17:110 | Tag 12, S. 257

Wenn nur noch Gehorsam gefragt ist und nicht mehr Charakter, dann geht die Wahrheit und die Lüge kommt.
Ödön von Horváth | Tag 12, S. 271

Der Katzen Scherz ist der Mäuse Tod.
Sprichwort | Tag 13, S. 277

Der Feind steht im eigenen Lager.
Karl Liebknecht | Tag 15, S. 336

Wer ohne Schuld ist, werfe den ersten Stein.
Bibel | Tag 15, S. 346

Man liebt den Verrat, aber nicht den Verräter.
Sprichwort, angeblich auf Cäsar zurückgehend | Tag 15, S. 347

Mens sana in corpore sano.
Juvena | Tag 15, S. 351

Es gibt kein richtiges Leben im falschen.
Theodor W. Adorno, Minima moralia | Tag 17, S. 392

Das eine steht in unserer Macht, das andere nicht.
Epiktet | Tag 17, S. 392

Nur ein gezogenes Schwert hält das andere in der Scheide.
Deutsches Sprichwort | Tag 19, S. 411

Pendragon Verlag
gegründet 1981
www.pendragon.de

1. Auflage

Deutsche Erstausgabe
Veröffentlicht im Pendragon Verlag
Günther Butkus, Bielefeld 2016

Lektorat: Eva Weigl
Umschlag und Herstellung: Uta Zeißler, Bielefeld
Umschlagfoto: cw-design / photocase.de
Satz: Pendragon Verlag auf Macintosh
Gesetzt aus der Adobe Garamond
ISBN 978-3-86532-550-1
Gedruckt in Deutschland